KB167284

성채 1

The Citadel

THE CITADEL
by A. J. Cronin

세계문학전집 215

성채 1

The Citadel

A. J. 크로닌

이은정 옮김

민음사

차례

2권 차례

1부

1

1921년 10월 어느 오후 스완지에서 출발해 페노웰 골짜기를 힘겹게 오르는 텅 빈 삼등칸 열차에서 초라한 행색의 젊은 남자가 창밖을 뚫어져라 바라보고 있었다. 그날 북부를 출발하여 칼라일과 슈루즈베리에서 기차를 갈아타고 아직도 남웨일스로 가는 중인 앤드루 맨슨은 하루 종일 계속된 지루한 여행의 마지막 단계를 지나고 있었지만, 낯설고 지저분한 고장에서 의사로서의 첫 경력을 쌓게 될 생각에 자못 흥분이 되었다.

차창 밖으로는 단선 철도의 양옆에 솟아 있는 산들 사이로 비바람이 시야를 가릴 만큼 거세게 휘몰아치고 있었다. 산봉우리는 하늘의 잿빛 찌꺼기에 가려져 있고, 철광석 채취로 시커먼 상처를 드러낸 채 여기저기에 쌓인 폐석 더미로 황폐해진 산비탈에는 풀을 뜯으려는 부질없는 희망을 품은, 때 묻은 양 몇 마리가 흩어져 있었다. 덤불은커녕 풀 한 포기 보이지 않았다. 어스름한 빛 사이로 황량한 나무들이 말라빠진 유령처럼 보였다. 철로가 구부러지는 곳에 자리한 주물 공장의 붉은빛 아래로 스무 명가량 돼 보이는 작업 인부들의 드러난 허리와 팽팽한 몸뚱이와 치켜든 팔이 보였다. 이런 광경은 아무렇게나 놓여 있는 광산의 기자재들 뒤로 빠르게 사라졌지만 그 강렬한 느낌은 선명하게 남았다. 앤드루는 길게 숨을 내쉬었다. 그러자 반사적으로 의욕이 밀려오며 갑자기 앞날에 대한 희망과 기대로 억누를 수 없는 흥분이 솟아났다.

그로부터 반 시간쯤 뒤 멀고도 낯선 타향에 왔음을 일깨워 주는, 땅거미가 내려앉은 풍경이 펼쳐지면서 기차가 힘겨운 엔진 소리를 내며 블라넬리로 들어섰다. 드디어 도착한 것이다. 가방을 손에 쥐고 기차에서 뛰어내린 앤드루는 빠른 걸음으로 플랫폼으로 걸어 나오며 마중 나온 사람이 있을까 싶어 열심히 주위를 두리번거렸다. 역 출구 쪽, 바람에 흔들리는 전등 아래에 얼굴이 노리끼리한 노인이 네모난 모자에 긴 우비를 입고 서 있었다. 노인은 황달기 있는 눈으로 앤드루를 뚫어지게 쳐다보며 무뚝뚝한 목소리로 물었다.

"혹시 페이지 선생이 새로운 조수시오?"

"그렇습니다. 제 이름은 맨슨, 앤드루 맨슨이라고 합니다."

"난 토머스라고 하오. 사람들은 토머스 영감이라고 부르지. 마차를 가져왔소. 어서 타시오. 헤엄쳐서 갈 생각이 아니라면."

앤드루는 가방을 어깨에 둘러메고 큰 키에 비썩 마른 검은 말이 끄는 마차에 올라탔다. 이어서 올라탄 토머스가 고삐를 잡고 말을 몰았다.

"이랴! 이랴!"

마차가 읍내를 통과할 때 앤드루는 마을의 윤곽이라도 보려고 고개를 내밀었지만 세차게 몰아치는 비바람 때문에 굽이진 높은 산 아래 옹기종기 모여 있는 회색의 낮은 집들만 어렴풋이 눈에 들어왔다. 몇 분이 흘렀지만 늙은 마부는 아무 말도 않고 빗물이 뚝뚝 떨어지는 모자 챙 밑으로 앤드루를 향해 미심쩍은 시선만 던졌다. 노인은 성공한 의사 밑에서 일하는 단정한 마부 같은 구석이라고는 전혀 없이, 쭈글쭈글한 얼굴에 행동은 굼뜨고 줄곧 이상한 마구간 냄새를 풍겼다.

마침내 그가 입을 열었다.

"이제 갓 자격증을 땄나 보군요. 그렇죠?"

앤드루가 고개를 끄덕였다.

"그럴 줄 알았소." 토머스 영감이 침을 탁 하고 뱉었다. 그러더니 우쭐거리는 듯한 표정을 지으며 말이 많아졌다. "지난번 조수는 열흘 전에 떠났소. 대부분이 며칠 못 견딘다오."

"왜죠?"

앤드루는 신경을 곤두세우면서도 겉으로는 미소를 지었다.

"무엇보다 일이 너무 고되기 때문이지."

"또 다른 이유는요?"

"그건 차차 알게 될 거요."

잠시 후 토머스는 훌륭한 성당을 가리키는 관광 안내인처럼 채찍을 들어 나란한 집들 중 맨 끝 집을 가리켰다. 그 집 창문에서 작은 불빛이 반짝거리고 더운 김이 새어 나오고 있었다.

"저기 보이시오? 저곳이 나와 마누라가 하는 튀김 집이라오. 일주일에 두 번 튀기지. 싱싱한 생선을 말이오." 영감은 뭐가 즐거운지 긴 윗입술을 씰룩거렸다. "곧 그 맛이 궁금해질 거요."

여기에서 큰길이 끝났다. 마차는 울퉁불퉁한 짧은 샛길로 꼬부라져 올라가다가 물웅덩이를 만나 잠시 주춤거렸지만, 이내 커다란 물푸레나무 뒤로 이웃한 여러 채의 집 중 한 집의 좁은 마당으로 들어갔다. 대문에는 브링가워라고 쓰인 문패가 달려 있었다.

"이곳이오."

토머스가 말고삐를 잡아당기며 말했다.

앤드루는 마차에서 내렸다. 그리고 잠시 후 초대면의 통과의례를 위해 마음을 가다듬고 집 안으로 들어가려는 순간, 현관문이 열리면서 반짝이는 눈에 당돌해 보이는, 키가 작고 통통한 사십대 여인이 얼굴에 환한 미소를 지으며 불 밝은 응접실을 뒤로하고 그를 맞았다.

"어머나! 맨슨 선생이시군요. 어서 오세요, 어서. 저는 페이지 선생의 아내예요. 오는 데 고생하지 않으셨어요? 이렇게 만나 뵈어 얼마나 기쁜지 모르겠어요. 지난번 의사가 매정하게 떠난 후 얼마나 곤란했는지 몰라요. 당신이 그를 봤어야 하는데. 내가 만나 본 의사 중에 가장 영악한 사람이었죠. 이런! 내 말 신경 쓰지 마세요. 어쨌거나 이렇게 와 주셨으니 됐어요. 이리 오세요. 새 의사 선생님이 묵게 될 방을 보여 드릴 테니."

위층에 있는 앤드루의 방은 천장이 비스듬한 조그만 방으로 철제 침대와 노란 니스 칠을 한 서랍장, 세면대, 물주전자를 올려놓은 대나무 탁자가 있었다.

검정색 단추 같은 여인의 눈동자가 앤드루의 얼굴을 살피는 동안 그는 방 안을 한 차례 둘러보며 가장 공손한 말투로 말했다.

"아주 아늑해 보이네요."

"그래요." 그녀는 미소를 지으며 누이처럼 앤드루의 어깨를 다독거렸다. "이곳에서 잘해 내리라 믿어요. 당신만 잘해 준다면 우리도 그에 합당한 대접을 해 드릴 거예요. 이보다 더 공평할 순 없겠죠. 그렇지 않아요? 자, 이제 더 늦기 전에 페이지 선생님을 만나러 가요." 그녀는 여전히 앤드루의 표정을 살피며 말을 멈췄다가 이내 무심한 척 애쓰면서 어조를 바꿔 말했다. "참, 내가 편지에 썼는지 모르겠네. 사실 얼마 전부터 페이지 선생님의 건강이 좋지 않답니다."

앤드루가 놀란 표정으로 그녀를 쳐다보았다.

"아니, 그렇게 심한 건 아니고요." 그녀는 앤드루가 말하기 전에 재빨리 말을 이었다. "몇 주 전부터 누워 계시죠. 하지만 곧 괜찮아지실 거예요. 오해는 말아 주세요."

앤드루는 당황한 채 그녀를 따라 복도 끝 방으로 걸어갔다. 그녀가 문을 열며 쾌활한 음성으로 말했다.

"에드워드, 새로 오신 맨슨 선생이에요. 당신에게 인사하러 왔어요."

앤드루는 방 안으로 들어갔다. 낡고 오래된 가구들이 놓여 있는 침실에는 수를 놓은 커튼이 빈틈없이 드리워져 있고 벽난로 쇠살대 안에서는 작은 불꽃이 타고 있었다. 침대에 누워 있던 에드워드 페이지가 언뜻 보기에도 무척 힘이 드는 듯 천천히 몸을 일으켰다. 예순 살쯤 되어 보이는 그는 몸집은 크지만 야위었고, 얼굴선은 우락부락했지만 눈은 피로해 보이면서도 총기가 있었다. 전체적으로는 고통과 권태에 길들여진, 일종의 강인한 인상마저 주었다. 그리고 뭔가가 더 있었다. 베개에 떨어지는 석유램프 빛에 비친 얼굴 반쪽은 무표정한 밀랍 인형처럼 보였다. 게다가 얼굴과 마찬가지로 몸 왼쪽도 마비되었고, 조각보 침대 덮개 위에 올려놓은 왼손은 반질반질한 솔방울처럼 오그라든 모양이었다.

중풍을 맞은 지 꽤 오래되어 보이는 에드워드 페이지의 심각한 증상에 앤드루는 당황했고 충격을 받았다. 그들 사이에 한동안 침묵이 흘렀다.

"이곳이 마음에 들길 바라오." 마침내 페이지가 천천히 힘겹게 입을 열었다. "여기에서 일하는 게 너무 벅차지 않아야 할 텐데. 그런데 무척 젊군요."

"네, 스물네 살입니다." 앤드루가 쑥스러워하며 대답했다. "이곳이 첫 번째 근무지입니다. 하지만 일은 두렵지 않습니다."

"그것 보세요!" 페이지 부인이 얼굴 가득 미소를 지었다. "에드워드, 제가 지난번에도 말했잖아요. 이번에 오실 의사는 아주 좋은 분일 거라고요."

그러나 페이지의 얼굴은 점점 더 굳어 가기만 했다. 그는 앤드루를 뚫어지게 바라보다가 이내 흥미를 잃은 표정을 지었다.

페이지가 피곤한 목소리로 말했다.

"부디 이곳에 오래 있어 주길 바라오."

"세상에! 무슨 그런 말씀을 하세요!" 페이지 부인이 소리쳤다. 그녀는 앤드루를 쳐다보며 변명이라도 하듯 미소를 지었다. "오늘 이이가 컨디션이 좋지 않은 모양이에요. 하지만 곧 털고 일어나서 다시 진료하실 수 있을 거예요. 그렇죠, 여보?" 그녀는 몸을 구부려 남편에게 다정하게 키스했다. "그럼, 당신 식사는 애니를 통해 올려 보낼게요."

페이지는 아무 대답도 하지 않았다. 돌처럼 굳은 반쪽 얼굴 때문에 입가가 일그러졌다. 그는 강인해 보이는 손으로 침대맡 탁자에 놓여 있는 책을 더듬었다. 『유럽의 야생 조류』라는 책이었다. 앤드루는 이 반신불수의 사내가 책을 읽기 전에 방을 나가야 할 것만 같았다.

저녁 식사를 하러 아래층으로 내려왔을 때 앤드루는 머릿속이 혼란스러웠고 안정이 되지 않았다. 그는《란셋》지에 난 광고를 보고 조수직에 응모했다. 이 자리를 얻게 되기까지 페이지 부인과 주고받은 어느 편지에도 페이지 선생의 병환에 대해서는 한마디도 없었다. 그러나 그가 아프고 환자를 진료할 수 없을 만큼 뇌출혈의 후유증이 심각하다는 데는 의심할 여지가 없었다. 따라서 설령 일을 다시 하게 된다고 하더라도 몇 달이 걸릴지 모르는 일이었다.

앤드루는 머릿속에서 골치 아픈 생각을 털어 내려고 애썼다. 젊고 건강한 그는 에드워드 페이지의 병 때문에 일을 더 하게 되더라도 상관없었다. 오히려 지금의 열정 같아서는 여기저기에서 왕진 요청이 쏟아지면 좋겠다는 마음이었다.

"당신은 운이 좋은 편이에요." 페이지 부인이 식당으로 들어오며 명랑하게 말했다. "오늘 밤에는 특별히 할 일이 없을 거예요. 수술이 없거든요. 간단한 일은 다이 젠킨스가 할 거예요."

"다이 젠킨스라뇨?"

"우리 병원 약사예요." 페이지 부인은 대수롭지 않다는 듯 말했다. "키가 작고 손재주가 좋은 사람이죠. 무슨 일이든 열심히 하고요. 사람들은 젠킨스 '선생'이라고도 불러요. 물론 페이지 선생님에 비할 수는 없지만요. 최근 열흘 동안은 그가 수술도 하고 왕진도 다녔어요."

앤드루는 또다시 놀란 표정으로 그녀를 쳐다보았다. 사람들에게 들은 이야기들, 이 머나먼 웨일스 골짜기에서 벌어지는 미심쩍은 의료 상황에 대해 들었던 모든 경고들이 그의 머릿속을 주마등처럼 스쳐 갔다. 그러나 그는 침묵을 지키려고 노력했다.

페이지 부인은 벽난로를 등지고 식탁의 상석에 앉았다. 푹신한 의자에 편안히 기대앉은 그녀는 즐거운 기대로 한숨을 내쉬며 앞에 있는 작은 방울을 짤랑짤랑 울렸다. 피부색이 하얀데다 말끔하게 씻은 듯한, 중년쯤 되어 보이는 하녀가 저녁 식사를 내오면서 앤드루를 힐끗 쳐다보았다.

"어서 가져와요, 애니." 페이지 부인이 잘라 낸 부드러운 빵에 버터를 발라 입으로 가져가며 말했다. "이분은 맨슨 선생이에요."

애니는 아무 대꾸도 하지 않았다. 그녀는 차갑게 식어 빠진 얇은 소 가슴살이 담긴 접시를 말없이 앤드루 앞에 놓았다. 그러나 페이지 부인 앞에는 오트밀 스타우트* 한 병과 따뜻한 비프스테이크와 양파 요리가 놓여 있었다. 의사의 아내는 자신만의 특별 요리 뚜껑을 열더니 군침을 삼키고는 적당히 익은 고기를 자르며 입을 열었다.

"오늘 점심을 제대로 먹지 못했어요. 게다가 난 식이요법 중

---

* 영국식 맥주.

이랍니다. 빈혈이 있거든요. 또 빈혈에 좋다고 해서 흑맥주를 마셔야 하죠."

앤드루는 구미가 당기지 않는 소 가슴살을 씹으며 억지로 찬물을 들이켰다. 순간 짜증이 났지만 그것도 잠깐, 곧 우스워서 견딜 수가 없어졌다. 그는 허약한 척하는 그녀의 모습이 너무도 뻔뻔스러워 웃음이 터져 나오려는 것을 간신히 억눌렀다.

식사 내내 페이지 부인은 말없이 먹기만 했다. 마지막으로 버터를 흠뻑 바른 빵과 고기를 깨끗이 먹어 치운 다음 남은 흑맥주를 쭉 들이켰다. 그리고 입가를 닦으며 의자에 등을 기대고 조금은 힘들게 숨을 내쉬었다. 그녀의 작고 둥근 뺨이 홍조를 띠며 빛나기 시작했다. 이제 나름의 방법으로 앤드루를 평가하려는 듯 그녀는 식탁에서 일어날 기미를 보이지 않았다.

그녀의 눈에 비친 앤드루는 여윈 몸에 도드라진 광대뼈와 반듯한 턱을 가졌으며, 눈동자는 파랗고 피부는 다소 거무스름해 보이는, 수줍음 많은 청년이었다. 그가 눈을 치켜뜰 때면 이마는 신경질적으로 팽팽해졌지만 눈만은 유난히 진지하고 호기심이 많아 보였다. 블로드웬 페이지에게는 그 모습이, 잘은 모르지만 왠지 전형적인 켈트인의 모습처럼 느껴졌다. 그녀는 앤드루의 얼굴에서 강인한 정신력과 기민한 지성을 엿보았다. 무엇보다 그녀를 기쁘게 한 것은 사흘 전에 산 질긴 고기를 아무 불평 없이 먹는 모습이었다. 마침 배가 고팠던 탓도 있겠지만 그 정도의 음식을 먹는 데 별로 어려움을 느끼지 않는 듯 보였다.

"우린 분명 잘해 나갈 거예요. 당신과 나라면." 그녀는 머리핀으로 이를 쑤시며 상냥한 태도로 힘주어 말했다. "물론 변화에는 조금이라도 운이 따라 줘야 하지만요."

기분이 느긋해진 블로드웬 페이지는 자신이 고생한 얘기며 이곳의 일과 상황에 대해 간단하게 설명하기 시작했다.

"정말 끔찍했어요. 당신은 모를 거예요. 페이지 선생님의 병환에다 들어오는 조수들은 하나같이 속을 썩이고, 들어오는 돈은 없고 나갈 돈만 많았죠. 당신은 도무지 믿기 어려운 일이겠지만 말이에요! 나는 광산 감독이나 관리자들과도 원만한 관계를 유지해야 해요. 진료소의 수입은 모두 그 사람들에게서 나오는 거니까요." 페이지 부인은 어깨를 으쓱하며 말을 이었다. "당신도 알게 되겠지만 블라넬리에서는 이런 식으로 병원이 운영되죠. 회사에는 세 명의 의사가 등록되어 있는데, 물론 제 남편이 가장 유능한 의사예요. 게다가 남편은 여기 온 지 삼십 년도 더 되었어요. 그것만으로도 대단한 일이죠! 이 의사들은 자기들이 원하는 대로 조수를 둘 수 있어요. 그이에게 맨슨 선생이, 루이스 선생에게 데니라는 조수가 딸려 있는 것처럼요. 조수들은 회사에 등록되지 않아요. 어쨌든 조금 전에도 말했듯이 회사에서는 광산이나 채석장에서 일하는 사람들의 월급에서 일정액을 떼어 등록된 의사들이 치료한 환자의 수만큼 진료비를 지불해요."

그녀는 말을 멈추고 미심쩍어하는 눈으로 앤드루를 응시했다.

"어떻게 돌아가는지 알 것 같군요, 페이지 부인."

"그래요?" 그녀는 짧게 웃음을 터뜨렸다. "그 문제는 더 이상 신경 쓸 필요 없어요. 맨슨 선생이 기억해야 할 것은 페이지 선생님을 위해 일한다는 사실이에요. 그 점이 무엇보다 중요해요. 당신이 페이지 선생님을 위해 일한 만큼 나도 합당한 대우를 해 드릴 거라는 점만 명심하세요."

말수 적고 주의 깊은 앤드루의 눈에는 페이지 부인이 쾌활하고 상냥한 태도 뒤로 그의 동정을 사는 동시에 자신의 권위를 세우려고 애쓰는 모습이 보였다. 아마 자신이 만만해 보인다고 생각한 것 같았다. 그녀는 시계를 힐끗 보더니 몸을 곧추세우고 기름기 흐르는 검은 머리에 머리핀을 고쳐 꽂았다. 그리고 자리에서 일어나며 음성까지 바꿔 거의 명령하듯 말했다.

"그건 그렇고 글리더 플레이스 7호 주택에서 왕진을 청해 왔어요. 5시까지 가야 해요. 지금 당장 가는 게 좋을 거예요."

2

앤드루는 안도에 가까운 이상한 기분으로 곧장 왕진을 하러 나갔다. 브링가워에 도착한 후 줄곧 그를 괴롭혔던 의심과 서로 상충하는 감정들로부터 벗어날 기회를 갖게 되어 무엇보다 반가운 마음이 들었다. 그의 머릿속에는 지금 돌아가고 있는 상황과 몸이 불편한 남편을 대신해서 병원을 운영하는 페이지 부인 블로드웬 페이지가 자신을 어떻게 이용해 먹을 것인지에 대한 의혹이 조금씩 싹트고 있었다. 참으로 묘한 상황이었고, 머릿속으로 그렸던 낭만적인 그림과도 동떨어진 것이었다. 하지만 그에게 중요한 것은 일이었고 그 밖의 것들은 모두 사소했다. 그는 어서 일을 하고 싶었다. 그리고 이제 곧 첫 환자를 만나게 되리라는 것을 실감하자 기대에 부풀어 자신도 모르게 발걸음이 빨라졌다.

앤드루는 블로드웬이 성의 없이 일러 준 방향대로 어둡고 지저분한 공터를 지나 교회 앞 큰길을 건넜다. 여전히 비가 내리고 있었다. 어둠 속에서 마을의 모습이 서서히 눈에 들어왔다. 상점들과 시온, 카펠, 헤브론, 베델, 베데스다 등 열 개가 넘는 교회당, 커다란 협동조합 상점들, 서부 주립은행의 지점 등이 골짜기에 파묻힌 대로를 따라 빼곡히 들어차 있었다. 산과 산 사이 갈라진 틈에 깊숙이 파묻힌 듯한 느낌이 묘한 압박감을 주었다. 거리에는 오가는 사람이 별로 없었다. 교회당 거리 한쪽에서 조금 걸어 올라가면 직각으로 지붕이 푸른 사택(舍宅)들이 줄지어 있었다. 그리고 그 너머 골짜기 꼭대기에는, 우중충한 하늘을 향해 커다란 부챗살처럼 퍼진 빛 아래로 블라넬리 적철석 광산과 채석장이 있었다.

앤드루는 글리더 플레이스 7호 주택에 도착해 숨죽여 노크했고, 이내 환자가 누워 있는 부엌 뒤편으로 안내되었다. 환자는 윌리엄스라는 연철공의 젊은 아내였다. 앤드루는 자신의 일생에서 진정한 출발점에 있는 이 진료가 얼마나 중요한지 의식하고는 두근거리는 가슴을 진정시키며 침대맡으로 다가갔다. 램플러 교수의 임상 실습 시간에 많은 학생들 틈에 끼어서 이런 자신의 모습을 얼마나 많이 그려 보았던가. 지금 그에게는 도와줄 사람도 없고 쉽게 설명해 줄 사람도 없었다. 그는 혼자였다. 누구의 도움도 없이 스스로 진단하고 치료해야 할 환자를 앞에 두고 있었다. 순간 앤드루는 온몸에 긴장을 느꼈고 자신이 무경험자라는 사실과 마음의 준비조차 전혀 되어 있지 않다는 사실을 아프도록 의식했다.

앤드루가 세심하게 환자를 살피는 동안 환자의 남편은 비좁고 어두운 석조 마루에 서 있었다. 환자가 병에 걸린 것은 확실했다. 그녀는 견딜 수 없이 머리가 아프다고 호소했다. 체온과 맥박, 혀의 상태 따위가 중병에 걸렸음을 말해 주고 있었다. 그렇다면 무슨 병일까? 앤드루는 환자를 다시 꼼꼼하게 살펴보며 긴장된 상태로 자신에게 물었다. 아, 그녀는 그의 첫 환자였다! 그는 지금 지나치게 긴장하고 있었다. 만약 오진이라도 하게 된다면, 중대한 실수를 하게 된다면? 아니, 그보다 진단을 내릴 수 없다면 어떻게 될까? 어느 하나 빠뜨린 것은 없었다. 절대로. 그러나 그는 여전히 자신이 알고 있는 병명과 증상들을 연결시켜 가며 문제를 해결하려 애썼다. 마침내 더 이상 진단을 늦출 수 없다는 것을 깨달은 앤드루는 천천히 몸을 일으키고 청진기를 접으며 문진할 내용을 정리했다.

"환자가 한기를 느끼지 않았나요?"

앤드루가 마룻바닥을 바라보며 물었다.

"네, 맞아요." 윌리엄스가 열띤 표정으로 대답했다. 그는 진찰이 지연되는 동안 잔뜩 겁을 먹은 듯 보였다. "사나흘 전이었어요. 그때 무척 추웠답니다."

앤드루는 생기지 않는 확신을 어떻게든 가지려고 애쓰면서 고개를 끄덕였다. 그리고 중얼거렸다.

"곧 치료해 드리겠습니다. 삼십 분 내로 진료소에 오십시오. 약을 처방해 드리지요."

앤드루는 무언가를 골똘히 생각하는 듯 고개를 숙이고 집을 나섰다. 그리고 무거운 발걸음으로 터벅터벅 진료소로 돌아왔다. 진료소는 페이지의 차고 입구에 서 있는 허름한 목조 건물이었다. 그는 안으로 들어가 가스등에 불을 켜고 먼지 낀 선반 위에 놓인 푸른색, 초록색 약병들 주위를 왔다 갔다 하며 암중모색하느라 머리를 쥐어짰다. 특별한 징후는 없었다. 그렇다. 겉으로 봐서는 감기가 분명했다. 그러나 마음속으로는 감기가 아니라는 것을 알고 있었다. 자신의 무능함에 화가 나고 절망스러워서 신음이 나왔다. 어쩔 수 없이 미봉책을 써야 했다. 램플러 교수는 자기 환자의 병명을 정확히 알 수 없을 때면 작은 처방전에 적당히 'PUO'(원인 불명의 발열)라고 적었다. 그것은 애매하면서도 정확한 표현이었다. 게다가 얼마나 과학적인 여운이 느껴지는 말이던가!

앤드루는 우울한 마음으로 조제대 아래 후미진 곳에서 170그램짜리 병을 꺼내 진지한 나머지 미간을 찌푸리며 해열제를 조제하기 시작했다. 초석 주정과 살리실산나트륨. 이런! 소다염은 어디 있지? 아, 여기 있었네! 그는 이것들이 모두 효능이 뛰어난 좋은 약이라 열을 금방 내려 줄 거라고 생각하면서 애써 스스로를 격려하려고 했다. 램플러 교수는 살리실산나트륨만큼 두루 효과 좋은 약은 없다고 입버릇처럼 말했었다.

그가 조제를 마치고 약간의 성취감에 젖어 약병에 복용 방법을 적고 있을 때 진료소의 종이 땡그랑 울리더니 현관문이 열렸다. 땅딸하고 다부진 체격의 혈색 좋은 삼십대 남자가 개를 데리고 들어섰다. 시커먼 잡종 개가 진흙 묻은 엉덩이를 바닥에 대고 앉는 동안 낡은 벨벳 양복 차림에 광부용 양말과 징 박은 장화를 신고 방수복을 어깨에 걸친 남자는 앤드루를 위아래로 훑었다. 그의 목소리는 친절하면서도 빈정거리는 듯했고 사람을 주눅 들게 하는 교양이 흘렀다.

"이 앞을 지나는데 창문에 불이 켜져 있기에 환영 인사라도 하려고 들렀습니다. 나는 데니라고 합니다. LSA인 루이스 선생의 조수죠. LSA라고 하면 잘 모르겠군요. 약사협회의 공인 약사인데, 말하자면 신과 인간에게 알려진 최고의 자격증이죠."

앤드루는 의심 어린 눈초리로 그를 노려보았다. 쭈글쭈글한 종이봉투에서 담배를 하나 꺼내 불을 붙이고 난 필립 데니가 성냥을 바닥에 내던지고는 무례하게 앞으로 성큼성큼 걸어왔다. 그는 약병을 집어 들어 약물 이름과 지시 사항을 읽고 마개를 뽑아 킁킁거리며 냄새를 맡은 다음 다시 마개를 끼워 내려놓았다. 그의 무뚝뚝하고 불그스레한 얼굴이 온화하고 다정한 표정으로 바뀌었다.

"음, 좋소! 훌륭한 처방이오. 세 시간마다 한 숟가락씩이라. 옛날 방식 그대로 따르는 정확한 복용법이군요. 하지만 선생, 하루에 세 번 복용하면 안 됩니까? 하루에 세 번 식도를 통해 약을 한 숟가락씩 내려 보내는 게 정석이라는 걸 모르지 않을 텐데." 그는 잠시 말을 멈추더니 더욱 확신에 찬 표정과 한층 부드러운 음성으로 아까보다 더 무례하게 말했다. "자, 이제 그 안에 뭐가 들었는지 말해 보시오. 냄새로는 초석 주정 같은데. 초석 주정은 정말 놀라운 약이오. 대단히 뛰어난 약이지. 그렇지 않소, 의사 양반? 위장의 가스를 배출시킬 뿐 아니라 흥분제로도 이뇨제로도 효과가 뛰어나고, 병째 꿀꺽꿀꺽 마셔도 괜찮지. 조그만 빨간색 책에 적힌 말을 기억하시오? 병명이 의심스러울 때는 초석 주정을 처방하라고 했던가, 아니 요오드화칼륨이던가? 쯧! 쯧! 내가 내 밥줄을 깡그리 잊어버렸군."

양철 지붕을 때리는 빗소리만 들릴 뿐 목조 건물 안에 다시 침묵이 흘렀다. 앤드루의 얼빠진 표정을 조롱하듯 데니가 갑자기 웃음을 터뜨렸다. 그러곤 빈정거리며 말했다.

"의학 얘기는 집어치우지. 어떻소, 의사 양반. 내 호기심을 채워 주지 않겠소? 이곳에는 왜 왔소?"

급기야 앤드루는 화가 치밀어 올라 퉁명스럽게 대꾸했다.

"블라넬리를 요양소로, 그러니까 일종의 온천장으로 만드는 게 내 꿈이죠."

데니가 다시 웃음을 터뜨렸다. 앤드루는 그 웃음에 모욕감을 느끼며 상대를 한 방 먹이고 싶어졌다.

"유머가 대단하시군요, 의사 양반. 진정한 스코틀랜드인들만이 구사할 수 있는 유머요. 안타깝게도 여기 물은 온천에 이상적이라고 추천할 수가 없군요. 게다가 이 골짜기에서 의사 나리들은 명예롭고도 고매한 직업 중에서도 하층 계급에 속한다오."

"당신을 포함해서요?"

"당연하오."

데니는 고개를 끄덕였다. 그는 한동안 말없이 옅은 갈색 눈썹 아래로 앤드루를 응시했다. 그러더니 조롱하고 빈정대는 표정을 거두고 못생긴 얼굴을 다시 뚱하게 바꾸었다. 그의 말투는 신랄하면서도 진지했다.

"이봐요, 맨슨! 내 생각에 당신은 지금 할리 거리*에 이르기 위한 첫발을 내딛었다고 여길 것이오. 하지만 이 지역에 대해 꼭 알아 두어야 할 점이 한두 가지 있소. 여기에서의 일은 낭만이 넘치는 전통적인 수련의(修鍊醫) 생활과는 동떨어진 것이란 사실이오. 여기엔 병원도 없고, 구급차도 없고, 엑스선 촬영

* 영국 런던의 일류 병원들이 밀집해 있는 거리.

기도 없고, 없는 것투성이오. 수술을 하려면 이런 식탁을 이용해야 하고, 수술 후에는 부엌 개수대에서 손을 씻어야 하지. 위생 시설이라곤 눈을 씻고 찾아봐도 없소. 아이들은 한여름 유행하는 콜레라로 파리처럼 죽어 가고. 당신 상사인 페이지 선생은 한때 훌륭한 의사였는지 몰라도 이젠 아니오. 아내 엉덩이에 짓눌려 쓸모없는 사람이 되어 버렸지. 다시 재기할 가망성은 없을 거요. 내 상사인 루이스도 돈이나 좇는 고약한 산파에 불과하오. 괴짜인 브람웰 선생은 감상적인 시 낭송이나 「솔로몬의 노래」 따위 말고는 아무것도 모르고. 나로 말할 것 같으면 좀 더 신나는 기회가 생길 때까지 기다리는 게 나을 것 같아서……붕어처럼 술만 마시지. 참! 당신네 온순한 약사 젠킨스는 여자 환자들에게 여분의 납 알약을 몰래 팔아서 뒷구멍으로 엄청난 돈을 챙기고 있소. 이상이오. 여! 호킨스, 이제 그만 가자."

데니는 개를 부르며 현관 쪽으로 천천히 걸음을 옮겼다. 그러다 발걸음을 멈추고 진열대의 약병을 바라보더니 다시 앤드루 맨슨을 쳐다보았다. 그리고 따분하고 심드렁한 말투로 말했다.

"한데 내가 당신이라면 글리더 플레이스의 그 환자 장(腸) 쪽을 살펴보겠소. 그런 환자들 중에 뚜렷한 증상을 보이지 않는 경우도 있으니 말이오."

땡그랑! 문에 달린 종이 다시 울렸다. 앤드루는 필립 데니와 호킨스가 어둠 속으로 사라질 때까지 아무 말도 하지 않았다.

3

간밤에 앤드루가 잠을 설친 이유는 군데군데 털 뭉치가 튀어나온 매트리스 때문이 아니라 글리더 플레이스의 환자에 대한 걱정 때문이었다. 장티푸스라고? 필립 데니가 떠나면서 남긴 한마디 말이 막막했던 머릿속에 새로운 의심과 불안을 던져 주었다. 자신이 중요한 몇 가지 증상을 못 본 것은 아닐까 하는 걱정에 앤드루는 터무니없이 아침 댓바람부터 환자를 다시 찾아가 봐야겠다는 마음이 솟아나는 것을 간신히 눌렀다. 게다가 긴 밤 내내 불안하게 뒤척이면서 자신이 의학에 대해 도대체 뭘 아는지 자문하는 지경에 이르렀다.

앤드루 맨슨의 성격은 유난히 격정적이었다. 고향 울라풀의 차디찬 하늘을 가로지르는 북극 오로라를 보며 자란 고원지대 출신의 어머니에게서 물려받은 기질 때문인 것 같았다. 아버지인 존 맨슨은 파이프셔의 중농으로 성실하고 근면하며 한결같은 사람이었다. 평생 성공이라는 걸 모르고 살던 그는 1차 세계대전 마지막 해에 영국 74사단에 입대했다가 황폐해질 대로 황폐해진 작은 농장만 남기고 전사했다. 어머니 제시 맨슨은 일 년 만에 농장을 목장으로 탈바꿈시켰고 앤드루가 책과 씨름하느라 바쁘다고 생각되면 스스로 운전을 해서 우유를 배달하곤 했다. 그러다 어머니는 몇 해 동안 대수롭지 않게 여겨왔던 기침이 악화되어 급기야 폐병에 걸렸고, 고운 피부와 검은 머리카락은 망가져 버렸다.

그의 구세주는 전형적인 스코틀랜드식 장학 재단인 글렌 장학회였다. 가난하지만 장래가 촉망되는, 앤드루라는 세례명을 가진 학생들에게 일 년에 50파운드 한도 내에서 오 년간 장학금을 지급하고 나중에 능력껏 성실히 반환하게 하라는 핸드루 글렌 경의 소박한 유언을 받들어 조성된 장학금이었다.

앤드루는 쪼들리기는 했지만 글렌 장학금 덕분에 세인트앤드루스 대학을 무사히 마치고 던디 시의 의과대학에 진학할 수 있었다. 그러고 나서 장학금도 갚을 겸 여의치 않은 형편 때문에 갓 의사 자격증을 딴 조수에게도 250파운드라는 적지 않은 보수를 준다는 남웨일스로 서둘러 오게 된 것이다. 그는 내심 에든버러 왕립병원의 임상의가 되고 싶었으나 보수가 이곳의 10분의 1밖에 되지 않았다.

앤드루는 블라넬리에서의 첫 환자에 대한 걱정 때문에 정신이 몽롱한 상태로 침대에서 일어나 면도를 하고 옷을 입었다. 그리고 서둘러 아침 식사를 하고 다시 자기 방으로 뛰어 올라왔다. 그는 가방에서 푸른 가죽으로 된 작은 상자를 꺼내 열고 세인트앤드루스 재학 시절 매년 임상의 분야 최고의 학생에게 수여한 헌터 골드 메달을 진지하게 들여다보았다. 바로 앤드루 맨슨 자신이 그 상을 받았던 것이다. 그는 무엇보다 그 점을 자랑스러워했고 그 메달을 미래에 대한 용기를 심어 주는 부적처럼 여겼다. 그러나 오늘 아침따라 그런 자부심은 온데간데없었다. 그는 마음속에 자신감을 되찾으려는 듯 자랑스러움 대신 간절한 애원이 담긴 눈빛으로 그것을 바라보았다. 잠시 후 앤드루는 아침 진료를 위해 밖으로 나갔다.

앤드루가 진료소로 내려갔을 때 이미 출근한 다이 젠킨스가 수도꼭지를 틀어 커다란 질그릇 냄비에 물을 담고 있었다. 젠킨스는 홀쭉한 뺨에 붉은 핏줄이 도드라지고 한 번의 시선으로 사방을 둘러보는 날래고 작은 경주견 같은 사람이었다. 비쩍 마른 다리에는 앤드루가 지금까지 본 그 누구의 것보다도 몸에 착 달라붙는 바지를 입고 있었다.

그가 앤드루에게 상냥하게 인사를 건넸다.

"이렇게 일찍 나오지 않아도 되는데요, 선생님. 나오시기 전에 일상적인 업무나 증명서 정리는 제가 처리하거든요. 페이지 선생님이 편찮으실 때는 페이지 부인이 선생님의 서명이 새겨진 고무도장을 관리하죠."

"고맙군요. 환자는 내가 직접 보고 싶어서요." 앤드루는 잠시 말을 멈추고 약사의 일 처리를 보며 자신의 걱정을 잠깐 떨쳐 냈다. "그건 뭐 하는 겁니까?"

젠킨스가 눈을 찡긋했다.

"이렇게 약병에 담긴 물을 마시면 맛이 더 좋거든요. 우리야 아쿠아라는 옛말의 의미를 잘 알죠.* 안 그래요, 총각 선생님? 하지만 환자들은 몰라요. 제가 수도꼭지를 틀어 약병에 물을 담는 모습을 멍하니 보며 서 있는 사람들을 보면 영락없는 멍청이를 보는 것 같다니까요."

왜소한 약사는 뭔가 더 얘기를 나누고 싶어 하는 눈치였지만 마침 진료소 뒤쪽으로 약 40킬로미터쯤 떨어진 곳에서 누군가의 목소리가 들려왔다.

"젠킨스! 젠킨스! 이리 좀 와요, 어서!"

젠킨스는 주인의 채찍질에 지나치게 길들여진 개처럼 벌떡

---

* 라틴어 아쿠아(aqua)는 워터(water)와 같은 의미이지만, 젠킨스는 이를 잘 모르는 환자들을 아쿠아라는 그럴듯한 말로 속여 온 모양이다.

일어났다. 그가 떨리는 목소리로 말했다.

"잠깐 실례하겠습니다. 페이지 부인이 부르네요. 빨리 뛰어가 봐야 해요."

아침이라 다행히 진료소에는 환자가 별로 없었고 10시 30분쯤에는 모든 일이 끝났다. 앤드루는 젠킨스에게서 왕진해야 할 환자 명단을 받아 들고 즉시 토머스와 함께 마차에 올랐다. 그러고는 괴로운 기대를 하며 늙은 마부에게 글리더 플레이스 7호로 가자고 말했다.

이십 분 후 그는 꽉 다문 입술로 창백한 얼굴에 기묘한 표정을 지으며 7호를 나섰다. 그리고 역시 왕진 명단에 올라 있는 두 집 건너 아래쪽의 11호 주택에 들렀다. 11호를 나선 뒤에는 길 건너 18호로 갔고, 그다음에는 모퉁이를 돌아 래드너 플레이스로 갔다. 그곳에는 젠킨스가 어제도 왕진을 했다고 표시해 놓은 환자가 두 명 있었다. 한 시간 동안 그 근방에서만 모두 일곱 명의 환자를 보았다. 글리더 플레이스 7호를 포함해서 환자들 중 다섯 명은 전형적인 발진을 보였는데, 장티푸스가 분명했다. 최근 열흘 동안 젠킨스는 그들을 초크*와 아편으로 치료해 오고 있었다. 전날 밤 자신의 어설픈 분투가 어떠했건 간에 앤드루는 불안에 떨며 자기 손으로 환자에게 장티푸스 열이 있다는 사실을 확인하게 되었다.

앤드루는 두려운 마음에 어쩔 줄 몰라 하며 되도록 빨리 나머지 집들을 왕진했다. 점심 식사 시간에 페이지 부인은 노릇노릇하게 잘 구워진 송아지 췌장 요리를 먹으면서 명랑한 어

* 암페타민류의 마약.

조로 말했다.

"페이지 선생을 위해 이걸 주문했는데 그이가 먹고 싶지 않다고 해서요."

앤드루는 굳은 표정으로 묵묵히 그 문제에만 골몰했다. 페이지 부인에게서는 어떤 정보도, 어떤 도움도 받지 못하리라는 것을 알고 있었다. 그는 직접 페이지 선생에게 말을 꺼내야겠다고 생각했다.

그러나 앤드루가 페이지의 방으로 올라갔을 때 커튼은 내려져 있었고, 에드워드 페이지는 심한 두통 때문에 붉어진 이마를 찡그리며 엎드려 있었다. 비록 그가 방문객에게 앉으라고 말은 했지만 앤드루는 이 문제를 지금 그에게 꺼낸다는 것은 잔인한 일이라는 생각이 들었다.

잠시 페이지의 침대맡에 앉아 있던 앤드루는 나가 보려고 일어섰다. 그러다 이것만은 물어봐야겠다는 생각에서 용기 있게 입을 열었다.

"페이지 선생님, 만일 전염병 환자가 발생하면 어떻게 하는 게 최선일까요?"

한동안 침묵이 흘렀다. 페이지는 말이라는 단순한 행위에 의해 두통이 심해지기라도 하는 듯 미동도 하지 않고 두 눈을 감았다.

"항상 어려운 문제지. 우리에겐 환자를 격리시킬 병실이 없거든. 만일 자네가 그런 곤경에 처하게 되면 토니글랜에 있는 그리피스에게 전화하게. 여기에서 24킬로미터 떨어진 곳이지. 그는 이 지역의 보건소장일세." 그리고 이번에는 좀 더 오랫동안 침묵이 흘렀다. "그가 과연 도움이 될지는 모르겠네만."

앤드루는 이 같은 정보에 고무되어 얼른 거실로 내려가 토니글랜으로 전화를 걸었다. 그가 수화기를 귀에 대고 있는 모습을 하녀인 애니가 부엌 문가에서 바라보고 있었다.

"여보세요! 여보세요! 토니글랜의 그리피스 선생님 계십니까?"

겨우 전화가 연결되었다.

매우 조심스러운 남자의 목소리가 들렸다.

"누구시죠?"

"블라넬리의 맨슨이라고 합니다. 페이지 선생님의 조수죠." 앤드루의 음성이 지나치게 높았다. "이곳에 장티푸스 환자가 다섯 명 발생했습니다. 선생님이 즉시 와 주셨으면 합니다."

잠시 침묵이 흐르더니 억센 웨일스 사투리의 목소리가 변명하듯 말했다.

"이거 죄송해서 어쩌죠. 그리피스 선생님은 스완지에 가셨습니다. 중요한 공무가 있어서요."

"그럼 언제 돌아오십니까?"

앤드루가 소리치듯 물었다. 통화 상태가 매우 좋지 않았다.

"그건 저도 확실히 말씀드릴 수가 없습니다."

"하지만……."

그때 멀리서 찰칵 하는 소리가 들렸다. 상대방이 조용히 전화를 끊어 버린 것이다. 앤드루는 신경질적으로 소리를 질렀다.

"제기랄! 전화 받은 사람은 그리피스가 틀림없어!"

앤드루는 다시 전화를 걸었지만 연결되지 않았다. 그가 끈덕지게 전화를 다시 걸려다 문득 돌아보니 애니가 두 손을 앞치마 위에 포개 얹고 진지한 눈빛으로 그를 향해 걸어오고 있었다. 마흔다섯 살쯤 된 듯한 그녀는 단정하고 깔끔한 옷차림에 차분하고 참을성 있어 보이는 온화한 표정을 짓고 있었다.

"엿들으려고 한 건 아닌데요, 선생님. 그리피스 선생님은 지금 이 시간엔 토니글랜에 계시지 않을 거예요. 오후에는 대개 스완지의 골프장에 가시니까요."

앤드루는 목구멍에 걸린 가래를 꿀꺽 삼키고는 화를 내며 말했다.

"하지만 내가 통화한 사람이 그리피스 같던데요."

"아마 그럴지도 모르죠." 그녀가 희미하게 웃었다. "스완지에 가지 않을 때도 집에 없다고 대답한다고 들었거든요." 그녀는 돌아서서 나가며 차분하고도 다정하게 말했다. "저라면 그 사람 때문에 쓸데없이 시간 낭비하지 않겠어요."

앤드루는 더욱 치밀어 오르는 분노와 짜증을 누르며 수화기를 내려놓았다. 그러고는 투덜대며 밖으로 나가 왕진을 한 번 더 돌았다. 그가 돌아왔을 때는 저녁 진료 시간이었다. 그는 진료실로 쓰는 칸막이 방에 앉아 밀려드는 환자들과 씨름했다. 그들의 축축한 몸에서 발산되는 땀으로 벽에는 습기가 차고 숨이 막힐 지경이었다. 무릎을 다쳤거나 손가락이 잘렸거나 안구 진탕증 또는 만성 관절염으로 고생하는 광부들과 그들의 아내는 물론이고 기침을 한다든지 감기에 걸렸다든지 발을 삐었다든지 하는 온갖 사소한 병증을 보이는 광부의 아이들도 치료했다. 여느 때 같으면 경험을 쌓는다는 생각에 이 시커멓고 혈색 나쁜 사람들도 반갑게 맞아 조용히 찬찬하게 진찰하면서 즐거워했을 것이다. 그러나 가뜩이나 중대한 문제가 머릿속을 채우고 있는 지금은 이런 사소한 질병들이 그저 머리만 혼란스럽게 할 뿐이었다. 그는 처방전을 쓰고 청진기로 진찰하고 진단을 내리면서도 마음속으로는 줄곧 다른 생각을 하다 이런 결심을 하기에 이르렀다. '제까짓 게 나를 그런 식으로 취급하다니. 그 녀석을 증오해. 그래, 정말 지긋지긋하게 싫어. 하지만 이제 어쩔 수가 없어. 녀석을 찾아가는 것 말고는 방법이 없어.'

9시 30분에 마지막 환자가 진료소를 떠나자 앤드루는 결연한 눈빛으로 진찰실을 나왔다.

"젠킨스, 데니 선생 어디에 살고 있죠?"

왜소한 약사는 지각 환자가 들이닥칠까 봐 성급히 현관문의 빗장을 걸고 나서 우스꽝스러울 정도로 겁에 질린 표정으로 돌아섰다.

"설마 그런 녀석과 알고 지낼 생각은 아니겠죠, 선생님? 페이지 부인은 그 사람을 몹시 싫어해요."

앤드루가 딱딱하게 물었다.

"왜 페이지 부인이 그를 싫어하죠?"

"다른 사람들이 싫어하는 것과 같은 이유죠. 그자가 페이지 부인에게 무례하게 굴거든요." 젠킨스는 잠시 말을 멈췄다가 앤드루의 표정을 살피며 마지못해 말을 이었다. "정 알고 싶으시다면 할 수 없죠. 교회당 거리 49번지 시거 부인 댁에 삽니다."

앤드루는 다시 밖으로 나갔다. 오늘 하루 종일 왕진을 다녔지만 당장 그의 어깨를 짓누르는 환자들에 대한 책임감 때문에 피곤함도 잊었다. 교회당 거리가 가까워지고 데니가 사는 하숙집이 보이자 앤드루는 안도감이 먼저 들었다. 하숙집 여주인이 그를 맞았다.

데니는 앤드루를 보고 놀란 것 같았지만 겉으로는 내색하지 않았다. 그는 한참을 뚫어지게 바라보다 이렇게 물었다.

"이런! 누가 죽기라도 했소?"

아직 어수선하고 따뜻한 거실 문가에 서 있던 앤드루의 얼굴이 붉어졌다. 그는 화나고 자존심이 상하는 것을 애써 누르며 통명스럽게 대꾸했다.

"선생 말이 맞았어요. 장이 문제였어요. 그걸 모르다니 나 같은 의사는 아무짝에도 쓸모없어요. 환자가 다섯 명으로 늘어났어요. 여기 오는 게 내키지는 않았지만 달리 방법이 없었어요. 보건소장에게 전화해 봤지만 아무 말도 듣지 못했거든요. 그래서 당신의 조언을 얻으려고 왔어요."

데니는 난롯가로 의자를 반쯤 돌려 앉은 채 파이프를 입에 물고 귀를 기울이다가 나중에는 마지못해 듣는 듯한 태도를 보였다.

"일단 안으로 들어오쇼." 그러고는 갑자기 짜증난 말투로 소리쳤다. "아! 이리 와서 앉으라니깐. 결혼에 이의가 없느냐고 묻는 장로교 목사처럼 거기 서 있지만 말고. 한잔 하겠소? 아, 싫다고! 내 그럴 줄 알았지."

앤드루는 그의 권유에 마지못해 응하는 척 자리에 앉은 뒤 지지 않겠다는 듯 자신도 담배에 불을 붙였다. 데니는 별로 서두르는 기색이 없었다. 그는 터진 슬리퍼 밖으로 나온 발가락으로 옆에 앉은 호킨스를 툭툭 건드렸다. 그리고 마침내 앤드루가 담배를 한 대 다 피우고 나자 고개를 젖히며 말을 꺼냈다.

"원한다면 저걸로 한번 들여다봐요."

탁자에는 성능 좋은 차이스 현미경과 슬라이드 몇 개가 놓여 있었다. 앤드루가 슬라이드에 초점을 맞춘 뒤 유침렌즈를 밀어 넣자 금세 잔가지 모양의 박테리아 무리가 또렷이 보였다.

"현미경이 구닥다리라서." 데니는 불평을 미리 차단하려는 듯 지레 빈정거렸다. "보기에도 그렇지 않소? 하기야 나는 의사가 아니라 장사꾼이니. 하지만 당신, 이런 열악한 곳에서는 무엇에든 만물박사가 되야 해요. 물론 이건 육안으로 봐도 틀림없지만 말이오. 난 내 오븐의 배양액에서 키웠지요."

"선생에게도 그런 환자가 있단 말입니까?"

앤드루가 흥미진진한 표정으로 물었다.

"네 명! 모두 당신 동네 사람들이지요." 데니는 잠시 멈췄다가 말을 이었다. "이 세균은 글리더 플레이스의 우물에서 채취한 거라오."

앤드루는 이 남자의 일에 대한 열성을 깨닫고는 진지하게 그를 쳐다보았다. 물어보고 싶은 것도 많았다. 그리고 무엇보다 전염병의 진원지를 알게 되었다는 사실이 기뻤다.

데니는 여전히 냉정하면서도 비꼬듯이 말했다.

"그쪽도 알겠지만 파라티푸스는 이곳에서는 풍토병과 같소. 하지만 어느 날 갑자기 무서운 속도로 동네에 번져 나갈 거요. 원인은 마을 하수도요. 그 하수도가 악마처럼 새어 나와 마을 저지대의 낮은 우물을 절반이나 오염시키고 있지. 내 진작 그리피스에게 귀에 못이 박히도록 떠들었소만. 워낙 게으른 데다 무능력하고 책임 회피만 하는 암적인 존재라. 내가 지난번에 전화해서 다음에 만나면 대갈통을 박살 내 버리겠다고 했소. 아마 오늘 당신 전화를 받지 않은 것도 그 때문일 거요."

"그야말로 철면피로군요."

앤드루는 치밀어 오르는 분노를 그대로 터뜨렸다.

데니는 어깨를 으쓱했다.

"녀석은 얄팍한 봉급이 깎일 만한 일을 무어라도 평의회에 보고하지 않는다오."

그들 사이에 침묵이 흘렀다. 어느새 앤드루는 대화가 계속되었으면 하는 바람을 갖게 되었다. 데니에 대한 적대감은 여전한데도 그의 염세주의와 무신론과 차갑지만 논리적인 냉소주의에 이상하게 끌렸다. 그러나 더 이상 여기에 머물 구실이 없었다. 그래서 그는 이런 감정을 누른 채 의례적인 감사의 인사를 하고 안도감을 표시하며 자리에서 일어나 현관으로 걸음을 옮겼다.

"여러 가지를 알려 줘서 고맙습니다. 이제 어떤 방법을 취해야 할지 알게 됐네요. 그 진원지에 대해 걱정하면서 보균자를 어떻게 치료해야 할까 생각했는데, 우물물이 원인이라고 당신이 딱 꼬집어 가르쳐 줘서 한결 간단해졌어요. 이제부터 글리더 플레이스의 모든 물은 끓여 먹도록 조치를 취해야겠어요."

데니도 따라서 일어섰다. 그러곤 으르렁대며 그 특유의 냉소적인 유머로 말했다.

"끓여 마셔야 할 놈은 그리피스지. 그리고 이제 그놈의 감동적인 감사 인사는 그만 하쇼. 이번 일이 끝나기 전까지 서로 참아야 할 일이 더 많아질 거요. 그리고 참을 만하다면 언제라도 내 집을 방문하고. 여기에선 사교 생활이라고 해야 별다른 게 없으니." 그는 개를 쳐다보며 무례한 어조로 말을 마쳤다. "스코틀랜드 출신 의사지만 환영해야지. 그렇지 않아, 존 경?"

존 호킨스 경이 양탄자에 꼬리를 살랑살랑 부딪치며 앤드루를 약올리기라도 하듯 분홍색 혀를 길게 빼서 날름거렸다.

집으로 돌아가는 길에 급수에 대해 엄격한 주의를 주려고 글리더 플레이스에 들른 앤드루는 자신이 생각보다 데니를 싫어하지 않음을 깨달았다.

4

앤드루는 성급하고 열정적인 성격답게 장티푸스 방역에 온몸을 던졌다. 그는 자신의 일을 사랑했고 의사 초년생으로서 이런 기회를 갖게 된 것이 행운이라고 생각했다. 처음 몇 주 동안은 노예처럼 일해도 즐겁기만 했다. 자신이 담당하는 일상적인 진료도 게을리 하지 않았고, 어떻게든 그 일을 마치면 의기양양하게 장티푸스 환자를 돌보았다.

그는 첫 전투에서 운이 좋은 편이었다. 그달이 거의 끝나갈 무렵 그의 장티푸스 환자들은 모두 건강해졌고, 더 이상 발병 환자도 생기지 않는 것 같았다. 앤드루는 자신이 물을 끓여 먹게 하고 살균을 하고 환자를 격리시키고 집집마다 침대 시트를 콜타르에 적셔 소독하고, 페이지 선생의 계좌 부담으로 표백분을 구입하여 손수 글리더 지역의 하수구에 살포하는 등 예방책을 엄격하게 시행한 덕분이라고 의기양양하게 외쳤다. "잘 해냈어. 나 혼자 해낸 일은 아니지만. 아니, 어쨌든 내가 해낸 거야!" 앤드루는 자기 환자들이 데니의 환자들보다 빨리 완쾌되었다는 사실에 은밀히 쾌재를 부르면서도 어쩐지 그런 자신이 싫었다.

데니는 여전히 앤드루를 어리둥절하게 만들거나 성나게 했다. 환자들이 서로 가까운 거리에 살고 있어서 그들은 마주치는 일이 많았다. 그럴 때면 데니는 자신들이 하는 일에 대해 빈정거리곤 했다. 그는 자신과 앤드루를 가리켜 "전염병과 사투를 벌이고 있다."라고 말했는데, 다소 악의적인 재미에서 그런 진부한 표현을 즐겼다. 그러나 대개는 "잊지 말게. 우리는 진정으로 영광스러운 직업의 명예를 지키고 있다네." 하고 조롱하고 빈정대며 환자에게 다가가 침대 옆에 걸터앉아서는 환자의 몸에 손을 대 보면서 몇 시간씩을 병실에서 보냈다.

앤드루는 이따금 데니가 수줍어하거나 천진한 모습을 보일 때면 호감을 느끼다가도 침울해하며 코웃음을 치는 듯한 말 한마디에 그런 감정은 산산조각이 나곤 했다. 어느 날 그는 상처 받고 좌절된 기분을 달래려고 『의사 인명록』을 뒤적였다. 페이지 선생의 책장에 꽂혀 있던 것으로 오 년 전에 발간된 것이었는데, 그곳에 다소 놀랄 만한 내용이 적혀 있었다. 필립 데니가 케임브리지 대학의 최우수 졸업생으로, 런던 소재 가이 병원에서 수련의 과정을 마치고 석사 학위를 취득했으며, 당시만 해도 공작령이었던 리버러의 명예 외과 의사로 근무하는 것으로 적혀 있었던 것이다.

그 후 11월 10일에 뜻밖에도 데니에게서 전화가 걸려 왔다.

"맨슨! 자네를 만나고 싶네. 3시까지 내 집에 와 줄 수 있겠나? 중요한 일이야."

"물론, 가야지."

앤드루는 골똘히 생각에 잠긴 표정으로 점심을 먹으러 갔다. 그가 접시에 놓인 코티지 파이를 먹는 동안 블로드웬 페이지는 줄곧 위압적이고 경계하는 눈초리로 그를 응시했다.

"누구 전화죠? 데니라는 사람이죠? 그런 사람과 어울리면 안 돼요. 그는 뭐 하나 도움이 안 되는 사람이에요."

앤드루는 불쾌한 표정으로 그녀를 노려보았다.

"정반대입니다. 그는 매우 유능한 사람이에요."

"흥! 그럼 계속해서 잘해 보세요." 블로드웬은 앤드루의 대답이 불쾌했는지 언제나처럼 심술궂게 쏘아붙였다. "그 사람은 진짜 이상해요. 약 같은 건 절대 투여하지 않죠. 메건 라이스 모건 양이 진찰을 받으러 갔더니 매일 3킬로미터씩 등산이나 하고 쓸데없는 약으로 몸을 망치지 말고 끊어 버리라고 했다는군요. 그가 한 말 그대로 전하는 거예요. 결국 모건 양은 우리 진료소를 찾아왔고, 젠킨스가 지어 주는 약을 지금까지도 먹고 있어요. 정말 무례하기 짝이 없는 사람이에요. 듣자 하니 어딘가에 아내가 있다고 하는데 함께 살지는 않아요. 게다가 항상 술에 취해 있잖아요. 그런 인간은 가까이 하지 말아요. 그리고 당신은 페이지 선생을 위해 일하고 있다는 사실을 명심하세요."

블로드웬이 그에게 익숙한 명령을 퍼붓는 동안 앤드루는 은근히 화가 치밀어 올랐다. 지금까지는 되도록 그녀의 기분을 거스르지 않으려고 노력해 왔지만 그녀의 요구에는 한계가 없는 것 같았다. 의혹과 명랑함을 오가는 그녀의 태도는 월급을 가능한 한 적게 주면서 그에게서 마지막 한 방울까지 짜내려는 의도처럼 보였다. 월급날이 이미 사흘이나 지났는데도 첫 달 월급을 여태 주지 않고 있었다. 그녀의 게으름 때문인지는 모르나 그로서는 몹시도 걱정스럽고 짜증나는 일이었다. 그런 감정을 간신히 억누르고 있던 차에 그녀가 데니에 대해 이러쿵저러쿵 흉을 늘어놓는 것을 듣고 있자니 문득 데니에 대해 좋은 감정이 생겼다.

앤드루가 갑자기 격앙된 목소리로 말했다.

"월급을 제 날짜에 주신다면 페이지 선생을 위해 일하고 있다는 것을 더욱 명심하겠습니다, 페이지 부인."

기가 막히다는 표정으로 얼굴을 붉히는 블로드웬을 보자 앤드루는 그녀가 월급을 잊고 있었던 게 아님을 알았다. 그녀가 머리를 꼿꼿이 쳐들고 소리쳤다.

"안 그래도 드리려고 했어요, 세상에!"

그녀는 앤드루에게 모욕을 당했다고 느꼈는지 식사 시간이 끝날 때까지 그에게 눈길 한번 주지 않고 화난 표정을 짓고 있었다. 그러나 점심 식사 후 앤드루를 거실로 불렀을 때는 웬일인지 사근사근한데다 명랑한 미소까지 짓고 있었다.

"자, 선생 월급이에요. 지금까지 다른 의사들은 현금으로 받는 걸 좋아하더군요. 앉으세요. 선생 앞에서 세어 볼테니까."

그녀는 초록색 플러시로 된 자신의 전용 안락의자에 앉아 피둥피둥한 무릎에 지폐 20파운드와 검정색 가죽 지갑을 올려놓았다. 그러고는 무릎 위의 지폐를 천천히 세면서 앤드루의 손에 한 장씩 건네주었다.

"하나, 둘, 셋, 넷!"

지폐 뭉치의 마지막 장에 가까워질수록 동작은 차츰 느려졌고 그녀는 교활해 보이는 검은 눈을 알랑거리듯 찡긋댔다. 열여덟 장까지 세었을 때 그녀는 돌연 손길을 멈추고 스스로 처지가 딱하다는 듯 한숨을 짧게 내쉬었다.

"선생, 이런 불경기에는 이 돈도 꽤 큰돈이에요. 어때요, 주는 게 있으면 받는 것도 있다는 게 내 신조인데, 나머지 두 장은 행운을 위해 내가 가져도 될까요?"

앤드루는 그저 잠자코 있었다. 상대의 비열함이 만들어 내는 상황이 도저히 견디기 힘들었다. 진료소 수입이 상당하다는 것은 그도 알고 있었다.

블로드웬은 일 분쯤 앤드루의 표정을 살폈다. 그러다 그가 돌처럼 표정만 굳어질 뿐 아무런 반응도 없자 앵돌아진 몸짓으로 나머지 지폐를 내던지면서 날카롭게 말했다.

"자, 가져가요, 가져가!"

그녀는 의자에서 벌떡 일어나 거실을 나가려 했다. 그녀가 막 문에 이르렀을 때 앤드루가 불러 세웠다.

"잠깐만요, 페이지 부인." 하고 그는 흥분되면서도 단호한 목소리로 말했다. 이러고 싶지는 않지만, 상대, 아니 자신을 이용해 먹으려는 그 탐욕스러운 이기심을 이대로 내버려 두지 않겠다고 결심한 것이다. "이건 20파운드밖에 안 되는데요. 이런 식으로 계산하면 일 년에 240파운드밖에 안 됩니다. 처음부터 제 연봉은 250파운드라고 분명히 합의를 한 걸로 알고 있습니다. 나머지 16실링 8펜스를 더 주셔야 합니다, 부인."

그녀의 얼굴빛이 분노와 실망으로 창백해졌다.

"어쩜 그렇게!" 그녀의 목소리가 떨렸다. "우리 사이에 잔돈까지 계산할 셈인가요? 스코틀랜드인이 쩨쩨하다는 말은 들었는데 이제야 똑똑히 알겠군요. 여기 있어요! 이런 치사한 은화랑 동전일랑 다 가져가요."

그녀는 앤드루를 쏘아보며 불룩한 지갑에서 떨리는 손가락으로 동전을 세서 내놓았다. 그리고 마지막으로 그를 노려본 뒤 몸을 홱 돌려 급하게 나가 문을 쾅 하고 닫았다.

앤드루는 분노로 가슴이 터질 것만 같아 집을 나섰다. 그녀의 조롱이 부당하다고 느꼈기 때문에 더욱 견딜 수가 없었다. 문제는 그까짓 얼마 안 되는 돈이 아니라 원칙을 어겼기 때문이라는 사실을 그녀는 모르는 걸까? 게다가 그가 대단히 도덕적이어서가 아니라 타고난 천성, 그러니까 북부 출신 특유의 단호함 때문에 누가 자신을 바보로 만드는 것을 참을 수가 없었다.

잠시 후 우체국에 도착한 앤드루는 등기용 봉투를 구입해 20파운드를 동봉한 후 글렌 장학회로 부쳤다. 은화는 자신의 용돈으로 남겨 두었다. 그러고 나자 기분이 좀 풀리는 듯했다. 그때 브람웰 선생이 걸어오는 모습을 발견하고는 그의 표정이 한층 밝아졌다.

초라한 검정색 옷차림의 브람웰은 몸을 꼿꼿이 세우고 더러운 옷깃 뒤로 백발을 휘날리며 팔을 뻗어 들고 있는 책에 시선을 고정시킨 채 보도 위를 한 발 한 발 천천히 위엄 있게 내딛으며 걸어왔다.

"아, 맨슨 군 아닌가! 책에 열중해 있어서 하마터면 못 보고 지나칠 뻔했군."

앤드루가 희미하게 웃었다. 브람웰은 또 한 명의 '등록된' 의사인 루이스와 달리 앤드루가 이곳에 도착했을 때 자신을 따뜻하게 환영해 주었기 때문에 앤드루는 그에게 친근함을 느끼고 있었다. 브람웰은 환자가 많지 않아서 조수를 거느릴 만한 여유는 없었지만 당당한 태도나 성품은 어쩐지 명의 같은 데가 있었다.

브람웰은 읽던 부분을 표시하기 위해 지저분한 집게손가락을 책 속에 끼운 채 책을 덮은 다음 별스럽게도 다른 손을 낡은 코트 앞가슴으로 찔러 넣었다. 마치 연극에서나 볼 수 있는 몸짓이라 비현실적으로 보였지만 그는 분명 블라넬리의 큰길에 서 있었다. 데니가 그에게 '괴짜'라는 별명을 붙인 것이 전혀 이상하지 않았다.

"그런데 자네, 이 조그만 동네가 마음에 드나? 지난번 자네가 나와 내 마누라가 사는 은신처에 왔을 때도 말했지만 첫인상만큼 나쁜 곳은 아니라네. 우리에겐 각자의 재능과 교양이 있지. 내 마누라와 나도 그걸 키워 나가려고 최선을 다한다네. 맨슨, 우린 비록 황무지에 가게 되더라도 횃불을 켤 걸세. 자네, 언제 저녁에 시간 나면 우리 집에 다시 와 주기 바라네. 참, 자네, 노래 부를 줄 아나?"

앤드루는 왠지 웃어야 한다는 생각이 들었다.

브람웰은 열정적인 어조로 말을 이었다.

"자네가 장티푸스 환자를 치료한 얘기는 모두 들었네. 블라넬리는 자네를 자랑스러워하네. 내게도 그런 기회가 온다면 얼마나 좋을까. 만일 내 도움이 필요한 일이 생기면 언제라도 연락해 주게!"

도대체 이런 사람을 누가 이상하다고 말하는 거지? 앤드루는 양심의 가책을 느껴서 얼른 대답했다.

"브람웰 선생님, 사실 제 환자 중에 아주 보기 드문 2차 종격동염 환자가 있는데 시간 있으시면 같이 가서 봐 주시겠습니까?"

"그래?" 브람웰은 열정이 조금 가신 목소리로 되물었다. "자네에게 괜히 폐가 되고 싶지는 않네만."

"길모퉁이만 돌면 됩니다." 앤드루가 상냥하게 말했다. "안 그래도 데니 선생을 만나러 가기 전까지 삼십 분쯤 시간이 있습니다. 환자 집은 아주 가까워요."

브람웰은 거절할 것처럼 잠시 주저하더니 마지못해 따라나섰다. 그들은 글리더 플레이스를 걸어 내려가 환자의 집으로 갔다.

앤드루가 말한 대로 환자는 흉선이 존속하는 희귀한 경우였다. 앤드루는 이런 진단을 내린 자신이 무척 자랑스러운데다 브람웰을 초대해 이런 발견의 기쁨과 전율을 함께 느끼며 열정적인 대화도 나누고 따뜻함도 경험하고 싶었다.

하지만 브람웰은, 비록 그렇지 않다고 변명은 했지만, 이런 기회가 별로 내키지 않는 것처럼 보였다. 그는 마지못해 앤드루를 따라 환자의 방으로 들어와서는 귀부인처럼 코를 킁킁거리며 침대맡으로 다가갔다. 게다가 어느 정도 거리를 두고 서서 건성으로 환자를 살폈다. 그다지 오래 있을 마음도 없어 보였다. 환자의 집을 나서서 신선한 공기를 한껏 들이마신 뒤에야 그는 평정을 되찾았다. 그는 달아오른 표정으로 앤드루를 쳐다보았다.

"자네와 함께 환자를 보게 되어서 정말 기쁘네. 무엇보다 감염에 대한 위험에도 몸을 사라지 않는 것이 의사의 사명감이라는 걸 알게 되었고, 또한 의학의 발전을 확인할 수 있어서 뜻깊었네. 믿을지 모르겠지만 난 췌장염 환자치고 저렇게 양호한 경우는 처음 보았네."

브람웰은 어쩔 줄 몰라 하는 앤드루에게 악수를 건네고 서둘러 가 버렸다. 췌장염이라니! 어이가 없었다. 브람웰이 그런 형편없는 오진을 한 것은 단순한 말실수가 아니었다. 환자를 대하는 태도가 무성의하더니 결국 무지함마저 들통났다. 그는 그저 몰랐던 것이다. 앤드루는 손으로 이마를 문질렀다. 수백 명의 목숨을 손에 쥔 개업의가 췌장과 흉선의 차이를 모르다니! 하나는 배 속에 있고, 다른 하나는 가슴에 있는데. 이렇게 황당한 일이 또 있단 말인가!

그는 데니의 하숙집을 향해 천천히 걸어 올라가면서 의사에 대한 개념이 통째로 흔들리는 것을 다시 한번 느꼈다. 자신은 아직 수련이 부족한 풋내기 의사로서 언제든지 실수를 저지를 수 있다는 것을 알고 있었다. 그러나 브람웰은 경험이 부족한 의사도 아닐 뿐더러 그의 무지함은 변명의 여지가 없는 것이었다. 앤드루는 문득 자신이 속한 이 직업 세계를 서슴없이 조롱하는 데니가 생각났다. 데니는 처음에 영국에는 무지하고 자기 환자들에게 허세를 늘어놓는 것밖에 모르는 무자격 의사들이 부지기수라는 말을 장황하게 떠들어 그를 격분시켰다. 그런데 앤드루도 지금은 데니의 말이 아주 틀린 것은 아니라는 생각을 하게 되었다. 그는 이따 오후에 이 문제에 대해 다시 토론해야겠다고 결심했다.

그러나 데니의 방으로 들어갔을 때 앤드루는 이런 학구적인 논의를 할 만한 분위기가 아니라는 것을 곧 눈치 챌 수 있었다. 데니는 우울한 눈빛과 어두운 낯빛으로 시무룩하게 앤드루를 맞았다.

잠시 후 데니가 입을 열었다.

"청년 존스가 오늘 아침 7시에 숨을 거뒀다네. 천공(穿孔)으로." 그는 냉담하면서도 분노 섞인 투로 조용히 말했다. "그리고 야스트래드 거리에서 두 명의 장티푸스 환자가 새로 발생했어."

앤드루는 안타까웠지만 뭐라고 말해야 할지 몰라 눈만 내리깔았다.

"그렇게 안된 척 굴 건 없네." 데니가 빈정거렸다. "내 환자가 나빠지고 자네 환자가 회복되는 건 자네에게 좋은 일이니까. 하지만 저놈의 하수가 자네 쪽으로 흘러 들어가면 자네도 잘되지만은 않을 거야."

"무슨 말인가! 난 진심으로 안타까워하고 있어." 앤드루는 자신도 모르게 격앙된 음성으로 소리쳤다. "우리가 어떻게든 해 보세. 보건부에 진정서를 내야겠어."

"진정서라면 나도 얼마든지 쓸 수 있었어." 데니가 흥분을 억누르고 말했다. "하지만 그렇게 해서 우리가 얻을 수 있는 결과는 육 개월 뒤에 감독관이라는 자가 비틀거리며 나타나는 것뿐이야. 어림없어! 내가 줄곧 생각했는데 새 하수구를 만들게 하는 방법은 하나뿐이야."

"어떻게?"

"낡은 하수구를 폭파하는 거지!"

순간 앤드루는 데니가 제정신일까 의심이 들었다. 하지만 데니가 그만큼 결연한 의지를 갖고 있음을 금세 알 수 있었다. 앤드루는 불안한 눈으로 데니를 쳐다보았다. 그가 아무리 생각을 바꾸려고 해도 데니는 기어코 하수구를 폭파할 것처럼 보였다.

앤드루가 작은 소리로 중얼거렸다.

“만일 발각될 경우에는 여러 가지 문제가 생길 텐데.”

그러자 데니가 거만하게 눈을 치켜떴다.

“원하지 않으면 동참하지 않아도 되네.”

“아니야, 나도 함께하겠어.” 앤드루가 천천히 말했다. “도무지 뭐가 뭔지 모르겠지만.”

그날 오후 내내 앤드루는 일에 쫓기면서도 자신이 한 약속이 후회스러워 안절부절못했다. 제정신이 아닌 데니는 조만간 심각한 사건에 휘말리게 될 것이다. 앤드루는 지금 범법자가 되자는 제안을 받은 터였다. 만일 발각되면 그들은 경찰서에 끌려가는 것은 물론이고 의사협회에서도 제명을 당할 게 뻔했다. 앤드루는 자신의 자랑스러운 경력과 앞으로 펼쳐질 눈부신 미래가 하루아침에 무너지게 될지 모른다는 두려움에 온몸을 떨었다. 그는 데니를 원망하며 마음속으로 몇 번이고 절대 가담하지 않겠다고 결심했다.

그러나 이상하고 복잡한 이유 때문에 그는 — 사실 발을 뺄 마음도 없었지만 — 그럴 수도 없었다.

그날 밤 11시쯤 데니와 앤드루는 호킨스를 데리고 교회당 거리 끝으로 갔다. 어두운 밤, 그들은 돌풍과 흩뿌리는 비를 얼굴에 맞으며 길모퉁이에 서 있었다. 데니는 신중하게 계획을 세우며 시간을 재고 있었다. 광산의 마지막 교대는 이미 한 시간 전에 끝난 상태였다. 길 끝자락에 위치한 토머스 영감의 집 근처에서 몇 명의 젊은이가 서성대는 것 외에 거리는 한적했다.

두 남자는 개를 데리고 조용히 움직였다. 데니의 묵직한 코트 주머니에는 하숙집 주인의 아들인 톰 시거가 채석장 화약 창고에서 특별히 그를 위해 훔쳐다 준 다이너마이트 여섯 개가 들어 있었다. 앤드루는 뚜껑에 구멍을 뚫은 코코아 깡통 여섯 개와 회중전등, 긴 도화선을 들고 있었다. 그는 코트 깃을 세우고 등을 구부정하게 숙인 채 한 눈으로 연신 어깨 너머를 살폈다. 아직 마음의 결정을 내리지 못하고 갈팡질팡 하는 중이라 데니의 짧은 물음에 무뚝뚝하게 대답할 뿐이었다. 그는 보수적이고 온화한 성품의 램플러 교수가 이런 난폭한 야간 모험에 얽힌 자신을 어떻게 생각할까 궁금했다.

그들은 글리더 플레이스 바로 위쪽에 있는 하수구의 주(主) 맨홀에 도착했다. 맨홀의 녹슨 쇠뚜껑은 불결한 콘크리트 사이에 끼어 있었는데, 그들은 그것부터 작업할 참이었다. 부식된 뚜껑은 수년 동안 건드린 흔적이 없었지만 두 사람이 힘을 모으니 쉽게 들어 올려졌다. 앤드루가 냄새나는 통로 쪽으로 전등을 비추자 허물어진 석조 건축물 위로 졸졸 흐르는 불결한 하수가 보였다.

"어때, 멋지지 않나?" 데니의 숨결이 거칠었다. "저 이음새의 틈을 잘 봐 두게. 마지막일지 모르니."

그리고 더 이상 아무 말도 없었다. 불가해하게도 앤드루의 마음은 어느새 바뀌고 있었다. 데니에게 지지 않겠다는 결의와 함께 의기양양함이 걷잡을 수 없이 솟아났다. 사람들은 이 썩을 대로 썩은 존재 때문에 죽어 가는데 공무원들은 아무런 대책도 세우지 않다니! 지금은 병상에서 환자를 어떻게 대해야 한다느니 약을 어느 정도로 먹여야 한다느니 하는 일은 중요하지 않았다.

그들은 재빨리 코코아 깡통마다 다이너마이트를 하나씩 넣기 시작했다. 그리고 도화선을 계획했던 길이로 잘라 다이너마이트에 연결했다. 어둠 속에서 성냥불이 타오르면서 데니의 창백하고도 결연한 얼굴과 떨고 있는 손을 비추었다. 드디어 첫 번째 도화선에서 불꽃이 탁탁 튀었다. 도화선이 긴 것부터 하나씩 하나씩 천천히 흐르는 물 위에 코코아 깡통이 띄워졌다.

앤드루는 차마 자세히 들여다볼 수가 없었다. 흥분으로 심장이 쿵쿵 뛰었다. 이것은 정상적인 의술은 아니지만 그가 아는 한 최고의 순간이었다.

마지막으로 도화선이 가장 짧은 깡통이 칙칙 소리를 내며 물에 띄워졌을 때 호킨스가 쥐를 사냥하려는지 하수구로 머리를 들이밀었다. 개가 시끄럽게 짖어 대는 소리와 언제 발 밑에서 폭발이 일어날지 모르는 조마조마함으로 가득 찬 숨막히는 순간 두 사람은 개를 밖으로 쫓아냈다. 그리고 맨홀 뚜껑을 던지다시피 서둘러 닫은 다음 약 30미터 정도 되는 거리를 필사적으로 달렸다.

그들이 래드너 플레이스 모퉁이에 다다라서 걸음을 멈추고 뒤를 돌아다보자마자 "펑!" 하고 첫 번째 깡통이 터지는 소리가 들렸다.

"드디어 성공했어!" 앤드루가 숨을 가쁘게 몰아쉬며 탄성을 질렀다. "우리가 해냈어, 데니!"

그는 데니에게서 깊은 동료애를 느꼈고, 손이라도 잡고 힘껏 소리치고 싶었다.

그때 두 번째, 세 번째, 네 번째, 다섯 번째, 그리고 골짜기에서 400미터 정도밖에 떨어지지 않은 곳에서 마지막 폭약까지 잇달아 터지는 소리가 들렸다.

"자, 이제 됐어!" 데니가 숨죽인 목소리로 이렇게 외쳤다. 마치 자신이 살면서 겪은 은밀한 쓰라림이 그 한마디에 녹아든 것 같았다. "이제 이 썩은 것도 다 끝이야."

그가 말을 끝내자마자 소동이 벌어졌다. 문과 창문이 일제히 열리고 컴컴한 도로에 빛이 쏟아지면서 사람들이 집 밖으로 달려 나왔다. 순식간에 거리는 사람들로 가득 찼다. 처음에는 광산에서 난 폭음이라는 고함이 터져 나왔다. 그러나 곧 골짜기 아래에서 소리가 들렸다는 엇갈린 주장들이 쏟아졌다. 언쟁이 벌어지고 갖가지 추측이 난무했다. 어떤 한 무리의 남자들은 랜턴을 들고 조사에 나섰다. 왁자지껄한 소란이 밤하늘을 울렸다. 데니와 앤드루는 어둠과 소동을 남겨놓고 뒷길로 집에 왔다. 앤드루의 피가 승리를 노래하듯 요동쳤다.

이튿날 아침 8시도 되기 전에 그리피스가 송아지처럼 피둥피둥한 얼굴에 경기를 일으키며 자동차를 타고 현장에 도착했다. 새벽부터 따뜻한 침대에서 글린 모건 시의원에게 모욕적인 언사를 듣고 호출당한 것이다. 지역 의사들의 전화에는 대꾸도 않던 그리피스도 글린 모건 시의원의 서슬 퍼런 한마디에는 꼼짝도 못했다. 그리고 사실 글린 모건이 화를 내는 데는 이유가 있었다. 시의원이 최근에 새로 지은 빌라가 골짜기에서 800미터 정도 떨어진 곳에 있는데, 밤사이 중세의 오물보다도 더한 해자가 빌라 주위를 둘러싼 것이다.

시의원은 삼십 분 동안 자신의 지지자인 해마 데이비스, 디온 로버츠와 한패가 되어 모두 들으라는 듯이 보건소장을 향해 노골적으로 비난을 퍼부었다.

비난이 끝난 뒤 그리피스는 이마를 닦으면서, 흥미진진한 눈으로 수군거리는 군중 속에 섞여 있던 앤드루와 데니에게 걸어왔다. 앤드루는 보건소장이 다가오자 갑자기 불안해지며 양심의 가책을 느꼈다. 밤새 초조하게 보냈더니 고무되었던 기분도 많이 가라앉은 상태였다. 게다가 싸늘한 아침 햇살 속에서 참혹하게 파헤쳐진 도로를 마주하니 당혹스럽고 또다시 마음이 복잡하고 불편했다.

그러나 그리피스가 누군가를 의심하는 것 같지는 않았다.

"여보쇼, 의사 양반." 하고 그리피스가 떨리는 목소리로 데니에게 말을 걸었다. "더 생각할 것도 없이 곧장 새로운 하수도를 만들어야겠소."

데니의 얼굴은 무표정했다. 그가 냉정하게 말했다.

"제가 몇 달 전부터 말씀드렸죠. 기억하시죠?"

"아! 그랬지! 하지만 누가 이렇게 터질 줄 상상이나 했겠나. 어떻게 이런 일이 생길 수 있는지 수수께끼란 말일세."

데니가 차가운 시선으로 그를 노려보았다.

"공중위생에 대한 지식은 어디 두고 다니시나요? 하수도 가스의 인화성이 상당히 강하다는 사실을 모르십니까?"

다음 월요일부터 새로운 하수도 공사가 시작되었다.

5

그로부터 삼 개월이 지난 3월의 어느 오후였다. 산을 돌아 나오는 풋풋한 바람에 봄 향기가 실려 오고 산 여기저기 흉하게 파헤쳐진 채광장에도 어렴풋이 푸른 기운이 돌기 시작했다. 블라넬리에서도 신선하고 푸른 하늘은 아름다웠다.

진료소에서 왕진 전화를 받고 리스킨 거리 3호 주택을 향해 나선 앤드루는 아름다운 날씨에 가슴이 두근거렸다. 그도 서서히 이 낯선 동네에 동화되어 가고 있었다. 산속에 파묻힌 이 원시적이고 외딴 동네에는 오락거리는커녕 영화관도 없었다. 눈에 보이는 것이라고는 칙칙한 광산과 채광장, 광석 공장, 그리고 줄지어 늘어선 교회당과 황량한 사택들, 이상할 정도로 조용한 마을뿐이었다.

게다가 사람들도 별난 데가 있었다. 앤드루는 자신과는 다른 사람들이라고 느끼면서도 어쩐지 그들에게 점점 끌리는 것을 부인할 수 없었다. 상인과 성직자, 몇몇 전문직 종사자 들을 제외한 모든 사람들이 회사와 직접적인 고용 관계에 있었다. 교대 시간이 되면 조용하던 마을에 갑자기 활기가 돌고 군인들이 행군하는 것처럼 징을 박은 구둣발 소리가 요란했다. 옷과 장화, 손, 심지어 얼굴까지 적철석 광산에서 묻은 붉은 철가루로 반짝거렸다. 채광장의 인부들은 두툼한 작업복에 무릎까지 올라오는 각반을 차고 있었다. 연철공들은 푸른 능직으로 만든 바지를 입고 있어서 눈에 잘 띄었다.

사람들은 별로 말이 없고 어쩌다 하는 말도 웨일스 사투리가 대부분이었다. 그들의 태도에는 오지 사람들답게 자신을 억제하고 남에게 무관심한 데가 있었다. 그러나 친절한 사람들이었다. 즐거움이라고 해야 주로 가정이나 교회, 마을 고지대에 있는 작은 럭비장을 찾는 게 고작이었다. 그들의 일반적인 열정은 음악에 대한 기호에서 알 수 있었다. 그들이 좋아하는 음악은 저속한 유행가가 아니라 엄격한 고전음악이었다. 밤에 사택을 거닐 때면 가난한 집에서 베토벤의 소나타나 쇼팽의 전

주곡을 연주하는 아름다운 피아노 소리가 흘러나와 고요한 밤 공기를 타고 떠돌다가 수수께끼 같은 산 너머로 퍼져 가는 것을 흔히 들을 수 있었다.

이제 앤드루는 페이지 선생의 진료소가 처한 현실을 분명히 알게 되었다. 에드워드 페이지는 더 이상 환자를 치료하지 않을 것 같았다. 그러나 사람들은 삼십 년 넘게 이곳에서 성심껏 자신들을 치료해 준 페이지가 '밀려나는 것'을 원치 않았다. 게다가 뻔뻔스러운 블로드웬은 광부들의 의료비 지급을 관할하는 광산 감독 웟킨스에게 압력을 넣어 계속해서 페이지를 광산 소속 의사로 등록시켜 놓는 데 성공해서 상당한 수입을 얻고 있었다. 그리고 그중 6분의 1을 병원 일을 도맡아 하는 앤드루에게 지급하고 있었다.

앤드루는 에드워드 페이지를 깊이 동정했다. 부드럽고 단순한 영혼의 소유자인 그는 포동포동하고 예쁘장하며 나서기 좋아하는 블로드웬과 — 그 춤추는 듯한 검은 눈 뒤에 무엇이 숨겨져 있는지 모른 채 — 애버리스트위스의 한 찻집에서 처음 만나 결혼까지 하게 되었다. 이제 병상에 누워 있는 그는 달콤한 말로 호리기도 하고 괴롭히기도 하는 그녀의 태도에 속수무책으로 당할 수밖에 없었다. 블로드웬이 남편을 사랑하지 않는 것은 아니었다. 다만 엉뚱한 방식으로 좋아했다. 페이지 선생은 오직 그녀만의 소유물이었다. 어쩌다가 앤드루가 남편과 함께 있기라도 하면 그녀는 얼른 방으로 들어와 겉으로는 웃음을 지으면서도 자신만 쏙 빼놨다는 묘한 질투심을 감추지 못한 채 큰 소리로 말했다.

"어머! 두 사람 지금 무슨 얘기 하는 거예요?"

앤드루는 에드워드 페이지가 희생적이고 자기 욕심이 없는 성격이라는 것을 알고 있었기에 그를 좋아하지 않을 수 없었다. 침대에 누워 아무것도 할 수 없는 몸이기 때문에 지금 이 뻔뻔스럽고 신경질적이며 음험한 표정의 자기 아내가 함부로 말하고 소리쳐도 조용히 참으며 이 탐욕스럽고 집요하고 부끄러움을 모르는 끈덕진 요구의 희생물이 되고 있었다.

페이지는 이제 블라넬리에 있을 필요가 없었으므로 이따금 더 온화하고 쾌적한 곳으로 옮기고 싶은 막연한 바람을 가졌다. 한번은 앤드루가 물었다.

"지금 뭔가 하시고 싶은 일이라도 있습니까?"

페이지가 한숨을 내쉬었다.

"이곳을 떠나고 싶네. 요즘 카프리라는 섬에 관한 책을 읽고 있는데, 사람들이 그 섬을 조류 보호 구역으로 만들 거라더군."

그러면서 베개 위의 얼굴을 옆으로 돌렸다. 갈망이 담긴 그의 음성이 애처로웠다.

페이지는 자기 직업에 대해 좀처럼 말하는 일이 없었는데 이따금 지친 목소리로 이런 말을 하곤 했다.

"비록 대단한 지식은 갖고 있지 않지만 난 최선을 다했다고 자부하네."

그는 몇 시간이고 꼼짝 않고 누워 창가를 바라보았다. 애니는 그곳에다 매일 아침 빵 부스러기나 베이컨, 코코넛 가루 따위를 놓아두곤 했다. 일요일 오전이면 늙은 광부 이넉 데이비스가 셀룰로이드 앞 장식이 달린 낡고 검은 양복을 입고 뻣뻣한 자세로 페이지 곁에 앉아 있다 가곤 했다. 두 사람은 말없이 새들을 바라보았다. 한번은 이넉이 흥분해서 쿵쿵거리며 계단을 내려오다 앤드루를 만났다.

"내 평생 이렇게 멋진 아침도 없었어요! 글쎄 푸른 박새 두 마리가 장장 한 시간 동안이나 창가에서 놀다 갔지 뭡니까."

이녁은 페이지 선생의 유일한 친구였다. 광부들 사이에서도 막강한 영향력을 가진 그는 자기가 살아 있는 한 누구도 페이지를 내보내지 못하게 하겠다고 큰소리로 장담하곤 했다. 하지만 그런 우정이 불쌍한 에드워드 페이지에게 오히려 해가 되고 있다는 사실은 알지 못했다.

이 집에 자주 찾아오는 또 한 명의 방문객은 서부 주립은행의 지점장인 어나이린 리스였다. 그는 무뚝뚝한 성격에 키가 크고 대머리였는데, 앤드루는 그를 처음 봤을 때부터 믿음이 가지 않았다. 리스는 마을 사람들 어느 누구와도 결코 시선을 마주치지 않았지만 마을 사람들의 존경을 한 몸에 받고 있었다. 그는 페이지를 찾아와 형식적으로 오 분쯤 앉아 있은 다음 블로드웬과 한 시간쯤 은밀하게 이야기를 나누곤 했다. 물론 이런 만남은 완벽하게 도덕적인 것이었다. 대화의 내용은 다름 아닌 돈이었다. 앤드루는 블로드웬이 그 은행에 꽤 많은 주식으로 투자를 했고 어나이린의 지도를 받아 때때로 약삭빠르게 재산을 늘리고 있을 거라고 짐작했다. 앤드루에게는 지금 돈이 별로 중요하지 않았다. 그는 장학금을 갚을 수 있도록 정기적인 월급을 받는 것으로 충분했고, 주머니에 담배 살 돈 몇 실링만 있으면 되었다. 그 외에는 일하는 것으로 만족했다.

앤드루는 자신에게 임상 경험이 얼마나 중요한 의미를 갖는지 어느 때보다 절실히 느꼈다. 그 지식은 지치고 좌절하고 난처할 때마다 마치 난로처럼 그의 의식에 따뜻한 온기를 끊임없이 불어넣어 주었다. 최근에는 정말이지 전보다 더욱 당혹스러운 문제들이 생겨나서 그의 마음을 한층 강하게 흔들어 놓았다. 그는 의사로서 자신에 대해 생각하기 시작했다. 아마 급진적이고 파괴적인 시각을 가진 데니의 영향이 가장 큰 것 같았다. 데니의 처방전은 앤드루가 배웠던 것과 말 그대로 완전히 정반대였다. "나는 믿지 않는다."라는 교지(敎旨) 같은 글을 액자에 넣어 침대 위에 걸어 놓아야 할 것 같았다.

의과대학의 정해진 틀을 따라 온 앤드루는 교과서에서 배운 지식만 신뢰한 채 미래를 바라보았다. 물리학이니 화학이니 생물학이니 하는 — 어쨌든 지렁이를 해부하고 연구는 했다. — 학문의 피상적인 지식만 배웠고 그 후로는 교조적으로 기존의 원칙에만 의지해 왔다. 그는 모든 질병과 그 질병의 증상을 줄줄이 나열할 수 있을 만큼 꿰뚫고 있었고 치료법도 알고 있었다. 통풍을 예로 들어 볼까. 통풍은 콜키쿰*으로 치료하면 된다. 램플러 교수는 아직도 수업 시간에 "제군들, 약용 콜히친 와인을 1회 최소한 20에서 30방울 정도 투여하는 게 통풍에는 절대적인 특효가 있네."라고 가르쳐 주는 것으로 알고 있다. 하지만 정말 그럴까? 그는 지금 스스로에게 이렇게 물었다. 한 달 전 어느 불쌍한 진성 통풍 환자 — 통증도 증상도 몹시 심한 환자였다. — 에게 한계치까지 콜키쿰을 써 보았지만 결과는 참담한 실패였다.

그렇다면 약전에 나와 있는 다른 '치료법'에 따라 그 절반 또는 4분의 3을 투여해 보면 어떨까? 이번에는 약물학에 대해

---

* 백합과의 식물로, 씨에서 채취하는 콜히친은 관절염 치료제로 쓰인다.

강의했던 엘리엇 박사의 목소리가 들렸다.

"제군들, 이제 엘레미에 관해 알아봅시다. 이것은 고형의 수지 삼출물로 식물학적인 계통은 아직 확인되지 않았지만 주로 마닐라에서 수입해 오는 카나리움 콤무네(Canarium Commune)로 추정됩니다. 5대 1의 비율로 만든 연고 형태로 효능이 탁월한 흥분제이며 상처와 타농(打膿)을 소독하는 데 특효가 있습니다."

엉터리! 정말 어이없는 일이었다. 그는 이제야 알 것 같았다. 엘리엇 교수가 엘레미 연고를 사용해 보고 그런 말을 했을까? 앤드루는 그럴 리 없을 거라고 확신했다. 그 박식한 정보는 모두 책에 쓰여 있는 것이고, 마찬가지로 그것은 또 다른 책에서 나온 것이고, 정확히는 중세 시대로 거슬러 올라간다. 지금은 별로 쓰지 않는 '타농'이라는 표현이 그것을 명백하게 입증해 준다.

이곳에 온 첫날 밤 데니는 앤드루가 단순하게 조제해 놓은 약병을 보고 비웃었다. 데니는 언제나 약을 조제하고 그 약을 절대적으로 신봉하는 사람들을 비웃었다. 처방하는 1회 분량의 약 중에 절반만 약효가 있고, 나머지는 '쓰레기'나 마찬가지라고 조롱했다. 그날 밤 데니의 말이 머리에서 떠나지 않아 혼란스러워하던 앤드루는 이제 희미하게나마 이해할 수 있을 것 같았다.

여기까지 회상했을 때 앤드루는 리스킨 거리에 도착해서 3호 주택으로 들어갔다. 환자는 조이 하우얼스라는 이름의 아홉 살 난 소년이었다. 소년은 가벼운 계절성 홍역에 걸려 있었다. 증세는 별로 심하지 않지만 가난한 집안 환경 때문에 조이 어머니에게는 간단한 문제가 아니었다. 아버지인 하우얼스는 채광장에서 일하는 주간 노동자인데 세 달째 늑막염으로 앓아누워 수당도 받지 못하고 있었고, 베데스다 교회에서 빨래 일을 하는 그의 허약한 아내는 환자 한 명을 돌보는 것도 힘에 부쳤는데 이제 또 다른 환자를 간호해야 하는 것이다.

앤드루는 왕진을 끝내고 돌아가는 길에 현관에서 그녀에게 유감의 말을 전했다.

"안 그래도 힘드실 텐데 이거 큰일이군요. 안됐지만 이드리스를 학교에 보내지 말아야 할 것 같습니다."

이드리스는 조이의 동생이었다.

하우얼스 부인이 별안간 고개를 쳐들었다. 작은 체구에 체념한 듯한 표정을 짓고 있는 여인의 두 손은 벌겋게 번들거렸고 손가락 관절은 고된 일로 불거져 있었다.

"하지만 발로 선생님은 학교에 보내도 된다고 하셨는데요."

앤드루는 동정심이 들면서도 불쾌감이 치밀었다.

"그래요? 발로 선생님이 누구죠?"

"은행 거리에 있는 학교 선생님이에요." 하우얼스 부인은 아무런 의심도 없이 대답했다. "오늘 아침 우리 집에 잠깐 들르셨어요. 제가 처한 상황을 알고는 이드리스를 학교에 보내라고 하셨어요. 지금 이 상태에서 이드리스까지 돌봐야 한다면 전 어떻게 해야 할지 모를 거예요."

앤드루는 그녀에게 아무것도 모르고 참견하는 학교 선생의 지시가 아니라 의사인 자신의 지시를 따라야 한다고 말하고 싶은 충동을 느꼈다. 하지만 그것은 하우얼스 부인의 탓이 아니라는 걸 그는 너무도 잘 알고 있었다. 앤드루는 아무 말도 하지 않고 집을 나섰지만 리스킨 거리를 내려오는 내내 화가 풀리지 않는 듯 얼굴을 찌푸리고 있었다. 그는 자신의 일에 대해 간섭받는 것을 특히 싫어했다. 그리고 무엇보다 간섭하는 여자를 싫어했다. 그 일에 대해 생각할수록 점점 더 화가 났다. 형이 홍역에 걸렸는데 동생을 학교에 보내는 것은 명백한 법규 위반이었다. 갑자기 그는 이 나서기 좋아하는 여선생을 찾아가 따져야겠다고 생각했다.

오 분 뒤 앤드루는 은행 거리의 비탈길을 올라가 학교로 갔다. 그리고 수위에게 물어 1학년 교실을 찾아냈다. 그는 문을 두드린 다음 교실 안으로 들어갔다.

본 건물과 따로 떨어진 교실은 꽤 넓은 편이었고 벽 한쪽에 난로가 있었으며 환기가 잘 되는 편이었다. 학생들은 모두 일곱 살이 안 돼 보였고 그가 들어갔을 때는 마침 오후 휴식 시간이라 각자 우유를 한 잔씩 마시고 있었다. 전국 광산 노조 지방 사무소의 보조금으로 지급되는 우유였다. 앤드루의 시선이 곧장 여선생에게 향했다. 그녀는 등을 돌리고 칠판에 계산 문제를 쓰느라 바빴기 때문에 그가 들어온 것을 바로 알아차리지 못했다. 그러다 어느 순간 뒤를 돌아보았다.

앤드루는 그녀가 자신이 분개한 상태에서 상상했던 그런 주제넘은 여자가 아니었기 때문에 순간 머뭇거렸다. 게다가 놀란 듯한 그녀의 갈색 눈동자가 그를 당황하게 만들었다.

그는 얼굴을 붉히며 입을 열었다.

"발로 선생이신가요?"

"그런데요." 그녀는 가냘픈 몸매에 갈색 능직 스커트를 입고 울 스타킹에 작고 단단해 보이는 신발을 신고 있었다. 앤드루와 같은 또래이거나 조금 어린 스물두 살쯤 되어 보였다. 그녀는 약간 놀라면서도 화창한 봄날 시시한 수 계산을 하는 게 따분했는데 기분 전환할 일이 생겨 반갑다는 듯 입가에 희미한 미소를 지으며 그를 바라보았다. "페이지 선생님의 진료소에 새로 오신 의사 분이시죠?"

"그건 중요한 게 아니고요." 앤드루는 사무적으로 대답했다. "난 맨슨이라고 합니다. 여기에 홍역 보균자로 의심되는 아이가 있는 걸로 알고 있는데요. 이드리스 하우얼스라고. 그 애 형이 홍역에 걸렸다는 걸 알고 계시죠?"

잠시 침묵이 흘렀다. 이제 그녀의 시선은 어리둥절함으로 바뀌었지만 여전히 친절을 잃지 않으려고 애쓰고 있었다. 그녀는 흐트러진 머리카락을 뒤로 빗어 넘기며 대답했다.

"네, 알아요."

그의 방문을 진지하게 받아들이지 않는 듯한 상대방의 태도에 앤드루는 다시 화가 났다.

"그 아이를 여기 보호하는 것이 법에 위반되는 일이라는 걸 모르십니까?"

그 말에 그녀는 얼굴을 붉히며 지금까지 우호적이었던 태도를 바꾸었다. 그녀의 맑고 투명한 피부와 오른쪽 뺨 위에 나 있는, 눈동자 색과 똑같은 작은 갈색 점이 앤드루의 눈에 들어왔다. 하얀색 블라우스 속의 몸매는 무척 가녀리고 어리고 청초한 느낌을 주었다. 그녀의 숨결은 다소 거칠어졌지만 말투는 더욱 차분해졌다.

"하우얼스 부인은 지금 어찌할 바를 모르고 계세요. 여기 있는 아이들은 대부분이 홍역을 이미 앓았고요. 홍역을 앓지 않은 아이가 있더라도 어차피 조만간 걸리게 될 거예요. 이드리스는 학교에 나오지 못하면 그 애에게 최고의 영양원인 우유조차 먹지 못하게 돼요."

"이건 우유 문제가 아니오." 그가 날카롭게 말을 받았다. "아이는 당장 격리시켜야 하오."

그녀도 완강하게 대답했다.

"나도 그 애를 격리했어요. 내 나름의 방법으로. 못 믿겠으면 직접 보세요."

앤드루는 그녀의 시선을 따라갔다. 다섯 살 난 이드리스는 난롯가 조그만 책상에 혼자 앉아 있었는데 그러는 게 무척 즐거워 보였다. 아이는 우유 컵 가장자리 너머로 옅은 푸른색 눈동자를 흡족스러운 듯 굴렸다.

그러나 앤드루는 그 모습에 더욱 격분했다. 그는 경멸하듯 무례하게 웃었다.

"저게 당신이 말한 격리인가요? 제가 알고 있는 방법과 너무도 다르군요. 당장 저 아이를 집으로 돌려보내시오."

그녀의 눈에서 작은 불꽃이 튀었다.

"내가 이 교실의 선생이라는 사실을 모르세요? 좀 더 고상한 자리에서라면 당신이 사람들에게 명령할 수 있겠지요. 하지만 이곳에서는 내 말이 더 중요해요."

앤드루는 대단히 화가 난 듯 눈을 부릅뜨고 노려보았다.

"당신은 법을 어겼소! 더 이상 이곳에 저 아이를 둘 수 없소. 당신이 계속해서 고집을 부린다면 당국에 보고하겠소."

잠시 침묵이 흘렀다. 그녀는 쥐고 있던 분필을 더욱 꽉 움켜쥐었다. 그녀의 감정이 격해졌다는 그런 신호가 앤드루로 하여

금 그녀에 대한, 아니 그보다 자신에 대한 반감을 더욱 부추겼다.

그녀가 경멸하듯 말했다.

"나를 고발하시는 게 좋겠군요. 그래요. 날 체포하세요. 그래야 분이 풀린다면 말이에요."

앤드루는 입장이 완전히 뒤바뀐 것 같아 화가 치밀어 올랐지만 아무런 대꾸도 하지 않았다. 그는 마음을 가다듬으며 자신을 싸늘한 시선으로 바라보고 있는 그녀를 압도하기 위해 눈을 치켜떴다. 순간 그들은 서로를 바라보았다. 둘 사이의 거리가 얼마나 가까웠는지 그녀의 목덜미의 부드러운 맥박, 벌어진 입술 사이로 살짝 드러난 반짝이는 치아까지 보였다.

그때 그녀가 말했다.

"더 하실 말씀 있으세요?" 그녀는 단호하게 몸을 돌려 교실을 둘러보았다. "여러분, 모두 일어나서 인사해야죠. '안녕히 가세요, 맨슨 선생님. 이렇게 와 주셔서 고맙습니다.'라고."

책걸상이 덜그럭거리는 소리를 내며 아이들이 의자에서 일어나 그녀가 말한 대로 야유 섞인 합창을 했다. 그녀가 문가까지 배웅할 때 앤드루는 귓불까지 달아올랐다. 그는 쩔쩔매는 자신에 대해 화가 나면서도 상대는 감정을 자제하고 태연하게 행동하는데 자신은 분을 이기지 못해 못나게 군 게 아닌가 싶어 비참한 기분이 들었다. 그는 상대의 기를 꺾을 만한, 최후의 일격을 가할 수 있는 말이 없을까 열심히 생각했지만, 생각이 떠오르기도 전에 조용히 문이 닫히고 말았다.

6

앤드루는 그날 저녁 보건소장에게 신랄한 편지를 세 통이나 썼다가 찢어 버리고는 그날 일을 잊으려고 애썼다. 은행 거리 근처에서 잠시 유머 감각을 잃고 하찮은 감정을 드러냈다는 사실에 자신이 못 견디게 싫어졌다. 고집 센 스코틀랜드인 특유의 자존심을 꺾으면서까지 자신의 잘못을 인정하고 이름을 입에 올리기도 싫은 그리피스에게 모든 것을 고발하겠다고 말했다니 믿어지지가 않았다. 하지만 아무리 노력해도 크리스틴 발로를 머릿속에서 지울 수는 없었다.

어린 학교 여선생이 그의 생각을 그토록 끈질기게 비집고 들어오는 것과 그녀가 자신을 어떻게 생각할지 걱정하는 스스로가 어처구니없게 여겨지기도 했다. 그는 그 일이 자신의 자존심을 망가뜨린 어리석은 사건일 뿐이라고 자신을 위로했다. 그는 자신이 수줍음이 많고 여자에 대해 서툴다는 것을 알고 있었다. 하지만 아무리 논리적으로 생각해도 지금 자신이 이토록 불안해하고 초조해한다는 사실이 바뀌지는 않았다. 무방비 상태일 때, 이를테면 잠이 들려는 순간 그의 머릿속에는 교실 풍경이 생생하게 떠올랐다. 그리고 그럴 때마다 어둠 속에서 얼굴을 찌푸리는 자신을 발견했다. 또 갈색 눈동자에 분노를 가득 담고 분필을 움켜쥔 그녀의 모습도 떠올랐다. 그녀의 블라우스 앞섶에 달린 작은 진주처럼 보이는 단추 세 개도 생각났다. 그녀의 날씬하고도 날렵한 몸매는 어릴 적 고된 달리기와 수없이 많은 줄넘기로 단련했을 법한 인상을 주었다. 그녀가 예쁜지 예쁘지 않은지에 대해서는 스스로에게 묻지 않았다. 그의 눈앞에 발랄하고 생기 있는 모습으로 서 있는 것만으로도 충분했다. 앤드루는 자신도 모르게 예전에는 전혀 몰랐던 일종의 달콤한 갑갑증을 느꼈다.

이 주 뒤에 앤드루는 기분 전환 삼아 교회당 거리를 걷다가 역이 있는 길모퉁이에서 브람웰 부인과 우연히 마주쳤다. 처음에는 모른 체하고 지나가려고 했는데 그녀가 걸음을 멈추더니 아찔하도록 환히 웃으며 그의 이름을 불렀다.

"어머! 맨슨 선생님! 안 그래도 선생님을 만나고 싶었어요. 오늘 저녁에 우리 집에서 조촐한 사교 모임이 있어요. 와 주실 거죠?"

화려한 옷차림을 한 서른다섯 살의 글래디스 브람웰은 담황색의 머리카락에 아기처럼 맑고 푸른 눈동자를 가졌는데 어딘지 소녀 같은 분위기를 풍겼다. 글래디스는 자신을 한 남자만의 여자라고 낭만적으로 표현했다. 그러나 블라넬리에 떠도는 소문은 그녀의 말과 달랐다. 아내에게 완전히 빠진 브람웰 선생이 그런 맹목적인 사랑 때문에 토니글랜의 흑인 의사 가벨과 자기 아내의 관계를 가벼운 바람 정도로 생각한다는 말이 돌고 있었다.

앤드루는 그녀를 유심히 살펴보면서 재빨리 둘러댈 핑계를 찾았다.

"브람웰 부인, 오늘 밤은 아무래도 빠져나오기 힘들 것 같네요."

"하지만 오셔야 해요. 좋은 분들이 많이 오시기로 했어요. 광산의 윗킨스 씨 내외 그리고." 그녀는 짐짓 환하게 미소를 지었다. "토니글랜의 가벨 선생, 음…… 그리고 하마터면 잊을 뻔했네. 초등학교 선생인 크리스틴 발로 양도 초대했죠."

앤드루의 몸에 짜릿한 전율이 흘렀다.

그는 어색하게 웃음을 지었다.

"그렇군요. 저도 참석하도록 하죠. 고맙습니다. 초대해 주셔서."

앤드루는 그녀가 떠나기 전까지 한동안 더 대화를 나누었다. 하지만 그날 하루 종일 크리스틴 발로를 다시 만나게 될 거라는 사실 외에 아무것도 생각할 수 없었다.

브람웰 부인이 말한 '저녁'은 9시에 시작되었다. 진료실에 붙들려 있어야 하는 의사들의 사정을 고려해서 그렇게 늦은 시간으로 정한 것이다. 사실 앤드루가 마지막 환자의 진찰을 마친 시간은 9시 15분이었다. 그는 서둘러 진료실 세면대에서 몸을 씻고 살이 빠진 빗으로 머리를 빗은 뒤 브람웰의 이른바 '오두막'으로 서둘러 달려갔다. 목가풍의 이름과는 다르게 마을 한가운데 있는 작은 벽돌집으로, 도착해 보니 그가 마지막 손님이었다. 브람웰 부인은 명랑한 목소리로 그를 가볍게 책망하면서 다섯 명의 손님과 자기 남편을 식당으로 안내했다.

잘 말려 불에 그을린 듯한 떡갈나무 식탁에는 작은 종이 식탁보가 깔려 있고 그 위에는 차갑게 식은 음식들이 놓여 있었다. 브람웰 부인은 안주인 역할을 맡은 것을 자랑스러워했다. 그것은 블라넬리에서 당당하게 리더 역할을 한다는 의미인데다 자신을 돋보이게 함으로써 여론에 영향력을 끼칠 수 있고 스스로 대화나 웃음을 많이 이끌어 낼 줄 아는 '적격자'라고 생각하기 때문이었다. 그녀는 항상 브람웰과 결혼하기 전 자신의 배경이 무척 호화스러웠다는 것을 암시하고 싶어 했다. 오는 밤도 사람들이 모두 앉아 있는 자리에서 그녀는 단연 돋보였다.

"자, 여러분. 모두 맛있게 드세요."

급히 달려오느라 아직도 숨을 몰아쉬고 있는 앤드루는 어쩔 줄 몰라 했다. 그는 처음 십 분 동안에는 크리스틴의 얼굴을 쳐다보지도 못했다. 식탁 맨 끄트머리에 앉아 있는 그녀를 의식하느라 줄곧 시선을 내리깔았다. 그녀의 옆 자리에는 줄무늬 바지에 진주 넥타이핀을 꽂은, 피부가 가무잡잡한 멋쟁이 가벨 선생과 머리숱이 적고 나이 들어 보이는 광산 감독 윗킨스 씨가 앉아 있었다. 윗킨스 씨는 계속해서 크리스틴에게 농을 걸었다. 그러다 웃으면서 "크리스틴 양, 당신은 여전히 내가 좋아하는 요크셔 아가씨가 아닌가요?"라고 말했을 때 앤드루는 질투심에 고개를 쳐들어 크리스틴을 쳐다보았다. 몸통과 소매는 하얀색에 전체적으로는 옅은 잿빛이 도는 드레스를 입은 크리스틴은 사람들과 매우 친근하게 어울리는 모습이었고, 거기에 위축된 앤드루는 상대가 자신의 눈빛을 읽을까 봐 얼른 시선을 피했다.

앤드루는 윗킨스의 말을 못 들은 체하며 옆에 앉은 윗킨스 부인에게 말을 걸기 시작했다. 뜨갯거리를 가지고 온 그녀는 체구가 왜소했다.

식사 시간 내내 앤드루는 자기가 얘기하고 싶은 사람은 따로 있는데 다른 사람에게 말을 해야 하는 고통을 겪었다. 마침내 상석에 앉은 브람웰 선생이 깨끗하게 먹어 치운 빈 접시를 흐뭇하게 바라보며 나폴레옹 같은 몸짓을 하자 안도의 한숨이 나왔다.

"모두 드실 만큼 드신 것 같군요. 그럼 응접실로 자리를 옮기실까요?"

손님들은 거실에서 자유롭게 자리를 잡았다. 대부분은 세 명이 앉을 수 있는 소파에 앉았는데 그날 저녁 순서에 따라 연주회가 준비되어 있기 때문이었다. 브람웰은 아내가 무척 사랑스러운 듯 환하게 웃으며 피아노로 안내했다.

"여보, 오늘 밤 첫 곡으로 무얼 부르면 좋겠소?"

그는 콧노래를 부르며 건반 위쪽에 놓인 악보를 넘겼다.

"「사원의 종소리」 어떤가요?" 가벨이 제안했다. "그 노래는 아무리 들어도 싫증이 안 나더군요, 브람웰 부인."

브람웰 부인이 회전식 연주용 의자에 앉아 피아노를 연주하며 노래를 부르기 시작했다. 그녀의 남편은, 한 손은 허리에 대고 다른 한 손은 코담배를 피우는 것처럼 앞으로 뻗어 아내 옆에서 솜씨 좋게 악보를 넘겼다. 풍부한 콘트랄토 음역을 가진 글래디스 브람웰은 턱을 쳐드는 동작으로 가슴 깊은 곳에서 목소리를 끌어냈다. 사랑의 연가를 마치고 「방랑」과 「난 소녀일 뿐이에요」를 차례로 불렀다.

사람들은 아낌없이 박수를 쳤다. 브람웰은 흡족한 듯 낮은 목소리로 중얼거렸다.

"오늘 밤은 유난히 목소리가 곱군."

그때 가벨이 사람들의 권유를 받고 자리에서 일어섰다. 이 올리브색 피부의 멋쟁이는 반지를 만지작거리더니 기름을 발랐어도 여전히 뜻대로 되지 않는 머리카락을 손으로 쓸어 넘기며 여주인에게 다정하게 인사한 뒤 깍지 낀 두 손을 배에 대고 풍부한 목소리로 「아름다운 세비야의 사랑」을 불렀다. 그런 다음 앙코르 요청을 받자 「투우사의 합창」을 불렀다.

"당신이 스페인 노래를 부를 땐 정말 멋져요, 가벨 선생."

윗킨스 부인이 친절하게 말했다.

"제게 스페인 사람의 피가 흐르나 봅니다."

가벨이 의자에 앉으며 겸손하게 웃어 보였다.

앤드루는 윗킨스의 눈동자가 장난꾸러기처럼 반짝이는 것을 보았다. 웨일스 토박이인 이 늙은 광산 감독은 음악에 조예가 깊어 지난 겨울에는 베르디의 다소 난해한 오페라를 연출하여 부하 직원들과 공연을 하기도 했다. 지금은 파이프를 물고 조는 듯이 앉아 알쏭달쏭하게 음악을 즐기고 있었다. 앤드루는 윗킨스가 자신의 고향 사람들과 다른 이 이방인들이 시시하고 감상적인 소가극을 가지고 교양 있는 척하는 모습을 보면서 틀림없이 속으로 우스꽝스러워할 거라고 생각했다. 크리스틴이 피아노 연주 요청을 웃으며 거절하자 윗킨스는 입술을 씰룩거리며 말했다.

"크리스틴 양도 나와 똑같군요. 피아노를 너무 좋아하기 때문에 연주하지 않으려는 게 말이오."

이어서 그날 저녁의 하이라이트가 펼쳐졌다. 브람웰이 무대 한가운데로 나왔다. 그는 헛기침을 몇 번 하더니 한 다리를 밖으로 내밀고 고개를 젖힌 다음 배우처럼 한 손을 코트 안에 찔러 넣었다. 그가 말했다.

"신사 숙녀 여러분, 「타락한 여배우」라는 뮤지컬의 독백을 보여 드리죠."

피아노 앞에 앉은 글래디스가 즉흥으로 반주를 하자 브람웰이 연기를 시작했다.

한때 유명했지만 비참한 가난뱅이로 전락한 여배우의 파란만장한 일생을 읊는 독백으로 신파조의 내용인데 브람웰이 그 비통한 감정을 잘 살려서 연기했다. 글래디스는 드라마가 시작될 때는 저음으로 연주하다 비애감이 흘러나오자 고음부의 건반을 두드렸다. 브람웰은 클라이맥스에 이르자 가슴을 한껏 추켜올리며 끊어질 듯한 음성으로 절규하듯 마지막 대사를 읊었다.

"그리하여 그 여배우는……."

잠시 침묵이 흘렀다.

"주린 배를 안고 더러운 도랑에 쓰러져."

그리고 한참 침묵이 흘렀다.

"떨어진 별이 되고 말았던 것이다."

윗킨스 부인은 뜨갯거리까지 떨어뜨리며 촉촉한 눈으로 그를 올려다보았다.

"세상에! 불쌍하기도 해라! 브람웰 선생님, 당신의 연기는 언제 보아도 아름다워요."

그때 적포도주 잔이 도착하면서 분위기가 바뀌었다. 벌써 11시가 넘은 데다가 브람웰의 열연 후에는 무엇을 해도 분위기가 고조되지 않는다는 사실을 모두가 아는 터라 그들은 파티를 마칠 준비를 했다. 그들은 웃고 다정하게 인사를 나누며 복도로 걸어갔다. 앤드루는 외투를 입으며 저녁 내내 크리스틴과 한마디도 나누지 못한 것을 못내 아쉬워했다.

밖으로 나온 앤드루는 대문 앞에서 서성거렸다. 그는 크리스틴에게 반드시 말을 걸리라 다짐하고 있었다. 긴 저녁 시간을 허비했다는 생각이 들었다. 그는 납덩이처럼 마음을 짓누르는 그간의 일들을 단번에 깨끗하게 정리하고 싶었다. 비록 그를 쳐다보는 것 같지는 않았지만 그녀와 같은 방 안 가까운 거리에 있었는데 자신은 멍청하게 신발만 내려다보았다. '빌어먹을! 나는 추락한 여배우보다 더 못한 신세야. 집에 가서 잠이나 자는 게 낫겠어.' 그런 생각이 들자 앤드루는 자신이 그렇게 초라할 수가 없었다.

하지만 그럴 수 없었다. 그는 그곳에 남아서 그녀를 기다렸다. 이윽고 계단을 내려온 그녀가 홀로 그가 있는 쪽으로 걸어오자 갑자기 심박동이 빨라졌다. 앤드루는 혼신의 용기를 다해 더듬거리며 말했다.

"아, 발로 양. 제가 집까지 바래다드려도 될까요?"

"실은." 그녀가 입을 다물었다. "윗킨스 씨 부부를 기다리기로 했어요."

앤드루는 가슴이 덜컹 내려앉았다. 순간 흠씬 두들겨 맞은 개처럼 돌아서서 가 버리고 싶은 기분에 휩싸였지만 뭔가가 그를 붙들었다. 얼굴이 창백해지고 턱에 잔뜩 힘이 들어갔다. 그의 입에서 단숨에 말이 쏟아져 나왔다.

"지난번에 하우얼스 건에 대해 죄송하다는 말씀을 드리고 싶습니다. 제가 값싼 권위를 과시했던 것 같습니다. 저는 어떤 망신을 당해도 쌉니다. 그 아이에 대한 당신의 조치는 훌륭했습니다. 당신을 마음으로 존경하고 있습니다. 그깟 법률 문구에 매달리는 것보다 소신을 지키는 게 낫죠. 이런 일로 괜히 당신을 귀찮게 하지 않았는지 모르지만 저는 꼭 말씀드리고 싶었습니다. 그럼, 안녕히 가십시오."

그는 크리스틴의 얼굴을 쳐다볼 수가 없었다. 그녀의 대답을 기다릴 여유도 없이 곧장 돌아서서 도로를 걸어 내려갔다. 얼마 만에 느껴보는 홀가분한 행복감인지 몰랐다.

7

회사에서 지급된 반년 치의 진료비는 페이지 부인과 은행 지점장인 어나이린 리스에게 또 한번의 진지한 상담과 중요한 이야깃거리를 마련해 주었다. 그런데 십팔 개월 만에 처음으로 진료비가 증가한 것으로 나타났다. '페이지 선생의 환자 명부'에는 앤드루 맨슨이 오기 전보다 환자의 숫자가 일흔 명이 더 넘게 늘어나 있었다.

그러나 블로드웬은 수입이 늘어나서 기쁘면서도 한편으로는 찜찜했다. 식사 시간에도 앤드루에게서 뭔가 알아내려는 듯 그에게서 시선을 떼지 않았다.

브람웰 부인의 파티가 있던 수요일 점심 시간에 블로드웬은 평소와 달리 유쾌한 표정을 지으며 식당으로 들어왔다.

"정말 제가 예상했던 대로예요!" 블로드웬이 소리쳤다. "선생님이 여기 온 지도 사 개월이 되어 가죠. 게다가 이곳에서의 성적도 별로 나쁜 편이 아니네요. 난 불만 없어요. 하지만 이건 페이지 선생님이 직접 진료할 때만큼은 아니에요. 네, 사실 그래요. 윗킨스 씨도 언젠가 말하더군요. 사람들이 모두 페이지 선생님이 빨리 완쾌되어 돌아오기를 기다리고 있다고요. 페이지 선생님은 정말 명의였거든요. 윗킨스 씨가 그러는데 사람들 그를 대신할 만한 의사는 없다고 생각한대요."

그녀는 자기 남편의 특별한 능력과 재주를 자세히, 생생하게 설명하려고 애썼다.

"당신은 못 믿을 거예요." 그녀는 고개를 끄덕이며 흥분한 목소리로 말했다. "남편은 못 고치는 병도 없었거니와 못하겠다고 몸을 사린 적도 없어요. 수술 말이에요! 그이가 수술하는 걸 꼭 봐야 하는데. 한번은 어떤 환자의 뇌를 들어냈다가 다시 제자리에 끼워 넣었다니까요. 정말이에요. 이렇게요. 이 뇌를 이렇게 들어냈다가 정확히 제자리에 집어넣었다고요."

자기 의자로 돌아간 블로드웬은 자기 말의 효과를 읽으려는 듯 앤드루를 빤히 쳐다보았다. 그러고는 확신에 찬 미소를 지었다.

"페이지 선생님이 다시 진료하게 되면 블라넬리에는 커다란 축복일 거예요. 아마 곧 그렇게 될 거예요. 내가 윗킨스 씨에게도 말했어요. 여름에는 페이지 선생님이 다시 일어날 수 있을 거라고."

그 주 주말 오후 왕진에서 돌아와 보니 에드워드 페이지가 말끔하게 옷을 차려입고 머리에는 모자를 눌러쓴 채 무릎까지 담요를 덮고 진료소 현관 앞 의자에 앉아 있었다. 앤드루는 깜짝 놀랐다. 쌀쌀한 바람이 부는 가운데 4월의 옅은 햇살을 쬐고 있는 이 비극적인 남자는 몹시 창백하고 추워 보였다.

현관에 서 있던 블로드웬이 앤드루를 향해 의기양양하게 걸어오며 소리쳤다.

"봤죠! 보다시피 페이지 선생님이 일어났어요. 방금 윗킨스 씨에게도 전화를 걸어 페이지 선생님이 많이 나았다고 말했죠. 곧 일할 수 있을 거예요, 그렇죠?"

앤드루는 피가 이마까지 솟구치는 것을 느꼈다.

"누가 이리로 모셔왔죠?"

"나예요. 왜, 안 되나요? 내 남편이에요. 이이는 많이 좋아졌어요."

"선생님은 아직 일어날 때가 아닙니다. 아직 멀었어요." 앤드루가 목소리를 낮춰 페이지 부인에게 말했다. "제 말대로 하세요. 저와 함께 당장 선생님을 침실로 옮기셔야 합니다."

"그래, 그래." 에드워드 페이지가 힘없이 말했다. "나를 침대로 데려다 주게. 이곳은 추워. 난 좋아진 게 아냐. 난 지금 별로 안 좋아."

그러더니 난감하게도 환자는 훌쩍거리기 시작했다.

그러자 블로드웬이 후회의 눈물을 흘렸다. 그녀는 죄를 용서받으려는 듯 무릎을 꿇고 앉아 남편을 두 팔로 안으며 말했다.

"오, 불쌍한 사람. 내가 침대로 데려다 줄게요. 블로드웬이 잘못했어요. 블로드웬이 불쌍한 당신을 보살펴 줄게요. 사랑해요."

그녀는 그의 차갑게 얼어붙은 뺨에 입을 맞추었다.

반 시간 만에 페이지는 다시 위층으로 올라가 편히 쉴 수 있게 되었다. 앤드루는 마음이 복잡해서 부엌으로 들어갔다.

애니는 어느덧 그의 진정한 친구가 되어 있었다. 그들은 부엌에서 자주 마주치면서 신뢰를 쌓았고 앤드루가 배가 고파 부엌에 찾아들면 이 중년 여인은 식료품실에서 살짝 빼돌려 둔 사과라든지 건포도 케이크 따위를 주기도 했다. 가끔 이도 저도 없을 때는 토머스 영감의 가게까지 달려가 두 사람분의 생선 요리를 사 가지고 와서 씽크대에 촛불을 켜놓고 앤드루와 호화스러운 만찬을 즐기기도 했다.

애니가 페이지를 위해 일한 지도 이십 년 가까이 되었다. 블라넬리에 상당히 유복한 친척도 많은 그녀가 이곳에 이렇게 오랫동안 남아 있는 이유는 다만 페이지를 존경하고 사모하는 마음 때문이었다.

"차 한잔만 줘요, 애니." 앤드루가 말했다. "이럴 땐 정말 더 이상 페이지 부인을 참을 수가 없어요."

그는 애니에게 손님이 있다는 사실을 미처 깨닫지 못하고 부엌으로 들어서며 이렇게 말했다. 그녀의 여동생 올웬과 올웬의 남편 엠리스 휴스가 와 있었던 것이다. 앤드루가 전에도 몇 번인가 만난 적이 있는 사람들이었다. 엠리스는 블라넬리 상부 갱도의 발파자로 창백한 피부에 굵직한 인상을 주는, 마음씨가 곧고 성실한 사람이었다.

앤드루가 그들을 발견하곤 당황해하자 활달한 검은 눈동자의 젊은 부인 올웬도 놀란 듯 숨을 멈췄다.

"저희는 신경 쓰지 마세요. 의사 선생님. 차 드시려고요? 사실 저희도 마침 선생님 얘기를 하고 있던 중이었어요."

"네?"

"네, 그래요." 올웬이 자기 언니를 힐끗 쳐다보았다. "언니, 날 그런 눈으로 쳐다봐도 소용없어요. 난 하고 싶은 말은 해야 하는 성격이니까. 우린 지금까지 이렇게 훌륭한 젊은 의사는 처음이라는 말을 하고 있었어요. 선생님이 여러 환자들을 돌보느라 수고가 많으시다고요. 못 믿으시겠으면 제 남편에게 물어보세요. 사람들은 페이지 부인의 방식에 대해 불만이 많아요. 그리고 선생님이 독립해서 개업할 권리가 있다고들 말해요. 그 말을 페이지 부인이 듣고는 오늘 오후 그 늙고 불쌍한 양반을 일으켜 앉힌 거예요. 페이지 선생님이 이제 나아졌다는 걸 보여 주려고요. 정말 가엾은 양반이에요!"

앤드루는 차를 다 마시고 그 자리를 떴다. 올웬의 솔직한 말에 마음이 편치 않았다. 하지만 블라넬리 사람들이 자신을 좋아한다는 말을 듣는 건 기분 좋은 일이었다. 며칠 뒤 적철광산의 착암부 반장인 조 모건이 자기 아내와 함께 병원을 찾아왔을 때도 그런 소문이 큰 공헌을 했을 거라고 그는 짐작했다.

결혼한 지 이십 년이 되어 가는 중년의 모건 부부는 부유한 편은 아니지만 광산에서는 능력을 톡톡히 인정받고 있었다. 앤드루는 모건이 요하네스버그의 광산에서 일하기로 되어 있어서 곧 남아프리카로 떠난다는 소식을 들은 적이 있었다. 실력 있는 착암부가 같은 일을 하면서 더 보수가 많은 금광으로 뽑혀 가는 일은 드문 일이 아니었다. 그런 모건이 자기 아내와 조그만 진료소에 앉아 머뭇거리며 방문의 목적을 설명했을 때 앤드루는 누구보다도 놀랐다.

"글쎄요, 끝까지 별 문제가 없을 것 같았는데. 마누라가 아기를 가졌지 뭡니까. 십구 년 만에 가진 아기라서 말이죠. 우린 당연히 기쁘죠. 그래서 아기를 낳을 때까지 떠나는 걸 미루기로 했습니다. 그리고 어떤 선생님에게 갈까 생각한 끝에 결정을 내렸죠. 저, 선생님이 맡아 주셨으면 합니다. 우리에게는 대단히 중요한 일이거든요. 또한 어려운 일인 줄도 알고 있습니다. 마누라가 벌써 마흔셋이니까요. 하지만 선생님이라면 마음이 놓일 것 같습니다."

앤드루는 영광이라는 생각에 뿌듯해하며 진료 기록표에 환자의 이름을 기입했다. 그것은 물질적인 만족이 채울 수 없는 순수하고도 묘한 감정이었으며 현재의 그에게는 이중으로 위안을 주는 일이었다. 최근에 앤드루는 상실감과 극도의 고독감에 빠져 있었다. 그의 내면에 이상한 조류가 흐르면서 마음을 헤집어 놓고 고통을 주었다. 가슴에 묘한 둔통을 느낀 적도 가끔 있는데 성숙한 의사로서 이렇게 되리라고는 상상도 못했던 일이었다.

앤드루는 한번도 사랑에 대해 진지하게 생각한 적이 없었다. 대학 시절에는 너무 가난하고 옷차림도 남루했고, 시험을 통과해야 한다는 생각에 이성 교제에 대해 신경 쓸 틈이 없었다. 세인트앤드루스에서는 누구나 그의 친구이자 동급생이었던 프레디 햄프턴처럼 춤도 추고 파티도 하고 사교성을 과시하기 위한 모임에도 들어가는 멋쟁이가 되어야 했다. 그러나 앤드루는 그 모든 것을 거절했다. 햄프턴과 친하지 않았던 것은 아니나 앤드루가 실제로 속해 있던 곳은 외투 깃을 세운 채 기를 쓰고 공부하고 담배나 피우고 오락거리라고는 학생 회관이 아니라 시내의 당구장이 고작인 아웃사이더 집단이었다.

사실 그 시절의 추억은 어쩔 수 없이 낭만적인 이미지로 떠올랐다. 하지만 그가 가난했던 탓에 그런 이미지는 대체로 풍요롭고 부유한 배경과 대비되어 떠오를 수밖에 없었다. 그런데 지금 앤드루는 블라넬리의 덜컹거리는 진료소 창문을 통해 흐릿한 눈으로 광산의 지저분한 폐석 더미를 올려다보며 초등학교의 말라깽이 여선생에 대한 동경을 가슴 가득 품고 있었다. 어쩌다 이런 진부한 상황에 처하게 되었을까. 앤드루는 이런 생각에 웃음이 나오려고 했다.

앤드루 맨슨은 자신이 매우 현실적이며 천성이 신중한 사람이라고 자부해 왔기 때문에 순전히 자신을 위해 그런 감정이 생긴 연유를 이성적으로 따져 보았다. 우선 냉철하고 논리적으로 그녀의 결점부터 뜯어보았다. 그녀는 예쁘지도 않고 몸매도 빈약하고 키도 작았다. 게다가 뺨에는 점이 있고, 웃을 때면 윗입술에 약간 주름이 졌다. 그리고 무엇보다 그녀는 아직도 자신을 미워하는 게 분명했다.

하지만 앤드루는 이내 자신의 감정을 포기하기 위해 이런 어처구니없고도 나약한 방법에 매달리고 있는 자신을 질책했다. 그는 지금까지 일에만 매달려 왔다. 게다가 아직 조수에 불과했다. 햇병아리 의사로서 경력을 막 쌓기 시작했는데, 여자의 장래를 책임져야 하는 게 분명한데다 당장은 그의 일을 심각하게 방해할 연애나 하려고 하니 이래서 제대로 된 의사가 될 수 있겠는가.

앤드루는 기분을 전환하려고 도망갈 구멍을 만들었다. 세인트앤드루스 시절의 그리운 옛 친구들을 떠올리며 최근에 런던의 한 병원으로 자리를 옮긴 프레디 햄프턴에게 장문의 편지를 썼다. 또 필립 데니의 집에도 자주 들렀다. 데니는 이따금 친절할 때도 있지만 대개는 상처 받은 인생을 사는 사람 특유의 신랄한 투로 말하거나 냉정하거나 의심하는 태도를 보였다.

하지만 아무리 노력해도 앤드루의 마음속에서는 크리스틴이 지워지지 않았다. 오히려 그녀를 향한 사모의 감정이 더욱 커져 괴롭기만 했다. '오두막'의 대문 앞에서 감정을 분출한 후로는 다시는 그녀를 보지 못했다. 그녀는 나를 어떻게 생각할까? 아니, 내 생각을 하기는 할까? 앤드루는 은행 거리를 지날 때마다 두리번거렸지만 너무 오랫동안 그녀의 모습을 못 보게 되자 이제는 다시 못 만날 것 같은 절망적인 기분에 사로잡혔다.

그렇게 거의 희망을 접고 지내던 어느 5월 25일 토요일 오후 앤드루는 다음과 같은 쪽지를 받았다.

친애하는 맨슨 선생님

내일 일요일 저녁에 윗킨스 씨 부부와 함께 저녁 식사를 할 계획이에요. 다른 특별한 일이 없으면 선생님도 오시겠어요? 시각은 7시 30분이에요.

크리스틴 발로

앤드루가 환성을 지르는 바람에 부엌에 있던 애니가 뛰어나왔다.

"아니, 젊은 선생님, 무슨 일이에요? 선생님도 가끔 어린애처럼 구시네요."

애니가 나무라듯이 말했다.

"아, 네, 애니." 앤드루는 아직도 흥분을 가라앉히지 못했다. "하지만 이제 그런 짓도 끝날 것 같아요. 참, 애니, 내일 입을 수 있게 제 바지 다림질 좀 해 주시겠어요? 오늘 밤 자기 전에 문밖에 걸어 둘게요."

다음 날은 일요일이라 오후 진료가 없었기 때문에 앤드루는 대단한 기대를 가지고 크리스틴이 하숙하고 있는 학교 근처 허버트 부인 집으로 갔다. 시간이 이르다는 것은 알았지만 더 이상 기다릴 수가 없었다.

문을 열어 준 사람은 크리스틴이었다. 그녀는 반가운 듯 미소를 지었다.

그렇다. 크리스틴은 정말로 미소를 짓고 있었다. 앤드루는 크리스틴이 자신을 싫어하는 줄 알고 있었다! 그는 너무 흥분한 나머지 아무 말도 나오지 않았다.

"날씨가 좋군요."

앤드루는 크리스틴을 따라 거실로 들어가며 간신히 한마디 했다.

"네, 그래요." 크리스틴이 맞장구를 쳤다. "그래서 전 오후에 산책을 다녀왔어요. 팬디까지 걸어갔다 왔는데 정말 멋졌어요. 미나리아재비도 봤어요."

그들은 의자에 앉았다. 앤드루는 초조한 마음으로 산책이 얼마나 즐거웠는지에 대해 물어보고 싶은 말이 혀끝에 맴돌았지만 문득 어울리지 않는 쓸데없는 질문 같아 그만두었다.

"윗킨스 부인이 조금 전에 연락을 하셨어요. 부인과 윗킨스 씨가 조금 늦으시겠다고요. 윗킨스 씨가 사무실에 들러야 한대요. 조금 기다려도 괜찮겠죠?"

괜찮겠느냐고! 얼마든지! 앤드루는 정말로 행복해서 웃음을 참을 수 없었다. 자신이 요 며칠 동안 얼마나 이런 날을 기다렸는지, 그녀와 함께 여기 있는 것이 얼마나 가슴 벅찬 일인지 그녀가 알아 준다면 얼마나 좋을까! 앤드루는 은밀히 주위를 둘러보았다. 그녀의 물건들로 꾸며진 거실은 그가 가 본 블라넬리의 어느 방과도 달랐다. 플러시나 말총 원단으로 만든 양탄자도 없었고, 브람웰 부인의 거실을 화려하게 장식했던 반들거리는 공단 쿠션 따위도 없었다. 다만 마루는 윤이 나도록 잘 닦여 있고 벽난로 앞에는 갈색 깔개가 깔려 있었다. 가구는 어찌나 수수한지 거의 눈에 띄지 않았다. 저녁 식사를 차려 놓은 식탁 가운데에는 흰색 접시가 하나 놓여 있고 그 안에는 조그만 수련꽃 무리처럼 생긴, 그녀가 산책길에 따온 미나리아재비가 물에 떠 있었다. 간결하면서도 아름다워 보였다. 창문턱 위에 놓인 나무로 만든 과자 상자에는 흙이 담겨 있고 그 안에는 연둣빛 싹이 터 있었다. 벽난로 위에는 빨간색 어린이용 나무 의자만 덩그러니 그려진 아주 특이한 그림이 놓여 있었는데, 앤드루의 눈에는 매우 어설퍼 보였다.

크리스틴은 그가 그림을 보고 놀라는 것을 눈치 챈 것 같았다. 그녀는 즐거운 기색으로 미소 지었다.

"이걸 진품이라고 생각하지는 않길 바라요."

그는 당황해서 뭐라고 말해야 할지 몰랐다. 방에서 엿보이는 그녀의 개성, 게다가 자신이 모르는 것을 그녀가 알고 있다는 사실이 당황스러웠다. 그러나 곧 호기심이 발동해서 어색함도 잊고 날씨에 대한 진부하고 어리석은 인사말도 잊었다. 그는 크리스틴에 대해 질문하기 시작했다.

크리스틴은 간단히 대답했다. 요크셔 출신이라고 했다. 어머니는 그녀가 열다섯 살일 때 돌아가셨고 아버지는 브람웰 주 탄갱의 한 곳에서 부감독으로 일했으며 하나밖에 없는 오빠 존도 같은 탄갱에서 광산 기술자로 훈련을 받았다. 그러다 사년 뒤 그녀가 열아홉 살이 되어 정규 과정을 마쳤을 때 아버지는 이 골짜기에서 약 30킬로미터 떨어진 포스 갱의 감독으로 임명되었다. 그녀와 오빠는 아버지와 함께 남웨일스로 와서 크리스틴은 집안 살림을 하고 존은 아버지를 도왔다. 그런데 육 개월쯤 되었을 때 포스 갱에서 폭발 사고가 일어났다. 그때

지하 갱에 있던 존은 그 자리에서 죽었고, 아버지는 이 소식을 듣고 갱으로 따라 들어갔다가 시커먼 유독가스에 질식되었다. 일주일 후 아버지와 존의 시체는 함께 밖으로 끌어내졌다.

그녀가 말을 끝내자 침묵이 흘렀다.

"괜한 걸 물어봤나 봅니다."

앤드루가 연민 어린 음성으로 말했다.

"사람들이 모두들 친절하게 대해 주셨어요." 크리스틴이 담담하게 말했다. "특히 웟킨스 씨 부부가. 그러고 나서 전 이곳 학교에서 교편을 잡게 되었죠." 크리스틴은 잠시 침묵하다 다시 얼굴이 밝아졌다. "저도 당신과 마찬가지예요. 아직 이곳이 익숙하지 않아요. 이 골짜기에 적응하려면 오래 걸리죠."

앤드루는 크리스틴을 바라보면서, 그녀에 대한 자신의 감정을 희미하게나마 표현하면서도 교묘하게 과거를 지우고 미래를 희망차게 열 수 있는 말이 없을까 궁리했다.

"여기선 단절감을 느끼기 쉽죠. 저도 종종 그래요. 가끔 누군가와 대화하고 싶을 때가 있습니다."

크리스틴이 미소를 지었다.

"무슨 얘기를 하고 싶으시죠?"

앤드루는 크리스틴이 자신을 궁지로 몰았다는 생각에 얼굴이 빨개졌다.

"그야 뭐, 제 일에 관해서죠." 앤드루는 머뭇거리다가 곧 자신의 마음을 털어놓아야겠다고 생각했다. "제가 자꾸만 실수를 저지르는 것 같습니다. 그래서 이 문제가 끝나면 또 다른 문제에 부딪히고."

"까다로운 환자 때문인가요?"

"그런 게 아닙니다." 앤드루가 망설이다가 말을 이었다. "제가 여기 처음 왔을 때는 모두가 믿거나 믿는 척하는 치료 방법들만 알고 있었죠. 이를테면 관절이 부었으면 류머티즘이고, 류머티즘에는 살리실산을 처방한다는 식으로 말입니다. 알다시피 이것은 일반화된 정석이죠! 한데 저는 요즘 들어 그중에 어떤 것은 완전히 잘못되었다는 것을 깨닫는 중입니다. 약을 복용하는 것도 그렇습니다. 어떤 경우에는 병을 고치기보다 더 악화시키는 것 같습니다. 이것은 구조적인 문제입니다. 환자는 아프면 진료실에 오죠. 그는 의사가 '약'을 처방해 줄 거라고 기대합니다. 그리고 설령 그 약이 태운 설탕이건 소다수건 옛말로 아쿠아라고 부르는 것이건 상관없이 받아 갑니다. 라틴어로 쓰는 처방전도 그렇게 만드는 원인이죠. 환자는 처방전을 읽을 수 없으니까요. 이것은 옳지 않습니다. 과학적이지 않아요. 또 있습니다. 제가 보기에 의사들은 경험으로 질병을 치료합니다. 증상별로 치료하는 것이지 여러 증상을 종합적으로 보고 수수께끼 풀듯 진단을 내리지 않는다는 말입니다. 의사들은 보통 시간에 쫓기기 때문에 쉽게 말해 버리죠. '아, 두통이 있으시다고요? 그럼 이 가루약을 써 보죠.'라든지 '빈혈이 있으면 철분약을 드셔야 합니다.'라고요. 왜 두통이 생기고 빈혈이 왔는지 물어보지 않죠." 앤드루가 갑자기 말을 멈췄다. "아, 미안합니다. 당신에게는 이런 얘기가 지루하죠?"

"아니에요." 그녀가 재빨리 대답했다. "무척 재미있어요."

앤드루는 그녀가 흥미를 보였다는 사실에 고무되어 다시 열변을 토했다.

"저도 햇병아리에 불과하죠. 이제 겨우 알게 되었을 뿐이에요. 솔직히 제가 경험한 것만 봐도 제가 배운 교과서에는 시대에 뒤떨어지고 보수적인 생각이 너무 많다고 생각합니다. 효과가 없는 치료법도 있고, 중세 시대에 누군가 아무 생각 없이 수록한 증상들도 있죠. 당신은 이것이 평범한 시골 의사와 무슨 상관이 있는지 모르겠다고 생각할지도 모릅니다. 하지만 시골 의사라고 해서 고약이나 만들고 약 천칭이나 재야 한단 말입니까? 의료계 일선에서도 과학적인 치료를 해야 합니다. 많은 사람들이 과학은 실험관 속에나 있는 거라고 생각합니다. 하지만 전 소외 지역의 의사들도 과학적인 의술을 배울 수 있는 기회를 남들 못지않게 갖고 있다고 믿습니다. 아니, 다른 어떤 병원의 의사들보다 새로운 질병의 최초 증상을 관찰할 수 있는 좋은 여건을 갖고 있죠. 환자가 큰 병원에 가는 경우 보통은 초기 단계를 넘어선 상태니까요."

크리스틴이 대답을 하려고 할 때 초인종이 울렸다. 그녀는 대답을 하려다 말고 자리에서 일어서면서 희미하게 웃으며 말했다.

"다음 기회에 잊지 말고 계속 말씀해 주시겠다고 약속하세요."

윗킨스 씨 내외가 늦은 것을 사과하며 들어섰다. 그리고 저녁을 먹기 위해 곧바로 식탁에 앉았다.

저녁 식사는 지난번 브람웰의 집에서 먹었던 식은 요리와는 완전히 달랐다. 유리 냄비에 담긴 송아지 요리와 버터를 넣어 으깬 감자 요리, 이어서 크림을 끼얹은 신선한 루바브 타르트가 나오고 마지막으로 치즈와 커피가 나왔다. 소박하지만 모든 음식이 맛있고 푸짐했다. 블로드웬이 주는 식사가 시원치 않은 터라 따뜻하고 입맛 돋우는 음식만으로도 앤드루에게는 대단한 성찬처럼 여겨졌다. 그는 한숨을 내쉬었다.

"이런 하숙집에 살다니 운이 좋은 겁니다, 발로 양. 주인 아주머니 요리 솜씨가 좋으시군요."

윗킨스 씨 부부가 게걸스럽게 먹는 앤드루를 놀란 눈으로 쳐다보다가 별안간 웃음을 터뜨렸다.

"음, 맛있군." 윗킨스 씨가 자기 아내를 쳐다보았다. "당신도 들었소? 맨슨 선생이 허버트 부인더러 최고의 요리사라고 하는군."

크리스틴의 얼굴이 약간 붉어졌다.

"윗킨스 씨 말씀에 신경 쓰지 마세요." 크리스틴이 앤드루에게 말했다. "제가 들은 최고의 찬사예요. 비록 당신은 그런 뜻으로 말하지 않았지만. 실은 오늘 저녁 식사는 제가 준비했어요. 허버트 부인의 부엌을 함께 쓰고 있죠. 제 식사는 제가 직접 준비해요. 그게 익숙해서요."

그녀의 말에 광산 감독은 더욱 유쾌하고 떠들썩해졌다. 브람웰 부인의 파티에서는 사교성을 드러내지 않고 무뚝뚝하기만 했던 사람이 완전히 바뀐 것 같았다. 그는 격식을 차리지 않고 편안하게 저녁 식사를 즐겼고 소리 내어 입맛을 다시며 타르트를 먹기도 하고 팔꿈치를 식탁에 올려놓고 우스갯소리로 사람들을 웃겼다.

그날 저녁은 빨리 지나갔다. 앤드루는 시계를 봤다가 11시가 넘은 것을 보고 놀랐다. 10시 30분에 블레나 테라스의 환자를 왕진하기로 약속했던 것이다.

앤드루는 서운했지만 어쩔 수 없이 자리에서 일어났고 크리스틴은 현관까지 그를 배웅했다. 좁은 복도에서 앤드루의 팔이 크리스틴의 팔을 스쳤을 때 달콤한 전율이 그의 전신을 감쌌다. 그녀는 그가 알고 있는 어떤 사람과도 달랐다. 조용하고 연약하며 검고 지적인 눈동자를 가진 여자. 오 하느님, 이렇게 사랑스러운 여자를 감히 속 좁고 주제넘은 여자로 생각하다니! 용서해 주소서.

앤드루가 숨을 몰아쉬면서 작게 중얼거렸다.

"오늘 밤 저를 초대해 주실 줄 생각도 못했습니다. 다시 만날 수 있을까요? 제가 항상 일 얘기만 하는 건 아닙니다. 크리스틴, 언제 저와 함께 토니글랜에 영화 보러 가지 않겠습니까?"

그녀의 눈이 그를 보며 웃었다. 앤드루는 처음 보는 다소 도발적인 웃음이었다.

"저를 유혹하시는 거예요?"

하늘 높이 별이 보이는 현관 계단에서 몇 분간의 침묵이 흘렀다. 이슬 냄새를 풍기는 공기가 앤드루의 달아오른 뺨을 식혀 주었다. 그녀의 숨결이 너무도 달콤하게 그를 간지럽혔다. 앤드루는 문득 키스하고 싶어졌다. 하지만 어설프게 그녀의 손을 잡는 듯하다 놓고는 몸을 돌려 흥분된 마음을 가누지 못하고 집으로 향했다. 지금까지 수많은 사람들이 똑같이 지나갔던 길을 특별히 자기만 걷는 듯, 자기만이 이 세상에서 가장 행운아이며 자기만 이 영원한 축복처럼 느껴지는 아득한 길을 걷는 듯한 기분에 마치 구름 위를 걷는 것 같았다. 아! 그녀는 얼마나 멋진 여자인가! 자신이 의사로서 어려움을 토로했을 때 마음 깊이 이해해 주지 않던가! 그녀는 영리한 여자다, 나보다도 훨씬 현명한 여자다! 요리 솜씨는 또 얼마나 훌륭한가! 게다가 그는 그녀를 친근하게 크리스틴이라고 부르기까지 했다!

8

크리스틴이 여태보다 앤드루의 마음을 좀 더 차지한 것뿐인데도 그의 생각과 태도는 예전과 완전히 달라졌다. 더 이상 의기소침하지 않았으며, 의기양양하고 유쾌하고 희망에 넘쳤다. 이렇게 변한 기분은 일에도 즉시 반영되었다. 젊은 그는 끊임없이 여러 상황을 상상해 냈다. 그 상황 속에서 크리스틴은 그가 환자를 상담하는 모습을 바라보거나 그가 신중하게 쓴 처방전을 읽어 보고 그의 세심한 진찰을 지켜보기도 하고 그에게 정확한 진단 방법을 찾아보라고 요구하기도 했다. 왕진을 적당히 해치우거나 환자의 가슴에서 나는 소리를 먼저 들어 보지 않고 결론을 내리고 싶다가도 즉시 크리스틴을 떠올렸다. '아, 이러면 안 되지! 내가 이렇게 하면 그녀가 어떻게 생각할까!'

앤드루는 데니가 자신을 볼 때마다 모든 것을 꿰뚫고 조롱하는 듯한 느낌을 받은 게 한두 번이 아니었다. 하지만 별로 신경 쓰지 않았다. 대신 열정적이고 이상적이게도 크리스틴을 자신의 야망과 결부시켜 무의식중에 미지의 것에 도전하기 위한 자극제로 삼았다.

앤드루는 자신이 아직 실무적으로 아무것도 모른다는 점을 인정했다. 하지만 증세의 직접적인 원인을 찾기 위해 노력하고 그 과정에서 아무리 명백한 사실이라도 다시 확인하고 스스로 생각해야 한다는 점을 자신에게 끊임없이 강조했다. 과거에는 이토록 과학적인 이상에 강하게 이끌린 적이 없었던 것 같았다. 그는 자신이 부주의하고 돈만 밝히는 의사가 되지 않기를, 속단을 내리고 구태의연하게 '전과 동일'이라는 처방전을 쓰는 의사가 되지 않기를 기도했다. 그는 뭔가를 발견하고 과학적으로 분석하며 크리스틴에게 가치 있는 존재가 되고 싶었다.

다만 이런 순수한 열성에 비해 진료실에서의 일이 갑자기 하나같이 시시하고 흥미 없는 일로 여겨져서 유감스러웠다. 그는 산을 정복하고 싶었다. 그러나 그 후 몇 주일 동안에는 별 의미 없는 두더지 언덕 같은 것만 여러 개 만났다. 그의 환자들은 가벼운 병명에다 특별히 관심 가질 필요도 없는, 다리를 삐거나 손가락을 베거나 코가 막혔다거나 하는 사소한 질병으로 찾아왔다. 그중에서도 가장 결정적인 사건은 3킬로미터 정도 떨어진 곳에 사는 어떤 노파가 왕진을 요청한 일이었다. 노파는 플란넬 머릿수건 아래로 노란 얼굴을 내밀며 티눈을 빼 달라고 했다.

그는 자신의 일이 시시하게 여겨졌고, 기회가 부족하다는 생각에 초조해졌다. 그는 소용돌이와 폭풍우가 그리웠다.

그리고 자신의 신념에 회의를 느끼기 시작했다. 이런 오지에서 다달이 나오는 월급에 만족하면서 평범한 조수 이상의 어떤 존재가 될 수 있을까 의심이 들었다. 이렇게 의기소침해 있을 때 신념의 수은주를 다시 하늘 높이 치솟게 만드는 사건이 일어났다.

6월의 마지막 주도 끝나갈 무렵 앤드루는 기차역 육교를 지나다 우연히 브람웰 선생을 만났다. 괴짜 브람웰은 몰래 손등으로 입술을 훔치며 철도 여관 옆문을 막 나오고 있었다. 글래디스가 한껏 화려하게 빼입고 토니글랜으로 수수께끼 같은 '쇼핑' 탐험을 떠날 때면 그는 이렇게 맥주 한두 잔을 걸치며 조심스레 자신을 달래는 습관이 있었다.

앤드루에게 그 모습을 들킨 브람웰은 다소 당황한 듯했지만 곧 과장된 몸짓으로 상황을 모면하려고 했다.

"아, 맨슨! 만나서 반갑군. 방금 프리처드 씨 댁에 왕진하고 오는 길이네."

프리처드는 철도 여관의 주인으로 앤드루는 오 분 전쯤에 그가 집에서 기르는 불테리어를 데리고 산책하는 모습을 본 터였다. 하지만 앤드루는 그냥 넘어가 주기로 했다. 문득 브람웰에게 연민을 느꼈다. 그의 허풍스러운 말투와 거짓 영웅주의도 글래디스가 잊고 꿰매 주지 않은 구멍 난 양말과 소심한 천성을 생각하면 인간적으로 이해가 갔다.

그들은 함께 거리를 걸어 올라가며 일에 관해 얘기를 나누었다. 언제나 자기 환자에 관해 얘기하기를 좋아하는 브람웰은 이번에는 자신이 맡고 있는 애니의 제부 엠리스 휴스에 대해 진지하게 털어놓았다. 그의 말에 의하면 엠리스는 최근 기억력도 나빠지고 걸핏하면 싸우고 난폭하게 구는 등 이상한 행동을 해서 광산에서는 골칫거리라는 것이다.

"이렇게 말하고 싶지는 않네만, 맨슨." 브람웰이 진지한 표정으로 고개를 끄덕거렸다. "내가 전에도 정신장애를 겪는 환자를 본 적이 있는데 말이야. 그때와 매우 흡사하네."

앤드루는 걱정스러운 표정이 되었다. 그는 엠리스 휴스를 다소 둔감하지만 선량한 사람이라고 생각해 왔다. 그런데 최근 들어 애니가 무슨 걱정거리가 있는 듯해서 물었을 때 비록 남의 얘기를 좋아하지 않는 데다 가정사에 대해서는 특히 과묵한 그녀지만 여동생의 남편이 걱정스럽다는 얘기를 지나가는 말로 했던 일이 기억났다. 그는 브람웰과 헤어지면서 환자가 빨리 나았으면 좋겠다고 말했다.

그런데 그로부터 일주일이 지난 금요일 아침 6시, 앤드루는 누군가 침실 문을 두드리는 소리에 잠을 깼다. 문을 열어 보니 옷을 차려입고 눈이 빨갛게 충혈된 애니가 편지 한 통을 들고 있었다. 봉투를 뜯어 보니 브람웰 선생이 보낸 쪽지가 들어 있었다.

> 당장 와 주게. 위험한 정신 이상자를 증명하는 데 자네의 도움이 필요하네.

애니는 눈물을 참으려고 애썼다.

"엠리스예요, 젊은 선생님. 끔찍한 일이 일어났어요. 선생님이 빨리 가 주셨으면 좋겠어요."

앤드루는 이삼 분 만에 급히 옷을 입었다. 애니는 앤드루와 함께 길을 내려가면서 엠리스에 대해 최대한 자세히 설명했다. 엠리스는 그동안 병을 앓아 왔는데 지난 삼 주 동안은 평소와 달리 멀쩡했다가 어젯밤 갑자기 난폭하게 변했다. 완전히 정신이 나갔는지 아내에게 빵 칼을 들이대기까지 해서 놀란 올웬이 잠옷 바람으로 간신히 거리로 도망쳤다는 내용이었다. 희미한 아침 햇살을 받으며 서둘러 여동생의 집으로 가면서 애니가 띄엄띄엄 들려준 이야기는 충분히 애처롭고 놀라웠다. 앤드루는 그 상황에서 위로밖에는 할 수 있는 게 없는 것 같았다.

마침내 두 사람은 엠리스 휴스의 집에 도착했다. 방 앞에서 발견한 것은 수염도 깎지 않고 넥타이도 매지 않은 채 심각한 표정으로 식탁에 앉아 펜을 쥐고 있는 브람웰이었다. 그 앞에는 반쯤 채워진 푸르스름한 서류가 놓여 있었다.

"아, 맨슨! 이렇게 빨리 와 줘서 고맙네. 괴로운 일이지만 오래 걸리지 않을걸세."

"어떻게 된 겁니까?"

"휴스가 완전히 정신이 나갔네. 내가 일주일 전에 자네에게 걱정한 대로 되었다네. 그래, 내 말대로 되었어. 급성 조증이야." 브람웰은 비극의 한 장면을 연기하는 것처럼 장엄하게 말했다. "자살 경향이 있는 급성 조증이야. 당장 그를 폰티뉴드 병원으로 옮겨야 하네. 그러자면 이 서류에 자네와 나, 두 사람의 서명이 필요해. 친척들이 자네를 불러 달라고 하더군. 자네도 절차를 알고 있지?"

"네." 앤드루가 고개를 끄덕였다. "선생님의 진단서는요?"

브람웰은 헛기침을 하고 자신이 서류에 기입한 내용을 읽기 시작했다. 지난 몇 주간 휴스의 특정한 행동을 적은 것으로 모두 정신 착란을 입증할 수 있는 내용이었다. 서류를 다 읽고 나서 브람웰이 고개를 들었다.

"이 정도면 충분하다고 생각하네."

"꽤 안 좋은 상태인 것 같군요." 앤드루가 천천히 대답했다. "그럼, 저도 진찰을 해 보겠습니다."

"고맙네, 맨슨. 자네가 진찰을 끝낼 때까지 여기 있겠네."

브람웰은 이렇게 말하면서 서류에 더 자세한 증상을 덧붙여 쓰기 시작했다.

엠리스 휴스는 침대에 누워 있고 그 옆에는 발작을 일으킬 경우를 대비해서 광산에서 나온 동료 두 명이 침대를 지키고 있었다. 침대 발치에는 평소 생기 넘치고 명랑했던 올웬이 하얗게 질린 얼굴로 울고 있었다. 그녀는 몹시 지친 모습이었다. 방 안의 분위기도 너무 가라앉고 긴장감이 돌아서 앤드루는 공포에 가까운 오싹함을 느꼈다.

앤드루는 엠리스에게 다가갔다. 처음에는 거의 알아보지 못할 지경이었다. 얼굴 모습이 크게 변한 것은 아니었다. 당연히 엠리스였지만 의식도 흐릿하고 나이도 들어 보이고 얼굴도 왠지 모르게 거칠어 보였다. 얼굴은 붓고 콧구멍은 좁아지고 콧등에 난 약간 붉은색의 반점 외에 피부는 밀랍처럼 창백했다. 전체적인 모습은 무겁고 무감각해 보였다. 앤드루가 그에게 말을 걸었다. 그는 알아들을 수 없는 소리를 중얼거렸다. 그러더니 주먹을 움켜쥐고 뜻 모를 공격적인 말을 늘어놓았다. 그 모습은 브람웰의 진단서에 첨가할 내용만 늘리고 환자의 격리에 대한 결정적인 증거를 더해 줄 뿐이었다.

잠시 침묵이 흘렀다. 앤드루는 인정해야 할 것 같으면서도 설명할 수 없는 부족함을 느꼈다. 왜, 왜 엠리스는 저런 말을 할까? 그는 끊임없이 자신에게 물었다. 만일 이 남자가 정신이 나갔다면 그 원인은 대체 무엇일까? 그는 언제나 유쾌하고 낙천적인 사람이었으며 고민도 없고 매사를 편하게 생각하고 인간관계도 원만했는데 말이다. 어째서 뚜렷한 이유도 없이 이 지경이 되었을까?

틀림없이 이유가 있어야 한다고, 저런 증상이 아무 이유 없이 나타날 리가 없다고 앤드루는 끊임없이 질문했다. 그는 수수께끼의 해답을 생각하며 본능적으로 손을 뻗어 자기 앞에 누워 있는 엠리스의 통통 부은 얼굴을 만졌다. 그때 부종이 생긴 뺨을 손가락으로 눌렀는데 아무런 자국이 남지 않는 것을 잠재의식이 먼저 감지했다.

순간 전류가 흐른 듯 찌릿하게 그의 뇌가 진동했다. 왜 손으로 눌렀는데 들어가지 않는 것일까? 왜냐하면 — 그의 심장이 세차게 뛰기 시작했다. — 왜냐하면 그것은 부종이 아니라 점액 수종이기 때문이다. 오, 맙소사! 맞아, 그는 점액 수종에 걸린 거야! 이런! 하지만 서둘러서는 안 되었다. 그는 흥분을 가라앉혔다. 경솔하게 덤벼들어 서둘러 결론을 내려서는 안 되었다. 침착하게, 천천히 신중하게 행동해야 했다.

앤드루는 몸을 구부려 엠리스의 손을 들어 올렸다. 그랬다. 피부는 메마르고 거칠며 손가락 끝이 약간 뭉툭했다. 체온은 정상보다 낮았다. 그는 의례적인 진찰을 끝낸 뒤에도 뭔가 알아냈다는 의기양양함을 드러내지 않으려고 애썼다. 모든 증상의 신호들이 복잡한 조각 퍼즐처럼 기가 막히게 꼭 맞아 들었다. 어눌한 말투, 메마른 피부, 주걱 모양의 손가락, 탄력 없이 땡땡하게 부은 얼굴, 기억력 상실, 둔감한 정신 작용, 절정에 이르면 살인까지 저지르는 폭력적인 흥분 상태. 아! 완벽하게 그림이 그려질 때의 승리감에 앤드루는 가슴이 벅차올랐다.

앤드루는 구부렸던 허리를 펴고 브람웰이 기다리고 있는 거실로 내려갔다. 브람웰은 등을 난로 쪽으로 향하고 난로 앞 깔개에 서서 그를 맞았다.

"어떤가? 확신이 생겼나? 펜은 탁자 위에 있네."

"네, 그런데 브람웰 선생님." 앤드루는 목소리에서 터져 나오는 성급한 쾌재를 억누르려고 애쓰면서 시선을 피했다. "휴스 씨의 증상을 증명하는 서명은 하지 말아야 할 것 같습니다."

"아니, 왜?" 어리둥절해하던 브람웰의 표정이 점차 바뀌었다. 그는 놀라면서도 불쾌한 표정으로 소리쳤다. "이 환자는 미쳤단 말일세!"

"제 견해는 다릅니다." 앤드루는 여전히 흥분과 의기양양함을 억누르려고 노력하면서 차분한 어조로 대답했다. 그가 환자를 직접 진찰한 사실만으로는 충분하지 않았다. 그는 브람웰에게 반감이 생기지 않도록 애쓰면서 부드럽게 돌려 말해야 했다. "제 생각에는 휴스 씨가 정신만 병든 게 아니라 몸에도 병이 든 것 같습니다. 갑상선 결핍을 앓고 있어요. 영락없는 점액수종입니다."

브람웰은 멍하니 앤드루를 쳐다보았다. 사실 말문이 막혀서 어쩔 줄 모르고 있었다. 그는 여러 번 말을 하려고 했지만 지붕에서 눈이 미끄러지듯 이상한 소리밖에 나오지 않았다.

"그래서 말입니다." 앤드루는 시선을 깔개로 향하고 설득조로 말을 했다. "폰티뉴드는 쓰레기장 같은 곳입니다. 휴스 씨는 한번 그곳에 들어가면 다시는 나오지 못할 겁니다. 나오더라도 평생 낙인이 찍힌 채 살아가야 할 겁니다. 그러니 우선 갑상선 주사부터 놓는 게 어떨까요?"

"하지만 여보게." 브람웰의 목소리가 떨렸다. "나는 그렇게 생각하지……."

"선생님의 신용에 관계된 일입니다." 앤드루가 재빨리 말을 가로챘다. "만일 선생님이 그를 회복시켜 놓는다면 어떻게 되겠습니까? 한번 해 볼 만한 가치가 있지 않습니까? 제가 휴스 씨의 부인을 부르겠습니다. 그녀는 지금 남편이 정신병원으로 끌려가는 줄 알고 눈이 퉁퉁 붓도록 울고 있어요. 선생님이 새로운 치료법을 써 보겠다고 설명하시면 됩니다."

브람웰이 항변을 하기도 전에 앤드루는 밖으로 나갔다가 잠시 후 휴스의 아내를 데리고 돌아왔다. 브람웰은 마음을 가라앉혔다. 그는 깔개 위에서 올웬에게 최대한 정중하게 아직 한 줄기 희망이 남아 있다고 설명했고, 그러는 동안 앤드루는 브람웰의 등 뒤에서 진단서를 공처럼 구겨 난로 속에 던져 버렸다. 그런 다음 갑상선 주사액을 구할 요량으로 카디프에 전화를 걸기 위해 밖으로 나갔다.

휴스가 치료에 반응을 보이기 전까지 불안하고 떨리는 시기와 괴롭고 긴장되는 날들이 며칠 계속되었다. 그러나 일단 반응을 보이기 시작하자 마법 같은 일이 일어났다. 엠리스는 이 주일 만에 병상에서 일어났고 두 달 만에 다시 일터로 돌아갔다. 어느 날 저녁 엠리스 휴스는 여위었지만 활기찬 모습으로 활짝 웃는 아내와 함께 브링가워에 있는 진료실에 들렀다. 그리고 평생 지금보다 더 행복했던 적은 없다고 털어놓았다.

올웬이 옆에서 거들었다.

"모두 선생님 덕분이에요. 그래서 말인데, 브람웰 선생님에서 맨슨 선생님으로 옮기고 싶어요. 엠리스는 나와 결혼하기 전부터 그분 환자였지만 이제 그분은 늙어 빠진 노파나 다름없어요. 그날 선생님이 아니었다면 남편은 지금쯤 어떻게 되었을지…… 모든 게 선생님 덕분이에요."

"그건 안 됩니다, 올웬. 그럼 모든 게 엉망이 돼 버려요." 앤드루는 의사다운 진지함은 내려놓고 순수한 청년답게 장난기 어린 말투로 말했다. "그래도 옮기시려 한다면 제가 빵 칼을 들고 쫓아다닐 겁니다."

얼마 후 거리에서 앤드루를 만난 브람웰은 거만한 투로 말했다.

"어이, 맨슨! 자네 휴스를 보았겠지. 하하! 부부가 둘 다 어찌나 고마워하는지. 내 자랑이 아니라 이렇게 경과가 좋은 환자는 처음 보았네그려."

그런 일이 있은 후 애니는 이렇게 말했다.

"저 브람웰 영감태기가 자기가 뭐라도 되는 것처럼 시내를 활보하고 다니는군요. 아무것도 모르면서. 게다가 그의 아내를 봐요. 흥! 그러니 가정부가 한시도 못 배겨나죠."

페이지 부인은 다음과 같이 불만을 드러냈다.

"맨슨 선생, 당신은 페이지 선생님을 위해 일하고 있다는 사실을 잊어선 안 돼요."

데니의 한마디는 이러했다.

"앤드루! 지금 자넨 너무 우쭐해 있어. 그러다가는 실수를 저지르기 쉽네. 그것도 조만간."

하지만 과학적인 방법이 승리를 거두었다는 생각에 가슴이 벅찬 앤드루는 크리스틴에게 들려줄 이야기만 생각하며 발걸음을 재촉했다.

9

그해 7월 카디프에서는 영국 의사협회 연차 회의가 개최되었다. 램플러 교수가 마지막 강의 시간이면 빼놓지 않고 소개하는 이 의사협회는 이름 있는 의사라면 당연히 가입하는 단체였는데 특히 연차 회의로 유명했다. 일정이 화려하게 짜인 이 회의에서는 회원과 그 가족들에게 스포츠와 사교, 학술적인 면에서 즐거움을 제공할 뿐만 아니라 최고급 호텔의 숙박료 할인이라든지 폐허가 된 인근 사원으로의 무료 버스 여행, 기념이 될 만한 예술적인 소책자, 유수의 의료기기 제조업자나 제약회사에서 제공하는 수첩, 부근 온천장 부대시설 이용권까지 다양한 혜택을 제공했다. 지난해에는 일주일간의 행사를 끝내면서 의사와 그 부인들 각자에게 상자에 든 비스킷 견본을 무료로 나누어 주었다.

앤드루는 5기니의 가입비가 아직은 부담이 되어 회원으로 가입하지는 않았지만 멀찌감치 떨어져 다소 부러운 눈으로 바라보았다. 게다가 블라넬리에 외따로 떨어져 있다는 느낌에 한층 소외감이 들었다. 지방 신문에 실린, 의사들이 깃발 나부끼는 플랫폼에서 환영사를 듣는 모습이라든지 페나스 골프장에서 티샷을 하는 사진, 웨스턴슈퍼메어행 증기선을 타고 있는 사람들의 사진을 보고 난 뒤에는 소외감이 더욱 깊어졌다.

그런데 그 주에 기쁘게도 카디프 호텔의 주소가 적힌 한 통의 편지가 앤드루에게 날아들었다. 친구인 프레디 햄프턴의 편지였다. 햄프턴은 예상했던 대로 회의에 참석 중이었는데 앤드루에게 만나고 싶으니 토요일에 만찬에 오지 않겠느냐고 제의해 왔다.

앤드루는 그 편지를 크리스틴에게 보여 주었다. 이제는 무엇이든 크리스틴에게 털어놓는 것이 자연스러운 버릇이 되었다.

두 달 전 크리스틴에게 저녁 초대를 받아 갔던 날 이후로 앤드루는 그녀를 더욱 사랑하게 되었다. 요즘은 크리스틴을 자주 볼 수 있고, 만날 때마다 그녀도 즐거워한다는 확신을 받아서 일찍이 경험하지 못한 행복감을 느꼈다. 그에게 마음의 안정을 준 사람도 아마 크리스틴이리라. 그녀는 매우 합리적인 성격으로 완벽할 정도로 솔직하고 결코 교태 따위는 부리지 않았다. 그가 종종 흥분되거나 불안한 마음으로 그녀를 찾아가면 헤어질 때는 마음의 위로를 받고 평화를 얻어서 돌아왔다. 그녀는 앤드루가 하는 말을 조용히 듣고 있다가 적절하고 기분 좋게 조언해 주었다. 게다가 그녀는 활기가 넘치고 유머 감각을 지녔다. 그리고 결코 듣기 좋은 말만 하지 않았다.

크리스틴은 침착하고 온순한 성격에도 불구하고 자기 주관이 뚜렷했기 때문에 가끔 앤드루와 격렬한 논쟁을 벌이기도 했다. 그럴 때면 그녀는 웃으면서 자신의 따지기 좋아하는 성격은 스코틀랜드 할머니에게서 물려받은 거라고 말했다. 아마 독립적인 성격도 그러한 혈통에서 비롯되었을 것이다. 앤드루는 이따금 그녀가 대단한 용기를 지녔다고 느꼈는데, 그 점 때문에 보호해 주고 싶은 마음이 우러나곤 했다. 사실 그녀는 브리들링턴에 사는 병약한 이모 외에 친척 하나 없는 외톨이였다.

토요일이나 일요일 오후 날씨가 좋을 때면 두 사람은 팬디 거리를 따라 긴 시간 산책을 했다. 한번은 채플린 주연의 「황금광 시대」를 보러 갔고, 크리스틴의 제안으로 토니글랜의 오케스트라 연주회에 가기도 했다. 그러나 대개는 윗킨스 부인이 그녀의 집에 들르는 저녁 시간에 앤드루도 함께 가서 거실에 모여 세 사람이 즐거운 시간을 보냈다. 그럴 때면 으레 토론이

벌어졌는데, 윗킨스 부인은 무엇보다 뜨개질을 우선하려고 작심한 듯 조용히 뜨개질을 하면서 두 사람 사이에서 적절한 완충 역할 이상은 결코 하지 않았다.

앤드루가 카디프 방문 계획을 가지고 크리스틴에게 달려간 이유는 그녀와 함께 가고 싶었기 때문이었다. 크리스틴은 주말에 시작되는 초등학교 방학 동안 이모와 함께 지내기 위해 브리들링턴에 갈 계획이었다. 앤드루는 그녀가 떠나기 전에 뭔가 특별한 시간을 가질 필요가 있다고 느꼈다.

크리스틴이 편지를 다 읽었을 때 앤드루가 기다렸다는 듯이 말했다.

"나와 함께 갈래요? 기차로 한 시간 반밖에 걸리지 않아요. 나는 블로드웬에게 토요일 저녁에 휴가를 달라고 말할 참이에요. 연차 회의에 가면 뭔가 볼거리가 많을 거예요. 그리고 당신에게도 햄프턴을 소개하고 싶고요."

크리스틴은 고개를 끄덕였다.

그녀의 응낙에 마음이 들뜬 앤드루는 어떻게든 블로드웬으로부터 허락을 받아내겠다는 마음뿐이었다. 그는 블로드웬을 찾아가기 전에 우선 진료실 창구에 눈에 쉽게 띄도록 고지문을 붙였다.

토요일 야간 진료는 쉽니다.

그는 집 안으로 들어서며 명랑한 목소리로 말했다.

"페이지 부인! 보조 의사 노동 규정에 의하면 저는 일 년에 반나절의 휴가를 받을 수 있습니다. 토요일에 휴가를 받고 싶습니다. 카디프에 가려고요."

"잠깐만요." 그 말을 들은 블로드웬은 앤드루가 자만심에 차서 건방지게 군다는 생각이 들어 신경이 날카로워졌다. 하지만 의혹 어린 시선으로 그를 노려보다 마지못해 응낙했다. "아, 그래요. 그렇다면 가야죠." 그때 갑자기 어떤 생각이 떠오른 듯 그녀가 눈을 반짝거렸다. 그러곤 입맛을 다시듯 입술을 오물거렸다. "그럼 오는 길에 패리 빵집에서 페이스트리 좀 사다 주겠어요? 그곳 페이스트리만큼 맛있는 게 없거든요."

토요일 4시 30분, 크리스틴과 앤드루는 카디프행 열차를 탔다. 기분이 날아갈 듯 들뜬 앤드루는 짐꾼이나 매표소 직원에게 이름까지 부르며 친근하게 굴었다. 그는 맞은편에 앉은 크리스틴을 바라보며 미소를 지었다. 군청색 외투와 치마를 입은 크리스틴은 평소보다 더욱 단아해 보였다. 검정색 신발도 말끔하고 단정했다. 그녀의 눈동자는 옷차림과 마찬가지로 여행에 대한 기대에 차 있는 듯 반짝반짝 빛났다.

그런 그녀의 모습을 보니 앤드루의 가슴속에서 사랑스러움이 솟아나고 지금까지 몰랐던 욕망을 느꼈다. 그때까지는 우정으로도 만족할 수 있다고 생각했다. 하지만 지금 그는 그 이상을 원했다. 두 팔로 그녀를 껴안고 가까이에서 따뜻한 감촉과 숨결을 느끼고 싶었다.

앤드루가 불쑥 입을 열었다.

"당신 없이는 아무것도 못할 것 같아요. 이 여름에 당신이 가 버린다면."

크리스틴의 얼굴이 약간 붉어졌다. 그녀는 창밖으로 시선을 돌렸다.

앤드루가 얼른 말을 이었다.

"내가 괜한 말을 했죠?"

"아니에요. 당신이 그렇게 말해서 기뻐요."

크리스틴은 앤드루의 시선을 피하며 대꾸했다.

앤드루의 혀끝에 사랑한다는 말이 맴돌았다. 자신의 불안정하고 보잘것없는 지위에도 불구하고 결혼해 줄 수 있는지 묻고도 싶었다. 순간 앤드루는 머리가 맑아지며 두 사람을 위해 그것이야말로 유일하고도 불가피한 해결책이라는 확신이 생겼다. 그러나 지금 그 말을 꺼내는 것은 적절하지 않다는 것을 직감하고 자신을 억제했다. 집으로 돌아가는 기차 안에서 얘기하리라 결심했다.

그런 생각을 하면서도 앤드루는 숨이 찰 정도로 계속해서 떠들었다.

"오늘 저녁 멋진 시간을 보내게 될 거예요. 프레디 햄프턴은 좋은 녀석이죠. 왕립병원에 있을 때도 아주 인기가 좋았어요. 똑똑한 친구예요. 한번은 던디에서 병원을 위한 자선 공연을 했을 때였죠." 앤드루의 눈이 과거를 회상하는 듯 아련해졌다. "유명한 스타급 배우들이 총출동했어요. 당신도 알 거예요. 라이시움 극장의 정규 배우들이었어요. 그런데 햄프턴이 무대에 올라가서 춤추고 노래했더니 관중이 강당이 떠나갈 듯 박수를 치는 겁니다!"

"의사보다는 연극배우가 더 어울리는 분 같다는 말처럼 들리네요."

크리스틴이 웃으면서 말했다.

"까다롭게 굴지 말아요, 크리스틴. 당신도 그 친구를 좋아하게 될 거예요."

열차는 6시 15분쯤 카디프 역으로 들어갔다. 그들은 곧장 팰리스 호텔로 향했다. 햄프턴과 6시 30분에 그곳에서 만나기로 약속을 했던 것이다. 그러나 두 사람이 라운지에 들어갔을 때 햄프턴은 아직 와 있지 않았다.

그들은 함께 호텔 내부를 둘러보았다. 호텔은 삼삼오오 모여 웃고 떠들며 친분을 나누는 의사와 의사의 아내들로 혼잡했다. 떠들썩하게 친근한 초대의 말들이 들려왔다.

"선생님과 스미스 부인은 오늘 밤 우리 옆에 앉으셔야 합니다."

"여보게! 이 연극표 어떤가!"

얼굴이 상기된 많은 사람들이 오가고 있었고, 단춧구멍에 빨간 끈을 단 신사들이 손에 서류를 들고 거드름을 피우며 바둑판 무늬의 마루를 바쁘게 뛰어다녔다. 반대편 문에서는 관리원이 주위가 쩌렁쩌렁 울리도록 큰 소리로 외쳐 대고 있었다.

"이비인후과 선생님들은 이쪽으로 오십시오!"

별관으로 통하는 복도 위에 '의학기자재 전시회'라는 현수막이 걸려 있었다. 종려나무 화분도 놓여 있고 현악 실내악단도 자리잡고 있었다.

"대단한 사교장이군, 그렇죠?" 앤드루는 사람들이 들뜬 마음에 다소 지나친 감이 있다고 느끼며 이렇게 말했다. "그런데 프레디는 여전히 늦는군요. 녀석이 원래 그래요. 우리 전시회나 둘러보고 올까요?"

두 사람은 관심 있게 전시회를 둘러보았다. 앤드루는 곧 손에 한가득 화려한 인쇄물을 쥐었다. 그는 웃으면서 크리스틴에게 팸플릿 하나를 보여 주었다.

> 선생님! 당신의 진료실은 텅 비어 있지 않습니까? 우리가 진료실을 어떻게 구비해야 하는지 보여 드리겠습니다!

그 밖에 최신 진통제와 진정제를 광고하는 각종 인쇄물이 열아홉 권이나 되었다.

"최근의 의약품 추세는 마약인 것 같군요."

앤드루가 미간을 찌푸리며 말했다.

그때 출구 쪽 마지막 전시대에 서 있던 젊은 남자가 번쩍거리는 시계처럼 생긴 물건을 내보이며 재빠르게 두 사람 사이로 끼어들었다.

"선생님! 저희 회사에서 개발한 새로운 지침계에 관심이 있으실 것 같군요. 다용도의 이 지침계는 최신 기술로 개발되어 병실 침대에 부착하면 대단히 그럴듯한 인상을 주는데 값은 2기니에 불과합니다. 자, 한번 보십시오! 앞쪽을 보시면 잠복기의 수치가 나타나죠. 다이얼을 돌리면 전염 기간이 나타납니다. 안을 보시면." 그는 딸깍 소리를 내며 기계의 뒷면을 열었다. "헤모글로빈 색소 수치가 표시되고, 뒷면에는 일람표가 있어서……."

"우리 할아버지도 그런 걸 쓰셨는데 나중에는 안 쓰고 치워 버렸죠."

앤드루가 단호하게 그의 말을 가로막았다.

크리스틴이 통로로 걸어 나오며 웃었다.

"가엾군요. 지금까지는 아무도 그 기계를 비웃는 사람이 없었을 텐데."

그들이 라운지로 되돌아왔을 때 마침 도착한 프레디 햄프턴이 택시에서 뛰어내려 호텔로 들어서고 있었다. 그 뒤로 골프채를 든 급사가 따라 들어왔다. 햄프턴은 그들을 발견하자 환하게 웃으며 달려왔다.

"아! 앤드루, 벌써 와 있었군! 늦어서 미안하네! 리스터 컵 골프 대회 결승전에 나가느라고 말이야. 그렇게 운 좋은 녀석은 처음 봤네! 그나저나 이렇게 다시 만나서 반갑군. 앤드루, 자넨 여전하군그래. 하하! 이런! 새 모자라도 하나 사는 게 어떤가?" 그는 활달한 사람이 환영의 뜻으로 흔히 그러듯 앤드루의 등을 손으로 툭툭 치며 크리스틴에게도 빙그레 웃어 보였다. "나한테 소개해 줘야지, 무뚝뚝한 친구 같으니라고! 대체 무슨 꿈을 꾸고 있는 거야?"

그들은 둥근 탁자에 자리를 잡았다. 햄프턴은 함께 한잔 할 작정이었다. 그가 손가락을 맞부딪쳐 딱 소리를 내자 한 웨이터가 부리나케 달려왔다. 잠시 후 햄프턴은 셰리주를 놓고 자신의 골프 시합에 관해 떠들기 시작했다. 자기 적수가 홀마다 5번 아이언 샷을 어떻게 실수했으며 자신은 어떻게 해서 완벽하게 우승했는지를 설명해 주었다.

머릿기름을 바른 금발에 혈색 좋아 보이는 얼굴, 매끈하게 지어진 양복, 툭 튀어나온 커프스 위에 붙은 검정색 오팔 단추까지 햄프턴의 옷차림은 완벽했다. 잘생기지는 않았지만 — 용모는 지극히 평범했다. — 사람 좋아 보이고 수완가 같은 인상을 주었다. 자기도 조금만 노력하면 매력적으로 보일 수 있다고 우쭐대는 것 같기도 했다. 그는 친구도 쉽게 사귀는 편이었는데, 그럼에도 대학 시절 병리학자이며 비꼬기를 좋아했던 뮤어 박사가 수업 시간에 무뚝뚝하게 이렇게 말한 적이 있었다.

"햄프턴 군, 자네는 아무것도 모르는군. 자네의 풍선 같은 마음은 완전히 이기적인 가스로 가득 차 있어. 하지만 자네는 절대 당황하지 않을 거야. 내가 장담하건대 자네가 만일 그 유치원 장난 같은 의사 시험을 어떻게든 통과만 한다면 장래는 어둡지 않을걸세."

그들은 아무도 정장 차림이 아니었기 때문에 저녁을 먹기 위해 호텔의 간이식당으로 들어갔다. 햄프턴은 저녁 늦게 자신은 연미복으로 갈아입어야 한다고 귀띔했다. 댄스 파티가 있는데 귀찮기는 하지만 반드시 얼굴을 내밀어야 한다는 것이다.

햄프턴은 '파스퇴르 포타주', '마담 퀴리 넙치 구이', '의사협회 스테이크'처럼 막무가내로 이름 붙인 메뉴 중에서 아무것이나 주문한 뒤 연극 투로 과거를 회상하기 시작했다.

"그땐 정말 몰랐네." 하며 햄프턴이 고개를 천천히 가로저었다. "앤드루 맨슨이 남웨일스의 산골에 파묻히게 될 줄은."

"이 사람이 파묻혔다고 생각하세요?"

크리스틴이 애써 미소를 지으며 물었다. 잠시 침묵이 흘렀다. 햄프턴은 사람으로 붐비는 식당을 바라보다 앤드루를 보고 씩 웃었다.

"이 회의에 대해 어떻게 생각하나?"

"글쎄." 앤드루는 애매한 투로 대답했다. "시대에 뒤처지지 않기 위해서는 유용하겠지."

"시대에 뒤처지지 않기 위해서라! 나는 일주일 내내 따분한 분과별 모임에는 코빼기도 안 보였다네. 알겠나? 중요한 것은 교제야. 같이 어울리며 연줄을 만드는 거지. 자네는 내가 일주일 동안 얼마나 영향력 있는 사람들을 만났는지 상상도 못할 거야. 그게 내가 여기에 온 이유라네. 난 런던으로 돌아가면 그 사람들에게 전화를 걸어 언제 골프라도 치지 않겠느냐고 물을 거야. 나중에는 그게 비즈니스로 연결되지. 내 말 명심하게."

"자네 말을 통 이해하지 못하겠군, 프레디."

"간단한 이치야. 내가 지금은 남의 병원에 월급쟁이로 있어도 서부에 있는 자그마하지만 멋진 건물을 눈여겨보고 있네. 그곳에 언뜻 보면 휘갈겨 쓴 듯한 글씨로 '의학 박사 프레디 햄프턴'이라고 쓴 동 간판을 걸 거야. 그러기만 하면 내가 말한 그 친구들이 내게 환자를 보내 줄걸세. 자네도 이제 어떻게 돌아가는 건지 알겠나? 상호 이익이야. 내가 그 사람들을 긁어 주면 그들도 내 등을 긁어 주는 이치지." 햄프턴은 천천히 음미하듯 와인을 한 모금 마시고는 계속해서 말했다. "그건 그렇고 소도시 의사들과 사귀어 두는 것도 도움이 되지. 이따금 그 사람들도 환자를 보내 주니까. 일 년이나 이 년 사이에 자네도 블라 뭐라고 하는 시골에서 내게 환자를 보내 줄 일이 생기지 않겠는가?"

크리스틴이 무슨 말을 하려는 듯 힐끗 햄프턴의 얼굴을 바라보더니 이내 자제했다. 그러곤 줄곧 자신의 접시만 바라보았다.

"이봐, 앤드루. 이제 자네 얘기도 해 줘야지." 햄프턴은 계속해서 싱글거리며 말했다. "자넨 어떤가?"

"별다른 거 없네. 목조 진료실에서 진찰을 하고 하루에 평균 서른 명의 환자를 본다네. 대개 광부와 그 가족이지."

"별로 만족스러워 보이지는 않는군."

햄프턴이 위로하듯 다시 고개를 저었다.

"아니, 난 이 일을 즐긴다네."

앤드루가 조심스럽게 말했다.

그때 크리스틴이 끼어들었다.

"게다가 당신은 진짜 일을 하잖아요."

"맞아. 최근에는 아주 흥미로운 환자를 치료했다네. 사실 《의학 저널》에 그 치료 보고서를 보냈지."

앤드루는 엠리스 휴스에 관한 일을 햄프턴에게 간단히 설명했다. 햄프턴은 대단히 흥미롭게 듣는 척했지만 시선은 식당 안을 두리번거리고 있었다.

"정말 대단한 일이군!" 햄프턴이 건성으로 맞장구를 쳤다. "난 자네가 스위스나 뭐 그런 곳에서 갑상샘종에라도 걸린 줄 알았지. 어쨌든 치료비로 한몫 챙겼기를 바라네. 말이 나왔으니 말인데 어떤 사람이 오늘 치료비 문제를 해결하는 좋은 방법을 알려 줬다네."

햄프턴은 누군가가 알려 줬다는, 병원비를 현금으로 받을 수 있는 온갖 방법에 대해 늘어놓기 시작했다. 식사가 끝나갈 때야 그의 입심 좋은 한 편의 논문도 끝이 났다. 햄프턴은 냅킨을 아무렇게나 던지며 자리에서 일어났다.

"밖에 나가 커피라도 마시지. 오늘의 만남은 라운지에서 끝내자고."

10시 15분경 담배도 거의 타 내려가고 이야깃거리도 일시적으로 동이 나자 햄프턴은 살짝 하품을 하며 은색 회중시계를 들여다보았다.

그러나 시계를 본 쪽은 크리스틴이 먼저였다. 그녀는 반짝이는 눈으로 앤드루를 바라보며 허리를 쭉 펴고 말했다.

"이제 기차 시간 거의 되지 않았어요?"

앤드루가 삼십 분쯤 더 있다고 말하려는 순간 햄프턴이 입을 열었다.

"아! 나도 시시껄렁하나마 댄스 파티에 얼굴을 내밀어야 할 것 같군. 파티에 참석한 사람들을 소홀히 대할 수는 없지. 나도 내려가 봐야 하네."

햄프턴은 두 사람과 함께 회전문으로 걸어간 뒤 시간을 끌며 다정하게 작별 인사를 건넸다.

"이보게, 내가 웨스트엔드에 작은 병원 간판이라도 달면 잊지 않고 자네에게 카드 한 장 보내겠네."

햄프턴이 마지막 악수와 함께 이런 말을 건네며 자신만만하게 앤드루의 어깨를 툭 쳤다.

훈훈한 밤공기 속으로 나온 앤드루와 크리스틴은 아무 말 없이 공원 거리를 걸었다. 앤드루는 막연히 자신이 기대했던 유쾌한 저녁 시간이 아니었다고 느끼면서 크리스틴의 기대에도 못 미쳤을 거라는 생각이 들었다. 그는 크리스틴이 뭐라고 말해 주기를 기다렸지만 끝내 아무 말도 듣지 못했다.

마침내 앤드루가 머뭇머뭇 말을 꺼냈다.

"병원에 관한 장황한 이야기만 들어서 좀 지루했죠?"

"아니요, 조금도 지루하지 않았어요."

잠시 침묵이 흘렀다. 앤드루가 다시 물었다.

"햄프턴이 마음에 들지 않았어요?"

"네, 그래요!" 크리스틴은 자제력을 잃고 참았던 분통을 터뜨릴 기세로 그를 돌아다보았다. "머리에는 기름을 바르고 천박하게 웃으며 저녁 내내 당신에게 오만하게 굴었잖아요."

"내게 오만하게 굴어요?"

앤드루가 놀라며 그녀의 말을 반복했다.

크리스틴은 아직 분이 덜 풀린 듯 고개를 끄덕였다.

"정말 참을 수가 없었어요. 더구나 어떤 사람이 치료비 문제를 처리하는 좋은 방법을 가르쳐 주었다고 말했잖아요. 그것도 당신이 흥미로운 환자를 치료했다는 말을 듣고 나서! 나라도 그게 무시하는 말이란 걸 알겠더라고요. 게다가 당신이 환자를 자기한테 보낼 거라는 말을 하지 않나. 흥! 정말 대단하더군요." 크리스틴의 입술이 실그러졌다. 그녀는 마지막으로 격앙된 어조로 말했다. "그 사람이 당신을 깔보는 데 정말 참을 수가 없었어요."

"나는 그 친구가 날 깔봤다고 생각하지 않는데요." 앤드루는 당황해서 이렇게 말했지만 잠시 생각에 잠겨 말이 없었다. 마침내 그가 다시 입을 열었다. "나도 오늘 밤 그 친구가 자기 생각만 했다는 거 인정해요. 기분이 좋았나 봐요. 하지만 원래는 좋은 친구예요. 당신이 또 만나고 싶어 할 만큼. 우리는 대학 시절 친했어요. 함께 공부도 열심히 했고."

"아마 당신이 이용 가치가 있다고 생각한 모양이죠." 크리스틴이 평소와 달리 신랄하게 말했다. "당신을 자기 일에 이용하려는 거예요."

앤드루가 불쾌해하며 말을 가로막았다.

"이제 그만해요, 크리스틴."

"당신 탓이에요." 크리스틴은 속상한지 눈물이 그렁그렁 맺혔다. "사람을 잘 가려서 봐야죠. 게다가 그 사람은 우리 여행을 망쳐 놨어요. 그가 와서 자기 얘기만 잔뜩 늘어놓기 전까지는 좋았는데. 거기에 가지 않았으면 빅토리아 홀에서 하는 멋진 콘서트에 갈 수도 있었어요. 하지만 그것도 놓쳐 버리고, 그 사람이 늦는 바람에 아무것도 못했잖아요. 그 사람은 별 볼일 없는 자신의 댄스 파티에는 정확히 맞춰 갔는데 말예요."

그들은 어느 정도 떨어져서 역까지 터벅터벅 걸어갔다. 앤드루는 크리스틴이 그렇게 화내는 모습을 처음 보았다. 그리고 그 역시 화가 나 있었다. 자신과 햄프턴 그리고 크리스틴에게. 하지만 오늘 저녁을 아무것도 못하고 허비했다는 그녀의 말은 옳았다. 앤드루는 크리스틴의 창백하고 굳어 있는 얼굴을 흘끗 훔쳐보며 비참한 패배감을 느꼈다.

두 사람은 역으로 들어갔다. 그런데 플랫폼을 향해 올라갈 무렵 반대편에 서 있는 두 사람의 모습이 눈에 들어왔다. 앤드루는 그들을 한눈에 알아보았다. 브람웰 부인과 가벨 의사였다. 그때 포스콜 해변으로 가는 지방 열차가 들어왔다. 가벨과 브람웰 부인은 마주 보고 웃으면서 포스콜행 기차에 올랐다. 기적이 울렸다. 기차는 증기를 내뿜으며 서서히 움직였다.

앤드루는 갑자기 괴로운 기분이 들었다. 그는 크리스틴이 이 광경을 목격하지 않았기를 바라며 얼른 그녀를 훔쳐보았다. 그 날 아침 브람웰은 맑은 날씨에 감탄하며 만족스러운 듯 억세게 생긴 손을 비비면서 자기 아내는 주말을 어머니와 보내려고 슈루즈베리에 갈 거라고 말하지 않았던가.

앤드루는 말없이 고개를 숙이고 섰다. 한창 사랑에 빠져 있는 그는 방금 목격한 광경이 의미하는 온갖 상념에 육체적 통증 같은 고통마저 느꼈다. 속이 메스꺼웠다. 이 일을 마지막으로 오늘 하루는 완벽하게 엉망이 되었다는 생각이 들었다. 그의 기분은 완전히 뒤바뀌고 말았다. 즐거웠던 기분에는 그림자가 졌다. 그는 크리스틴과 조용하고 긴 대화를 나누며 진심을 털어놓고 자신들의 어리석은 불화를 바로잡고 싶은 마음이 간절했다. 무엇보다 그녀와 단둘이 있고 싶었다. 하지만 골짜기를 올라갈 기차는 승객을 가득 채우고 들어왔다. 그들은 시장배(市長杯) 풋볼 경기에 대해 큰 소리로 떠드는 광부들로 비좁은 객차에 오를 수밖에 없었다.

블라넬리에 도착한 때는 늦은 밤이었다. 크리스틴은 몹시 피곤해 보였다. 앤드루는 그녀도 브람웰과 가벨을 목격했을 거라고 짐작했다. 지금은 그녀에게 아무 말도 할 수 없었다. 그녀를 허버트 부인 집까지 데려다 주고 우울하게 작별 인사를 하는 것 외에 아무것도 할 게 없었다.

10

앤드루가 브링가워에 도착한 것은 자정이 다 되어서였다. 그런데 닫힌 진료실과 집 출입문 사이에서 조 모건이 잰걸음으로 오르락내리락하며 자신을 기다리고 있는 게 보였다. 앤드루를 발견하자 억센 착암공의 얼굴에 안도감이 번졌다.

"아, 선생님. 이제 오셨군요. 아까부터 여기서 기다렸습니다. 아내가 선생님을 불러 달라고 해서요. 예정보다 빠른가 봅니다."

앤드루는 재빨리 자신에 대한 생각에서 빠져나와 모건에게 기다리라고 말했다. 그런 다음 왕진 가방을 가지러 집 안으로 들어갔다가 곧 그와 함께 블레나 테라스 12호 주택으로 갔다. 짙은 밤공기는 차갑고 신비롭고 정적이 감돌았다. 평소 같으면 민감해졌을 상황인데도 지금은 온몸이 나른하고 마음도 내키지 않았다. 그때만 해도 이 한밤중의 왕진이 여느 때와 다른 것은 물론 블라넬리에서 그의 장래에 커다란 영향을 끼칠 거라는 것을 예감하지 못했다. 두 사람은 12호에 도착할 때까지 묵묵히 걸었다. 문 앞에 다다르자 모건이 걸음을 멈추었다.

"저는 들어가지 않겠습니다." 모건이 긴장된 목소리로 말했다. "선생님이 잘 알아서 해 주실 거라고 믿어요."

좁은 계단을 올라가 작은 침실 안으로 들어가니 가구가 별로 없는 깔끔한 방 안을 겨우 석유램프 하나가 비추고 있었다. 머리가 하얗게 세고 키가 큰 모건 부인의 어머니와 나이 든 뚱뚱한 산파가 환자 곁에서 서성이며 연신 앤드루의 표정을 살폈다.

"차라도 한잔 드시겠어요?"

잠시 후 모건의 장모가 물었다.

앤드루는 희미하게 미소를 지었다. 이 노파는 경험상 아직 더 기다려야 한다는 것을 알고 있었다. 그래서 의사가 나중에 다시 오겠다는 말을 하고 환자 곁을 떠날까 봐 그녀가 노심초사하고 있다는 것을 앤드루는 눈치 챌 수 있었다.

"걱정하지 마세요. 내빼지 않을 테니까요."

앤드루는 부엌으로 내려가서 노파가 주는 차를 얻어 마셨다. 몹시 피곤했지만 집으로 돌아간들 한 시간도 채 눈을 붙일 수 없다는 사실을 그도 알고 있었다. 또한 환자를 지켜봐야 할 필요가 있다는 것도 알고 있었다. 앤드루는 이상하게 무기력한 기분이 들었지만 모든 게 끝날 때까지 남아 있기로 결심했다.

한 시간 뒤 앤드루는 다시 위층으로 올라가 경과를 살펴본 뒤 내려와 부엌 난로 옆에 앉았다. 난로의 연료 받침에서 재 긁어내는 소리와 벽시계의 째깍거리는 소리 외에는 적막하기 그지없었다. 아니, 또 다른 소리가 들렸는데 그것은 밖에서 서성거리는 모건의 발소리였다. 맞은편에 앉아 있는 검정색 옷을 입은 노파는 미동도 없이 묘하게도 생기 넘치는 지혜로운 눈길로 앤드루의 얼굴을 뚫어지게 바라보고 있었다.

앤드루는 머릿속이 무겁고 멍했다. 카디프 역에서 목격했던 일들이 여전히 병적으로 그의 뇌리를 떠나지 않았다. 자신을 지저분하게 속이는 줄도 모르고 한 여자에게 헌신하는 어리석은 브람웰 생각을 했다. 아내와 떨어져 불행한 결혼 생활을 하는 데니 생각도 났다. 그의 이성은 이런 결혼 생활이 모두 비참한 실패라고 말해 주고 있었다. 현재의 상태만 보면 꽁무니를 빼는 게 낫다 싶은 결론이었다. 그러나 그는 결혼을 아름다운 일로만 생각하고 싶었다. 그랬다. 앤드루는 크리스틴의 얼굴을 대하면 다른 생각은 떠오르지 않았다. 자신을 쳐다보는 크리스틴의 반짝이는 눈동자는 그 외에 다른 결론은 상상도 할 수 없게 만들었다. 그래서 그를 화나고 혼란스럽게 만드는 회의적인 마음과 뜨겁게 넘쳐흐르는 애정 사이에서 갈등하게 했다. 그는 턱을 가슴에 대고 다리를 쭉 뻗은 채 난로를 물끄러미 바라보았다. 이 상태로 꽤 오랜 시간이 흘렀고 머릿속은 온통 크리스틴에 대한 생각으로 가득 차 있었기에 노파가 갑자기 말을 걸었을 때 앤드루는 깜짝 놀랐다. 노파는 다른 생각을 좇고 있었다.

"딸아이 말이 아기한테 해로울지도 모르니 마취를 말아 달라더군요. 그 애는 아기에게 온 정성을 기울이고 있어요." 노파의 늙은 눈이 갑자기 어떤 생각으로 부드러워졌다. 그녀는 나지막한 목소리로 덧붙였다. "사실 우리 모두 그렇지요."

앤드루는 애써서 정신을 차렸다.

"마취제는 해롭지 않습니다. 안전해요."

앤드루가 친절하게 설명했다.

그때 위층에서 산파의 목소리가 들려왔다. 시계를 쳐다보니 3시 30분이었다. 앤드루는 자리에서 일어나 침실로 올라갔다. 이제 자신이 나설 때가 되었다고 생각했다.

그리고 한 시간이 흘렀다. 길고 험난한 사투가 있었다. 블라인드 틈새로 첫 여명이 새어 들었을 때 아기가 태어났다. 하지만 아기는 숨을 쉬지 않았다.

움직이지 않는 몸뚱이를 보았을 때 앤드루에게 공포의 전율이 엄습했다. 어쨌든 자신이 맡은 환자였다. 진력을 다하느라 뜨겁게 달아올랐던 그의 얼굴이 갑자기 싸늘해졌다. 그는 아기를 소생시키고 싶은 욕망과 위급한 상황에 있는 산모에 대한 의무감 사이에서 머뭇거렸다. 그 딜레마가 너무도 다급했기 때문에 제정신으로 해결할 수 없었다. 그는 본능적으로 아기를 무작정 산파에게 넘긴 뒤 아직 마취에서 깨어나지도 않고 맥박도 뛰지 않는 채 널브러져 있는 모건 부인에게 주의를 돌렸다. 그는 필사적으로 서두르며 꺼져 가는 생명과 미친 듯이 경주를 벌였다. 유리 앰풀을 따서 피튜이트린을 주사한 것도 순식간이었다. 그런 다음 주사기를 내던지고 죽은 듯이 늘어져 있는 산모를 소생시키기 위해 온몸을 던졌다. 그렇게 열성을 다해 애쓴 지 몇 분이 지나자 산모의 심장이 조금씩 기운을 차리기 시작했고 앤드루는 이제 산모에게서 손을 떼도 안전하겠다고 생각했다. 땀으로 젖은 이마에는 머리카락이 달라붙어 있고 셔츠 소매는 걷어 올려진 채 그는 주위를 한 바퀴 살폈다.

"아기는 어디 있죠?"

산파는 흠칫 놀란 몸짓을 했다. 아기를 침대 밑에 내려놓았던 것이다.

앤드루는 얼른 무릎을 꿇고 앉아 침대 아래 흠뻑 젖은 신문 밑에서 아기를 꺼냈다. 팔다리 모두 정상인 사내아이였다. 축 늘어졌지만 따뜻한 몸뚱이는 비계처럼 하얗고 보드라웠다. 급하게 자른 탯줄은 부러진 줄기처럼 아무렇게나 늘어져 있었다. 피부는 매끄럽고 연약했다. 고개는 힘없이 뒤로 젖혀졌다. 팔다리는 뼈가 없는 것처럼 흐느적거렸다.

앤드루는 여전히 무릎을 꿇은 채 초췌하고도 날카로운 얼굴로 아기를 응시했다. 피부가 하얀 것은 한 가지를 의미했다. 가사(假死) 상태였다. 뜻밖에도 기억은 언젠가 사마리아 병원에서 한 번 본 적이 있는 환자와 그때의 처치 방법을 뒤쫓기 시작했다. 그가 즉시 몸을 일으켰다.

"가서 뜨거운 물과 찬물 좀 갖다 주세요." 그가 산파에게 소리쳤다. "그리고 대야도. 빨리요, 빨리!"

"하지만 선생님."

산파가 머뭇거리며 핏기 없는 아기의 몸을 바라보았다.

"빨리요!"

앤드루가 다시 소리쳤다.

그는 급히 잡아당겨 펼친 담요에 아기를 내려놓고 감싼 다음 특별한 방법으로 소생술을 쓰기 시작했다. 대야가 도착하고 커다란 물병과 쇠로 된 커다란 주전자도 도착했다. 앤드루는 대야 하나에 물이 튀도록 급하게 찬물을 붓고 또 다른 대야에는 찬물과 더운물을 섞어가며 손을 넣어 견딜 수 있을 정도로 따뜻한 물을 만들었다. 그런 다음 반쯤 정신 나간 마술사처럼 아기를 들고 재빠르게 찬물에 넣었다 따뜻한 물에 넣기를 반복했다.

십오 분쯤 지나자 앤드루는 눈가에 땀이 흘러 앞이 잘 보이지 않았다. 소매 한쪽이 흘러내려 물에 흠뻑 젖었다. 그는 숨이 차서 헉헉거렸다. 하지만 몸이 축 늘어진 아기는 숨 쉴 기미를 보이지 않았다.

문득 노력이 허사로 돌아갔다는 허탈감이 밀려들며 희망이 없다는 생각에 화가 치밀었다. 놀란 산파가 자신을 멍하니 바라보는 모습이 느껴졌다. 그런데 줄곧 벽에 붙어 서서 아무 말도 못하고 손으로 목을 감싼 채 그를 뚫어져라 쳐다보는 사람이 있었다. 바로 노파였다. 앤드루는 산모가 아기를 기다린 것만큼이나 노파가 손자를 기다려 왔음을 깨달았다. 하지만 어떤 방법도 소용없이 모든 게 수포로 돌아간 것이다.

마루는 온통 질척거렸다. 앤드루는 젖은 수건에 발이 걸려 하마터면 흰 생선처럼 축축하고 미끈거리는 아기를 손에서 떨어뜨릴 뻔했다.

"오, 세상에나!" 산파가 울먹였다. "아기가 죽었어요."

앤드루는 산파의 말이 귀에 들어오지 않았다. 삼십 분 동안이나 노력했지만 허사로 돌아간 데 대해 좌절하고 자포자기하는 심정이었다. 하지만 아직 쓰지 않은 한 가지 방법이 있었다.

그는 거친 수건으로 아기를 문지르고 손바닥으로 가녀린 가슴을 눌렀다 뗐다 하며 축 늘어진 몸뚱이에 숨을 불어넣으려고 애썼다.

이윽고 기적이 일어났다. 그 작은 가슴을 감싼 앤드루의 손이 잠시나마 분명하게 불룩해졌다. 한 번 그리고 또 한 번……. 앤드루는 현기증을 느꼈다. 손가락 아래에서 느껴지는 생명의 감촉에, 소용없을 것만 같았던 노력이 가져온 절묘한 효과에 아찔하기까지 했다. 그는 더욱 열정적으로 노력을 기울였다. 아기는 이제 점점 더 크게 숨을 쉬었다. 작은 콧구멍 한쪽에서 점액 같은 코가 흘러나왔다. 희망에 찬 진줏빛 거품이었다. 아기의 사지는 더 이상 흐물거리지 않았다. 머리도 더 이상 무척추인 양 뒤로 축 늘어지지 않았다. 창백하던 피부에는 서서히 분홍빛이 돌았다. 그리고 마침내 아기는 울음을 터뜨렸다.

"오! 하느님." 산파가 격렬하게 흐느끼기 시작했다. "살았어요……. 정말로 살아났어요!"

앤드루는 산파에게 아기를 건넸다. 맥이 풀리고 머리가 어지러웠다. 담요와 수건, 대야, 쓰고 버린 기구들, 비닐 장판에 꽂힌 주사기, 쓰러진 물병, 물이 흥건한 바닥에 나뒹구는 주전자 따위가 흐트러져 있는 방 가운데 그가 서 있었다. 헝클어진 침대 위에는 아직 마취에서 깨어나지 않은 산모가 곤히 잠들어 있었다. 노파는 여전히 벽에 기대어 서 있었다. 다만 두 손을 모으고 아무 소리도 내지 않은 채 입술을 움직이고 있었다. 기도하는 중이었다.

앤드루는 기계적으로 셔츠 소매를 내리고 겉옷을 입었다.

"가방은 나중에 가지러 오겠습니다."

그는 아래층으로 내려가 식당을 거쳐 부엌으로 갔다. 입술이 바짝 말라 있었다. 그는 큰 컵에 물을 따라 단숨에 들이켰다. 그런 다음 모자와 외투를 걸쳤다.

집 밖으로 나오니 조 모건이 도로에 서서 긴장과 기대가 교차하는 표정으로 그를 바라보았다.

"잘됐어요. 산모와 아기 모두 건강해요."

앤드루가 잠긴 목소리로 말했다.

어느새 날이 밝아 있었다. 거의 5시쯤 된 것 같았다. 광부 몇 명이 벌써 거리에 나와 있었다. 아침 교대 시간이 가까웠던 것이다. 앤드루는 그들 속에 섞여 걸어가며 아침 하늘 아래서 울리는 자신의 발소리를 들었다. 그는 블라넬리에서의 다른 일은 모두 잊어버린 채 한 가지만 생각했다. '하느님, 제가 해냈어요. 마침내 의미 있는 일을 해냈어요.'

11

면도와 목욕을 하고 나자 — 애니 덕분에 언제나 원하는 만큼 수도꼭지를 틀어 더운 물을 쓸 수 있었다. — 앤드루는 한결 피로가 가시는 것을 느꼈다. 하지만 그가 간밤에 외박했다는 사실을 안 페이지 부인은 아침 식사 시간에 지나가는 말로 빈정댔고, 앤드루가 그녀의 공격을 침묵으로 받아들이자 더욱 우쭐했다.

"맨슨 선생, 오늘 아침에는 좀 피곤해 보이네요. 저 눈 밑이 거무스름해진 것 좀 봐요! 카디프에서 오늘 아침에 돌아온 거죠? 내가 부탁한 패리 빵집의 페이스트리도 잊은 모양이군요. 뭔가 재미난 일이 있으셨나 보죠, 그렇죠? 그럼요, 난 못 속이죠! 그동안 난 선생이 너무 순진해서 그럴 리 없을 거라 생각했죠. 하지만 당신도 다른 선생들과 똑같군요. 난 지금까지 술을 안 마신다거나 뭔가 실수하지 않은 선생들은 한번도 못 봤어요!"

앤드루는 아침 진료와 오전 왕진을 마치고 환자의 집에 들렀다. 그가 블레나 테라스에 도착한 것은 12시 30분쯤이었다. 저마다 자기 집 문 앞으로 나와 수다를 떨던 여인들이 앤드루가 지나가자 이야기를 멈추고 웃으면서 다정한 인사를 건넸다. 12호가 가까워졌을 때 그는 누군가 창가에 서 있지 않을까 하는 상상을 했다. 그런데 정말 그랬다. 가족들이 모두 그를 기다리고 있었다. 그가 새로 하얗게 광을 낸 현관에 발을 딛는 순간 문이 열리며 주름진 얼굴 가득 놀랄 만큼 환한 미소를 머금은 노파가 나오면서 그를 환영했다.

사실 노파는 너무도 반가운 나머지 앤드루에게 거의 말할 기회를 주지 않았다. 그녀는 먼저 거실로 가서 뭘 좀 먹지 않겠느냐고 물었다. 앤드루가 사양하자 노파는 안절부절못했다.

"알았어요, 알았어. 선생님 좋을 대로 해요. 그럼 나중에 가기 전에 시간 있으면 엘더베리 와인에 케이크라도 한 조각 먹고 가야 해요."

노파는 주글주글하고 떨리는 손으로 위층으로 올라가는 앤드루의 등을 토닥거렸다.

앤드루는 침실로 들어갔다. 몇 시간 전까지만 해도 어수선했던 작은 침실이 말끔하게 청소가 되어 있고, 광이 나도록 바닥을 닦은 흔적이 역력했다. 앤드루의 의료 기구는 가지런히 정리되어 니스 칠을 한 전나무 옷장 위에서 반짝거리고 있었다. 왕진 가방은 거위 기름으로 정성껏 닦여 있었고, 잠금쇠는 금속 광택제로 어찌나 열심히 광택을 냈는지 은빛이 났다. 침대에는 새 침대보가 씌워져 있고 그 위에는 평범한 중년 여인의 얼굴을 한 산모가 따뜻한 엄마의 품에서 젖을 빨고 있는 아기를 행복한 표정으로 바라보고 있었다.

"아!" 침대 옆에 앉아 있던 뚱뚱한 산파가 웃음을 띠며 자리에서 일어났다. "산모나 아기나 모두 건강해 보이죠, 의사 선생님? 우리를 얼마나 고생시켰는지 모를 거예요, 그렇죠? 뭐 알았더라도 어쩔 수 없었겠지만요."

산모는 입술을 적시며 힘은 없지만 부드러운 눈길로 뭔가 감사의 말을 하려고 했다.

"알아요. 무슨 말을 하려는지." 산파가 고개를 끄덕이며 이 상황에서 마지막 남은 한 방울의 직업 정신까지도 짜내서 말했다. "그런데 명심하세요. 아주머니 나이에 아기를 또 낳는 건 무리라는 걸요. 이번이 마지막이라고 생각하세요."

"우리도 알고 있네, 존스 부인." 문 뒤에서 노파가 걸어 나오며 의미심장하게 말했다. "모든 게 여기 이 젊은 의사 선생님 덕분이라는 것도."

"남편을 아직 만나지 못하셨나요, 선생님?" 산모가 수줍은 목소리로 물었다. "아마 곧 올 거예요. 남편이 무척 기뻐했어요. 우리가 남아프리카에 있었다면 아기를 살리지 못했을 거라는 말을 몇 번이고 했어요. 선생님이 안 계셨더라면……."

앤드루는 집에서 담근 엘더베리 와인과 케이크로 든든히

무장을 하고 집을 나서며 — 만일 손자의 건강을 위해 축배를 들지 않았더라면 노파가 분명 실망했을 것이다. — 자신도 모르게 가슴이 뜨거워지는 것을 느꼈다. 그는 나머지 왕진을 마저 돌면서 자신이 영국의 왕이라도 사람들이 이보다 더 극진하게 대접하지는 못할 거라고 생각했다. 특히 이번 일은 카디프 역에서 목격한 광경에 대해 어느 정도 해독제 역할을 해 주었다. 모건의 집을 가득 채운 그런 행복을 가져다준다면 결혼과 가정 생활에 대해 뭔가 할 말이 있을 것 같았다.

이 주 뒤 앤드루가 12호 사택에 마지막 왕진을 갔을 때는 조 모건이 그를 맞았다. 조의 태도는 여느 때와 달리 진지했다. 그는 한참을 망설이다가 불쑥 본론을 꺼냈다.

"젠장, 젊은 선생님, 제가 말주변이 없어서요. 어쨌거나 선생님이 우리에게 해 주신 걸 돈으로 갚을 수는 없지만, 저와 마누라의 작은 정성이라 생각하시고 받아 주십시오."

그는 황급히 앤드루의 손에 웬 종이쪽지를 쥐여 주었다. 주택협회에서 발행한 5기니짜리 수표였다.

앤드루는 물끄러미 수표를 바라보았다. 모건은 이 지방 표현을 빌리자면 소위 사람처럼 사는 편에 속했지만 결코 부유하다고는 볼 수 없었다. 더구나 이 정도 금액은 교통비도 만만찮게 드는 여행을 앞둔 그로서는 커다란 지출이라 여간 사려 깊은 마음 씀씀이가 아닐 수 없었다.

감격한 앤드루가 입을 열었다.

"이 돈은 받을 수 없어요, 조."

"아니, 받으셔야 합니다." 조는 앤드루의 손을 감싸듯이 쥐며 진지한 표정으로 고집을 굽히지 않았다. "안 받으시면 저와 아내는 평생 마음이 편치 않을 겁니다. 이건 선생님께 드리는 거예요. 페이지 선생님이 아니라. 지금까지 여러 해 동안 그분께 진료비를 지불했고 이번만 빼고는 한 번도 그분께 폐를 끼쳤다고 생각하지 않아요. 진료비는 응당 그분께 돌아가겠죠. 이건 젊은 선생님께만 드리는 은혜의 보답이에요. 제 마음을 아시겠죠?"

"네, 압니다."

앤드루가 웃으면서 고개를 끄덕였다.

그는 수표를 접어 외투 주머니에 넣은 채 며칠 동안은 까맣게 잊고 있었다. 그러다 다음 주 화요일 서부 주립은행을 지나다가 문득 생각이 난 김에 은행으로 들어갔다. 페이지 부인에게서 월급을 받으면 곧장 등기 우편으로 장학회에 돈을 보내기 때문에 그동안은 좀처럼 은행에 들를 기회가 없었다. 그런데 지금은 자신에게도 재산이 생겼다는 느긋한 마음이 들어서 조에게서 받은 사례금으로 은행에 계좌를 만들기로 한 것이다.

앤드루는 창구에 서서 수표에 서명을 하고 신청 용지에 기입한 다음 그것을 젊은 출납원에게 건네며 미소 띤 얼굴로 말했다.

"많지는 않지만 어쨌든 첫 거래니까요."

그때 어나이린 리스가 창구 뒤쪽에서 서성거리며 이쪽을 주시하는 모습이 보였다. 그런데 웬일인지 앤드루가 돌아서서 은행을 나가려고 할 때 그 얼굴 긴 지점장이 출납계까지 따라나왔다. 손에는 수표를 쥐고 있었다. 그는 수표를 손으로 반듯하게 펴는 시늉을 하며 안경 너머로 주위를 힐끗 살폈다.

"안녕하십니까? 맨슨 선생 아니십니까?" 그는 잠시 말을 멈추고 누런 이 사이로 숨을 들이마셨다. "이 수표를 새 계좌에 입금하실 건가요?"

"그런데요." 앤드루가 다소 놀라며 물었다. "너무 적어서 계좌를 만들 수 없나요?"

"아, 아닙니다. 금액 때문이 아닙니다. 이런 거래라면 지극히 환영하죠." 리스는 머뭇거리면서 수표를 뜯어보더니 의혹 어린 시선을 들어 앤드루의 얼굴을 살폈다. "아, 이 돈을 본인의 이름으로 입금하실 건가요?"

"그런데요. 왜 묻죠?"

"아, 아닙니다." 그의 표정이 갑자기 물처럼 풀어지며 미소로 바뀌었다. "그저 물어본 것뿐입니다. 확실히 하고 싶어서요. 일 년 중에 가장 좋은 날씨죠. 그럼 이만 실례하겠습니다, 맨슨 선생. 안녕히 가십시오."

어리둥절해진 앤드루는 저 구두쇠 대머리가 도대체 왜 저러는지 의아해하며 은행을 나섰다. 그리고 그 의문의 해답을 알아낸 것은 며칠 후였다.

12

크리스틴이 휴가를 떠난 지도 벌써 일주일이 지났다. 앤드루는 모건의 일로 그녀가 떠나는 날에도 아주 잠깐밖에 얼굴을 대할 수 없었다. 말 한마디도 제대로 못하고 떠나보냈다. 크리스틴이 떠나고 없자 앤드루는 그리운 마음을 주체할 수 없었다.

이 마을에서는 여름을 지내기가 유난히 힘들었다. 봄날의 푸르렀던 흔적도 이미 메마른 누런빛으로 시들어 버린 지 오래였다. 후끈한 공기에 휩싸인 산들은 매일 채광장에서 들려오는 폭파음이 지친 듯 고요한 공기 속에 메아리칠 때면 부드러운 소리를 내는 지붕이 되어 계곡을 감싸는 것 같았다. 갱에서 나오는 광부들의 얼굴에는 녹이 슨 것처럼 철가루가 들러붙어 있었다. 아이들은 이런 것들에 개의치 않고 뛰어놀았다. 앤드루는 마부인 토머스 영감이 황달에 걸리는 바람에 걸어서 왕진을 다녀야 했다. 은행 거리를 걸을 때면 크리스틴 생각이 간절했다. 그녀는 지금 뭘 하고 있을까? 날 생각하고 있을까? 아마 조금은 하겠지? 우리의 장래는 어떻게 될까? 그녀는 어떻게 생각하고 있을까? 우리 두 사람은 함께 행복해질 수 있을까?

그러던 어느 날 앤드루는 뜻밖에도 웟킨스로부터 광산 사무실에 들러 달라는 전갈을 받았다.

그의 사무실에 들르니 광산 감독은 반갑게 앤드루를 맞으며 의자에 앉으라고 권했다. 그리고 책상 위의 담뱃갑을 앤드루 쪽으로 밀었다.

"다름이 아니고 내가 전부터 꼭 말하고 싶었던 건데……게다가 마침 연차 보고서를 작성하기 전이라 더더욱 좋을 것 같아서." 그는 말을 멈추고 혀에서 누런 담배 부스러기를 뱉어 냈다. "엠리스 휴스나 에드 윌리엄스 같은 사람들이 앞장서고 그 밖에도 많은 사람들이 내게 요구하고 있소. 선생을 회사의 정식 의사로 해 달라고 말이오."

순간 흥분과 만족감에 휩싸인 앤드루는 의자에 앉은 채 허리를 쭉 폈다.

"그러니까 저더러 페이지 선생님의 자리를 이어받으라는 말입니까?"

"아, 그건 아니오. 절대." 윗킨스는 천천히 말을 시작했다. "선생도 알다시피 지금 상황이 매우 까다롭소. 인사 문제는 상당히 신중하지 않으면 안 되오. 사실 페이지 선생을 명부에서 빼기는 어렵소. 많은 사람들이 그건 용납하지 않을 거요. 그러니까 내 계획은 선생의 이익을 최대한 생각해서 회사 명부에 몰래 선생을 끼워 넣는 거요. 그런 다음 원하는 사람들은 페이지 선생에게서 선생에게로 쉽게 옮길 수 있게 하는 거지."

앤드루의 표정에서 열의가 사라졌다. 여전히 긴장된 얼굴이 찌푸려졌다.

"하지만 감독님은 제가 그럴 수 없다는 걸 아실 겁니다. 전 페이지 선생님의 보조로 이곳에 왔어요. 제가 페이지 선생님과 대립하는 위치에 서게 된다면…… 그건 상식적인 의사로서는 도저히 할 수 없는 짓입니다."

"하지만 다른 방법이 없소."

"왜 그분의 일을 제게 인계하지 않는 거죠?" 앤드루가 끈질기게 물었다. "제가 그분께 기꺼이 보답을 하죠. 제 수입에서요. 그것도 하나의 방법이죠."

하지만 윗킨스는 단호하게 고개를 저었다.

"블로드웬이 받아들이지 않을 거요. 전에도 그런 말을 꺼낸 적이 있어요. 그 여자는 자신의 입지가 확고하다는 것을 알고 있소. 이녁 데이비스처럼 나이 든 사람들은 대부분 페이지 편이니까. 그들은 페이지 선생이 회복될 거라고 믿고 있소. 만일 내가 페이지 선생을 몰아내려고 하면 아마 나를 공격할 거요."

그는 생각에 잠긴 듯 입을 다물었다가 잠시 후 말을 이었다.
"내일까지 시간을 두고 생각해 보시오. 그럼 그때 새로운 명부를 스완지의 본사에 보낼 테니. 그렇게 한번 본사에 보고하면 일 년 동안은 달리 어쩔 수 없는 거니까."

앤드루는 한동안 마룻바닥을 응시하다가 천천히 고개를 저었다. 방금 전만 해도 그렇게 높았던 희망이 완전히 바닥으로 내동댕이쳐진 느낌이었다.

"소용없습니다. 전 할 수 없어요. 몇 주일을 생각해 봐도 마찬가지예요."

이런 결정뿐 아니라 윗킨스의 특별한 호의에도 불구하고 고집을 부려야 하는 것은 앤드루로서는 고통스러운 일이었다. 하지만 페이지 선생의 조수로 블라넬리에 오게 되었다는 사실을 지울 수는 없었다. 심지어 이런 특별한 경우라고 해도 그를 배반한다는 것은 생각할 수 없었다. 만일 에드워드 페이지가 기적적으로라도 다시 진료를 시작하게 된다고 가정해 보자. 그 노인이 환자를 모으기 위해 애쓰는 모습을 어떻게 보겠는가! 안 된다. 이런 제안은 도저히 받아들일 수 없고 받아들이지도 않을 것이다.

하지만 그날 하루 종일 앤드루는 자신을 태연하게 부려먹는 블로드웬이 불만스러웠고 자신이 빼도 박도 못할 입장에 처했다는 사실을 새삼 깨닫고는 차라리 그런 제안을 받지 않았으면 좋았을 거라고 생각했다. 맥 빠지고 우울한 기분이었다. 그는 낙심한 마음에 저녁 8시경 필립 데니를 찾아갔다. 한동안 그를 만나지 못한 데다 그라면 자신의 행동이 옳았다는 확신을 줄 것만 같았기 때문이다. 하숙집에 도착한 앤드루는 평소 습관대로 노크도 하지 않고 곧장 안으로 들어가 거실로 향했다.

데니는 소파에 누워 있었다. 희미한 불빛 탓에 처음에는 그가 고된 일과를 끝내고 쉬는 줄로만 알았다. 하지만 데니는 그날 일을 하러 나가지 않았다. 그는 팔을 얼굴에 얹고 거친 숨을 몰아쉬며 소파에 등을 대고 곯아떨어져 있었다. 만취해 있었던 것이다.

앤드루가 고개를 돌렸을 때 어느새 들어온 하숙집 주인인 시거 부인이 가까이 다가와 데니를 내려다보았다. 그녀가 걱정스러운 눈길로 말했다.

"선생님이 들어오는 소리가 들려서 와 봤어요. 하루 종일 이러고 있어요. 아무것도 먹지 않고. 나로서는 어떻게 할 수가 없네요."

앤드루는 뭐라고 말해야 할지 생각이 나지 않았다. 그는 데니의 무감각한 얼굴을 바라보며 그와 처음 대면한 날 밤 진료실에서 데니가 내뱉었던 조롱 섞인 말을 생각했다.

"거의 열 달 동안 이런 일이 없었는데 말이에요." 시거 부인이 계속해서 말했다. "그동안은 술을 입에 대지 않았어요. 그런데 다시 시작하면서 이 지경이 되도록 마셨네요. 루이스 선생님도 휴가 중인데 정말 큰일이에요. 아무래도 루이스 선생님께 전보라도 쳐야 할까 봐요."

"톰 좀 불러 주시겠어요?" 마침내 앤드루가 입을 열었다. "함께 침대로 옮겨야겠어요."

젊은 광부인 하숙집 아들 톰은 이 일을 무슨 장난처럼 여기는 듯했다. 앤드루는 하숙집 아들의 도움을 받아 데니의 옷을 벗기고 잠옷을 입혔다. 그런 다음 자루처럼 무겁게 늘어진 필립을 침실로 옮겼다.

"중요한 건 더 이상 술을 못 마시게 해야 한다는 겁니다. 아셨어요? 그리고 필요하면 문을 자물쇠로 잠그시고요." 거실로 돌아온 앤드루가 시거 부인에게 말했다. "오늘 왕진 명단 좀 보여 주시겠어요?"

앤드루는 거실에 매달려 있는 어린이용 석판에서 데니가 오늘 돌아야 할 왕진 환자의 명단을 옮겨 적었다. 그러곤 서둘러서 왕진을 돌았고 11시가 되어서야 그날 돌아야 할 환자들의 집을 대부분 방문할 수 있었다.

이튿날 아침 진료를 마치자마자 앤드루는 데니의 하숙집으로 달려갔다. 시거 부인은 앤드루를 보자 그의 손을 잡고 어쩔 줄 몰라 했다.

"어떻게 손에 넣었는지 모르겠어요. 난 절대로 주지 않았어요. 최대한 숨긴다고 숨겼는데."

데니는 인사불성으로 축 늘어진 것이 어제보다 더 취해 있었다. 앤드루는 오랫동안 흔들어 보기도 하고 술이 깨라고 진한 커피를 마셔 보게도 했지만 결국은 침대 위에 커피만 엎지르고 말았다. 앤드루는 하는 수 없이 다시 왕진 환자 목록을 옮겨 적었다. 찌는 듯한 더위와 파리 떼를 저주하고 토머스 영감의 황달과 필립 데니를 원망하면서 그는 그날도 두 배의 일을 했다.

오후 늦게 녹초가 되어 데니의 하숙집으로 돌아온 앤드루는 화가 나서 어떻게든 데니가 술을 마시지 못하게 하겠다고 다짐했다. 데니는 잠옷 차림으로 의자에 앉아 아직 취기가 덜 풀렸는지 톰과 시거 부인에게 장광설을 늘어놓고 있었다. 앤드루가 들어가자 데니는 말을 멈추고는 언짢은 듯 조롱 섞인 시선으로 쳐다보았다. 그가 혀 꼬인 소리로 말했다.

"어이! 마음씨 좋은 사마리아인이 오셨군. 자네가 나 대신 왕진을 돌았다고? 이거 황송해서 어쩌지. 하지만 왜 그랬지? 왜 저놈의 루이스는 도망가고 우리만 일을 해야 하냐고."

"그거야 나도 모르지." 앤드루의 인내심도 한계를 드러내고 있었다. "내가 아는 건 자네가 해야 할 일을 하면 모든 게 훨씬 간단해진다는 거야."

"난 외과 의사야. 빌어먹을 일반 개업의가 아니라고. 일반 개업의? 흥! 그게 무슨 뜻인 줄 알아? 스스로에게 물어본 적이 있어? 없겠지? 그래, 내가 말해 주지. 그것은 가장 낡고 가장, 가장 진부한 시대착오야. 신의 창조물인 인간이 만들어 낸 최악의 어리석은 시스템이라고. 흥! 친애하는 일반 개업의여! 사랑하는 영국 일반인이여! 하하!" 데니가 조롱하듯 웃었다. "일반 개업의 제도를 만든 건 영국 국민들이야. 영국 국민들은 우리를 사랑하고 우리 때문에 울기도 하지."

그는 의자에 앉은 채 몸을 좌우로 흔들며 충혈된 눈을 더욱 불쾌하게 부릅뜨고 꼬부라진 혀로 강의를 했다.

"젠장! 이 불쌍한 의사들이 도대체 무얼 할 수 있단 말인가? 안 그래, 만능 의사님? 무엇이든 다 할 줄 아는 돌팔이 의사들이 말이야. 그야 물론 자격증을 받기까지 이십 년은 걸렸을 테지. 하지만 그가 어떻게 약물학이며 산부인과학, 세균학 게다가 최신의 현대 과학에 외과까지 알 수 있겠느냐고! 오, 그래! 그래! 외과에 대한 지식을 잊어선 안 되지. 이 구멍가게 같은 병원을 운영하려면 이따금 작은 수술도 해야 하니까. 하하!" 그는 또 냉소적으로 웃었다. "유양돌기에 대해 말해 볼까? 두 시간 반이면 될 거야. 고름을 발견하면 인류의 구원자가 되지. 그렇지 못하면 환자를 죽이고." 그의 목소리가 더욱 높아졌다. 그는 화를 냈고 술기운에 더욱 거칠어졌다. "이런 젠장맞을! 맨슨, 수백 년간 이런 식이었어. 사람들은 왜 이런 시스템을 바꾸고 싶지 않은 걸까? 얼마나 효과가 있다고! 도대체 무슨 효용성이 있냔 말이야. 이봐, 제발 위스키 한 잔만 더 줘. 우리 모두 미쳤어. 그래서 나도 이렇게 술에 취한 거고."

침묵이 흘렀다. 잠시 후 앤드루가 짜증을 삼키고서 입을 열었다.

"이제 그만 침대로 돌아가지 않겠나? 자, 우리가 도와줄 테니까."

"내버려 둬." 데니가 퉁명스럽게 말했다. "그 빌어먹을 의사 짓거리는 집어치워. 나도 실컷 해 봤어. 나도 잘 안다고." 그는 벌떡 일어났지만 여전히 비틀거리다 부축하려는 시거 부인을 의자로 밀어 버렸다. 그러더니 후들거리는 다리로 몸을 지탱하고는 채 주정은 온데간데없이 공손한 태도로 놀란 부인에게 말했다. "오늘 좀 어떠세요, 부인? 조금 좋아지신 것 같군요. 맥박도 조금씩 정상으로 돌아가고 있고요. 잠은 잘 주무셨어요? 아하! 음! 그렇다면 진정제를 조금 줄여서 처방해 드리지요."

땅딸막한데다 수염도 깎지 않은 잠옷 차림의 필립 데니가 상류층 주치의 흉내를 내면서 잔뜩 움츠러든 광부의 아내 앞에서 굽신거리며 몸을 흔드는 모습은 우스꽝스러우면서도 어쩐지 불길해 보였다. 그때 톰이 신경질적으로 웃음을 터뜨렸다. 그러자 데니가 순간적으로 돌아서며 톰의 양쪽 귀를 주먹으로 후려쳤다.

"좋아! 웃어라, 웃어! 빌어먹을 머리가 떨어지도록 웃어! 난 지난 오 년간 이 짓을 해 왔어. 맙소사! 지금 생각하면 죽어 버리고 싶어."

데니는 사람들을 노려보다 벽난로 장식 위에 놓여 있는 꽃병을 잡더니 단단한 바닥에 내동댕이쳤다. 그러곤 나란히 놓여 있는 또 다른 꽃병을 손에 쥐고 벽에 던져서 산산조각을 냈다. 그는 핏발 선 눈으로 앞으로 걸어갔다.

"오, 맙소사!" 시거 부인이 흐느껴 울었다. "선생님을 붙들어요. 어서 붙들어요."

앤드루와 톰이 데니한테로 몸을 날려 엎치락뒤치락 몸싸움을 했다. 그러던 중 그렇게 고집을 부리던 데니가 갑자기 몸을 축 늘어뜨리며 다시 감상적인 술주정꾼으로 돌아왔다.

"맨슨." 그가 앤드루의 어깨에 몸을 기댔다. "자넨 좋은 녀석이야. 난 내 동생보다 자넬 더 좋아해. 자네와 내가 힘을 합친다면 부당한 의학계도 바꿀 수 있을 거야."

데니는 멍한 시선을 어딘가에 두고 서 있다가 고개를 툭 떨어뜨렸다. 그의 몸뚱이는 맥없이 주저앉았다. 그는 앤드루의 도움으로 옆방으로 간 뒤 침대에 누웠다. 그리고 베개에 머리를 누이면서 감상적인 투로 말했다.

"내게 한 가지만 약속해 주게, 맨슨! 제발 부탁이야. 상류층 여자와는 결혼하지 말게."

다음 날 아침 그는 더 지독하게 취해 있었다. 앤드루는 이제 모든 걸 단념했다. 그는 술을 몰래 주는 사람이 시거 부인의 아들이 아닐까 의심스러웠지만 물어보아도 톰은 창백한 얼굴로 자기는 절대 그러지 않았다고 맹세했다.

그 주 내내 앤드루는 자기 환자에다 필립 데니의 환자까지 왕진을 다니느라 힘겹게 지냈다. 일요일, 그는 점심을 먹고 난 뒤 교회당 거리에 있는 데니의 하숙집에 들렀다. 침대에서 일어나 면도를 하고 옷도 갈아입은 모습이었다. 멀쩡한 차림새와 달리 몸은 늘어지고 다리도 휘청거려 보였지만 술은 완전히 깬 것 같았다.

"자네가 나 대신에 왕진을 해 주었다더군."

데니에게서 지난 며칠간의 친근한 태도는 찾아볼 수 없었다. 그의 태도는 차갑고 무뚝뚝하고 부자연스러웠다.

"별것 아니야."

앤드루가 쑥스러운 듯 대답했다.

"아니, 그 반대야. 틀림없이 힘들었을 거야."

데니의 태도가 하도 단호해서 앤드루의 얼굴이 달아올랐다. 감사의 말은 한마디도 없고 딱딱하고 오만함만 남은 태도라는 생각이 들었다.

"자네가 굳이 알고 싶다면 말하지. 그래, 무척 힘들고 괴로웠어."

앤드루는 자신도 모르게 불쑥 내뱉었다.

"알겠어. 내가 그에 상응하는 보답을 하지!"

"자넨 날 뭘로 생각하는 거야!" 앤드루가 발끈해서 소리쳤다. "자네에게 팁이라도 바라는 마부 취급을 하는 건가? 내가 안 했으면 시거 부인이 루이스 선생에게 전보를 쳤을 테고 그랬으면 자넨 모가지가 달아났을 거야. 자넨 거만하고 잘난 체하는 덜떨어진 신사야. 그 턱을 한 방 맞아야 정신이 들겠어?"

데니가 담배에 불을 붙였다. 손가락이 얼마나 심하게 떨리는지 성냥을 제대로 잡기도 힘들어 보였다.

그가 또 빈정거렸다.

"오, 이런 때 완력을 자랑하시겠다? 대단하군. 과연 스코틀랜드인다운 행동이야. 언제 한번 맞아 주지."

"그 입 닥치지 못하겠나!" 앤드루가 소리쳤다. "여기 자네 왕진 명부야. 가위표 한 환자는 월요일에 왕진해야 할 사람들이네."

앤드루는 화가 나서 집 밖으로 뛰쳐나왔다. 젠장! 어떻게 된 녀석이 자기가 전지전능한 신이라도 되는 것처럼 행동한단 말인가! 앤드루는 화가 치밀어 올라 얼굴이 찌푸려졌다. 내게 자기 일을 시켜 놓고 은혜라도 베푼 것처럼 행동하다니!

하지만 집으로 돌아오는 길에 화가 조금씩 누그러들었다. 그는 정말로 데니를 좋아했고, 이제는 그의 복잡한 성격에 대해 더 잘 알게 되었다. 데니는 수줍음이 많으면서 유난히 예민하고 상처받기 쉬운 성격이었다. 그런 성격이 그를 단단한 껍질 속에 몰래 숨게 만들었다. 데니는 요 며칠 동안 자신을 어떻게 드러냈는지에 대한 기억 때문에 고통받고 있으리라.

앤드루는 인습으로부터 도망치기 위해 블라넬리를 은신처로 이용한 이 똑똑한 남자의 모순된 행동에 충격을 받았다. 외과 의사 필립 데니는 드물게 재능이 뛰어난 사람이었다. 앤드루는 마취를 거들면서 데니가 어떤 광부의 집 식탁에서 붉게 상기된 얼굴과 털투성이 팔이 땀범벅이 된 채 담낭 절제 수술을 하는 모습을 본 적이 있었다. 그때 데니는 신속하고도 정확한 수술의 모범을 보여 주었다. 그 정도의 수술을 할 수 있는 사람이라면 다른 건 용서해 줄 수 있다고 생각했다.

그럼에도 앤드루는 집에 도착할 때까지도 데니의 차가운 태도로 인한 여파에서 벗어나질 못했다. 그래서 앞마루를 통과해 옷걸이에 모자를 걸어 두러 갈 때 블로드웬이 부르는 소리가 들렸어도 응하고 싶은 기분이 아니었다.

"선생이에요? 맨슨 선생! 잠깐 좀 봅시다."

앤드루는 그녀의 부름을 무시했다. 그리고 돌아서서 자기 방이 있는 이층으로 올라가려고 했다. 하지만 계단 난간에 손을 올려놓았을 때 다시 더 크고 더 날카로운 블로드웬의 목소리가 들려왔다.

"선생! 맨슨 선생! 나 좀 보자니까요."

앤드루가 고개를 돌리자 그녀는 평소와 달리 창백한 얼굴에 뭔가 감정이 격앙된 듯한 검은 눈을 번쩍이며 거실을 나오고 있었다. 그녀가 다가오며 말했다.

"귀가 먹었어요? 내가 잠깐 보자는 말 못 들었어요?"

"무슨 일이죠, 페이지 부인?"

앤드루도 날카로운 목소리로 물었다.

"무슨 일이냐고요?" 그녀는 숨넘어갈 듯 흥분했다. "세상에! 지금 나한테 무슨 일이냐고 묻는 거예요? 묻고 싶은 건 나예요, 훌륭하신 맨슨 선생!"

"도대체 뭣 때문에 이러죠?"

앤드루의 무뚝뚝한 태도가 그녀의 화를 더욱 돋우는 것만 같았다.

"이것 봐요, 대단하신 젊은 선생! 당신은 친절한 사람이니까 설명해 줄 수 있을 거예요."

그녀는 등 뒤에서 웬 종잇조각 하나를 꺼내더니 앤드루의 눈앞에서 위협적으로 흔들어 댔다. 그것은 조 모건의 수표였다. 그때 블로드웬 뒤로 거실 문가에 서 있는 리스가 보였다.

"자, 보세요!" 블로드웬이 계속해서 말했다. "뭔지 알겠죠? 선생이 어떻게 해서 은행에 갔고 어째서 그 돈을 자신을 위해 저금했는지 어서 설명해 보세요. 이건 페이지 선생님의 돈이란 걸 아실 텐데요."

앤드루는 순간 귀 뒤쪽까지 거센 파도처럼 피가 몰리는 것을 느꼈다.

"이건 내 돈입니다. 조 모건 씨에게 감사의 선물로 받은 거예요."

"선물이라고요! 그 사람은 여기 없으니 아무렇게나 말해도 된다 이거죠?"

앤드루는 이를 꽉 악물고 대답했다.

"내 말이 의심스러우면 그에게 편지라도 쓰시죠."

"난 그런 곳에 편지 쓸 만큼 한가한 사람이 아니에요." 그녀가 더욱 기세등등한 목소리로 말했다. "난 당신 말을 하나도 못 믿어요. 선생은 자신이 영리하다고 생각하겠죠. 흥! 이제는 페이지 선생님을 위해 일한다는 사실도 잊고 스스로 환자를 가로챌 수 있다고 생각하는군요. 하지만 이게 당신이 어떤 사람인지 말해 주고 있어요. 당신은 자신의 잇속 차리는 것 외에는 아무 관심도 없죠."

블로드웬은 이렇게 내뱉고 나서 구원을 요청하듯 몸을 반쯤 돌려 문가에 서 있는 리스를 쳐다보았다. 그는 평소보다 더욱 혈색이 나빠 보이는 누르스름한 얼굴로 뭔가 말하려는 듯 헛기침을 했다. 앤드루는 이 사건을 일으킨 장본인인 리스를 노려보았다. 그는 며칠 동안 곰곰이 생각한 끝에 블로드웬에게 고자질을 하러 달려왔으리라. 앤드루는 주먹을 불끈 쥐었다. 그러고는 두 계단을 한꺼번에 내려가서 곧장 그들에게 다가갔다. 앤드루는 겁이 나서 벌벌 떠는 리스의 얇고 핏기 없는 입술을 쳐다보았다. 솟구쳐 오르는 분노에 당장이라도 한 대 후려치고 싶었다.

"페이지 부인." 앤드루는 애써 목소리를 낮추고 말했다. "당신은 날 모욕했어요. 이 분 이내에 그 말을 취소하고 사과하지 않으면 당신을 명예 훼손으로 고소하겠어요. 그럼 그런 정보의 출처가 법정에서 가려지겠죠. 리스 씨의 은행 임원들도 리스 씨가 고객의 거래 정보를 누설한 사실을 듣는 데 분명 관심이 있을 겁니다."

"난, 난 그저 해야 할 일을 했을 뿐이오."

리스는 흙빛으로 변한 얼굴로 더듬거리며 말했다.

"기다리고 있습니다, 페이지 부인." 앤드루는 감정을 삭이면서 얼른 이렇게 말했다. "빨리 사과하지 않으면 당신의 은행 지점장에게 지금껏 한 번도 경험하지 못한 따끔한 맛을 보여 드리겠어요."

블로드웬도 자신이 의도했던 것보다 지나쳤다고 후회하는 것 같았다. 앤드루의 위협과 불길한 태도에 정신이 번쩍 든 것이다. 그녀는 재빨리 머릿속으로 계산을 했다. '그럼 손해야, 손해! 오, 하느님! 그럼 엄청난 돈을 물어 줘야 할 거야.'

그녀는 숨이 막히는지 침을 꼴깍 삼키고는 더듬거리며 말했다.

"취, 취소하겠어요. 사과하겠어요."

노기등등하던 통통한 여자가 예상치 않게 저자세로 나오는 모습은 한 편의 코미디 같았다. 하지만 앤드루는 이상하게 웃기지 않았다. 그는 갑자기 씁쓸함이 밀려와서 견딜 수가 없었다. 더 이상 이 말도 안 되는 상황을 참을 수가 없었다. 그는 깊이 숨을 들이마셨다.

"페이지 부인, 당신에게 하고 싶은 말이 하나 있습니다. 당신이 관심 있어 할 만한 일입니다. 지난주에 근로자 대표가 광산 감독에게 내 이름을 회사 의사 명부에 올려 달라고 요청했다고 합니다. 당신이 더 관심 있어 할 점은 제가 윤리적인 이유로, 이런 말은 당신으로서는 좀 이해하기 어렵겠지만, 그 요청을 거절했다는 겁니다. 그런데 페이지 부인, 지금 전 당신이 싫어져서 더 이상 이곳에 있을 수 없을 것 같습니다. 당신은 천하고 먹는 것과 돈만 밝히는 형편없는 여자예요. 요컨대 병리학적으로 치료 대상이죠. 그래서 전 지금부터 한 달의 유예 기간을 두고 그만두겠습니다."

블로드웬은 그 작은 눈이 머리에서 튀어나올 듯 놀라서 그를 쳐다보았다. 그러다 갑자기 이렇게 소리쳤다.

"안 돼요. 그럴 수 없어요. 모두 거짓말이죠? 당신은 회사 전속 의사 명부 근처에도 갈 수 없어요. 어찌 됐든 당신은 당장 해고예요. 어떤 조수도 지금까지 제 입으로 그만두겠다고 통보한 적은 없어요. 어쩌면 이렇게 뻔뻔스럽고 건방지게 굴 수가 있지? 그 말은 내가 먼저 하겠어요. 당신은 해고예요. 당신은 당장 해고예요."

크고 날카로운 감정의 폭발은 절정의 순간에 갑자기 뚝 끊겼다. 위층 방문이 천천히 열리면서 잠시 후 에드워드 페이지가 잠옷 밑으로 앙상한 정강이를 드러낸 기괴하고 초췌한 모습으로 나타난 것이다. 그가 뜻밖에도 유령처럼 나타나는 바람에 블로드웬은 말하다 말고 입을 다물었다. 리스와 앤드루 그리고 블로드웬이 마루에서 위를 바라보는 동안 환자는 마비된 다리를 질질 끌며 천천히 고통스럽게 계단 위까지 왔다.

"좀 조용할 수 없어?" 그의 목소리는 격앙되어 있었지만 단호했다. "도대체 무슨 일이야?"

블로드웬은 다시 한번 침을 꼴깍 삼킨 뒤 울먹거리며 앤드루에 대해 비난을 늘어놓기 시작했다. 그러고는 "그래서요, 그래서 제가 그만두라고 했어요."라고 결론을 말했다.

앤드루는 그녀가 제멋대로 늘어놓은 설명에 한마디도 반박하지 않았다.

"그러니까 맨슨 선생이 그만둔다는 말이오?"

페이지는 꼿꼿이 서려고 갖은 노력을 하며 흥분해서 떨리는 음성으로 물었다.

"그래요, 에드워드." 그녀가 코를 훌쩍거렸다. "당신을 위해서예요. 어쨌든 당신은 곧 복귀할 거잖아요."

잠시 침묵이 흘렀다. 페이지는 하고 싶은 말을 참았다. 그는 미안한 듯 말없이 앤드루를 바라보다 이어서 리스와 블로드웬을 잠깐 쳐다본 다음 슬픈 듯이 허공을 응시했다. 딱딱하게 굳은 얼굴에는 절망의 빛이 스쳤지만 여전히 위엄을 잃지 않았다.

"안 돼." 마침내 에드워드 페이지가 입을 열었다. "난 이제 복귀 못해. 모두 알고 있을 거야, 모두."

그는 더 이상 말하지 않고, 천천히 몸을 돌려 벽을 붙들고 발을 질질 끌며 자기 방으로 돌아갔다. 그리고 소리 없이 문이 닫혔다.

13

앤드루는 모건의 일로 기쁘고 순수하게 고양되었던 기분이 블로드웬과의 몇 마디 말다툼으로 칙칙하게 바뀐 것을 상기하며 아직 풀리지 않은 분노에 차서 이 문제를 더 끌고 갈까 하는 생각을 했다. 조 모건에게 편지를 써서 블로드웬으로부터 사과보다 더한 것을 받아내는 것이다. 하지만 그렇게 하면 블로드웬과 똑같은 인간이 되는 거라는 생각에 단념하고 말았다. 결국 그는 씁쓸한 기분으로 그 지역에서 가장 가난한 자선단체를 골라 그곳의 서기에게 5기니를 우송하고 어나이린 리스에게 영수증을 보내 달라고 부탁했다. 그랬더니 기분이 좀 나아졌고 리스가 그 영수증을 읽는 모습이 어떨지 궁금하기도 했다.

하지만 그런 기분에 빠져 있는 것도 잠시, 앤드루는 이달 말로 이곳을 그만둬야 한다는 생각에 즉시 다른 자리를 찾아보기 시작했다. 《란셋》지의 마지막 장까지 샅샅이 뒤지고 적당해 보이는 일자리마다 응모했다. '보조 의사 모집'란에는 수많은 광고가 실려 있었다. 앤드루는 흔히 요구하듯 추천서 사본에다 사진까지 정성껏 붙여 되도록 완벽한 이력서를 작성해서 발송했다. 하지만 첫 주가 지나고 두 번째 주가 지나도 아직 아무 곳에서도 답장이 오지 않았다. 그는 내심 실망도 하고 놀라기도 했다.

그때 데니가 간단히 몇 마디로 설명해 주었다.

"그건 자네가 블라넬리에 있기 때문이야."

자신이 이 외딴 웨일스 광산촌에서 일한다는 사실이 이력에 불리한 조건이 된다는 사실을 알고 앤드루는 당황스럽기도 하고 절망스럽기도 했다. 이런 '산골' 출신 의사들은 평판이 나쁘기 때문에 아무도 원하지 않았다.

진료소를 그만두기로 한 날짜가 이 주일밖에 남지 않자 앤드루는 정말로 걱정이 되었다. 이제 어떻게 해야 할까? 글렌 장학회에 상환해야 할 돈은 아직 50파운드 넘게 남아 있었다. 물론 그들은 상환을 유예해 줄 것이다. 하지만 그렇다 치더라도 다른 일자리를 구하지 못하면 어떻게 먹고살 것인가? 지금 당장 가진 돈이라고는 2, 3파운드가 고작이었다. 그에게는 아무런 장비도, 저축한 돈도 없었다. 심지어 블라넬리에 온 후로는 새 옷 한 벌 사지 않았고, 올 때 입은 옷은 그때도 이미 낡아 있었다. 그는 하루하루 극빈 상태로 빠져 드는 자신을 보며 오싹함을 느꼈다.

앤드루는 어려움과 불확실한 상황에 둘러싸이자 크리스틴이 더욱 그리웠다. 편지는 소용이 없을 것 같았다. 종이에 자신의 감정을 표현하는 재주도 없었고 무엇을 쓴다고 해도 여지없이 잘못 전달할 게 뻔했다. 하지만 크리스틴은 9월 첫째 주가 되기 전에는 블라넬리에 돌아오지 않을 것이다. 초조해진 앤드루는 갈망하는 눈으로 달력을 바라보며 남은 날짜를 세어 보곤 했다. 아직 열이틀이나 남아 있었다. 점점 의기소침해진 그는 자신의 일자리는 어떻게 되든 빨리 날이나 지나갔으면 좋겠다고 생각했다.

8월 30일 저녁, 페이지 부인에게 그만두겠다는 말을 한 지 삼 주가 지났을 때 앤드루는 절박한 심정에 약사 자리라도 알아봐야겠다는 생각이 들기 시작했다. 그는 낙심해서 예배당 거리를 걷다 필립 데니를 만났다. 지난 몇 주일 동안 서로 어색해하며 정중하게 대해 왔기 때문에 앤드루는 상대가 자신의 이름을 불렀을 때 놀라지 않을 수 없었다.

데니는 파이프로 부츠의 뒤축을 툭툭 친 뒤 마치 그것에 온갖 주위를 기울일 필요가 있기라도 하듯 면밀히 관찰하는 척했다.

"자네가 떠난다니 유감이네, 맨슨. 자네가 여기 있어 준 덕분에 많은 변화가 있었으니까." 데니가 머뭇거리다가 말을 이었다. "오늘 오후에 애버럴로 의료공제조합에서 새로운 보조의사를 찾는다는 말을 들었네. 여기서 50킬로미터 정도 떨어진 산골인데, 그럭저럭 잘 굴러가는 제법 큰 규모의 조합이야. 원장인 루엘린 씨는 유능한 사람이지. 자신이 산골 의사니 산골 의사를 무시하지 않을 테고. 한번 응모해 보는 게 어떻겠나?"

앤드루는 미심쩍은 눈으로 데니를 바라보았다. 요즘 들어 높았던 기대가 꺾이면서 스스로의 성공 가능성에 대해 자신을 잃고 낙담하던 터였다.

"그래, 그럼 그러지 뭐." 앤드루가 느릿느릿하게 대답했다. "그런 곳이 있다면 한번 신청해 보지."

잠시 후 앤드루는 갑자기 쏟아진 억수 같은 소나기를 뚫고 이력서를 작성하기 위해 집으로 돌아갔다.

9월 6일 애버럴로 의료공제조합에서는 총회가 열렸다. 최근에 말레이 고무 농장에 자리를 얻어 사임하게 된 레슬리 의사의 후임을 뽑기 위해서였다. 그 자리에 지원한 일곱 명의 후보도 출석하기로 되어 있었다.

멋진 여름 오후였다. 조합 매점의 커다란 시곗바늘은 4시에 가까워져 있었다. 앤드루는 조합 사무실 밖 포장도로를 오르락내리락하며 신경질적으로 다른 여섯 명의 지원자들을 힐끔거리면서 4시가 되기를 초조하게 기다렸다. 지금껏 그의 예상은 모두 빗나갔지만 지금 이 자리를 마음에 두고 있는 이상 성공하게 되기를 온 마음으로 빌었다.

와서 보니 앤드루는 애버럴로가 마음에 들었다. 게슬리 계곡 끝자락에 위치한 마을은 계곡 꼭대기라기보다 계곡 안에 있었다. 고지대에 위치하고 공기도 맑고 블라넬리보다 훨씬 큰 마을 — 그의 생각에 주민 수가 2만 명은 될 것 같았다. — 은 거리와 가게들도 깨끗했고, 영화관도 두 개나 있고 마을 주변에 넓은 초원이 있어서 찌는 듯한 페넬리 계곡에 갇혀 지내온 앤드루에게는 완벽한 천국처럼 보였다.

"하지만 나는 안 될 거야."

그는 길에서 서성이며 안절부절못했다. 잘될 리가 없어. 안 될 거야. 절대. 그렇게 운이 좋을 리가 없어. 다른 지원자들은 하나같이 그보다 가능성도 높고, 능력도 자신감도 있어 보였다. 특히 에드워즈라는 의사는 당당함이 풍겼다. 앤드루는 자신이 풍채 좋고 부유해 보이는 이 중년 남자를 질투하고 있다는 것을 깨달았다. 에드워즈는 조금 전 사무실 문 앞에서 이 자리에 지원하기 위해 계곡 아래에서 운영하던 자신의 병원을 팔아치웠다고 공공연히 떠들었다. 젠장, 이 자리가 그토록 확실하지 않다면 그렇게 안정된 일자리를 팔아치울 리가 없지 않겠는가. 앤드루는 내심 불안했다.

앤드루는 고개를 푹 숙이고 주머니에 손을 찔러 넣은 채 도로를 오르락내리락했다. 만일 떨어지면 크리스틴은 그를 어떻게 생각할까? 그녀가 보낸 편지에는 오늘이나 내일쯤 블라넬리로 돌아올 거라고 적혀 있었다. 은행 거리의 초등학교는 다음 주 목요일에 개학하게 되어 있었다. 비록 그녀에게는 이곳에 지원한다는 말은 한마디도 하지 않았지만 만약 떨어진다면 그녀와의 만남도 즐겁지 않으리라. 아니 그녀의 얼굴에서 특유의 조용하면서도 다정하고 가슴 설레게 하는 미소를 보려면 필요할 때마다 억지로 명랑한 척해야 하리라!

마침내 4시가 되었다. 출입문을 돌아다보는데 근사한 최고급 자동차가 광장으로 조용히 미끄러져 들어오더니 사무실 앞에 멈춰 섰다. 잠시 후 뒷좌석에서 키가 작고 말쑥한 남자가 점잖게, 그러나 지원자들을 의식해서인지 다소 거만하게 웃으면서 내렸다. 계단을 오르기 전에 에드워즈를 발견한 그 남자는 가볍게 고개를 끄덕였다.

"어떤가? 에드워즈." 그는 그렇게 말한 뒤 살짝 귀띔해 주었다. "잘될 거야."

"고맙습니다, 정말 고맙습니다, 루엘린 박사님."

에드워즈는 최대한 경의를 표하면서 속삭였다.

"젠장, 보나마나군!"

앤드루는 씁쓸하게 내뱉었다.

위층으로 올라가니 총회실로 이어지는 짧은 복도 끝에 있는 좁은 대기실은 아무것도 없이 황량하고 시큼한 냄새가 났다. 앤드루는 세 번째로 면접하게 되어 있었다. 그는 초조했지만 오기를 갖고 회의실로 들어갔다. 만일 이 자리가 미리 내정된 거라면 굳이 굽신거릴 필요가 없을 것이다. 그는 표정 없이 지정해 준 자리에 앉았다.

방 안에는 약 서른 명의 광부가 앉아 있었는데 하나같이 담배를 피우며 무뚝뚝하지만 그다지 악의는 없어 보이는 호기심 어린 눈으로 그를 바라보았다. 작은 보조 책상에는 푸른색 얽은 자국으로 보아 한때 광부였던 듯한 다소 예민하고 지적인 분위기의 창백한 남자가 조용히 앉아 있었다. 서기인 오웬이었다. 테이블 끝 의자에 기대어 앉아 앤드루에게 사람 좋아 보이는 미소를 던지는 사람은 루엘린 박사였다.

면접이 시작되었다. 오웬이 차분한 음성으로 지원한 자리의 조건에 대해 설명하기 시작했다.

"아마 대충 알고 계실 겁니다. 우리 조합 산하의 근로자들은 이곳 무연탄 광산 두 곳, 지역 내 강철 제작소 한 곳과 석탄 광산에 근무하는 사람들입니다. 그들은 매주 받는 임금에서 일정액을 조합에 납부합니다. 조합은 그 돈으로 필요한 의료 서비스를 제공하는데, 작지만 시설이 훌륭한 병원과 진료소를 운영하고 약품이라든지 부목 등을 제공합니다. 또한 조합은 여러 의사와 원장이자 외과 의사인 루엘린 박사, 네 명의 보조 의사와 한 명의 치과 의사와 계약을 맺어 그들의 명부에 올라 있는 환자 수, 즉 그들이 치료하는 환자의 수에 따라 보수를 지급합니다. 전임인 레슬리 선생의 경우 지난 일 년간 500파운드 정도 받은 걸로 알고 있습니다." 그는 잠시 말을 멈췄다. "우리는 이런 체계를 완벽하다고 생각합니다." 서른 명의 위원들이 인정한다는 듯 웅성거렸다. 오웬은 고개를 들고 그들을 바라보았다. "자, 여러분 질문 있습니까?"

사람들이 앤드루에게 질문을 퍼붓기 시작했다. 앤드루는 흥분하지 않고 침착하게 있는 그대로 대답하려고 애썼다. 한번은 그가 기선을 잡기도 했다.

"혹시 웨일스어 할 수 있습니까?"

첸킨이라는 젊은 광부가 끈질기게 물었다.

"아니요, 전 자랄 때 게일어를 배웠습니다."

"여기서는 별로 쓸모 없는 말이군요!"

"아뇨, 환자에게 욕설을 할 때 제법 유용하죠."

앤드루가 냉랭하게 대답하자 첸킨을 비웃는 웃음소리가 와하고 터져 나왔다.

이것으로 면접이 끝났다.

"고맙습니다, 맨슨 선생님."

오웬의 말이 떨어지자 앤드루는 다시 시큼한 냄새가 나는 비좁은 대기실로 돌아왔다. 다음 지원자가 총회실로 들어가는 모습을 보면서 그는 마치 파도가 거센 바다에 쓸려 갔다 돌아온 것 같은 느낌이 들었다.

마지막으로 호명된 에드워즈는 상당히 오랜 시간 걸려 면접을 보았다. 그는 환하게 웃으며 돌아왔는데 그 표정은 마치 '여러분, 미안합니다. 이 자리는 내 것이오.'라고 말하는 것 같았다.

그러고 나서 지루한 기다림이 이어졌다. 이윽고 위원회실의 문이 열리며 자욱한 담배 연기 속에서 서기인 오웬이 종이쪽지를 손에 들고 나왔다. 그는 누군가를 찾는 듯한 시선으로 두리번거리다가 마지막으로 앤드루에게 다정한 눈길을 주었다.

“잠깐 들어오시겠습니까, 맨슨 선생님? 위원들이 다시 한번 선생님을 보고 싶어 합니다.”

앤드루는 창백한 입술과 두근거리는 가슴을 진정시키며 서기를 따라 위원회실로 들어갔다. 들어가며 그는 생각했다. ‘아니야, 아니야, 이 사람들이 내게 관심을 가질 리가 없어.’

다시 피고석으로 돌아온 앤드루는 많은 사람들이 자신을 향해 미소를 보내며 격려하는 듯 고개를 끄덕이는 모습을 보았다. 그러나 루엘린 박사만은 그를 쳐다보지 않았다.

사회자인 오웬이 입을 열었다.

“맨슨 선생님, 솔직히 말하겠습니다. 사실 위원회의 의견은 루엘린 박사님의 추천에 따라 다른 후보자에게 강하게 기울어져 있었습니다. 그분은 게슬리 계곡에서 상당한 경험을 쌓은 분이죠.”

“하지만 에드워즈 선생은 너무 살이 쪘어.” 뒷자리에서 한 반백의 회원이 끼어들며 소리쳤다. “마디 언덕의 주택가까지 올라가는 모습을 상상해 보라고.”

앤드루는 너무 긴장해서 웃음도 나오지 않았다. 그는 숨을 죽이며 오웬의 말에 귀를 기울였다.

“한데 오늘 말씀드리고 싶은 것은 위원 여러분께서 맨슨 선생님으로부터 상당히 좋은 인상을 받았다는 점입니다. 위원회는 조금 전 톰 케틀스 씨가 시적으로 표현하셨듯 젊고 활동적인 분을 원합니다.”

여기저기에서 웃음과 고함 소리가 터져 나왔다.

“옳소! 옳소!”

"톰 말이 맞아요!"

오웬이 계속해서 말했다.

"게다가 맨슨 선생님, 위원회는 무엇보다 두 통의 추천서에 대단히 감명받았다는 말씀을 드리고 싶습니다. 우리는 추천서를 요구하지 않았지만 그 추천서는 위원회가 보기에는 더없이 귀중한 자료가 되었습니다. 오늘 아침에야 도착한 추천서는 선생님이 근무했던 블라넬리에 계신 두 의사 분께서 보내 주신 겁니다. 한 분은 필립 데니 선생으로, 그분은 루엘린 박사님도 인정하신 의학 석사입니다. 데니 선생의 추천서와 함께 동봉된 또 한 통의 추천서에는 페이지 박사의 서명이 들어 있었습니다. 제가 알기에 맨슨 선생님은 그분의 보조 의사였지요. 그래서 맨슨 선생님, 위원회도 추천서를 받아 본 경험이 있지만 이 두 분의 추천서만큼 진실된 어휘로 쓰인 것은 처음이라서 위원들께서 큰 감명을 받았습니다."

앤드루는 처음으로 데니가 베풀어 준 따뜻한 행동에 울컥해서 고개를 숙이고 입술을 깨물었다.

"맨슨 선생님, 지금으로서는 한 가지 중요한 일만 남았습니다." 오웬이 잠시 말을 멈추고 초조한 듯 책상 위의 자를 만지작거렸다. "위원회는 지금 한마음으로 당신을 지지하지만 이 자리는 책임감이 필요한 자리라 되도록 기혼자를 선발하고 있습니다. 아시겠지만 사람들이 자기 가족을 치료해 주는 의사로 기혼자를 선호하는 건 그렇다 치더라도 이 자리에는 베일뷰라고 하는 훌륭한 주택도 제공됩니다. 따라서 아무래도 독신자는 적당하지 않을 것 같습니다."

폭풍 전야 같은 침묵이 흘렀다. 앤드루는 깊이 숨을 들이마시고 나서 생각의 초점을 한곳에만 맞추었다. 밝은 불빛 속에 크리스틴의 얼굴이 떠올랐다. 모두들, 심지어 루엘린 박사조차도 대답을 기다리며 앤드루를 쳐다보았다. 앤드루의 입에서 의지와 별개로 말이 흘러나왔다. 그는 침착하게 말했다.

"사실 블라넬리에 약혼자가 있습니다. 이처럼 적당한 일자리를 얻을 때까지 결혼을 미루고 있었죠."

오웬은 만족스러운 듯 자로 책상을 내리쳤다. 그리고 이제 됐다는 듯이 묵직한 구둣발로 바닥을 찼다. 톰 케틀스가 기쁨을 참지 못하고 환호성을 질렀다.

"됐어요, 젊은 선생. 애버럴로는 신혼여행지로 최고요!"

"그럼 여러분이 승인하신 걸로 받아들여도 되겠습니까?" 웅성거리는 소리 위로 오웬의 목소리가 들렸다. "맨슨 선생을 만장일치로 지명하겠습니다."

여기저기서 동의를 표하는 웅성거림이 들렸다. 앤드루는 전율처럼 타고 오르는 짜릿한 승리감을 느꼈다.

"맨슨 선생님, 언제부터 근무하실 수 있죠? 위원회가 승인한 이상 빠를수록 좋습니다."

"다음 주 월요일부터 나올 수 있습니다."

그러면서도 '크리스틴이 내 청혼을 거절하면 어떡하지? 그녀를 잃으면 이 좋은 일자리도 잃게 되는 게 아닐까?' 하는 생각으로 그의 얼굴은 차갑게 굳어 갔다.

"자, 그럼 결정된 걸로 생각하죠. 고맙습니다, 맨슨 선생님. 위원회는 당신과 미래의 맨슨 부인이 새로운 근무지에서 성공을 거두길 빕니다."

박수가 터져 나왔다. 이제는 모두가 축하해 주었다. 루엘린 박사도, 특히 오웬은 진심으로 손을 잡고 축하해 주었다. 이윽고 대기실로 나온 앤드루는 의기양양한 감정을 억제하면서 에드워즈의 반신반의하면서도 풀 죽은 얼굴을 의식하지 않으려고 노력했다.

하지만 그런 노력은 헛수고였고 쓸데없는 일이었다. 광장을 나와 역까지 걸어오는 동안 앤드루는 승리감에 가슴이 부풀어 터질 것만 같았다. 발걸음은 자신도 모르게 빨라지고 경쾌해졌다. 언덕을 내려가는 오른편에는 분수대와 음악당이 있는, 작고 푸른 시민 공원이 있었다. 그렇다! 음악당도 있었다! 블라넬리에서는 보이는 것이라곤 폐석 더미뿐이었는데 이곳에는 영화관도 있었다. 저 커다랗고 훌륭한 상점들, 발밑의 탄탄한 도로. 늘 보던 돌산에 나 있는 도로가 아니었다. 그리고 오웬이 말하길 병원도 있다고 하지 않았던가? 작지만 시설이 훌륭한 병원. 자신의 일에서 병원이 얼마나 중요한 의미를 갖는지 생각하면서 앤드루는 감격에 찬 숨을 깊이 몰아쉬었다. 그는 카디프행 열차 빈칸에 몸을 실었다. 열차가 목적지를 향해 달릴수록 그의 마음은 더욱 부풀어 올랐다.

14

애버럴로에서 블라넬리까지는 산 하나 너머의 거리지만 기차는 산을 돌아가게 되어 있었다. 하행 열차는 모든 역마다 정차하는 데다 카디프 역에서 갈아탄 페넬리 계곡행 열차는 너무도 느렸다. 앤드루의 마음은 어느새 달라져 있었다. 구석 의자에 깊숙이 몸을 묻고 앉은 그는 지난 일을 생각하면서 괴로워했다.

앤드루는 처음으로 자신이 얼마나 이기적인 사람인지 깨달았다. 최근 몇 개월 동안 모든 문제를 자기 위주로만 생각했던 것이다. 결혼에 대한 회의도, 크리스틴에게 자기 마음을 털어놓지 않고 망설였던 것도 자기 감정에 따른 것이었고, 당연히 그녀가 자신을 받아 줄 거라고 생각한 것도 마찬가지였다. 하지만 만일 자신이 엄청난 착각을 한 거라면? 크리스틴이 그를 사랑하지 않는다고 말하면 어떻게 할까? 앤드루는 청혼을 거절당한 뒤 울적한 마음으로 위원회에 '본인이 해결할 수 없는 일신상의 이유로' 그 자리를 포기하겠다는 편지를 쓰는 자신의 모습을 상상했다.

앤드루에게는 지금 그녀의 모습이 또렷하게 보였다. 그는 크리스틴에 대해 얼마나 많은 것을 알고 있던가. 희미하면서도 호기심 많아 보이는 미소와 손으로 턱을 괴는 버릇, 진지하고 순결한 짙은 갈색 눈동자. 순간 그리움이 고통처럼 밀려왔다. 사랑하는 크리스틴! 만일 크리스틴과 헤어지게 된다면 자신이 어떻게 되건 돌보지 않을 것 같았다.

기차는 9시쯤 블라넬리로 엉금엉금 기어 들어갔다. 앤드루는 눈 깜짝할 사이에 플랫폼으로 뛰어내려 역전 거리를 걸었다. 내일 아침이나 되어야 크리스틴을 만날 수 있다는 것을 알면서도 어쩌면 그녀가 일찍 도착했을지도 모른다는 생각이 들었다. 게다가 그녀의 하숙집 창문에 켜진 불빛을 보자 그런 기대가 한껏 치솟았다. 그러면서도 하숙집 주인이 크리스틴이 도착하기 전에 방 청소를 하고 있을지도 모른다며 스스로 침착해야 한다고 타일렀다. 앤드루는 곧장 그 집으로 들어가 거실로 향했다.

그랬다! 역시 크리스틴이 와 있었다. 그녀는 구석에 무릎을 꿇고 앉아 책꽂이 아래 칸에 책을 꽂고 있었다. 그러고 나서 바닥에 흩어진 종이와 끈을 치우기 시작했다. 그녀의 재킷과 모자는 옷 가방과 함께 의자에 놓여 있었다. 그녀가 돌아온 지 얼마 안 되었다는 것을 알 수 있었다.

"크리스틴!"

크리스틴이 무릎을 꿇은 채 몸을 돌렸다. 머리카락이 이마 위로 흩어졌다. 크리스틴은 놀람과 기쁨이 뒤섞인 비명을 낮게 지르며 자리에서 일어났다.

"앤드루! 어떻게 여기 들를 생각을 했어요?"

그녀는 고개를 똑바로 들고 한 손을 내밀며 앤드루에게 다가섰다. 그러자 앤드루는 두 손으로 그녀의 손을 힘껏 잡았다. 스커트와 블라우스 차림의 크리스틴은 유난히 사랑스러웠다. 그녀의 날씬한 몸매와 청춘의 싱그러운 매력을 한층 돋보이게 해주는 옷차림이었다. 앤드루의 가슴은 다시 방망이질 쳤다.

"크리스! 당신에게 할 말이 있어요."

그녀의 눈동자에 걱정스러운 빛이 스쳤다. 그녀는 앤드루의 창백한 얼굴, 여행으로 더러워진 얼굴을 근심스럽게 살폈다.

그녀가 재빨리 말했다.

"무슨 일 있어요? 페이지 부인이랑 문제가 생긴 거예요? 어디 갔다 오는 길이에요?"

앤드루는 고개를 저으며 그녀의 작은 손을 한층 꽉 쥐었다. 그리고 불쑥 내뱉었다.

"크리스틴! 일자리가 생겼어요. 아주 좋은 곳이에요. 애버럴로란 곳인데, 오늘 위원회 사람들을 만나고 오는 길이에요. 일 년에 500파운드에 집도 제공해 준대요. 집이요, 크리스틴! 오, 크리스틴, 나와 결혼해 주겠소?"

크리스틴의 얼굴이 창백해졌다. 창백해진 얼굴에서 두 눈만이 반짝반짝 빛났다. 그녀는 목이 멘 듯 숨결이 고르지 못했다.

잠시 후 그녀가 겨우 입을 열었다.

"난 그런 줄도 모르고, 무슨 나쁜 소식을 전하려는 줄 알았어요."

"아니, 아니오." 앤드루도 감격에 겨워 말을 잇지 못했다. "정말 굉장한 뉴스요. 오! 당신이 거기에 가 봤어야 하는데. 탁 트인 푸른 벌판에 훌륭한 상점, 반듯한 도로, 공원. 참! 크리스틴, 진짜 병원도 있어요. 나와 결혼해 준다면 당장이라도 그곳에 갈 수 있어요."

크리스틴의 입술이 가늘게 떨렸다.

하지만 눈은 웃고 있었다. 묘하게 반짝거리며 그를 향해 웃고 있었다.

"그런데 애버럴로 때문인가요, 아니면 나 때문인가요?"

"물론 당신이지요, 크리스. 내가 얼마나 사랑하는지 알잖아요. 하지만 만일 당신이 날 사랑하지 않는다면……."

그녀는 목이 잠긴 듯 무슨 말을 하려다 말고 그에게 다가와 가슴에 얼굴을 묻었다.

그가 팔을 둘러 꽉 껴안자 그제야 더듬거리며 말했다.

"오! 나도 당신을 사랑해요." 크리스틴은 웃으면서 행복한 눈물을 글썽거렸다. "교실에서 당신을 처음 본 순간부터 줄곧."

2부

1

퀼리엄 존 로싱의 낡은 트럭이 덜컹거리며 힘겹게 산길을 오르고 있었다. 짐칸에 놓인, 불이 켜지지 않는 석유램프는 물론이고 파손된 후미판과 녹슨 번호판 아래까지 낡은 방수천을 뒤집어 쓴 트럭은 바큇자국을 남기며 먼지 날리는 길을 달렸다. 양옆으로 헐거운 흙받기가 구식 엔진의 소리에 맞춰 퍼덕거리며 덜커덕 소리를 냈다. 앞쪽 좌석에는 운전석에 퀼리엄 존이 앉아 있고 그 옆으로 앤드루 맨슨과 그의 아내가 비좁게 앉았어도 즐거운 표정을 짓고 있었다.

두 사람은 그날 아침 결혼식을 올렸다. 이것은 말하자면 신혼여행길이었다. 방수천 아래에는 크리스틴의 몇 점 안 되는 가구와 블라넬리에서 20실링에 구입한 중고 식탁과 냄비, 팬 따위의 새 주방 기구, 그리고 두 사람의 여행 가방이 들어 있었다. 두 사람 모두 과시하는 걸 싫어하는 편이라서 최소한의 생활 용품과 자신들의 몸만 귈리엄 존의 가구 배달용 트럭에 싣고 가는 것이 가장 싸고 좋은 방법이라고 결정했다.

화창하고 푸른 하늘에 상쾌한 바람까지 불어 주는 더할 나위 없이 좋은 날이었다. 두 사람은 웃으면서 귈리엄 존과 농담을 나누었다. 귈리엄 존은 특별히 트럭의 경적으로 헨델의 「라르고」를 연주해 주었다. 그들은 귈리엄 존의 권유로 러신 고개의 정상에 있는 외딴 여인숙 앞에 트럭을 멈추고 럼니 맥주로 축배를 들기도 했다. 사팔눈에 체구가 왜소하고, 성질이 급한 귈리엄 존은 여러 잔을 마시고도 자기 돈으로 진을 한 잔 더 마셨다. 러신 고개를 내려가는 길은 150미터나 되는 낭떠러지에 U자형 커브가 두 군데나 있어서 등골이 오싹할 지경이었다.

마침내 마지막 언덕에 다다랐고 여기서 애버럴로로 가는 내리막길은 수월했다. 짜릿한 쾌감이 절로 느껴졌다. 눈앞에는 높고 낮은 지붕들이 파도처럼 굽이치듯 줄지어 있는 마을이 펼쳐져 있었다. 위쪽에는 상점과 교회, 사무실이 옹기종기 모여 있고, 아래쪽에는 채광장과 선광장, 끝없이 연기를 내뿜는 굴뚝과 구름 같은 증기를 내뿜는 앉은뱅이 콘덴서 따위가 한낮의 햇살을 받아 반짝이고 있었다.

"저것 봐, 크리스." 앤드루가 그녀의 팔을 꽉 잡으며 속삭였다. 그는 관광 안내인처럼 열을 내며 말했다. "정말 멋지지 않아? 저게 광장이야! 우린 뒷길로 온 거야. 봐! 석유램프는 필요 없어. 저곳은 가스 공장이야. 우리 집은 어디쯤 있을까?"

그들은 지나가는 광부를 불러 베일뷰가 어디쯤에 있는지 물었다. 그는 이 길로 죽 가면 나오는 시내 변두리에 있다고 알려 주었다. 잠시 후 그들은 그곳에 닿았다.

"어머나! 정말 멋진 집이에요, 그렇죠?"

크리스틴이 환호성을 질렀다.

"그렇군. 정말 아름다운 집이야."

"허허! 묘하게 생긴 집이군요."

귈리엄 존이 머리 뒤로 모자를 젖히며 말했다.

베일뷰는 정말 독특한 구조의 건물이었다. 애벌칠밖에 하지 않은 여러 개의 작은 박공들이 언뜻 보니 스코틀랜드 산악 지대에 있는 사냥터 오두막과 스위스 농가의 중간 형태 같았다. 집은 잡초와 쐐기풀이 빽빽한 황폐한 정원 위에 서 있었다. 갖가지 주석 깡통 더미 위로 흐르는 시냇물이 정원을 가로지르는데, 그 위에는 썩어서 곧 부서질 것 같은 통나무 다리가 걸쳐져 있었다. 물론 그들은 알아차리지 못했지만 베일뷰는 그날 처음 위원회의 또 다른 권위와 다양한 전지전능함을 선보였다. 1919년 전성기 때 위원회는 기부금이 넘치자 자신들의 명성과 수준에 맞는 세련되고 화려한 집을 짓겠다고 널리 알렸다. 위원회의 모든 회원이 어떻게 지어야 세련된 집인지에 대해 각자 나름대로 확고한 의견을 갖고 있었다. 그런 이들이 서른 명이었다. 베일뷰는 그 결과물인 셈이었다.

하지만 겉모습에서 받은 인상이 어떠했든 집 안에 들어서자 그들은 즉시 만족감을 느꼈다. 집은 튼튼하고 마루도 견고했으며 벽지도 깨끗한 편이었다. 방의 개수는 놀랄 만했다. 두 사람은 서로 말은 하지 않았지만 크리스틴의 몇 점 안 되는 가구로는 방 두 개도 제대로 꾸밀 수 없다는 것을 금방 깨달았다.

두 사람이 숨죽인 채 간단히 집 안을 둘러보고 난 뒤 거실에 서 있을 때 크리스틴이 손가락으로 세어 보면서 말했다.

"어디 봐요, 여보. 아래층은 주방과 응접실과 도서실 아니면 거실, 이름이야 아무러면 어때요, 어쨌거나 그렇게 꾸미고 위층의 방 다섯 개는 침실로 꾸며야겠어요."

"좋을 대로 해요." 앤드루가 미소를 지었다. "그들이 기혼자를 원한 것도 이상할 게 없군." 앤드루는 곧 후회와 가책으로 미소가 가셨다. "크리스, 솔직히 찜찜한 부분들이 있어. 돈 한 푼 없이 당신의 좋은 가구를 사용하고 염치없이 식객 노릇을 하는 것 같아서. 게다가 모든 게 당연한 것처럼 당신에게 생각할 틈도 주지 않고 여기까지 끌고 오고. 후임 교사를 결정할 시간도 학교에 주지 않고 말이야. 난 정말 이기적인 놈이야. 내가 먼저 와서 웬만큼 준비한 후에 당신을 불러야 했는데 말이야."

"앤드루 맨슨 씨! 만일 당신이 날 두고 왔다면!"

"어쨌든 여긴 내가 어떻게든 해결하겠어." 앤드루는 크리스틴을 쳐다보며 계속해서 미간을 찌푸렸다. "내 말은 크리스……."

그녀가 웃으면서 말을 가로챘다.

"당신 마음 알아요. 이제 내가 오믈렛을 만들어 줄게요. 마담 풀라르*식으로요. 요리책에 나온 거라면 나도 할 수 있어요."

말을 가로채인 앤드루는 입을 벌린 채로 그녀를 쳐다보기만 했다. 그러다가 서서히 얼굴의 인상을 폈다. 그는 다시 웃으면서 크리스틴을 따라 부엌으로 들어갔다. 앤드루는 크리스틴이 눈에 보이지 않으면 견딜 수가 없을 것 같았다. 두 사람의 발

---

* '생 미셸 테트 도르'라는 식당의 여주인으로 프랑스 오믈렛 요리의 대가.

소리가 마치 성당에 들어와 있는 것처럼 텅 빈 집에 큰 소리로 울렸다.

팬 위에서 노릇노릇하게 익은 따끈한 오믈렛 — 퀼리엄 존이 떠나기 전에 계란을 사다 주었다. — 이 식탁 위에 차려졌다. 둘은 씽크대 모서리에 걸터앉아 오믈렛을 먹었다. 앤드루가 큰 소리로 외쳤다.

"오, 이럴 수가! 여보, 미안하지만 조금 전에 내가 했던 말들은 잊어 줘. 맙소사, 당신 요리 정말 끝내주는군! 사람들이 두고 간 저 달력 말이야, 벽에 걸려 있는 저 달력 나쁘지 않군. 빈 벽에 장식도 되고. 저 그림이 마음에 들어. 장미 그림. 크리스틴, 오믈렛 좀 더 없어? 풀라르가 누구지? 암탉 이름 같군. 고마워, 여보. 당신은 지금 내가 얼마나 의욕에 불타고 있는지 모를 거야. 이곳에는 기회가 있을 거야. 엄청난 기회가!" 그때 앤드루가 갑자기 말을 멈추더니 자신의 짐들과 함께 귀퉁이에 놓여 있는 니스 칠한 나무 상자를 바라보았다. "근데, 크리스, 저게 뭐지?"

"아, 저거요?" 크리스틴은 대수롭지 않은 듯 대답했다. "결혼 선물이에요. 데니 씨가 보냈어요."

"데니가!"

앤드루의 표정이 바뀌었다. 취직을 도와줘서 고맙다는 말을 하고 크리스틴과의 결혼 소식을 전할 겸 찾아갔을 때 데니는 여전히 무뚝뚝하고 성의 없이 대했다. 오늘 아침 떠나올 때에도 배웅조차 나오지 않았다. 기분이 상한 앤드루는 복잡하고 이해할 수 없는 성격의 데니는 도무지 친구로 사귀기 힘들다는 생각까지 했다. 앤드루는 상자에 뭐가 들었을까 궁금해하며 천천히 다가갔다. 어쩌면 데니 특유의 장난기가 발동해서 낡은 부츠를 넣었을지도 모른다. 그는 상자를 열었다. 상자 안을 보는 순간 너무도 놀랐다. 그 안에는 데니의 최고급 차이스 현미경과 쪽지 한 장이 들어 있었다.

사실 난 이게 별로 필요하지 않다네. 자네에게도 말했지만 난 외과 의사니까. 행운을 빌겠네.

아무 할 말이 없었다. 앤드루는 생각에 잠긴 채 오믈렛을 마저 먹었다. 그의 시선은 줄곧 현미경을 향했다. 이윽고 앤드루는 경건하게 현미경을 들어 올려본 다음 크리스틴과 함께 식당 뒤쪽의 방으로 갔다. 그리고 현미경을 텅 빈 마루 한가운데 정중히 내려놓았다.

"이곳은 서재로 쓰지 않겠어. 거실이라든지 뭐 그런 곳도 아니야, 크리스. 친애하는 필립 데니에게 감사하며 이곳을 실험실로 명명하겠어."

앤드루는 이 명명식에 효력을 부여하기 위해 크리스틴에게 키스했다. 그때 전화벨이 울렸다. 텅 빈 마루에서 길게 울려 대는 날카로운 벨 소리는 이상하게 섬뜩한 느낌을 주었다. 두 사람은 어리둥절해서 서로 쳐다보다 곧 흥분된 표정을 지었다.

"어쩌면 왕진 요청일지도 몰라, 크리스! 애버럴로에서의 첫 환자!"

앤드루는 얼른 홀로 달려 나갔다.

그러나 환자가 아니라 루엘린 박사였다. 그는 마을 다른 한쪽 끝에 있는 집에서 환영차 전화를 걸어 준 것이었다. 전화선을 통해 들려오는 그의 목소리가 너무도 점잖고 또렷해서 앤드루의 어깨에 손을 대고 서 있는 크리스틴도 통화 내용을 똑똑히 들을 수 있었다.

"여보세요? 아, 맨슨 선생. 어떤가? 걱정 말게. 일 때문에 전화한 건 아니고 그저 자네와 자네 부인이 애버럴로에 도착한 것을 처음으로 환영하고 싶었을 뿐이네."

"고맙습니다, 루엘린 박사님. 이렇게 친절하게 대해 주셔서요. 일 때문이라고 해도 상관없습니다."

"쯧쯧! 곧장 일할 생각은 하지도 말게." 루엘린은 한없이 다정하게 굴었다. "그런데 말이야. 오늘 밤 별일 없으면 우리 집에 와서 저녁이나 같이 들게나. 자네 부인도 함께. 뭐 대단한 자리는 아니고. 7시 30분까지 오게. 기다리고 있겠네. 그때 얘기 나누지. 그럼 오는 줄 알고 있겠네. 좀 이따 보세."

수화기를 내려놓는 앤드루의 얼굴에 대단히 만족하는 빛이 떠올랐다.

"정말 친절한 분 같지 않아, 크리스? 이렇게 갑작스레 우릴 초대하다니! 그것도 원장님이 직접! 게다가 그분은 대단히 실력 있는 분이야. 내가 알아봤더니 런던 병원 출신에다 의학 박사, 영국 왕립 외과 학회 회원이고, 공중 위생 면허증도 있더군. 이 정도면 대단한 경력이야. 게다가 친구처럼 다정한 말투였어. 맨슨 부인, 우린 이제 여기서 큰 성공을 거둘 거야."

앤드루는 두 팔로 크리스틴의 허리를 끌어안고 기쁨에 넘쳐 왈츠라도 추듯이 거실 안을 빙글빙글 돌기 시작했다.

2

그날 밤 7시에 두 사람은 활기차고 번화한 시내를 지나 루엘린 박사의 자택이 있는 글린마워로 갔다. 걷는 것만으로도 대단히 즐거웠다. 앤드루는 새로운 삶이 펼쳐질 마을의 사람들을 열정에 찬 시선으로 바라보았다.

"저기 오는 사람 좀 봐, 크리스! 빨리! 저기 기침하고 있는 사람 말이야."

"봤어요. 그런데 왜요?"

"아, 아무것도 아니야." 그는 태연한 목소리로 대답했다. "어쩌면 저 남자도 내 환자가 될지 몰라서."

그들은 글린마워를 별 어려움 없이 찾을 수 있었다. 잘 손질한 정원이 있는 튼튼하게 지은 저택으로, 밖에는 루엘린 박사의 멋진 차가 서 있고, 조그맣고 간결한 글자체로 직함이 적힌 박사의 광택 나는 문패가 연철 대문에 붙어 있었기 때문이다. 그들은 이 모습에 압도되어 돌연 긴장이 되었다. 초인종을 누르자 곧 안으로 안내되었다.

빳빳한 소매에 금 단추가 달린 프록코트를 입어 더욱 날렵해 보이는 루엘린 박사가 그들을 맞으러 거실에서 나왔다. 그는 얼굴 가득 친근한 미소를 지었다.

"아! 아! 정말 눈부시군요, 맨슨 부인. 이렇게 만나서 반갑습니다. 애버럴로가 마음에 드셔야 할 텐데. 그렇게 살기 나쁜 곳은 아니지요. 이리 들어오세요. 조금 있으면 제 아내도 내려올 겁니다."

이윽고 루엘린 박사의 부인도 남편과 마찬가지로 환하게 웃으며 내려왔다. 마흔다섯 살쯤 되어 보이고 약간 붉은색이 도는 머리카락에 주근깨가 있는 파리한 얼굴이었다. 그녀는 앤드루에게 인사한 뒤 크리스틴을 바라보며 애정이 넘치는 목소리로 탄성을 질렀다.

"오! 세상에! 이렇게 귀엽고 사랑스러울 수가! 난 벌써 반해 버렸어요. 키스라도 해야 할 것 같아요. 정말로요. 괜찮겠죠?"

그녀는 곧장 크리스틴을 껴안았다가 잠시 뒤로 물러나선 다시 찬찬히 바라보았다. 그때 복도 끝에서 벨 소리가 울렸다. 모두 식당으로 들어갔다.

토마토 수프에 속을 채운 닭구이, 소시지, 건포도 푸딩까지 대단한 성찬이었다. 루엘린 박사 내외는 웃으면서 손님에게 말을 걸었다.

"곧 모든 일에 적응이 될 거네." 루엘린이 말했다. "암, 당연히 그러고말고. 나도 힘껏 돕겠네. 그건 그렇고 에드워즈 그 친구가 탈락해서 내심 다행스럽게 생각했다네. 내가 추천해 주겠다고 반쯤 약속은 했지만 무조건 붙여 줄 수가 있어야지. 참, 내가 어디까지 말했더라. 그래! 자넨 서부 진료소에 근무하게 될 텐데, 자네 집 쪽이지. 어커트라는 노인 의사와 함께 일하게 될 거야. 아주 괴짜 노인이지. 참, 개지라는 약사도 있네. 이쪽 동부 진료소에는 메들리와 옥스보로라는 의사가 있지. 모두 괜찮은 친구들이야. 자네도 좋아하게 될걸세. 자네 골프는 치나? 우린 이따금 펀리 골프장에 간다네. 여기서 14킬로미터밖에 떨어지지 않은 곳이지. 물론 나는 여기서 매우 바쁘다네. 그래, 정말 그래! 난 진료소 일은 신경 쓰지 않네. 전적으로 병원만 맡고 있지. 그 밖에 산재 환자의 보상을 회사에 청구하거나 마을의 의무관 일을 처리하고, 가스 공장 촉탁 의사에다 고아원의 아이들도 돌보고 공중 보건소의 예방 접종 관련 고문 일도 맡고 있다네. 온갖 사회단체와 주 재판소에서 의료 분쟁 관련 일도 하고. 참! 검시관 일도 하는군. 그리고 또……." 그의 털털하고 솔직해 보이는 눈이 반짝거렸다. "이따금 개인적으로 찾아오는 환자들도 받아야 하고."

"정말 바쁘시군요."

앤드루의 말에 루엘린이 웃었다.

"수지를 맞춰야 하니까. 자네가 밖에서 본 그 작은 자동차가 그래 봬도 1200파운드나 하지. 아! 걱정할 건 없네. 여기라고 잘살아선 안 될 이유는 없는 거니까. 자네도 열심히 일하고 언행만 조심한다면 300에서 400파운드는 문제없을걸세." 루엘린은 뭔가 진지하고도 비밀스러운 이야기라도 털어놓으려는 듯 말을 멈췄다. "자네에게 한 가지 말해 둘 게 있다네. 지금까지 모든 보조 의사들 사이에서 묵인되어 온 일인데 각자 수입에서 5분의 1을 내게 지불한다네." 그 후로는 거침없는 말투로 말을 이어 갔다. "내가 그들의 환자를 돌봐 주기 때문이야. 자신들이 치료할 수 없는 환자를 내게 보내는 거지. 다시 말하겠지만 자신들을 위해서도 좋은 일이지."

앤드루는 다소 놀라 시선을 들었다.

"그건 조합과는 상관없는 일이겠군요?"

"당연히 그렇다네." 루엘린이 미간을 찡그리며 대답했다. "모든 의사들이 알고 있는 사실로, 오래전부터 그렇게 해 왔다네."

"하지만……."

"맨슨 선생님!" 식탁 끝에서 루엘린 부인이 상냥한 목소리로 앤드루를 불렀다. "방금 사랑스러운 부인과 서로 더 자주 만나자고 말했어요. 얼마 안 있으면 다과회가 있는데 꼭 와 달라고 말할 거예요. 부인 꼭 보내 줄 거죠? 그리고 이따금 나와 함께 자동차로 카디프에 갈 일도 있을 거예요. 멋진 일이죠, 그렇죠, 여보?"

"물론이지." 루엘린은 건성으로 대답하고 하던 말을 계속했다. "자넨 뭐가 유리한가 하면, 자네 전임이었던 레슬리 선생 말일세. 그 친구는 어찌나 게을렀는지. 게다가 에드워즈만큼이나 실력도 형편없었지. 마취 주사 하나 제대로 놓지 못했다니까. 참! 자넨 마취는 능숙하겠지, 물론? 어쩌다 대수술이라도 하게 되면 자네도 알다시피 마취가 대단히 중요하지 않은가! 아이고 이런! 미안하네. 오늘 밤에는 더 이상 이런 얘기는 그만 하기로 하지. 오늘 도착한 사람을 붙잡고 공연한 얘기를 했군그래."

"이드리스!" 루엘린 부인이 남편의 주위를 끌려는 듯 장난스럽게 남편을 불렀다. "이분들이 글쎄 오늘 아침 결혼했대요. 맨슨 부인이 방금 말했어요. 정말 귀여운 신부예요! 믿어져요? 햇병아리 신랑 신부예요."

"어허, 그렇군!"

루엘린이 쾌활하게 웃었다.

루엘린 부인은 크리스틴의 손을 쓰다듬었다.

"이런, 불쌍하기도 해라. 베일뉴 같은 곳에서 새살림을 해야 하다니! 내가 이따금 들여다보고 도와줘야 할 텐데."

앤드루는 얼굴이 붉어지면서 산만한 정신을 가다듬으려고 애썼다. 그는 자신과 크리스틴이 박사와 그 부인 사이에서 작은 공 같은 노리개가 된 느낌이었다. 그러다 마침 루엘린 부인의 마지막 말을 듣고 이때다 싶어 말을 꺼냈다.

"루엘린 박사님." 그는 떨렸지만 단단히 마음먹고 말했다. "사모님 말씀이 맞습니다. 이런 말씀 드려서 될지 모르지만 한 이삼 일 아내와 함께 런던에 다녀올까 합니다. 집에 들여놓을 가구도 사야 하고 그 밖에 필요한 물건도 좀 사야 할 게 있어서요."

크리스틴의 눈이 놀라움으로 휘둥그레졌다. 하지만 루엘린은 인자하게 고개를 끄덕였다.

"그럼, 안 될 이유가 없지. 일단 일을 시작하면 쉬는 것도 쉽지 않다네. 내일과 모레 사이에 다녀오게나. 보라고, 내가 자네에게 쓸모 있는 경우는 이런 경우지. 나는 의사들을 여러모로 배려한다네. 내가 자네 대신 위원회에 말해 주겠네."

앤드루는 자신도 얼마든지 위원회의 오웬에게 말할 수 있다고 생각했다. 하지만 이번에는 그냥 넘어가기로 했다.

그들은 루엘린 부인이 직접 칠했다는 잔으로 거실에서 커피를 마셨다. 루엘린은 금으로 만든 담뱃갑에서 담배를 꺼내 권했다.

"이것 좀 보게, 맨슨 선생. 피워 보게나. 어느 고마운 환자가 선물해 준 거지. 묵직해 보이지 않나? 값으로 치면 20파운드는 나갈 거야."

10시가 가까워지자 루엘린 박사는 멋진 회중시계를 꺼내 보았다. 그는 정말로 만족스러운 표정으로 시계를 들여다보았는데 그에게는 생명이 없는 물체라도 특히 자기 소유라면 다정한 눈길로 바라보는 습성이 있었다. 잠시 동안 앤드루는 상대가 시계에 얽힌 자세한 얘기라도 꺼내려나 보다고 생각했다.

하지만 그는 이렇게 말했다.

"나는 병원에 가 봐야 하네. 오늘 아침 위장 절제술을 한 환자가 있어서. 자네도 나와 함께 가 보지 않겠나?"

앤드루는 흔쾌히 그러고 싶었다.

"네, 좋습니다, 루엘린 박사님."

크리스틴도 함께 가겠다고 했으므로 세 사람은 문가에서 다정하게 인사하는 루엘린 부인과 작별 인사를 나눈 뒤 대기하고 있는 자동차에 올랐다. 차는 미끄러지듯 조용히 시내 중심 도로를 달려 왼쪽으로 꺾어지는 오르막길을 올라갔다.

"헤드라이트가 강력하지?" 루엘린이 스위치를 켜면서 말했다. "럭사이트 회사 제품이네. 최고급품이지. 특별 주문해서 설치했다네."

"럭사이트!" 크리스틴이 갑자기 조용히 중얼거렸다. "무척 비싸겠네요?"

"그럼요, 무척 비싸죠." 루엘린은 물어봐 줘서 고맙다는 듯이 힘차게 고개를 끄덕였다. "30파운드나 주고 달았죠."

앤드루는 팔짱을 낀 채 일부러 아내와 눈을 마주치지 않으려고 애썼다.

잠시 후 루엘린이 말했다.

"다 왔군. 여긴 내 영적인 집이나 다름없다네."

붉은 벽돌로 견고하게 지은 병원은 월계수가 좌우로 늘어선 자갈길을 통해 접근할 수 있게 되어 있었다. 병원으로 들어가자마자 앤드루의 눈이 휘둥그레졌다. 규모는 작았지만 최신식의 훌륭한 장비를 갖추고 있었다. 루엘린이 수술실과 엑스선 촬영실, 부목실, 통풍이 잘 되는 병동 두 군데를 보여 주었을 때 앤드루는 줄곧 '블라넬리와는 천지 차이군. 정말 훌륭해! 내 환자도 이곳에 보내겠어!'라고 생각하며 뿌듯한 마음이 들었다.

그들은 병원을 둘러보던 중 수간호사를 만났다. 키가 크고 마른 편인 그녀는 크리스틴은 무시하고 덤덤하게 앤드루와 인사를 나눈 뒤 루엘린에게는 연신 굽신거렸다.

"우리에게 필요한 것은 이곳에 다 갖추어 놓았다네. 그렇지 않은가, 수간호사?" 루엘린이 말했다. "우린 위원회에 말만 하면 된다네. 아주 몰상식한 사람들은 아니니 백이면 백 들어주지. 수간호사, 위장 절제술 받은 환자는 상태가 어떤가?"

"아주 좋습니다, 루엘린 박사님."

"좋아! 내가 곧 보러 가지."

그는 크리스틴과 앤드루를 현관까지 안내했다.

"자, 맨슨, 난 이 병원이 자랑스럽네. 내 병원처럼 여기지. 그런다고 누가 뭐라겠는가? 참, 집으로 돌아가는 길은 알고 있겠지? 그럼 수요일쯤 돌아오면 전화 한 통 해 주게. 자네에게 마취를 부탁해야 할 일이 생길지도 모르니까."

두 사람은 내리막길을 내려오면서 잠시 동안 아무 말도 없었다. 그때 크리스틴이 앤드루의 팔을 잡으며 말했다.

"어때요?"

앤드루는 어둠 속에서 그녀가 웃고 있음을 알 수 있었다.

"마음에 들어." 앤드루는 얼른 대답했다. "실은 무척 마음에 들어. 그 수간호사 봤어? 마치 루엘린의 옷자락에 입이라도 맞출 것 같지 않아? 어쨌거나 작지만 훌륭한 병원이야. 오늘 저녁 식사도 맛있었어. 너무 인색하지도 않았고. 오! 다만, 참 모를 일인 게, 왜 우리가 월급의 5분의 1을 그에게 줘야 한단 거지? 공정하지 않아. 아니 비윤리적이야. 게다가 어쩐지, 나보고 착한 아이가 되어야 한다고 달래고 쓰다듬어 주는 느낌이었어."

"당신은 이틀의 휴가를 부탁하는 아주 착한 아이였어요. 그런데 정말 우리 어떻게 해야 하죠? 가구 살 돈도 없잖아요, 아직."

"두고 보면 알 거야."

앤드루가 모호한 대답을 했다.

마을의 불빛이 뒤로 멀어지고 베일뷰가 가까워질수록 그들 사이에는 이상한 침묵이 흘렀다. 앤드루는 자신의 팔에 닿은 크리스틴의 감촉이 소중하게 여겨졌다. 엄청난 사랑의 물결이 전신을 휘감는 것 같기도 했다. 문득 아무런 준비도 없이 광산촌에서 결혼식을 마치자마자 낡은 화물차에 실려 산 너머 이 낯선 곳에, 신혼의 보금자리라고 해야 그녀가 쓰던 낡은 싱글 침대 외에 아무것도 없는 텅 빈 집에 내던져진 크리스틴이 안쓰럽게 여겨졌다. 그런데도 그녀는 용기와 부드러운 미소로 이런 고생을 참아 내고 있었다. 그녀는 자신을 사랑하고 신뢰하고 있었다. 앤드루는 문득 대단한 결의가 솟구치는 것을 느꼈다. 반드시 보답해 주리라. 나의 일로써 그녀의 믿음이 옳았다는 것을 보여 주리라.

두 사람은 나무로 만든 다리를 건넜다. 어지러운 물가는 밤의 부드러운 장막에 가려지고 졸졸 흐르는 시냇물 소리만 귓전에 맴돌았다. 앤드루는 주머니에서 집 열쇠를 꺼내 자물쇠에 꽂았다.

거실은 어두컴컴했다. 문을 닫고 몸을 돌리자 크리스틴이 그를 기다리고 있었다. 희미하게 빛나는 얼굴과 호리호리한 몸은 무방비 상태로 그를 기다리고 있었다. 앤드루는 팔을 돌려 그녀를 부드럽게 안았다. 그가 어색하게 속삭였다.

"당신 이름이 뭐지?"

"크리스틴."

크리스틴이 의아스러워하며 대답했다.

"크리스틴 뭐지?

"크리스틴 맨슨."

그녀의 호흡이 점점 가빠지더니 뜨거운 숨결로 그의 입술을 받아들였다.

3

다음 날 오후 앤드루와 크리스틴이 탄 열차는 패딩턴 역으로 들어섰다. 처음 와 보는 대도시라서 모험심이 발동하는 한편으로 미지의 곳이라는 사실을 의식하면서 그들은 플랫폼으로 걸어 내려왔다.

"그 남자 보여?"

앤드루가 불안한 듯 물었다.

"개찰구에 서 있겠죠."

크리스틴은 이렇게 추측했다.

그들은 카탈로그를 들고 있는 남자를 찾았다.

열차를 타고 오는 동안 앤드루는 자신의 계획이 얼마나 기발하고 간단하며 무엇보다 얼마나 준비성이 있는지에 대해 자세히 설명했다. 블라넬리를 출발하기 전부터 자신들에게 무엇이 필요한지 생각한 다음 런던 동부에 있는 리전시 가구 회사와 창고에 연락을 취해 놓았다는 것이다. 리전시는 유명한 가구 회사는 아니지만, 즉 백화점처럼 터무니없이 큰 규모는 아니지만 할부 판매가 특화되어 있고, 탄탄한 판매망을 갖춘 꽤 괜찮은 가구점이었다. 그의 주머니에는 얼마 전에 가구점 주인이 보낸 답장이 들어 있었다.

"아! 저기 있군!"

앤드루가 그를 발견하고 기뻐서 소리쳤다.

광택 나는 푸른색 양복 차림에 중산모자를 쓴 왜소한 체구의 초라해 보이는 남자가 주일학교 상장같이 생긴 커다란 초록색 카탈로그를 들고 서 있었다. 뭔가 텔레파시라도 통했는지 남자도 여행객들 속에서 두 사람을 알아보고 그들 쪽으로 다가왔다.

"맨슨 선생님이십니까? 사모님이시고요?" 그가 공손하게 모자를 위로 들어 보였다. "전 리전시 가구점에서 나왔습니다. 오늘 아침 전보를 받았습니다. 자동차가 기다리고 있습니다. 담배 한 대 피우시겠습니까?"

낯설고 혼잡한 거리를 달리면서 앤드루는 자신도 모르게 불안한 낌새를 드러냈다. 권해 받은 담배를 손에 들고 힐끗 쳐다보기만 할 뿐 아직 불도 붙이지 않았다.

그가 불평을 했다.

"요즘에는 자동차를 탈 일이 많군. 하지만 괜찮겠지. 그쪽에서 역까지 왔다 갔다 하는 차비는 물론 돌아가는 기차 요금까지 책임지겠다고 말했으니."

하지만 이렇게 확신하면서도 자동차가 어리둥절할 정도로 복잡하고 허름한 길로만 달리자 앤드루는 불안해지기 시작했다. 그러나 그들은 마침내 가구점에 도착했다. 모든 게 기대했던 것보다 훨씬 화려했고 건물 정면은 온통 판유리와 번쩍거리는 놋쇠로 꾸며져 있었다. 직원들이 달려 나와 자동차 문을 열어주고 연신 인사를 해 대며 그들을 매장으로 안내했다.

프록코트에 옷깃을 세운 엄숙하고 고결해 보이는 차림새 때문에 고(故) 앨버트 왕자를 떠올리게 하는 나이 지긋한 판매원이 그들을 왕족처럼 맞았다.

"이리 오십시오, 선생님. 이리 오십시오, 사모님. 의사 분을 모시게 되어 영광입니다. 저희 고객 중에 할리 거리의 전문의들이 얼마나 많은지 아시면 놀라실 겁니다. 그분들로부터 추천장도 받고 있죠! 선생님은 무엇을 찾으십니까?"

그는 거만한 걸음걸이로 전시장 복도를 오르내리며 가구를 보여 주었다. 하지만 그가 말하는 가격은 그들 형편에는 턱없이 높았다. 그는 튜더 왕조니 제임스 1세 시대니 루이 16세 풍이니 하는 따위의 표현을 써 가며 설명했다. 하지만 보여 주는 것이라곤 연기에 그을리고 니스 칠을 한 쓰레기뿐이었다.

크리스틴은 입술을 깨물며 점점 걱정스러운 표정을 지었다. 앤드루가 속지 않기를, 그가 이런 쓸데없는 가구들을 집 안에 들여놓지 않기를 마음으로 빌었다.

"앤드루, 안 되겠어요. 별로예요."

앨버트 왕자가 잠깐 등을 돌렸을 때 크리스틴이 얼른 속삭였다.

앤드루는 판매원이 눈치 채지 못하게 입술 모양만으로 대답을 대신했다. 그 후 그들은 가구를 몇 점 더 보았다. 그런 다음 앤드루가 조용히 그러나 뜻밖에도 무례하게 판매원에게 말했다.

"보십시오! 우린 가구를 사려고 먼 길을 왔어요. 난 가구를 사겠다고 말했어요. 이런 종류의 쓰레기 말고."

앤드루가 난폭하게 엄지손가락으로 옆에 있는 옷장을 밀었다. 그랬더니 합판으로 만든 옷장이 불길하게도 쑥 들어갔다.

판매원은 놀라서 쓰러질 것만 같았다. 그리고 어떻게 이런 일이 일어날 수 있느냐는 듯한 표정을 지었다.

"하지만 선생님." 판매원은 침을 꼴깍 삼켰다. "지금까지 저희 가게에서 가장 좋은 것만 보여 드렸습니다."

"그렇다면 가장 나쁜 것을 보여 주시오." 앤드루가 화를 냈다. "중고라도 제대로 된 제품을 보여 주시오."

침묵이 흘렀다. 잠시 후에 판매원은 조그맣게 중얼거리며 "제가 이걸 팔지 못하면 주인이 뭐라고 할 텐데요." 하더니 실망한 얼굴로 가 버렸다. 사 분쯤 후 키가 작고 얼굴이 불그스름하고 평범하게 생긴 남자가 바쁘게 걸어왔다.

그가 불쑥 말을 걸었다.

"뭘 찾으시죠?"

"싸고 좋은 중고 가구요."

키 작은 남자는 앤드루를 쌀쌀맞게 쳐다보았다. 그러곤 더 이상의 말도 없이 몸을 돌려 뒤편에 있는 화물용 승강기 쪽으로 그들을 데려갔다. 그는 승강기를 조작해서 그들을 넓고 서늘한 지하실로 데려갔다. 중고품들이 천장까지 가득 쌓여 있었다.

크리스틴은 한 시간 동안 먼지와 거미줄 사이를 돌아다니며 이쪽에서 튼튼한 서랍장, 저쪽에서 장식 없는 소박한 식탁, 천을 씌운 작은 안락의자를 찾아냈다. 앤드루는 그녀 뒤를 따라다니며 키 작은 남자와 가격을 놓고 끈질기게 흥정을 벌였다.

마침내 그들은 목록에 적은 가구들을 모두 골랐다. 승강기를 타고 다시 올라갈 때 크리스틴은 먼지는 묻었지만 흡족한 얼굴로 앤드루의 손을 꼭 잡았다.

"우리에게 필요한 건 모두 샀어요."

크리스틴이 속삭였다.

불그스름한 얼굴의 남자는 그들을 사무실로 데려가더니 자신은 할 만큼 했다는 듯한 태도로 주인의 책상 위에 주문장을 내려놓으며 말했다.

"아이작 씨, 이게 전부입니다."

주인은 자신의 코를 만지작거렸다. 누르께한 피부에 어울리지 않게 맑은 눈을 가진 그가 주문장을 보며 실망한 표정을 지었다.

"맨슨 씨, 이 물건들은 할부로 드릴 수가 없겠군요. 아시다시피 모두 중고품이라서." 그는 자기도 어쩔 수 없다는 듯 어깨를 으쓱해 보였다. "우린 이런 식으로 거래하지는 않아서요."

"아, 그렇습니까, 아이작 씨. 당신이 보내 준 편지에는 그렇게 써 있지 않던걸요. 당신네 메모 용지 위쪽에 까맣고 하얗게 인쇄까지 되어 있지 않습니까? '신제품, 중고제품을 어떠한 조건으로든 판매합니다.'라고."

그들 사이에 침묵이 흘렀다. 잠시 후 얼굴이 불그스름한 남자가 아이작에게 허리를 구부려 빠른 말투로 뭐라고 귓속말을 했다. 크리스틴은 무례한 그 말을 분명히 들었다. 그녀의 남편이 인종적으로 얼마나 고집 센 사람인지에 대한 증언이었다.

"그렇다면 맨슨 씨." 아이작이 애써 웃음을 띠며 말했다. "요구대로 하겠습니다. 단 저희 리전시가 불친절하더라는 말씀만 말아 주십시오. 그리고 선생님의 환자 분들께 광고해 주시는 거 잊지 마시고요. 선생님이 이곳에서 얼마나 친절한 서비스를 받았는지에 대해 말입니다. 스미스! 어서 월부 장부에 올리고 내일 아침 첫 번째로 우송해 드리겠다고 영수증을 써 드리게."

"고맙소, 아이작 씨."

또다시 침묵이 흘렀다. 이윽고 아이작은 거래를 끝맺는 말을 했다.

"자, 이제 된 거죠? 물건은 금요일에 배달될 겁니다."

크리스틴은 사무실을 나갈 채비를 했다. 하지만 앤드루는 여전히 의자에서 일어날 줄 몰랐다. 그가 느릿느릿 말했다.

"그런데 아이작 씨, 열차 요금은 어떻게 되는 거죠?"

그 말은 사무실에 폭탄을 터뜨린 것이나 마찬가지였다. 얼굴이 불그스름한 스미스는 혈관이 터질 듯한 표정을 지었다.

"맙소사!" 아이작이 외마디 비명을 질렀다. "도대체 무슨 말씀을 하시는 겁니까? 우린 이런 식으로는 거래할 수 없습니다. 저희도 남는 게 있어야죠. 저는 낙타가 아닙니다. 철도 요금이라니요!"

앤드루는 들은 체도 하지 않고 주머니에서 수첩을 꺼냈다. 그의 음성은 약간 떨렸지만 논리는 정연했다.

"아이작 씨, 여기 들어 있는 이 편지에는 당신이 분명 잉글랜드나 웨일스에서 찾아와 50파운드 이상 구매하는 손님에게는 철도 요금을 지급한다는 말이 써 있습니다."

아이작은 거칠게 설명하기 시작했다.

"하지만 보세요. 선생님은 겨우 55파운드밖에 구입하지 않으셨습니다. 게다가 모두 중고품으로요!"

"여기 당신 편지에는 분명히……."

아이작은 두 손을 들어 올렸다.

"제 편지에 뭐라고 써 있건 간에, 없던 걸로 합시다. 해약합시다. 내 평생 당신 같은 손님은 처음이오. 지금까지 많은 신혼부부를 대했지만 다들 말이 통했소. 그런데 당신은 처음부터 클랩 씨를 모욕하더니 그 다음 아무 권한도 없는 스미스를 곤란하게 만들고 이제는 철도 요금 운운하면서 내 속을 긁어놓는군요. 우린 이런 거래 안 합니다, 맨슨 씨. 이런 일이 통한다고 생각하신다면 다른 데 가서 알아보십시오!"

당황한 크리스틴이 애타게 호소하는 눈빛으로 앤드루를 쳐다보았다. 그녀는 모든 게 헛수고가 되었다고 생각했다. 고집스러운 남편이 어렵게 손에 넣은 얻은 이득을 내던져 버린 것이다. 하지만 앤드루는 그녀의 시선은 아랑곳하지도 않고 단호하게 수첩을 접어 주머니에 넣었다.

"좋습니다, 그럼. 이쯤에서 작별 인사나 해야겠군요. 하지만 이번 일로 제 환자나 그들의 친지에게 이곳을 흔쾌히 추천하기는 어려울 것 같군요. 저를 찾아오는 환자들은 아주 많아요. 그들에게 이런 소문은 자연히 돌게 되겠지요. 철도 요금을 주겠다고 우리를 런던까지 불러놓고 나 몰라라……."

"그만해요!" 아이작은 발작하는 사람처럼 손사래를 쳤다. "기차 요금이 얼맙니까? 스미스, 당장 드리게! 어서 드리게! 어서! 그리고 제발 부탁인데 우리 리전시가 약속을 어겼다는 말씀만은 말아 주십시오. 자! 이제 만족하시겠습니까?"

"고맙군요, 아이작 씨. 우린 매우 만족합니다. 금요일까지 배달해 주기시를 기대하고 있겠습니다. 안녕히 계십시오, 아이작 씨."

앤드루는 근엄하게 악수를 한 다음 크리스틴의 팔을 잡고 얼른 출입문으로 재촉했다. 밖으로 나오자 그들을 태우고 왔던 고풍스러운 리무진이 대기하고 있었다. 앤드루는 마치 자신이 리전시 가구점 역사상 가장 많은 물건을 구입한 사람인 양 소리쳤다.

"기사 양반, 뮤지엄 호텔로 데려다 주시오."

그들은 곧장 이스트엔드를 빠져나와 블룸즈버리 쪽으로 달렸다. 앤드루의 팔을 단단히 잡고 있던 크리스틴이 서서히 긴장을 풀었다.

크리스틴이 속삭였다.

"아깐 정말 잘했어요. 난……."

앤드루는 여전히 턱을 꼿꼿이 든 채 고개를 저었다.

"그런 사람들은 분쟁에 휘말리는 걸 싫어하지. 어차피 그들이 한 약속이고, 더구나 편지로 남겼으니까." 앤드루가 눈을 반짝이며 크리스틴을 돌아다보았다. "이까짓 철도 요금 때문에 그런 건 아니야. 당신도 알겠지만 모든 일에는 원칙이 있어. 사람들은 자신이 한 약속을 지켜야 해. 게다가 그들은 우릴 속였잖아. 그들이 한 짓은 2킬로미터 떨어진 곳에서도 뻔히 알 수 있지. '오호! 세상 물정 모르는 햇병아리 부부로군. 바가지를 씌워도 되겠는걸.' 게다가 그들이 내게 내민 담배도 가짜였어."

"어쨌든 우린 원하는 것을 얻었어요."

그녀가 분위기를 바꾸려는 듯 얼른 말했다.

앤드루는 고개를 끄덕였다. 그는 너무 흥분하고 분개한 나머지 그 사건의 우스꽝스러운 면은 잠시 잊고 있었다. 그런데 뮤지엄 호텔 방에 들어오자 새삼 재미난 장면이 떠올랐다. 그는 담배에 불을 붙이고 침대에 누워 크리스틴이 머리 묶는 모습을 바라보다 갑자기 웃음을 터뜨렸다. 하도 웃는 통에 나중에는 크리스틴도 따라 웃었다.

"하하! 그때 아이작 영감의 얼굴이라니!" 그는 갈비뼈가 아프도록 웃어 댔다. "정말이지 벌레 씹은 얼굴이었어."

"당신이 기차 요금을 요구했을 때 말이에요."

크리스틴도 숨이 차도록 웃었다.

"그가 말했지. '우린 이런 거래는 하지 않습니다.'" 앤드루는 또다시 발작하듯 웃어 댔다. "'우린 낙타가 아니에요.' 맙소사! 낙타라니!"

"그러게 말예요." 크리스틴은 너무 웃어서 눈물까지 찔끔거리며 손에 머리빗을 쥔 채 그를 돌아다보았다. 발음도 제대로 나오지 않았다. "그런데 가장 우스웠던 건, 당신이 '여기에 분명히 당신이 보내 준 편지가 있어요.'라고 말할 때였어요. 하지만 난 그때……난 그때 알고 있었어요. 당신이 깜빡 잊고 편지를 벽난로 위에 올려놓고 왔다는 걸."

침대에 앉아 있던 앤드루는 그녀를 노려보더니 한바탕 웃으면서 침대에 벌렁 드러누웠다. 그리고 어쩔 줄 몰라 하며 베개로 입을 막고 떼굴떼굴 굴렀다. 크리스틴 역시 너무 웃어서 괴로워하며 화장대에 매달린 채 제발 그만두지 않으면 숨넘어가겠다고 애원했다.

잠시 후 겨우 정신을 차린 그들은 극장에 갔다. 앤드루가 크리스틴에게 보고 싶은 것을 선택하라고 하자 그녀는 「성녀 조앤」을 골랐다. 그러면서 평소 조지 버나드 쇼의 연극을 꼭 한 번 보고 싶었다고 털어놓았다.

관객이 가득 찬 극장에서 크리스틴의 옆자리에 앉은 앤드루는 얼굴에 엷은 홍조까지 띠고 몰두한 그녀에 비해 연극에 별 흥미를 느끼지 못했다. 연극이 끝났을 때 앤드루는 내용이 지나치게 서사적이라고, 작가라는 사람이 도대체 무얼 말하려는지 모르겠다고 투덜댔다. 그들이 함께 연극 관람을 한 것은 이번이 처음이지만 앞으로 긴 세월이 남았으므로 이번이 마지막은 아니리라. 그는 관객으로 가득 찬 극장 안을 둘러보았다. 언젠가는 이곳에 다시 오리라. 그때는 일반석이 아니라 저기 특별석에 앉으리라. 이곳에 꼭 와서 사람들에게 뭔가 보여 주리라. 사람들은 목이 파인 이브닝드레스를 입은 크리스틴 옆 자리의 나를 보고 서로 옆구리를 찌르며 "저 사람이 맨슨이래, 알아? 폐병 치료 분야에서 놀라운 업적을 이룬 사람 말이야." 라고 수군거리겠지……. 그러다가 앤드루는 어느 순간 공상에서 빠져나와 부끄러워하면서 막간에 크리스틴에게 아이스크림을 사 주었다.

그 후로 그는 왕자라도 된 것처럼 으쓱한 기분이었다. 극장 밖으로 나오니 불빛과 버스들, 수많은 인파에 둘러싸여 길을 잃을 것만 같았다. 앤드루는 손을 번쩍 들었다. 마침내 무사히 택시에 올라타고 호텔로 향하는 동안 그들은 런던 택시가 제공하는 사적인 공간을 자신들이 처음 발견이라도 한 것처럼 흐뭇함에 젖었다.

4

런던에서 돌아오니 애버럴로의 산들바람이 상쾌하고 시원했다. 화요일 아침 첫 근무를 시작하기 위해 베일뷰를 나선 앤드루는 뺨에 닿는 바람에 의욕이 솟는 것을 느꼈다. 얼얼한 흥분감이 전신에 퍼졌다. 그는 이곳에서 자신의 신조이기도 한 과학적인 방법을 이용해 훌륭하고 멋진 의술을 펼치는 모습을 그려 보았다.

그의 집에서 400미터밖에 떨어지지 않은 서부 진료소는 높다란 둥근 천장에 흰색 타일을 붙여서 어쩐지 위생적인 느낌을 주었다. 건물 중앙에는 대기실이 있었다. 아래층 구석 미닫이문으로 대기실과 분리한 곳은 조제실이었다. 위층에는 두 곳의 진찰실이 있는데 한 곳에는 '어커트 의사'라는 명패가 걸려 있고, 새로 페인트 칠을 한 또 다른 방에는 궁금함을 자아내는 '맨슨 의사'라는 명패가 붙어 있었다.

앤드루는 자신의 이름이 걸려 있는 자기만의 진찰실을 보자 짜릿한 쾌감을 느꼈다. 넓지는 않지만 견고해 보이는 책상과 진찰을 위한 질 좋은 가죽 진찰대도 놓여 있었다. 또 자신을 기다리는 수많은 환자들을 보자 그는 절로 우쭐해졌다. 그 많은 환자들 때문에 앤드루는 계획했던 어커트 선생과 약사 개지와의 첫인사도 생략하고 우선 진료부터 시작하는 게 좋겠다고 생각했다.

자리에 앉은 앤드루는 첫 환자를 들어오게 했다. 이 남자 환자는 단순히 진단서를 떼러 왔다고 말하면서 조금 생각하다가 무릎에 통증이 있다고 했다. 앤드루는 그를 진찰한 뒤 무릎 좌상으로 인한 통증을 확인하고는 작업이 불가능하다는 진단서를 떼어 주었다.

두 번째 환자가 들어왔다. 그 또한 자신이 안구 진탕증을 앓고 있다는 진단서를 떼어 달라고 요구했다. 세 번째 환자는 기관지염 진단서, 네 번째 환자는 팔꿈치 좌상 진단서를 요구했다.

앤드루는 대체 무슨 일인지 걱정이 되어 자리에서 일어났다. 이렇게 진단서를 떼느라 보낸 시간도 꽤 되었다.

그는 문밖으로 걸어 나가 물었다.

"진단서가 필요하신 분들이 얼마나 계시죠? 모두 일어나 주십시오."

밖에는 약 마흔 명 정도가 앉아 있었는데 그들이 모두 일어섰다. 언뜻 계산해도 이들을 제대로 진찰하려면 하루 종일 걸릴 것 같았다. 도저히 불가능한 상황이었다. 그는 하는 수 없이 정확한 진찰은 다음으로 미루기로 했다.

그랬는데도 마지막 환자까지 모두 보고 났더니 10시 30분이 되었다. 그때 벽돌처럼 붉은 피부색에 잿빛의 염소수염을 조그맣게 기른 중간 체격의 늙수그레한 남자가 쿵쿵거리며 진찰실로 들어왔다. 허리가 약간 굽은 이 남자는 싸움이라도 걸려는 듯 고개를 앞으로 쑥 내밀었다. 코르덴 반바지에 각반을 차고 트위드 재킷을 입었는데 재킷 양쪽 주머니는 파이프와 손수건, 사과, 고무로 만든 신축성 좋은 카테터로 미어터질 지경이었다. 그에게서 약과 콜타르, 담배 냄새가 풍겼다. 앤드루는 상대방이 말하기도 전에 그가 어커트 선생일 거라고 짐작했다.

"이런 젠장!" 어커트는 악수를 청하거나 자신을 소개하기도 전에 욕설부터 내뱉었다. "자네 요 며칠 어디 갔었나? 덕분에 자네 일까지 했네. 신경 쓰지 말게, 신경 쓰지 마. 그 일은 이제 덮어 두자고. 어쨌든 심신이 건강한 사람 같아 보여 다행이구먼. 자네 파이프 담배 피울 줄 아나?"

"네."

"이 또한 감사할 일이군. 바이올린은 연주할 줄 아나?"

"아니요."

"나도 할 줄 모르네. 하지만 꽤 예쁘게 만들 줄은 알지. 난 도자기도 수집하네. 그 덕분에 책에도 내 이름이 실렸지. 언제 내 집에 오면 보여 주지. 진료소 바로 옆이니 볼 날이 있을 거야. 그리고 어서 가서 개지를 만나 보세. 불쌍한 친구지. 자신의 약점은 잘 알지만 말이야."

앤드루는 어커트를 따라 대기실을 지나 조제실로 갔다. 개지는 우울한 얼굴로 고개만 까닥했다. 새까만 머리카락 몇 가닥이 널린 대머리에 같은 색깔의 구렛나루를 기른, 키가 크고 시체처럼 파리한 데다 야윈 사람이었다. 낡아서 푸르죽죽하고 약이 묻은, 짧은 알파카 재킷을 입고 있었는데 그 사이로 앙상한 손목과 죽음 직전의 사람에게서나 볼 수 있는 어깨뼈가 드러나 보였다. 어쩐지 슬프고 신랄하며 지친 느낌을 주었다. 게다가 그의 태도는 세상에 대해 몹시도 환멸을 느끼는 사람 같았다. 앤드루가 들어갔을 때 그는 마지막 환자에게 약을 건네고 있었는데, 마치 쥐약이라도 되는 양 미닫이문을 통해 약통을 던지다시피 했다. 마치 '먹든지 말든지 맘대로 하시오. 당신은 어차피 죽게 될 테니.' 하는 태도였다.

어커트가 개지에 대한 소개를 하고는 재빨리 덧붙였다.

"자, 이제 개지도 만났고, 한데 이 친구 요주의 인물이라네. 자네에게 경고하는데 이 친구는 피마자유와 찰스 브래들로* 외에는 아무것도 믿지 않지. 그 밖에 달리 내가 자네에게 일러 줘야 할 게 또 있나?"

"제가 서명한 그 많은 진단서들이 좀 걱정스럽습니다. 아침에 왔던 사람들 대부분은 멀쩡해서 일을 할 수 있을 것 같던데요."

"그런가? 레슬리는 아무리 환자가 몰려와도 모두 받아 줬다네. 그에게 환자를 진찰한다는 것은 시계로 정확히 오 초간 맥박을 재는 거였지. 다른 건 신경 쓰지도 않았어."

앤드루가 얼른 되물었다.

"그렇게 경품 담배처럼 진단서를 나눠 주는 의사를 사람들이 어떻게 생각하겠어요?"

어커트는 앤드루를 힐끗 쳐다보았다. 그리고 퉁명스럽게 말했다.

"신중하게 행동해야 하네. 자네가 진단서를 안 써 주면 그들이 가만있지 않을 거야."

그날 아침 처음이자 마지막으로 개지가 침울한 목소리로 끼어들었다.

"그건 그 사람들 중 반이 아무렇지도 않기 때문이에요. 지긋지긋한 건달들 같으니라고!"

---

* 19세기 영국의 급진주의자이자 무신론자.

앤드루는 그날 왕진을 돌면서 내내 진단서에 대해 걱정했다. 근처의 지리를 모르는 상태에서 왕진을 돌기란 쉽지 않았다. 거리도 낯설어서 갔다가 되돌아오거나 같은 길을 두 번 가는 일이 적지 않았다. 더욱이 그가 맡은 지역은 톰 케틀스 말대로 언덕 중턱에 자리하고 있어서 이쪽 줄에 있는 집에서 다음 줄의 집으로 가려면 가파른 언덕을 올라가야 했다.

오후가 되기 전 앤드루는 생각 끝에 불쾌한 결정을 내렸다. 어떤 대가를 치르더라도 엉터리 진단서는 떼어 주지 않기로 한 것이다. 그는 걱정스러우면서도 단호하게 결심한 듯 미간을 찌푸리고 저녁 진료를 위해 진료소로 돌아갔다.

환자는 아침 진료 때보다 오히려 더 많았다. 게다가 진료실로 들어온 첫 환자는 뒤룩뒤룩 살찐 데다 평생 하루도 맨 정신이었던 적이 없는 것처럼 온몸에서 술 냄새가 풍기는 남자였다. 나이는 쉰 살쯤 되어 보였는데, 돼지처럼 조그맣게 찢어진 눈을 깜박거리며 앤드루를 노려보았다.

"진단서."

그가 무례하게 말했다.

"무슨 일이죠?"

"안구 진탕증이오." 그가 손을 쑥 내밀었다. "이름은 첸킨이오. 벤 첸킨."

앤드루는 그런 말투에 화가 나서 첸킨을 쳐다보았다. 겉으로 보아도 상대는 안구 진탕증이 아닌 게 분명했다. 개지의 귀띔이 아니더라도 이 늙은 광부가 안구 진탕증이라고 꾀병을 부리면서 몇 년째 일도 하지 않고 보상금만 가로채고 있다는 사실을 짐작할 수 있었다. 앤드루는 그날 저녁 진료를 위해 검안경을 가지고 온 터였다. 이제 곧 모든 것이 밝혀지리라. 그는 자리에서 일어났다.

"옷을 벗으시죠."

이번에는 첸킨이 물었다.

"무슨 일이오?"

"진찰 좀 하려고요."

벤 첸킨의 턱이 아래쪽을 향했다. 그가 기억하는 한 칠 년 동안 레슬리 선생은 한번도 진찰을 한 적이 없었다. 첸킨은 마지못해 부루퉁한 표정으로 웃옷과 머플러, 빨강과 파랑의 줄무늬 셔츠를 벗었다. 비곗덩어리의 털투성이 윗몸이 드러났다.

앤드루는 오랜 시간을 들여 꼼꼼하게 검사했다. 특히 작은 전구가 달린 검안경으로 양쪽 눈의 망막을 주의 깊게 살폈다. 잠시 후 그가 날카로운 음성으로 말했다.

"옷 입으시죠, 첸킨 씨."

앤드루는 자리에 앉아 펜을 쥐고 진단서를 써 내려가기 시작했다.

"하!" 늙은 벤이 코웃음을 쳤다. "써 줄 줄 알았지."

"다음 환자."

앤드루가 소리쳤다.

첸킨은 앤드루의 손에서 분홍색 종이를 낚아챘다. 그런 다음 의기양양하게 진료실을 걸어 나갔다.

오 분 뒤 그는 노발대발해서 황소처럼 으르렁거리며 의자에 앉아 대기하고 있는 사람들을 밀치고 되돌아왔다.

"이 작자가 우리에게 어떻게 하는지 좀 보시오! 같이 들어갑시다! 도대체 뭐가 이따위야?"

그는 앤드루의 얼굴 앞에서 진단서를 흔들었다.

앤드루는 진단서를 읽는 체했다. 거기에는 그의 자필로 이렇게 쓰여 있었다.

> 벤 첸킨은 맥주 과음으로 인한 증상은 있지만 작업이 가능할 것으로 진단합니다.
>
> 의사 앤드루 맨슨

"이게 어떻다는 겁니까?"

앤드루가 물었다.

"안구 진탕증이란 말이야." 첸킨이 소리를 질렀다. "안구 진탕증이라는 진단서 말이야. 우릴 바보 취급하는 거야? 난 십오 년 동안이나 앓아 왔다고."

"지금은 아닙니다."

앤드루가 대답했다.

어느새 열린 문 사이로 사람들이 몰려들어 있었다. 다른 방에 있던 어커트가 호기심에 얼굴을 빼서 내다보고 개지 역시 재미있어 하며 여단이문으로 내다보는 모습이 보였다.

"그러니까 안구 진탕증 진단서 떼어 줄 거야, 말 거야?"

첸킨이 거의 호통을 치듯 소리쳤다.

앤드루도 이성을 잃고 되받아쳤다.

"아니요, 난 안 합니다. 내쫓기 전에 어서 썩 나가요!"

벤의 배가 불룩해졌다. 그는 앤드루를 한 방에 날려 버릴 듯할 기세로 노려보았다. 그러나 곧 시선을 떨구고 돌아서서 상스러운 욕설을 중얼거리며 진료소를 나갔다.

그가 나가자마자 개지가 조제실을 나와 슬며시 앤드루에게 다가왔다. 그는 우울한 얼굴에 희색을 띠며 손바닥을 문질러 댔다.

"선생님이 방금 한 방 먹인 자가 누군지 아세요? 벤 첸킨이에요. 그자의 아들이 위원회에서 큰소리깨나 치는 인물이죠."

5

첸킨 사건이 불러온 반향은 대단해서 앤드루가 관할하는 지역에 삽시간에 퍼졌다. 벤의 속임수를 근절하고 작업이 가능하다고 서명한 데 대해 어떤 사람들은 "잘한 일"이라고 말했고, 어떤 사람들은 "속이 시원하다."라고까지 말했다. 하지만 대부분의 사람들은 벤의 편이었다. '작업 불능'을 이유로 보조금을 받아먹는 '보조금 환자'들은 특히 새로 온 의사를 신랄하게 비판했다. 앤드루는 왕진을 돌 때면 자신을 향해 싸늘한 시선이 쏟아지는 것을 의식할 수 있었다. 야간 진료 때는 자신이 인기 없는 의사라는 사실을 더욱 분명하게 느낄 수 있었다.

모든 보조 의사에게는 명목상 구역이 할당되기는 하지만 그렇더라도 근로자들은 구역과 관계없이 자유롭게 의사를 선택할 권리가 있었다. 모두에게는 각자의 진료 카드가 있는데 그 카드를 달라고 해서 다른 의사에게 갖다 주면 그것으로 의사를 바꿀 수 있었다. 이런 불명예스러운 일이 이제 앤드루에게도 시작되고 있었다. 그 주부터 매일 저녁 얼굴 한번 본 적 없는 사람들이 진료실에 들러, 어떤 경우에는 개인적인 접촉을 피하려고 자기 아내를 시켜서는 의사는 쳐다보지도 않고 말했다.

"의사 선생님, 미안합니다만 진료 카드 좀……."

진료 카드를 책상 서랍에서 꺼내 줄 때 느껴지는 불쾌감과 모욕감은 참기 어려웠다. 게다가 진료 카드를 내줄 때마다 그의 급료에서 10실링씩 공제되었다.

토요일 밤 어커트가 앤드루를 집으로 초대했다. 일주일 내내 화난 듯한 표정에 자기 변명을 하는 분위기를 풍기던 노인은 사십 년 의사 생활에서 모은 보물을 보여 주는 일부터 시작했다. 그는 손수 만든 바이올린을 벽에 걸어 두었는데 스무 개는 되어 보였다. 하지만 이것은 영국산 도자기 수집에 비하면 아무것도 아니었다.

스포드, 웨지우드, 크라운 더비 그리고 무엇보다 최고의 명품인 스완지산 골동품 도자기까지 모든 명품이 그의 집에 진열되어 있었다. 뿐만 아니라 머그잔과 갖가지 모양의 그릇, 컵과 주전자가 방 곳곳을 채웠고 욕실까지 흘러넘쳐서 어커트는 화장실에서도 버드나무 문양의 진품 찻잔 세트를 자랑스럽게 감상했다.

사실 도자기 수집은 어커트가 평생 열정을 바친 취미로, 그는 교활하고도 노련한 솜씨를 발휘하여 원하는 물건을 손에 넣었다. 그는 환자의 집을 방문할 때마다 그의 표현을 빌리자면 "쓸 만한 놈"—그의 말버릇이었다.—이 없나 두리번거린다. 그러다가 마음에 드는 물건을 발견하면 뻔질나게 그 집을 드나들며 그 물건에 눈독을 들인다. 그러면 결국 마음씨 좋은 여주인이 포기하며 말한다.

"선생님, 그 물건이 그렇게 좋으세요? 그렇다면 제가 안 드릴 수가 없겠네요."

그러면 어커트는 점잖게 거절하는 척하다가 얼른 전리품을 신문지에 싸서 승리감에 도취되어 집으로 가져와 진열장 선반에 고이 올려놓았다.

마을에서는 그 노인을 괴짜 취급했다. 나이는 예순이라고 하지만 아마 일흔이나 어쩌면 여든 가까이 되었는지도 모른다. 고래수염처럼 끈질긴 성격에 아무리 먼 거리에 있는 환자라도 유일한 교통수단인 신발로 방문하며, 가끔 환자에게 욕을 퍼붓기도 하지만 여자처럼 곰살궂은 면도 있었다. 그는 십일 년 전 아내와 사별한 뒤 거의 통조림 수프만 먹으며 혼자 살고 있었다.

이날 저녁 그는 자신의 수집품을 자랑스레 보여 주다 갑자기 기분 나쁜 투로 말했다.

"젠장! 도대체 어찌 된 노릇인가? 난 자네 환자는 한 명도 받고 싶지 않네. 내 환자만으로도 벅차. 그런데 그들이 굳이 몰려와서 날 괴롭히니 어쩌겠나. 너무 멀어서 동부 진료소에 가라고 할 수도 없고."

앤드루는 얼굴이 붉어졌다. 뭐라고 할 말이 없었다.

"여보게, 좀 더 신중하게 행동하게." 어커트는 어조를 바꾸어 계속했다. "나도 자네 심정 알아. 자네는 바빌론의 성벽을 깨뜨리고 싶은 게지. 나도 젊을 때는 그랬으니까. 하지만 언제든지 무리하지 말고 천천히 가야지. 뛰어넘기 전에는 주위를 잘 살펴야 하는 법이네. 그럼 잘 가게. 부인에게도 안부 전해 주게나."

어커트의 말이 귓전에 울려서 앤드루는 언제나 신중한 길을 가려고 노력했다. 그랬는데도 얼마 지나지 않아 큰 재앙이 그를 덮쳤다.

다음 주 월요일 앤드루는 세픈 거리에 사는 토머스 에번스의 집을 방문했다. 애버럴로 탄광의 채탄부인 에번스가 왼팔에 끓는 물을 엎질러 화상을 입은 것이다. 꽤 넓은 부위를 데었는데 특히 팔꿈치 부분의 화상이 심했다. 앤드루가 도착했을 때는 그 지역 전담 간호사가 캐런 기름을 바르고 붕대를 감아 준 뒤였다.

앤드루는 이 불결한 응급처치에 대한 불안감을 애써 누르며 팔을 살펴보았다. 그러면서 캐런 기름 약병을 힐끗 쳐다보았다. 돌돌 만 신문지로 마개를 막아 놓은 더러운 약병 안에는 허연 액체와 함께 박테리아가 우글거릴 것만 같았다.

"로이드 간호사가 잘 처치해 주었죠? 네, 선생님?"

에번스가 걱정스러운 듯 물었다. 검은 눈동자에 젊은 편인 그는 몹시 흥분한 상태였고 그 옆에 서 있는, 그와 어딘지 모르게 닮은 아내 역시 초조해 보였다.

"아주 잘했군요." 앤드루는 감탄한 척 대답했다. "이렇게 꼼꼼하게 치료한 건 본 적이 없을 정도로요. 물론 응급처치지만요. 이제는 피크르산을 발라 봅시다."

앤드루는 빨리 소독약을 바르지 않으면 팔이 감염되는 건 시간문제라는 것을 알았다. 그리고 그 후로는 하늘이 도와 팔꿈치 관절이 무사하기만을 바랄 뿐이었다.

그들이 앤드루를 미덥지 못한 시선으로 바라보는 동안 앤드루는 세심하고도 부드럽게 팔을 소독하고 피크르산을 바른 거즈를 대고 붕대를 감았다.

"자, 됐어요." 앤드루가 경쾌하게 말했다. "더 편안하게 느껴지죠?"

"글쎄요, 잘 모르겠는걸요. 잘될까요, 선생님?"

"그럼요!" 앤드루는 안심시키기 위해 미소를 지었다. "간호사와 제게 맡기세요."

집을 나서기 전 앤드루는 지역 간호사 앞으로 그녀의 감정을 상하지 않도록 조심하면서 빈틈없이 정성 들여 쓴 짧은 편지를 남겼다. 훌륭한 응급처치에 감사하며 혹시 모를 패혈증을 예방하기 위해 피크르산을 계속해서 발라 주기를 바란다는 당부를 남겼다. 그리고 조심스럽게 봉투를 봉했다.

그러나 이튿날 아침 앤드루가 환자의 집을 다시 방문해 보니 그가 처치한 피크르산 붕대는 난로 속에 던져져 있고, 환자의 팔에는 캐런 기름이 발라져 있었다. 게다가 지역 간호사는 결전을 준비하며 그를 기다리고 있었다.

"이게 다 어떻게 된 일이죠? 이유를 알고 싶네요. 제 조치가 마음에 들지 않으셨나요, 맨슨 선생님?"

그녀는 단정치 못한 은회색 머리에 몸집이 큰 중년 여인으로 지치고 흥분한 표정이었다. 어찌나 흥분했는지 가슴을 들썩거리며 거의 말을 잇지 못했다.

앤드루는 가슴이 덜컥 내려앉았지만 곧 정신을 가다듬고 마음을 다잡았다. 그는 억지로 미소를 지었다.

"음, 로이드 간호사, 뭔가 오해하신 것 같군요. 거실로 가서 자세한 이야기를 나누죠."

간호사는 고개를 뒤로 젖힌 채 놀라서 휘둥그레진 눈으로 듣고 있던 에번스와 그의 아내를 샐쭉 흘겨보았다. 세 살 난 딸아이는 엄마의 치마 끝자락을 꽉 움켜쥐고 있었다.

"아니요, 여기서 얘기해요. 전 감출 게 아무것도 없어요. 정신도 말짱해요. 애버럴로에서 태어나 교육받았고, 학교도 여기에서 나왔고 결혼도 여기에서 했어요. 아이들도 여기에서 낳았고, 남편도 여기에서 잃었어요. 그리고 여기 간호사로 이십 년을 일했어요. 지금까지 누구도 내게 화상에는 캐런 기름을 발라서는 안 된다고 말한 적이 없어요."

"내 말 좀 들어 봐요, 간호사." 앤드루가 달래듯이 말했다. "캐런 기름도 사용 방법에 따라선 괜찮아요. 하지만 이런 부위는 구축(拘縮)이 일어날 수 있어요." 그는 간호사의 팔꿈치를 잡고 팔을 뻣뻣하게 해 보이면서까지 구축 상태를 설명했다. "내가 피크르산을 발라 주라고 한 것도 그 때문이에요."

"난 그런 말 들은 적 없어요. 어커트 선생님도 그 약을 쓰지 않아요. 그래서 에번스 씨에게도 그렇게 말했고요. 난 여기 온 지 일주일도 안 된 사람의 새로운 치료법 따위는 믿지 않아요!"

앤드루의 입술이 바짝바짝 탔다. 이 상황이 몰고 올 영향과 앞으로의 어려움에 대해 생각하니 몸이 부들부들 떨리며 골치가 아파 왔다. 간호사는 이집 저집 다니며 자기의 주장을 떠들고 다니리라. 그녀는 싸움 상대로 위험했다. 하지만 자기 환자가 이런 구태의연한 치료를 받게 내버려 두는 것은 그의 양심이 허락하지 않았다.

앤드루가 낮은 목소리로 말했다.

"당신이 내 말대로 하지 않으면 아침저녁으로 내가 직접 치료하겠어요."

"어디 할 수 있으면 해 보세요." 로이드 간호사는 분해서 눈물까지 글썽하며 선언했다. "그렇게 해서 톰 에번스 씨가 잘된다면요."

그녀는 이렇게 내뱉고 뛰다시피 집을 나가 버렸다.

앤드루는 다시 묵묵히 붕대를 풀었다. 그는 거의 삼십 분 동안이나 참을성 있게 상처를 소독하고 약을 발랐다. 그리고 집을 나서며 밤 9시에 다시 오겠다고 말했다.

그날 저녁 진료를 시작했을 때 가장 먼저 찾아온 사람은 에번스 부인이었다. 그녀의 하얀 얼굴과 놀란 듯한 검은 눈동자는 그를 똑바로 쳐다보지 못했다.

"저, 선생님." 그녀가 더듬거렸다. "폐를 끼치고 싶지 않지만…… 남편의 진료 카드 좀 주세요."

앤드루의 얼굴에 절망의 물결이 지나갔다. 그는 아무 말 없이 일어나 톰 에번스의 진료 카드를 찾아 건네주었다.

"그리고 선생님, 더 이상 저희 집에 안 오셔도 돼요."

앤드루는 어떤 태도를 취해야 할지 몰라 그저 이렇게 말했다. "압니다, 에번스 부인." 그녀가 문가로 걸어갈 때 앤드루가 한 가지 물었다. 아니 묻지 않을 수 없었다. "캐런 기름을 다시 발랐습니까?"

그녀는 침을 꼴깍 삼키더니 고개를 까딱하고 밖으로 사라져 버렸다.

진료가 끝난 뒤 앤드루는 여느 때 같으면 쏜살같이 달려갔을 집을 향해 맥없이 터덜터덜 걸었다. 이것이 과학적 방법의 승리란 말인가! 그는 씁쓸한 생각이 들었다. 그리고 또 다른 생각이 들었다. 나는 정직한 사람인가, 아니면 그저 어리석은 사람인가? 어리석고 멍청한 사람이다. 멍청하고 어리석은!

저녁 식사 내내 앤드루는 말이 없었다. 그러나 식사가 끝난 뒤, 이제는 가구가 제법 갖추어진 아늑한 거실의 벽난로 앞 소파에 크리스틴과 함께 앉아 있을 때 그는 돌연 그녀의 부드럽고 탄력 있는 앞가슴에 머리를 묻었다.

"아아! 크리스틴." 앤드루가 신음하듯 말을 꺼냈다. "출발부터 큰 실수를 저지르고 말았어."

크리스틴이 그를 위로하며 이마를 부드럽게 어루만지자 앤드루는 그만 눈시울이 찌릿해졌다.

6

겨울이 일찍 시작되려는지 생각지도 않았던 큰 눈이 내렸다. 이제 겨우 10월 중순이지만 애버럴로는 고지대라서 나뭇잎이 떨어지기도 전에 거의 온 마을에 서리가 두껍게 내려앉았다. 간밤에는 눈발이 부드럽게 날리며 조용히 쌓였는데, 크리스틴과 앤드루는 하얀 풍경에 눈이 부셔 잠을 깼다. 산에 사는 야생 망아지 떼가 집 옆 부서진 나무 울타리 틈으로 들어와 뒷문 근처에 모여 있었다. 애버럴로 주변, 거친 풀밭이 펼쳐진 너른 고지대에는 몸집이 작은 검정 야생마들이 떼로 몰려 있다가 사람들이 다가가면 놀라서 달아나곤 했다. 그러나 눈 오는 날에는 배고픔을 견디지 못해 이렇게 마을 언저리까지 내려왔다.

겨울 내내 크리스틴은 망아지들에게 먹이를 주었다. 처음에는 겁먹은 듯 뒷걸음치던 녀석들이 나중에는 그녀의 손에서 먹이를 받아먹게 되었다. 그중에 특히 한 녀석이 크리스틴을 몹시 따랐는데, 셰틀랜드산 망아지 정도의 몸집에 헝클어진 검정색 갈기, 눈에 장난기가 가득한 이 녀석에게 다키라는 이름을 붙여 주었다.

망아지들은 고깃조각이건 감자건, 사과 껍질, 심지어는 오렌지 껍질까지 가리지 않고 먹어 치웠다. 한번은 장난기가 발동한 앤드루가 빈 성냥갑을 다키에게 주었다. 다키는 그것을 우적우적 씹더니 마치 식도락가가 파테*를 맛보았을 때처럼 혀로 입술을 핥았다.

크리스틴과 앤드루는 가난하고 많은 것을 가지지는 못했지만 행복이 무엇인지 느끼고 있었다. 앤드루의 주머니에는 짤랑거리는 동전밖에 없지만 그는 장학금도 거의 갚았고, 가구 할부금도 갚아 가는 중이었다. 크리스틴은 연약하고 순진해 보이는 외모와 달리 요크셔 태생의 여자답게 현명한 주부 노릇을 했다. 뒤쪽 사택에 사는 광부의 딸인 제니라는 여자 아이가 주급 몇 실링을 받고 매일 와서 도와준 덕분에 크리스틴은 집 안을 반짝반짝 윤이 나게 가꾸었다. 비록 방들 중에 네 곳은 가구도 없이 잠가 놓은 상태였지만 그녀는 베일뷰를 아늑한 보금자리로 꾸몄다. 앤드루가 하루 종일 일하고 녹초가 되어 돌아오면 크리스틴은 정성껏 준비한 따뜻한 음식으로 곧 원기를 회복시켜 주었다.

진료소 일은 몹시 힘들었다. 당연히 환자가 많아서 그런 것은 아니었다. 왕진 다녀야 할 집들의 거리가 멀 뿐 아니라 눈이

---

* 고기, 생선 등으로 만든 파이.

라도 오면 담당 구역의 고지대까지 힘들게 '기어올라야' 했기 때문이다. 종종 바짓단이 흠뻑 젖은 채 집에 돌아오는 앤드루를 위해 크리스틴은 각반을 준비해 주었다. 밤이 되어 녹초가 된 앤드루가 의자에 앉아 있으면 크리스틴은 무릎을 꿇고 각반과 두꺼운 부츠를 벗긴 뒤 슬리퍼를 건네주었다. 이것은 봉사가 아닌 사랑의 표현이었다.

사람들은 여전히 의혹의 눈길을 보냈고 상대하기 어려웠다. 첸킨의 친척들 — 이 계곡에서는 혈족 결혼이 보편적이기 때문에 친척의 수가 꽤 많았다. — 은 똘똘 뭉쳐 적이 되었다. 로이드 간호사는 드러내놓고 그를 적대시했으며 방문하는 환자의 집에서 차를 마시면서 앤드루에 대해 험담을 늘어놓거나 사택에 사는 광부의 아내들과 흉을 보았다.

게다가 앤드루는 더욱 짜증나는 일을 겪어야 했다. 루엘린 박사가 툭하면 앤드루를 불러 마취 일을 시키며 부려먹었던 것이다. 앤드루는 마취 일이 하기 싫었다. 마취는 특별한 성격, 이를테면 느긋하면서도 신중하고 정확함이 요구되는 기계적인 일인데, 앤드루는 그런 성격이 아니었다. 자신의 환자를 치료하는 경우라면 꺼려할 이유가 없었으나 한번도 본 적이 없는 환자를 위해 일주일에 사흘을 불려 다니다 보니 다른 사람의 일을 자신이 떠맡는 듯한 부담이 생기기 시작했다. 하지만 그는 일자리를 잃을까 봐 감히 항의할 엄두를 내지 못했다.

그러던 11월의 어느 날 크리스틴은 앤드루에게 뭔가 심상치 않은 일이 일어났음을 눈치 챘다. 앤드루는 그 날 저녁 귀가해서 아내에게 다정한 인사도 건네지 않았고, 비록 태연한 척 애썼지만 미간에 깊이 패인 주름이라든지 그 밖에 뜻밖의 타격을 받았음을 말해 주는 행동을 보였다. 크리스틴은 그만큼 남편을 잘 알고 사랑했다.

크리스틴은 저녁 식사 내내 그리고 그 후에도 난롯가에서 바느질에만 열중할 뿐 아무 말도 하지 않았다. 앤드루는 그녀 옆에 앉아 파이프만 물고 있다 어느 순간 입을 열었다.

"크리스, 난 투덜거리는 건 딱 질색이야! 당신을 괴롭히기도 싫고. 하느님은 내가 내색하지 않으려고 얼마나 노력하는지 아실 거야!"

매일 밤 자신에게 속마음을 털어놓는 남편이 이런 말을 하자 크리스틴은 웃음이 나오려 했다. 하지만 그가 말하는 동안 크리스틴은 웃지 않았다.

"당신도 병원 일에 대해 잘 알 거야. 우리가 여기 오던 첫날 밤 기억하지? 내가 얼마나 이곳을 좋아했는지, 이 좋은 시설에서 일하게 된 것이나 그 밖의 모든 것에 얼마나 감사하고 기뻐했는지. 나는 못하겠다고 생각한 적이 없었어. 작은 애버럴로 병원에 대해서도 꿈에 부풀었잖아?"

"그럼요, 알고 있죠."

앤드루가 다시 심드렁한 말투로 말했다.

"그런데 알고 보니 내 착각이었어. 그건 애버럴로 병원이 아니야. 루엘린의 병원이라고."

크리스틴은 아무 말 없이 걱정스러운 눈빛으로 그의 설명을 기다렸다.

"오늘 아침에 환자 한 명이 왔어." 앤드루는 무척 흥분한 듯 빠른 말투로 말하기 시작했다. "그래, 왔었어. 무연탄 탄광 채탄부인데 초기 비전형성 폐렴 환자야. 내가 광부들의 폐에 얼마나 관심을 갖는지 당신에게도 말한 적 있을 거야. 난 그 분야에 대해 연구해 볼 만한 가치가 있다고 확신해. 그래서 드디어 나의 첫 환자가 왔구나 하고 생각했지. 계획을 세워 과학적인 기록을 남길 수 있는 진짜 기회가 찾아왔다고 생각한 거야. 나는 루엘린 박사에게 전화해서 내 환자를 보러 와 줄 수 있느냐고 물었어. 그래야 환자를 입원시킬 수 있으니까."

앤드루는 말을 멈추고 잠깐 숨을 돌린 다음 다시 이야기했다.

"그래! 얼마 후 루엘린이 리무진을 타고 나타났어. 그의 진찰 솜씨야 훌륭하고 꼼꼼했지. 자기 일에 관해선 모르는 게 없는 사람이니까. 일인자라고 할 수 있지. 그는 내가 놓쳤던 한두 가지 증상을 더 지적한 다음 병명을 확정하고 나서 환자를 입원시킬 것을 흔쾌히 승낙했어. 나는 고맙다고 인사했지. 내가 병동에 드나들 수 있게 되고 이 특별 환자에게 좋은 시설을 이용할 수 있게 해 주어서 얼마나 고마운지 모른다고 말이야." 그는 말을 멈추고 입을 꽉 다물었다. "한데 루엘린이 말이야, 나를 아주 다정하게 쳐다보더군. 그러면서 '자네는 병원에 올 필요 없네, 맨슨.' 이렇게 말하는 거야. '이제부터 내가 저 환자를 진찰하겠네. 자네 같은 조수들이 시끄럽게 병실을 드나드는 건 금지 사항이네.' 이러면서 내 각반을 힐끗 쳐다보는 거야. 자신은 징 박은 부츠를 신고 말이야." 앤드루는 기가 막히다는 듯한 표정을 지었다. "그의 말에 항변해 봤자 무슨 소용이 있겠어! 결국 이렇게 되었어. 비에 젖은 우비에 진흙 묻은 장화를 신고 광부들의 부엌으로 들어가 희미한 전등 아래에서 환자를 진찰하거나 더 나쁜 상황에서 그들을 치료해 줄 순 있어. 하지만 환자가 병원에 입원하게 되면 난 마취하러 가는 일이 아니면 병원에 얼씬도 할 수 없다고!"

그때 전화벨 소리가 울리면서 그의 말을 끊었다. 크리스틴은 전화를 받으려고 일어나면서 앤드루에게 연민의 눈길을 보냈다. 크리스틴이 복도에서 전화 받는 소리가 들렸다. 잠시 후 그녀는 머뭇거리며 돌아왔다.

"루엘린 박사 전화예요. 이런 말은 정말 전하고 싶지 않은데, 박사님이 내일 11시에 마취하러 좀 와 달래요."

앤드루는 아무 대답도 하지 않고 낙담한 듯 불끈 쥔 두 주먹 사이로 머리를 숙였다.

"뭐라고 대답할까요?"

크리스틴이 걱정스러운 투로 중얼거렸다.

"젠장, 지옥에나 가라고 해!" 앤드루는 이렇게 소리쳤다가 잠시 후 손으로 이마를 문지르면서 말했다. "아냐, 아냐. 내일 11시에 가겠다고 말해 줘." 앤드루는 쓴웃음을 지었다. "내일 정각 11시에."

잠시 후 돌아온 크리스틴의 손에는 뜨거운 커피가 들려 있었다. 그의 우울함을 달래 주는 그녀만의 효과적인 방법 중 하나였다.

앤드루는 커피를 마시면서 크리스틴에게 애써 미소를 지어 보였다.

"당신과 함께 있어서 얼마나 행복한지 몰라, 크리스. 일만 잘된다면 얼마나 좋을까! 루엘린 박사가 나를 병동에 들어오지 못하게 한다고 해서 무슨 개인적인 감정이 있다거나 특별한 이유가 있는 건 아니라는 걸 나도 알아. 런던은 물론 어느 곳이라도 큰 병원은 모두 그렇거든. 그게 제도니까. 하지만 왜 그래야 하는 거지? 왜 자기 환자가 병원에 입원하면 의사는 더 이상 환자를 만나서는 안 되는 거지? 환자가 죽기라도 한 것처럼 절대 만날 수 없다고. 이게 말도 안 되는 우리의 전문의, 일반의 제도야. 완전 엉터리야, 이만저만 엉터리가 아니라고! 맙소사! 내가 왜 이런 걸 당신에게 설명하지? 우리의 걱정거리도 많은데 말이야. 내가 여기서 어떤 마음으로 시작했는지 생각해 봐! 내가 얼마나 기대에 부풀었는지 알 거야! 그런데 하나하나 이어서 모든 게 어긋나 버리고 말았어!"

그 주의 주말에 예기치 않았던 손님이 찾아왔다. 꽤 늦은 시각으로 앤드루와 크리스틴이 위층으로 막 올라가려 할 때였다. 초인종 소리가 울렸다. 위원회의 서기인 오웬이었다.

앤드루는 얼굴이 파랗게 질렸다. 서기의 방문은 모든 불길한 사건 중에서도 가장 불길한, 자신이 지난 몇 개월 줄기차게 싸워 온 사건의 결말이라는 예감이 들었다. 위원회가 나를 사퇴시킬까? 크리스틴과 함께 거리로 내쫓겨 비참한 실패를 맞게 될까? 그는 서기의 소심하고 여윈 얼굴을 보자 심장이 오그라드는 것 같았다. 그러나 오웬이 누런 진료 카드를 내밀었을 때 안도감과 기쁨이 몰려왔다.

"너무 늦은 시각에 찾아와서 죄송합니다, 맨슨 씨. 사무실에 늦게까지 일이 있어서 진료소에 들를 겨를이 없었어요. 어떠세요, 제 진료 카드를 맡아 주시겠습니까? 조합의 서기로서 지금까지 의사를 정하지 않았다는 게 좀 이상하게 보일 수도 있을 겁니다. 저는 카디프에서 의사에게 한 번 진찰을 받아 본 게 전부랍니다. 하지만 지금은 선생님이 받아 주신다면 영광으로 생각하겠습니다."

앤드루는 아무 말도 할 수 없었다. 수많은 진료 카드를 건네주었고, 그럴 때마다 위축되었지만 이제 이렇게 조합의 서기에게서 직접 진료 카드를 받으니 감격할 따름이었다.

"고맙습니다, 오웬 씨. 당신을 돌봐 드리게 되어 전……전 너무 기뻐요."

복도에 서 있던 크리스틴이 재빨리 끼어들었다.

"안으로 들어오세요, 오웬 씨. 어서요."

서기는 폐를 끼치고 싶지 않다며 거절했지만 그럼에도 기꺼이 설득을 당해 거실로 들어왔다. 그는 안락의자에 앉아 벽난로를 응시했다. 유난히 조용하고 온화한 분위기를 풍기는 사람이었다. 비록 옷차림이나 말투는 보통의 광부들과 다르지 않았지만 그에게는 관조적인 고요함과 고행자의 맑은 표정이 있었다. 잠시 생각을 정리하는 것처럼 보이던 그가 이윽고 입을 열었다.

"선생님과 이야기를 나눌 수 있게 되어 기쁘게 생각합니다. 처음부터 좌절을 맛보셨다고 실망하지 마시기 바랍니다. 이곳 사람들이 조금 완고하기는 하지만 마음은 착해요. 조금 지나면 돌아올 거예요. 반드시 돌아올 거예요."

앤드루가 뭐라고 말하기도 전에 그가 다시 말을 이었다.

"혹시 톰 에번스 씨 소식 못 들으셨습니까? 못 들으셨을 겁니다. 팔이 더 악화되었답니다. 선생님이 바르지 말라고 경고한 그 약을 계속해서 발랐더니 염려하셨던 증상이 나타났답니다. 팔꿈치가 완전히 굽은 데다 뒤틀려서 영영 팔을 못 쓰게 되었다지요. 그래서 탄광 일도 그만두었고요. 그런데 화상을 입은 장소가 집이라서 보상금 한 푼 받지 못하게 되었습니다."

앤드루가 유감의 말을 중얼거렸다. 그는 에번스에 대해 어떤 악의도 없었다. 단지 잘못될 것이 명백했던 환자의 헛된 노력에 서글픔을 느꼈을 뿐이다.

오웬은 한동안 말없이 있다가 조용한 음성으로 자신이 초기에 겪었던 고생담을 털어놓기 시작했다. 그는 열네 살 소년 시절부터 지하 막장에서 일하면서 야간학교에 다녔다. 그러다가 점차로 "자기 계발을 위해" 타자도 배우고 속기도 익혀서 나중에는 조합의 서기가 되었다고 했다.

앤드루는 오웬이 자신의 운명을 개선하기 위해 평생 노력해 왔음을 알 수 있었다. 그는 조합에서 일하는 것을 좋아했다. 그것은 그의 이상을 실현하는 것이기도 했다. 하지만 오웬은 단순한 의료 서비스 이상을 원했다. 광부들뿐만 아니라 광부들의 가족을 위해 더 좋은 주거 환경과 더 좋은 위생, 더 안전하고 쾌적한 생활 터전을 만들고 싶어 했다. 광부 아내들의 출산 시 사망률과 영아 사망률 통계를 인용하는 그는 광부들에 관한 온갖 통계 숫자와 진실을 손금 보듯 꿰뚫고 있었다.

그러면서도 오웬은 자기 얘기는 물론이고 상대방의 이야기도 열심히 들어 주었다. 앤드루가 블라넬리에서의 장티푸스와 하수도 사건에 대해 이야기해 주자 오웬은 빙그레 웃었다. 탄광 노동자들이 다른 지하 노동자들보다 폐병에 걸리기 쉽다는 말을 들을 때는 깊은 관심을 보여 주었다.

오웬의 출현에 고무된 앤드루는 이 주제에 대해 더욱 열을 올리며 설명했다. 오웬은 여러 연구 결과 많은 탄광 광부들이 잠행성 폐 질환으로 고생한다는 설명을 듣자 충격을 받은 것 같았다. 블라넬리 시절, 기침을 하거나 "기관지에 가래가 끓는

다."라고 호소하는 착암부들을 앤드루가 직접 검사해 보니 대부분 폐결핵 초기이거나 상당히 진행된 환자들이었다. 그리고 이곳에 와서도 그런 경우를 목격했다. 그래서 이 직업과 질병 간에 어떤 직접적인 관계가 있는 게 아닐까 하는 질문을 스스로에게 던지기 시작했던 것이다.

"제 말이 무슨 뜻인지 아시죠?" 앤드루가 들뜬 목소리로 물었다. "이 사람들은 하루 종일 먼지 속에서 일합니다. 단단한 갱도의 흙먼지 속에서요. 그들의 폐는 그 먼지를 들이마시죠. 나는 이게 건강에 해로운 게 아닌가 의심하고 있어요. 예를 들면 흙먼지를 가장 많이 마시는 착암부들이 다른 사람들, 이를테면 운반부보다 더 많이 이 병에 걸리는 것 같아요. 어쩌면 제가 잘못 짚었을 수도 있어요. 하지만 전 확신합니다. 그리고 무엇보다 제가 가장 흥미를 갖는 것은 아직 아무도 이 방면에 대해 연구하지 않았다는 점이에요. 이런 직업병은 내무부에서도 한번도 공식적으로 언급한 적이 없어요. 그러니 이 사람들은 병에 걸려 앓아누워도 보상금 한 푼 받지 못하는 거죠!"

잔뜩 고무된 오웬은 창백한 얼굴에 생기를 띠며 몸을 앞으로 구부렸다.

"세상에! 선생님, 바로 그거예요! 전 지금까지 이렇게 중대한 이야기는 들어 본 적이 없어요."

그들은 그 문제에 대해 더욱 활기를 띠며 논의했다. 서기가 자리에서 일어났을 때는 꽤 늦은 시간이었다. 그는 너무 오랫동안 앉아 있었다고 사과하면서 진심으로 연구를 계속하기 바라며 힘닿는 대로 도와주겠다고 말했다.

오웬이 돌아가고 현관문이 닫힌 뒤에도 진실되고 따뜻한 분위기가 남아 있었다. 앤드루는 위원회 총회에서 임명장을 받을 때도 그랬듯이 이 남자를 자신의 친구라고 느꼈다.

7

서기가 진료 카드를 앤드루에게 맡겼다는 소문은 빠르게 마을로 퍼져서 이 신임 의사의 떨어진 인기를 회복하는 데 어느 정도 도움이 되었다.

오웬의 방문은 크리스틴과 앤드루에게 물질적인 도움 외에도 또 다른 기쁨을 주었다. 그들은 지금까지 마을 사람들과 전혀 어울리지 못했다. 크리스틴은 그 점에 대해 불평 한마디 하지 않았지만 앤드루가 왕진 때문에 귀가가 늦어질 때마다 외로움을 느낀 적이 종종 있었다. 회사 고위직의 아내들은 너무 거만해서 보조 의사의 아내와 어울리려고 하지 않았다. 처음에는 끈끈한 관심을 보이며 카디프로 자동차 여행을 떠나자고 약속했던 루엘린 부인도 마침 크리스틴이 외출했을 때 찾아와서 명함을 두고 간 뒤 연락이 없었다. 동부 진료소 메들리와 옥스보로 선생의 아내들은 이상하게 마음에 들지 않는 사람들이었다. 메들리 선생의 아내는 병든 흰토끼가 연상되는 여자였고, 옥스보로 선생의 아내는 리전시에서 구입한 중고 시계로 재 본바 장장 한 시간에 걸쳐 서아프리카 선교에 관해 떠드는 광신도였다. 보조 의사들은 물론이고 그 아내들끼리도 연대감이나 사교 생활 따위는 없는 것처럼 보였다. 또한 마을 사람들을 대하는 태도도 무심하고 경멸마저 어린 듯했다.

12월 어느 날 오후, 앤드루가 언덕 벼랑길을 따라 뒷길을 이용해 베일뷰로 돌아오는데 그 또래의 키가 크고 호리호리하면서 꼿꼿한 남자가 자신을 향해 걸어오고 있는 모습이 보였다. 앤드루는 한눈에 그가 리처드 본이라는 사실을 알아차렸다. 순간 그는 본능적으로 다가오는 남자를 피하기 위해 맞은편 길 쪽으로 몸을 붙였다. 그러면서도 끈덕지게 드는 생각이 있었다. '도대체 내가 왜 피하려 하지? 상대가 누구건 무슨 상관이야!'

앤드루는 시선을 돌린 채 본의 옆을 지나가려고 했다. 그런데 놀랍게도 상대가 친근하고 다소 유머스러운 말투로 말을 걸었다.

"안녕하시오! 벤 첸킨 녀석을 일터로 돌려보낸 의사 선생이시군요."

앤드루는 걸음을 멈춘 뒤 조심스레 시선을 들고 '그게 어떻다고? 당신을 위해 한 일도 아닌데.'라는 표정을 지었다. 물론 예의를 갖춰 대답하기는 했지만 속으로는 아직 에드윈 본의 아들에게 후원받을 마음은 아니라고 말했다. 본 가문은 애버럴로 탄광의 실질적인 소유주로 인근 탄광에서도 사용료를 거둬들이고 있으니 앤드루가 감히 가까이할 수 없을 정도의 부자였다. 현재 늙은 에드윈은 은퇴하여 브레콘 근처의 별장에 살고 있고 하나밖에 없는 아들인 리처드가 회사의 경영을 맡고 있었다. 최근에 결혼한 리처드는 마을이 내려다보이는 언덕에 지은 현대적인 저택에서 살고 있었다.

리처드 본이 빈약한 콧수염을 잡아당기며 말했다.

"그 늙은 벤의 얼굴을 봤으면 재미있었을 텐데."

"그렇게 재미있는 광경은 아니었소."

완고한 스코틀랜드인의 자존심 때문인지 본은 손으로 입을 가리고 비죽거렸다. 그러더니 선선히 말했다.

"당신은 우리와 가장 가까운 이웃이오. 내 아내가, 요 몇 주일째 스위스에 가서 지금은 집에 없지만, 조만간 찾아갈 겁니다. 이젠 정리도 끝났죠?"

"고맙군요!"

앤드루는 무뚝뚝하게 말하고 성큼성큼 걸어가 버렸다.

그날 밤 앤드루는 차를 마시면서 크리스틴에게 냉소적으로 그 이야기를 꺼냈다.

"도대체 무슨 꿍꿍이가 있는 걸까? 뭐냔 말이야! 거리에서 그 자식이 루엘린을 만나는 걸 봤을 때도 난 고개만 까딱했어. 아무래도 내 목을 졸라서 자기네 광산 광부들을 꼼짝없이 일하게 해 달라고 하는 것 같아!"

"설마요. 그렇게 생각하지 말아요, 앤드루." 크리스틴이 타이르듯 말했다. "그게 당신의 단점이에요! 당신은 너무 의심이 많아 탈이에요."

"내가 그 녀석을 의심한다고 생각해? 돈더미 속에 굴러다니면서 못생긴 얼굴 밑에 구식 넥타이나 맨 주제에. 당신은 이 돼지우리 같은 마디 언덕에서 손이 트도록 일하는데, 자기 마누라는 알프스에서 요들송이나 부르고 있다면서 우리 집을 찾아오겠다고? 흥! 우리 집에 찾아온다니 그 여자의 얼굴을 볼 수 있겠군! 만일 그 여자가 온다면." 앤드루가 갑자기 격분했다. "그 여자가 당신에게 선심을 쓰지 못하도록 경계해야 해."

그 말에 크리스틴은 지난 몇 달간 들어 온 부드러운 목소리가 아닌 쌀쌀맞은 목소리로 대답했다.

"나도 어떻게 행동해야 하는지쯤은 알아요."

앤드루의 주의에도 불구하고 본 부인이 크리스틴을 찾아왔을 때 그녀는 일반적인 방문 시간보다 더 오랫동안 머물다 돌아갔다. 그날 저녁 앤드루가 본 크리스틴은 여느 때보다 기분이 좋고 다소 상기되어 있었다. 어느 모로 보아도 즐거운 시간을 보낸 티가 역력했다. 앤드루가 빈정대며 캐물었지만 크리스틴은 거기에는 대꾸하지 않고 그저 그날 만남이 성공적이었음을 인정했다.

앤드루는 약이 올라 더욱 빈정거렸다.

"당신 집안의 가보인 은 도자기에 금박 입힌 찻주전자라도 내놓았나 보군. 그래 패리 빵집의 케이크라도 대접했나?"

"아니요, 버터 바른 빵을 먹었어요." 크리스틴이 침착하게 대답했다. "그리고 갈색 찻잔이었어요."

앤드루는 조롱하듯 눈썹을 추켜올렸다.

"그 여자가 좋아하던가?"

"그랬을 거예요."

이런 대화 후에 앤드루는 이상하게 짜증이 났다. 그것은 아무리 노력해도 딱히 분석이 안 되는 감정이었다. 열흘 뒤 본 부인이 그에게 직접 전화를 걸어 크리스틴과 그를 저녁 식사에 초대하고 싶다고 말했을 때 앤드루는 내심 놀랐다. 크리스틴은 마침 부엌에서 케이크를 굽고 있어서 그가 직접 대답을 했다.

"죄송합니다만 가능할지 모르겠습니다. 매일 저녁 9시 가깝도록 진료소에 있거든요."

"하지만 일요일은 진료소에 나가지 않으시겠죠?" 그녀의 목소리는 경쾌하고 매력적이었다. "다음 일요일 만찬에 와 주세요. 그럼 약속하신 걸로 알고 기다리겠어요!"

앤드루는 곧장 크리스틴이 있는 부엌으로 달려갔다.

"당신의 도도한 친구들이 우리를 저녁 식사에 초대했어. 하지만 우린 갈 수 없어! 다음 주 일요일 저녁에는 틀림없이 해산 환자가 있을 거야."

"이것 보세요, 앤드루 맨슨 씨!" 크리스틴은 초대 소식에 놀라면서도 남편을 진지하게 꾸짖었다. "그런 어리석은 짓은 그만두세요. 우리가 가난하다는 건 온 세상 사람들이 알아요. 당신은 낡은 옷을 입었고 나는 직접 요리를 해요. 하지만 그게 무슨 상관이에요? 당신은 의사예요, 아주 훌륭한 의사. 그리고 난 당신 아내고." 그녀의 표정이 일시적으로 누그러졌다. "내 말 듣고 있어요? 그래요, 당신이 놀랄지도 모르지만 난 웨딩드레스 같은 건 이미 옷장 맨 아래 서랍에 쑤셔 넣었어요. 본 가문은 돈 많은 부자지만, 그건 그들이 친절하고 매력적이며 지적인 사람들이라는 사실과는 아무런 상관 없는 사소한 부분이에요. 우린 이곳에서 행복하게 지내지만 친구가 있어야 해요. 그들이 우릴 먼저 불러 주는데 왜 그들과 친하게 지내면 안 된다는 거죠? 당신은 가난을 부끄러워해서는 안 돼요. 돈과 지위 그런 것들과 상관없이 사람들을 있는 그대로 받아들이는 노력을 해요."

"음, 그거야 뭐……."

그는 마지못해 대꾸했다.

일요일 저녁 앤드루는 무표정하고 겉으로는 아무렇지도 않은 듯 집을 나섰지만 새로 만들어 바닥이 단단한 테니스 코트 옆 산책로를 올라갈 때는 한마디 이죽거렸다.

"연미복을 입지 않았다고 안 들여보내 줄지도 몰라."

그러나 그의 예상과 달리 그들은 매우 정중하게 손님을 맞았다. 본은 은제 담배통 너머로 우락부락하고 못생긴 얼굴에 다정한 미소를 짓다가 무슨 이유인지 모르지만 통을 크게 흔들었다. 본 부인은 격의 없게 그들을 대했다. 그들 외에 주말을 본의 저택에서 보내고 있는 챌리스 교수 부부도 손님으로 참석했다.

앤드루는 생전 처음 마셔 보는 칵테일을 음미하면서 꽃과 책과 기묘하게 생긴 아름다운 고가구에 황갈색 양탄자가 길게 깔린 방 안을 둘러보았다. 크리스틴은 본과 그의 아내 그리고 눈가의 주름이 장난기 있어 보이는 챌리스 부인과 명랑하게 이야기를 나누었다. 앤드루는 소외되고 동떨어진 기분이 들어 조심스럽게 챌리스 교수에게 다가갔다. 하얗게 센 수염이 덥수룩한 챌리스 교수는 매우 원기 왕성하게 칵테일을 세 잔째 연거푸 마시고 있었다.

"어떤 젊고 총명한 의사가 이런 연구를 해 주면 좋을 텐데." 그가 앤드루를 보며 미소를 지었다. "마티니에 들어 있는 올리브 열매의 정확한 효능 말이오. 궁금하지 않소? 어때요, 의사 선생께선 어떻게 생각하는지?"

"저……저는 전혀……."

앤드루가 더듬거렸다.

"내 말은 말이오!" 챌리스가 안됐다는 표정으로 말했다. "그게 바텐더나 우리 친구인 본 씨처럼 야박한 사람들의 음모라는 거지. 아르키메데스의 법칙을 교묘히 이용해서." 교수는 재빨리 숱 많은 검은 눈썹을 찡긋했다. "간단한 치환을 써서 진을 아끼려는 것 같단 말이오."

앤드루는 어색해하는 자신을 의식하느라 웃음도 나오지 않았다. 그는 사교적인 미덕도 없거니와 평생 이렇게 화려한 집은 처음이었다. 빈 술잔이라든지 담뱃재, 심지어 자기 손마저도 어떻게 처리해야 할지 알지 못했다! 음식이 차려진 식탁에 앉았을 때에야 마음이 조금 놓였다. 하지만 이곳에서도 다시 자신의 불리한 처지를 깨닫게 되었다.

간결하면서도 훌륭한 만찬이었다. 각자의 접시마다 뜨거운 수프가 담긴 그릇이 따라 나왔고 이어서 양상추 심과 하얀 닭 가슴살만 넣은 치킨 샐러드가 나왔는데 맛이 독특하고 오묘했다. 앤드루는 본 부인의 옆자리였다.

"부인이 참 매력적이에요, 맨슨 선생님."

그녀는 의자에 앉으면서 나지막한 음성으로 말했다. 키가 크고 우아하고 호리호리한 여자였다. 섬세한 겉모습은 결코 예쁘지는 않지만 크고 이지적인 눈빛이 매우 편안한 느낌을 주었다. 약간 위로 말린 듯하며 입꼬리가 올라간 입술의 움직임은 재치와 교양을 보여 주었다.

그녀는 자기 남편에게서 그의 철저한 성격에 대해 여러 얘기를 들었다면서 이것저것 묻기 시작했다. 게다가 친절하게도, 담당 구역의 의료 환경을 개선시킬 수 있는 방법처럼 앤드루가 관심을 가질 만한 질문을 던짐으로써 그를 대화의 장으로 끌어내려고 애썼다.

"글쎄요, 잘은 모르지만." 그가 서투르게 수프를 흘렸다. "제 생각에는 좀 더 과학적인 방법을 써야 하지 않을까 싶습니다."

그것은 앤드루가 좋아하는 주제인 만큼 상대가 크리스틴이라면 몇 시간이고 대화를 나누겠지만 이날은 긴장되고 혀가 굳어서 앞에 놓인 접시만 바라보았다. 그러다가 본 부인이 옆자리의 챌리스 교수와 이야기를 나누자 겨우 마음이 놓였다.

챌리스 교수 — 그는 카디프 대학의 야금술학 교수이자 런던 대학에서 같은 과목을 강의했으며, 최근에는 광산 노무 위원회의 고문직도 맡은 것으로 밝혀졌다. — 는 명랑하고 농담을 잘하는 이야기꾼이었다. 그는 자기 몸과 손, 수염을 동원해서 이야기를 하고 논쟁 중에 폭소를 터뜨리거나 박수를 치고 침을 꿀꺽 삼키기도 했다. 또 그러는 동안에도 증기를 올리는 화부(火夫)처럼 닥치는 대로 음식을 먹고 술을 마셔 댔다.

그러나 앤드루는 대화의 가치를 인정하기는커녕 마지못해 듣기만 했다. 화제는 어느새 음악으로 바뀌어서 바흐의 자질을 논하더니 나중에는 챌리스의 엄청난 도약력 덕분에 러시아 문학으로 옮겨 갔다. 앤드루는 챌리스가 치아에 힘을 주고 톨스토이, 체호프, 투르게네프, 푸시킨의 이름을 말하는 것을 들었다.

쓸데없는 헛소리! 앤드루는 이런 얘기들에 점점 더 화가 났다. 이 늙은 비버는 자신이 뭐라도 되는 줄 아나? 그에게 세픈 거리 뒷골목 부엌에서 벌어지는 기관지 절개 수술 장면을 보여 주고 싶었다. 그러면 한가하게 푸시킨 따위나 들먹이지는 않을 거라고 생각했다.

하지만 크리스틴은 진심으로 즐거워했다. 그녀는 대화 중에 자신의 말을 경청하는 챌리스 교수를 보며 미소 짓기도 했다. 억지로 꾸민 게 아니라 정말로 자연스러워 보였다. 한 번인가 두 번은 은행 거리의 초등학교 교사 시절 이야기도 꺼냈다. 그녀가 교수의 이야기를 얼마나 잘 들어 주는지, 그리고 얼마나 빠르고 거리낌 없이 자신의 주관을 말하는지 지켜보던 앤드루는 내심 놀랐다. 처음으로 아내의 새로운 면을 발견한 것 같았다. 러시아의 어중이떠중이에 대해서도 잘 아는 것 같았는데, 지금까지 자신에게는 그런 얘기를 한 번도 하지 않았다는 생각에 내심 불쾌했다. 게다가 잠시 후 챌리스가 크리스틴을 인정한다는 듯이 손등을 가볍게 건드리자, '저런, 늙은이가 자기 둥지에나 발을 들여놓을 것이지! 당신은 당신 아내나 챙기시오.' 하는 심정이 되었다.

크리스틴은 한두 번 다정한 눈으로 앤드루를 쳐다보았고, 여러 차례 앤드루 쪽으로 화제를 돌리려고 애썼다.

"챌리스 교수님, 제 남편은 탄광 노동자들에게 관심이 많답니다. 그 방면의 연구도 시작했고요. 먼지 흡입과 폐의 상관관계에 관해서죠."

"아아, 그렇군요."

챌리스가 고개를 돌려 앤드루를 관심 있게 쳐다보았다.

"그렇죠, 여보?" 크리스틴이 사기를 북돋우려고 애썼다. "지난밤에 나에게 모두 이야기해 주었잖아요."

"그래? 기억이 안 나는걸." 앤드루가 퉁명스럽게 대답했다. "별것 아닙니다. 아직 자료도 충분하지 않고요. 어쩌면 이 폐결핵의 원인은 먼지가 아닐 수도 있습니다."

물론 앤드루는 그런 자신에게 화가 났다. 어쩌면 챌리스 교수는 자신이 도움을 청하지 않아도 도와줄 수 있을지 모른다. 광산 노무 위원회와 연결이 되면 틀림없이 대단한 기회를 잡을지도 모른다는 생각이 들었던 것이다.

그러나 어이없게도 그는 크리스틴에게 화살을 돌렸다. 그날 저녁 베일뷰로 돌아오는 길에 앤드루는 질투심에 불타서 아무 말도 하지 않았다. 그리고 그렇게 입을 다문 채 크리스틴보다 먼저 침실로 들어가 버렸다. 평소에는 옷을 갈아입는 동안 멜빵을 늘어뜨린 채 칫솔을 들고 그날 일어난 일에 대해 이런저런 얘기를 나누는 게 일상적인 절차였지만 그날 그는 줄곧 시선을 피했다.

크리스틴이 동의를 구하려는 듯 다정하게 말했다.

"여보, 오늘 밤 즐거웠죠?"

앤드루는 지나칠 정도로 호쾌하게 대답했다.

"아! 그럼, 아주 최고였지."

침대에서도 앤드루는 크리스틴과 떨어져 가장자리 쪽으로 누웠다. 그녀가 다가오는 것을 느꼈지만 꼼짝도 않고 있다가 코를 골며 잠들어 버렸다.

이튿날 아침이 되었지만 그들 사이에는 팽팽한 긴장감이 돌았다. 앤드루는 평소와 달리 부루퉁한 얼굴로 출근했다. 오후 5시쯤 두 사람이 차를 마시는데 현관문의 벨이 울렸다. 본의 운전기사가 책 꾸러미와 그 위에 얹힌 수선화 한 다발을 들고 서 있었다.

"본 부인이 보내는 겁니다."

운전기사는 미소를 띠며 말한 다음 물러갈 때는 챙 달린 모자에 살짝 손을 갖다 댔다.

크리스틴이 손에 한 아름 선물을 들고 환한 얼굴로 돌아왔다.

"앤드루, 이것 좀 봐요." 크리스틴이 흥분하며 소리쳤다. "정말 친절하셔라. 본 부인이 트롤럽 전집을 빌려 주셨어요. 평소 그의 작품을 다 읽고 싶었는데! 게다가 이렇게, 이렇게 아름다운 꽃까지."

앤드루가 몸을 뻣뻣하게 세우고 빈정거렸다.

"아주 멋지군 그래! 대저택의 마님께서 책과 꽃을 보내 주시다니! 그런 거라도 있어야 나 같은 사람과 참고 살 수 있겠지. 당신에게 난 지루하고 둔한 사람이니까. 난 당신이 지난밤에 그렇게 좋아했던 재치 있는 이야기꾼이 못 되니 말이야. 난 그 러시아인들이 뭐 하는 사람인지도 몰라. 그저 평범하고 시시한 의료조합의 조수에 지나지 않으니까."

"앤드루!" 그녀의 얼굴색이 변했다. "왜 그런 말을 해요!"

"사실 아닌가? 어제저녁 악몽 같은 만찬 내내 멍청이처럼 구는 동안 깨닫게 되었지. 난 눈치가 빠르거든. 당신은 벌써 내게 싫증을 느끼고 있어. 난 진창길이나 터벅터벅 돌아다니고 더러운 담요나 뒤적이며 벼룩이나 잡는 게 제격인 사람이야. 당신의 고상한 취미에는 맞지 않는 시골뜨기 의사일 뿐이라고!"

크리스틴의 눈빛이 어두워지더니 창백한 얼굴에 연민의 빛이 떠올랐다. 하지만 그녀는 침착하게 말했다.

"어떻게 그런 식으로 말할 수 있죠? 난 지금 이대로의 당신을 사랑해요. 앞으로도 당신 이외의 사람은 사랑하지 않을 거라고요."

"흥, 말은 그럴듯하군."

앤드루는 빈정거리면서 문을 쾅 닫고 방을 나가 버렸다.

부엌으로 간 앤드루는 입술을 깨문 채 오 분 정도 소란스럽게 왔다 갔다 했다. 그러다 갑자기 걸음을 멈추고 거실로 뛰어올라갔다. 그곳에서는 크리스틴이 고개를 숙이고 서서 벽난로의 불을 응시하고 있었다. 앤드루는 두 팔로 그녀를 열렬하게 껴안았다.

"크리스!" 그가 몹시 후회에 차서 외쳤다. "크리스! 정말 미안해. 나를 용서해 줘. 그렇게 말하려는 뜻은 없었어. 질투심으로 그만 멍청해졌나 봐. 내가 당신을 얼마나 사랑하는지 알지?"

두 사람은 더욱 열렬하게 포옹했다. 바람결에 수선화 향기가 실려 왔다.

"당신은 모를 거예요." 크리스틴이 흐느꼈다. "당신 없으면 난 살 수 없어요."

잠시 후 크리스틴이 앤드루의 뺨에 자기 뺨을 대고 앉았을 때 앤드루는 손을 뻗어 책 한 권을 만지작거리더니 수줍게 말했다.

"트롤럽이란 사람이 대체 누구지? 내게 가르쳐 주겠어? 난 진짜 아무것도 모르는 멍청이라고!"

8

겨울이 갔다. 앤드루는 탄진 흡입에 대한 연구 의욕이 더욱 커져서 자신의 환자 명단에 올라 있는 광부들을 한 명 한 명 계획을 세워 체계적으로 조사하기로 했다. 크리스틴과 함께 보내는 저녁 시간은 전보다 더욱 달콤했다. 앤드루가 밤늦게 진료소에서 돌아오면 크리스틴은 멋진 석탄 벽난로 — 석탄이 워낙 싸서 부족함을 모르는 게 이 지역에 사는 유리한 점의 하나였다. — 앞에서 남편의 공책 정리를 도왔다. 둘이서 오래 대화를 나누는 일도 잦아졌다. 크리스틴은 비록 잘난 체하지는 않지만 광범위한 지식과 엄청난 독서량으로 그를 놀라게 하곤 했다. 게다가 앤드루는 그녀의 뛰어난 직감과 감각에 대해서도 알게 되었다. 문학과 음악에 대한 조예도 깊었는데, 특히 인간에 대한 판단력이 정확한 것이 그 덕분인가 싶었다.

앤드루는 크리스틴을 자주 놀리곤 했다.

"맙소사! 내가 이제야 내 아내의 진가를 알게 된 것 같군. 당신 머릿속이 점점 포화 상태가 되어 가는데 우리 삼십 분쯤 쉬면서 피켓 게임이나 할까? 내가 당신 코를 납작하게 해 주겠어."

그들은 본 부부에게서 카드 게임을 배웠던 것이다.

해가 길어지자 크리스틴은 남편 몰래 이름만 정원인 잡초투성이 마당을 가꾸기 시작했다. 하녀인 제니에게는 유일한 혈육인 증조부가 있는데 — 제니는 할아버지를 몹시 자랑스러워했다. — 원래 광부인 그가 나이를 먹어 거동이 불편해지자 그녀가 시간당 10펜스를 받고 크리스틴의 정원 일을 돕게 되었다. 3월 어느 날 앤드루는 낡아 부서질 듯한 다리를 건너면서 시냇물 바닥에서 녹슨 연어 통조림 통을 줍고 있는 그들을 발견했다.

"이봐 크리스틴, 그 아래에서 뭘 하지? 왜 내 낚시터를 망가뜨리는 거야!"

그가 다리 위에서 소리쳤다.

앤드루의 놀림에 크리스틴이 고개를 활기차게 끄덕여 보였다.

"기다렸다가 보기나 해요."

몇 주 후 크리스틴은 잡초를 모두 뽑고 가려져 있던 길을 말끔하게 되돌려 놓았다. 시냇물 바닥도 깨끗해지고 양쪽 기슭도 정돈되었다. 크리스틴은 산골짜기 주변에 흩어져 있던 돌을 가져와 마당을 새롭게 꾸몄다. 본 댁의 정원사인 존 로버츠가 구근식물이며 꺾꽂이용 나뭇가지를 가져와 심고 여러 가지 조언도 해 주었다. 마침내 첫 번째 수선화가 피었을 때 크리스틴은 너무 기뻐서 앤드루의 팔을 잡아끌고 마당으로 나왔다.

3월 마지막 일요일에는 필립 데니가 예고도 없이 그들을 방문했다. 그들은 두 팔 벌려 그가 귀찮아할 정도로 열렬하게 환영했다. 땅딸막한 체구에 옅은 갈색 눈썹, 불그스름한 얼굴. 그리운 그 모습을 다시 보자 앤드루는 몹시 기뻤다. 그들은 데니에게 주위를 구경시켜 주고, 가장 맛 좋은 음식을 대접했으며, 가장 푹신한 의자에 앉게 한 다음 블라넬리 소식을 물었다.

"페이지 선생이 죽었네." 데니가 담담하게 말했다. "불쌍한 양반. 한 달 전 일이야. 뇌출혈이 또 한 번 있었지. 아니, 오히려 잘된 일이야." 그는 파이프를 한 모금 빨더니 눈에 익은 빈정거리는 표정으로 눈살을 찌푸렸다. "블로드웬은 그 리스라는 친구와 결혼할 모양이더군."

"시작부터 금혼식이군." 앤드루가 평소와 달리 빈정거렸다. "불쌍한 페이지 선생!"

"페이지 선생은 좋은 분이셨어. 훌륭한 일반의였지." 데니가 회상했다. "자네도 알다시피 나는 그 '일반의'라는 말이나 그 말의 의미를 대단히 싫어하지. 하지만 페이지 선생은 전혀 개의치 않는 분이셨어."

그들은 말을 멈추고 에드워드 페이지를 생각했다. 블라넬리의 폐석 더미에 묻혀 성실하게 여러 해를 보냈던 그는 새와 햇살이 가득한 카프리를 동경했다.

"그건 그렇고 자네는 어떤가, 필립?"

앤드루가 마침내 물었다.

"나도 모르지! 점점 더 불안하기만 해." 데니는 쓸쓸하게 웃었다. "블라넬리는 두 사람이 떠난 후 예전 같지 않아. 나도 어디 외국이나 가 볼까 생각하고 있어. 선의(船醫)라도 되어 볼까, 어떤 조그만 화물선이라도 날 고용해 준다면."

앤드루는 말없이 이 똑똑한 남자에 대해 생각했다. 마음이 아팠다. 정말 능력 있는 외과 의사가 일종의 자기 학대를 하면서 인생을 헛되이 망쳐 버리고 있었다. 하지만 데니가 진정으로 자기 인생을 낭비하고 있는 걸까? 그는 크리스틴과 종종 필립 데니에 관해 이야기하면서 그의 경력에 얽힌 수수께끼를 풀려고 애썼다. 그리고 막연하나마 결론을 내렸다. 데니는 자기보다 사회적 신분이 높은 여자와 결혼했고, 일주일에 나흘 동안 아무리 수술을 잘해도 나머지 사흘은 환자 사냥을 다니지 않으면 안 되는 도시 개업의의 관행에 맞추려고 노력했다. 하지만 데니 쪽에서 그렇게 노력했음에도 오 년이 지나자 여자는 아무렇지도 않게 다른 남자의 품에 안겼고 데니 곁을 떠난 것이다. 그러고 보면 데니가 외딴 시골로 도망쳐서 전통을 무시하고 관행을 증오하며 사는 것도 이상할 게 없었다. 하지만 그는 어느 날 다시 문명 세계로 되돌아가리라.

세 사람은 오후 내내 이야기를 나누었고, 데니는 막차를 타고 돌아가기로 했다. 그는 앤드루가 설명한 애버럴로의 의료 상황에 대해 관심을 보였다. 앤드루가 분개하며 루엘린이 보조 의사의 월급에서 일정액을 공제하는 문제에 대한 의혹을 말하자 그는 묘한 웃음을 지었다.

"자네가 그런 대접을 받으며 여태 눌러앉아 있었다니 이해할 수 없군."

데니가 돌아간 뒤 앤드루는 날이 갈수록 자기 일에 대해 채워지지 않는 틈이 있음을 느끼게 되었다. 블라넬리 시절 데니와 함께할 때는 직업적인 유대감과 명확한 목표 의식을 느꼈다. 그러나 애버럴로에서는 동료 의사들과 그런 유대감도 맛볼 수 없었고 목표 의식도 희박했다.

서부 진료소의 동료인 어커트 선생은 성격은 불같지만 친절한 사람이었다. 하지만 그는 나이가 든 탓에 기계적으로 행동할 뿐 새로운 생각과는 거리가 먼 사람이었다. 오랜 경험 덕분에 그의 표현대로 병실에 "코를 들이미는" 순간 폐렴 냄새를 맡을 수 있고, 부목을 대거나 석고 붕대 바르는 일도 능숙하고, 종기를 십자 절개해서 치료하는 일도 식은 죽 먹기일지 모르지만 사소한 수술 정도는 직접 할 수 있다는 사실을 인정받는 것으로 만족하는; 여러 면에서 이제는 한물간 구식일 뿐이었다. 앤드루의 관점에서 그는 데니가 말하는 소위 "전형적인 구식" 가정 주치의 타입이었다. 꼼꼼하고 근면하며 경험은 풍부하나 자기 환자들이나 일반 주민들을 감정적으로 대하고 이십 년 동안 의학책 한번 펼쳐보기는커녕 위험할 정도로 시대에 뒤떨어진 의학 지식을 갖고 있었다. 앤드루는 하다못해 어커트하고라도 대화를 나누고 싶어 했지만 이 노인은 '일'에 대해 얘기할 시간이 없었다. 하루 일과가 끝나면 그가 가장 좋아하는 토마토 통조림 수프를 먹고 새로 만든 바이올린을 사포질하거나 낡은 도자기를 감상하고 나서 프리메이슨 모임에 참석해 담배를 피우며 술 한잔 마시는 게 전부였다.

동부 진료소의 보조 의사 두 명은 하나같이 의욕이 없는 사람들이었다. 두 사람 중 나이가 많은 편인 메들리 선생은 쉰 살 정도로 예민하고 똑똑해 보였지만 불행하게도 반쯤 귀머거리였다. 하지만 이런 신체적 결함 때문에 늘 사람들의 웃음거리가 되는 그는 광산촌에서 보조 의사로 일하는 것을 만족스럽게 생각할 터였다. 앤드루와 마찬가지로 그도 천상 의사였다. 특히 그는 진찰 전문의로 유명했지만 환자가 무슨 말을 해도 들을 수 없었다. 입술의 움직임으로 내용은 대충 짐작할 수 있지만 종종 웃지 못할 실수를 저지르는 바람에 스스로 소극적이 되었다. 상대방이 말할 때 지치고 힘겨운 눈으로 움직이는 입술을 주시하며 필사적으로 그 뜻을 알아내려 애쓰는 모습은 보기에도 안쓰러웠다. 게다가 그는 중대한 실수라도 저지를까 봐 어떤 약이건 아주 소량밖에 처방하지 않았다. 그는 생활이 넉넉하지 못했다. 성인이 다 된 식구들이 있어 생활비도 많이 쪼들렸고, 점차 늙어 가는 아내와 마찬가지로 그 자신도 무력하고 비참한 존재가 되어 루엘린 박사나 위원회로부터 어느 날 갑자기 면직 통보라도 받지 않을까 두려워하고 있었다.

또 다른 보조 의사인 옥스보로는 가련한 메들리와는 성격이 딴판으로 앤드루는 그를 별로 좋아하지 않았다. 통통한 손가락과 생기 없는 피부를 가진 거구의 사내였는데 가끔 발작적으로 열정적이 되곤 했다. 앤드루는 종종 이 남자가 좀 더 혈기 왕성했더라면 멋진 마권업자가 되었을 거라고 생각했다. 휴대용 오르간을 연주하는 옥스보로는 토요일 오후가 되면 아내와 함께 편리 읍내 근처 — 애버럴로에서는 체면상 삼갔지만 — 시장 통에 융단 천을 씌운 작은 스탠드를 설치하고 야

외 전도를 했다. 옥스보로는 복음 전도사였다. 생명력을 북돋우는 지고한 힘을 믿는 이상주의자로서 앤드루는 가끔 그런 열정에 경의를 표하고 싶었다. 하지만 아뿔사! 옥스보로는 당황스러울 정도로 감정적이었다. 예상치도 않게 엉엉 울기도 하고 듣는 사람이 난처할 정도로 큰 소리로 기도를 했다. 한번은 대단히 난산을 겪는 임산부를 맡게 되었는데, 자신의 능력으로 안 되자 침대 곁에 털썩 무릎을 꿇고 앉더니 이 가련한 여인에게 기적이 일어나게 해 달라고 울부짖었다. 이 사건에 대해 이야기해 준 사람은 옥스보로를 탐탁지 않게 여기는 어커트였는데, 그 소식을 듣고 달려가자마자 구두도 채 벗지 못하고 침대에 올라가 산과 겸자로서 성공적으로 해산을 도운 사람이 어커트 자신이었기 때문이다.

앤드루는 그들이 일하는 시스템에 대해 생각할수록 동료 의사들과 결속해야 한다는 생각이 간절해졌다. 실제로 그들 사이에는 유대감과 협조 정신은커녕 조금의 친밀감도 없었다. 단지 전국의 일반의들 간에 존재하는 일상적인 경쟁, 즉 될 수 있는 한 많은 환자를 확보하려고 다투는 개업의에 지나지 않았다. 그 결과 서로 노골적으로 의심하고 악감정을 품었다. 예컨대 옥스보로 선생의 환자 한 명이 진료 카드를 들고 어커트를 찾아가면 어커트는 환자의 손에서 반쯤 먹다 만 약병을 빼앗아 뚜껑을 열고 냄새를 맡은 후 얼굴을 찡그리며 경멸하는 투로 말했다.

"세상에, 옥스보로 선생이 이런 약을 주었단 말이오? 정말 지독하군! 이건 환자를 서서히 독살하는 것과 같소!"

이렇게 저마다 다양한 모습을 보여 주는 가운데 루엘린 박사는 보조 의사 각각의 월급에서 말없이 자기 몫을 챙기고 있었다. 앤드루는 그런 사실이 화가 나고 억울해서 조수들이 서로 만나 이해하고 결속해서 루엘린에게 착취당하지 않는 새로운 협의를 만들어 내기를 바랐다. 그러나 자신은 아직 신임 의사라는 생각과 그가 담당 구역에서 처음에 저질렀던 모든 실수들이 그로 하여금 몸을 사리게 만들었다.

그러다 콘 볼런드를 만나고 나서야 앤드루는 마침내 대대적인 시도를 해 보기로 결심하게 되었다.

9

4월 어느 날 앤드루는 어금니에 구멍이 난 것을 발견하고 그 다음 주에 조합 소속 치과 의사를 찾아갔다. 치과 의사인 볼런드를 만난 적이 없었으므로 정확한 진료 시간은 알지 못했다. 그래서 무작정 광장 거리에 있는 볼런드의 작은 진료소에 도착했을 때, 문에는 빨간색 펜으로 '이 뽑으러 갑니다. 급한 환자는 자택으로'라고 적힌 종이가 핀으로 꽂혀 있었다.

앤드루는 여기 온 이상 적어도 예약은 하고 가야겠다고 생각하여 아이스크림 가게 앞에서 서성이는 청년들 중 한 명에게 길을 물어 치과 의사의 집을 찾아갔다.

그의 집은 시내 동쪽 변두리 고지대에 있었는데 작은 집 두 채가 하나로 붙은 연립주택이었다. 현관이 나 있는 지저분한 길을 따라 올라가자 커다란 망치 소리가 들렸다. 앤드루는 집 옆 썩은 나무로 지은 창고의 열린 틈으로 안을 들여다보았다.

붉은 머리카락에 셔츠 차림의 호리호리한 남자가 망치로 자동차의 차체를 내려치고 있었다. 그때 그의 눈이 앤드루의 시선과 마주쳤다.

"누구신지?"

"안녕하십니까?"

앤드루가 조심스럽게 입을 열었다.

"누굴 찾으시오?"

"치과 시간을 예약하고 싶어서요. 전 의사 맨슨이라고 합니다."

"들어오시오."

남자는 망치를 내려놓고 친절하게 말했다. 그가 볼런드였다.

앤드루는 믿을 수 없을 정도로 구식인 자동차의 부품들이 어지럽게 널려 있는 목조 창고로 들어갔다. 창고 가운데 나무로 만든 계란 상자가 떠받치는 차대가 있었는데 그것은 자동차가 실제로 반으로 절단되었다는 것을 보여 주었다. 앤드루는 볼런드의 특이한 기계 수리 광경에 한동안 시선을 빼앗겼다가 이내 그를 쳐다보았다.

"이것도 일종의 치료군요."

"그렇죠." 볼런드가 동의했다. "진료소에서 나른해지면 내 차고로 와서 자동차와 시간을 보내죠."

그의 말투는 잘 들지 않는 무딘 칼날 같은 투박한 아일랜드 사투리였지만 다 쓰러져가는 창고를 가리켜 차고라 말하고 고물이나 다름없는 쇳덩어리를 가리켜 자부심을 담아 자동차라고 말하고 있었다.

"내가 무얼 하는지 이해하지 못할 거요. 선생에게 나처럼 공학적인 머리가 없다면 말이오. 나는 이 작은 차를 오 년이나 탔죠. 하지만 처음 샀을 때도 이미 나온 지 삼 년이 된 중고품이었다오. 이렇게 옷을 벗고 있는 모습을 보면 믿기지 않겠지만 당시만 해도 산토끼처럼 잘 달렸지. 그런데 작은 게 흠이었소. 지금 우리 가족 규모에 비해 너무 작아서, 차체를 넓히는 작업을 하고 있는 중이오. 보다시피 이렇게 가운데를 정확히 자른 다음 60센티미터를 더 이어 붙이려고 합니다. 어떻게 완성되는지 꼭 지켜봐 주시오, 맨슨 씨!" 그는 벗어 놓은 웃옷 쪽으로 손을 뻗었다. "여러 명이 타도 될 만큼 길어질 거요. 자, 이제 진료실로 갑시다. 이를 고쳐 드릴 테니."

그의 진료실은 차고만큼이나 어질러져 있었고, 솔직히 말하면 더러웠다. 콘 볼런드는 줄곧 말을 하면서 이를 때웠다. 어찌나 많은 말을 격렬하게 하는지 붉은색의 덥수룩한 수염에는 항상 침이 염주처럼 매달려 있었다. 이발이 꼭 필요한 헝클어진 붉은 머리카락은 그가 허리를 구부려 기름때가 낀 손톱으로 아말감을 채워 넣을 때 자꾸만 앤드루의 눈을 찔렀다. 그는 손을 씻는 일 따위는 귀찮아서 하지 않았다. 그런 것은 콘 볼런드에게는 하찮은 일이었다.

그는 무심하고 성급하며 선량하고 관대한 사람이었다. 앤드루는 볼런드에 대해 알수록 유머와 단순함, 꾸밈없고 재지 않는 소탈한 성격에 점점 매료되었다. 애버럴로에서 산 지 육 년이나 된 볼런드는 자기 이름으로 동전 한 닢 저축한 게 없었다. 하지만 삶을 최대한 즐겁게 살 줄 아는 사람이었다. 기계에 미친 그는 언제나 무슨 장치를 만들었고 자신의 자동차를 신처럼 숭배했다. 사실 그가 자동차를 소유하고 있다는 것 자체가 웃음거리였다. 하지만 그는 설령 사람들이 그런 자신을 비웃고 놀려도 농담을 좋아했다. 그는 앤드루에게 이런 이야기를 들려주었다. 언젠가 위원회 고위 관계자로부터 썩은 어금니를 뽑아 달라는 부탁을 받은 적이 있었다. 그래서 주머니에 집게를 넣고 환자의 집에 도착해서 막상 이를 뽑으려고 보니 집게가 아니라 15센티미터짜리 스패너였다는 것이다.

치료가 끝나자 볼런드는 크레졸이 담긴 젤리 병에 기구를 던져 놓았다. 이것만 보아도 그가 얼마나 소독을 가볍게 생각하는지 알 수 있었다. 그는 앤드루에게 다시 자기 집으로 가서 차라도 한잔 마시고 가라고 권유했다.

"자, 갑시다." 볼런드가 다정하게 재촉했다. "내 가족을 만나보지 않겠소? 마침 마칠 시간도 됐고. 5시니까."

그들이 콘 볼런드의 집에 도착했을 때 가족들은 차를 마시는 중이었는데 낯선 사람을 불쑥 집으로 데려오는 가장의 기벽에 익숙한 것이 분명했다. 방은 지저분하지만 따뜻했고, 볼런드 부인은 아기에게 젖을 물린 채 식탁 맨 위쪽에 앉아 있었다. 그 옆에는 조용하고 수줍은 성격의 열다섯 살 난 메리가 앉아 있었다. 볼런드가, 자식 중 유일하게 검은 머리라서 제일 귀여워한다고 소개한 메리는 벌써 광장 거리에 있는 마권업자 조 라킨의 서기로 일하면서 상당한 월급을 받고 있었다. 메리 옆에는 열두 살 난 테런스가 앉아 있고 그 옆에서는 고만고만한 아이 셋이 서로 아빠의 관심을 끌려고 큰 소리로 떠들어 댔다.

수줍음이 많고 자의식이 강한 메리만 빼고 이 가족들에게서는 태평스럽고 명랑한 분위기가 느껴졌는데, 그 점이 앤드루에게는 인상적이었다. 방 안은 시끌벅적한 아일랜드 사투리로 가득했다. 부활절에 받은 종려나무 가지와 함께 걸린 교황 피우스 10세의 초상화와 그 아래 벽난로 사이에는 아기의 손수건이 마르고 있었다. 돌돌 말아 놓은 볼런드 부인의 코르셋 — 그녀는 집에서는 불편해서 코르셋을 입지 않았다. — 과 강아지에게 줄 비스킷의 찢어진 봉투 옆에는 옷장이 있고, 그 위에 놓인 더러운 카나리아 새장에서는 노래가 흘러나왔다. 옷장 위에는 식료품점에서 막 사 온 흑맥주 여섯 병과 테런스의 플루트가 놓여 있었다. 그리고 구석에는 망가진 장난감, 부츠 한 짝, 녹슨 스케이트, 일본풍의 양산, 낡은 기도집 두 권 그리고 사진집이 한 권 처박혀 있었다.

차를 마시면서 앤드루는 볼런드 부인에게 가장 관심이 갔다. 그저 그녀에게서 시선을 뗄 수가 없었다. 아이들이 옆에서 뒤엉켜 싸우고, 아기가 그녀의 넉넉한 젖가슴을 헤집고 영양분을 섭취하는 중에도 그녀는 창백한 얼굴에 꿈꾸는 듯 평온한 표정을 지으며 말없이 끓인 홍차를 연거푸 마셨다. 간혹 미소를 짓고 고개를 끄덕이며 아이들에게 빵을 잘라 주거나 차를 따라 주기도 했는데, 이런 망연한 상태의 평온함은 소란스럽고 더럽고 단조로운 세월을 겪어 온 데다 남편의 격정적인 성격으로부터 스스로 격리되고 면역이 되어 마치 이 세상 사람이 아닌 상태에 도달한 것 같았다.

앤드루는 그녀가 올려다보며 부드러운 목소리로 변명하듯 말할 때 하마터면 찻잔을 엎지를 뻔했다.

"저, 맨슨 선생님, 안 그래도 부인을 한번 찾아뵈려고 했어요. 그런데 제가 너무 바빠서……."

"맙소사!" 볼런드가 한바탕 웃음을 터뜨렸다. "바쁘다고! 나

참! 아내는 새 옷이 없다는 말을 하는 거요. 나도 한때는 돈을 좀 모았지. 그런데 젠장, 테런스인가 누군가에게 새 신발을 사 줘야 했죠. 걱정하지 마, 여보. 내가 차를 길게 늘릴 때까지 기다려 줘. 그럼 폼 나게 한번 모실 테니." 그는 스스럼없이 앤드루를 돌아보며 말했다. "우린 사실 가난하죠. 사는 게 지옥이오! 고맙게도 먹을 것은 충분한데 멋진 옷 따위는 꿈도 꿀 수 없지. 위원회에 구두쇠가 너무 많아서 말이오. 게다가 우두머리라는 놈이 뜯어 가니!"

"누구요?"

앤드루가 놀라서 물었다.

"루엘린 말이오. 댁도 그렇겠지만 나도 다섯 번인가 뜯겼죠."

"그런데 도대체 어떤 명목으로?"

"아! 그가 이따금 내 환자들도 한두 명 봐 주기 때문이오. 지난 육 년 동안 내 치아 낭종 환자 두서너 명을 치료해 주었거든. 필요하면 엑스선 촬영도 해 주고. 하지만 정말 기분 나쁜 놈이오." 식구들은 이미 부엌으로 몰려 나가 놀고 있었기 때문에 볼런드는 자유롭게 말할 수 있었다. "놈도 그렇지만 그 놈의 으리으리한 응접실은 또 어떻고, 그림은 얼마나 사들이고 있는지 말이야. 한번은 말이오, 맨슨 씨, 언젠가 내가 마디 언덕에서 내 소형차를 몰고 올라가는데 그놈이 저 앞에 가는 게 보이는 거요. 그래서 내가 가속페달을 힘껏 밟지 않았겠소. 하하! 내 차가 일으킨 먼지를 잔뜩 뒤집어쓴 그 녀석 얼굴을 당신이 봤어야 하는데!"

"그런데 볼런드 씨." 앤드루가 얼른 말했다. "루엘린 박사가 돈을 떼어 가는 문제 말인데요. 아무리 생각해도 부당한 부과

인데, 왜 사람들은 항의하지 않는 거죠?"
"뭐라고요?"
"왜 항의하지 않느냐고요!" 앤드루가 목소리를 높여 되풀이했다. 이렇게 말만 해도 피가 솟구치는 것을 느꼈다. "정말 부당한 일이에요! 우리는 여기서 먹고살기 위해 얼마나 열심히 일합니까? 볼런드 선생님, 전 지금까지 선생님 같은 분을 만나기를 기다려 왔어요. 이 일을 하는 데 제 편을 들어 주시겠습니까? 다른 조수들과도 연락을 취해 볼 겁니다. 여럿이 힘을 합쳐야……."
콘 볼런드의 눈이 차츰 빛을 발했다.
"그러니까 루엘린과 싸우자는 말이오?"
"그렇습니다."
볼런드는 감격에 겨워 손을 내밀었다.
"맨슨 자네!" 볼런드가 중대 발표를 하려는 듯 엄숙한 음성으로 불렀다. "우리 이제부터 함께하는 거네."
앤드루는 벅찬 가슴을 안고 투지를 불태우며 크리스틴이 있는 집으로 서둘러 돌아왔다.
"크리스! 크리스! 드디어 보석 같은 존재를 발견했어. 빨간 머리의 치과 의사야. 약간 미친 사람 같지만, 그래, 나처럼. 당신도 그렇게 말할 거라는 거 알아. 하지만 내 말 들어 봐. 우린 이제 혁명을 시작하는 거야." 앤드루가 흥분에 겨워 한바탕 웃었다. "오, 하느님! 교활한 루엘린이 자신에게 닥친 운명을 알기나 할까요!"
그에게 신중하게 행동하라는 크리스틴의 주의 따위는 필요 없었다. 앤드루는 모든 일을 스스로 높은 분별력으로 판단해가며 진행하겠다고 결심했다. 그래서 다음 날 오웬을 방문하는 일부터 시작했다.

오웬 서기는 매우 흥미를 가지면서도 단호한 입장을 취했다. 앤드루가 문제 삼는 계약이 병원장과 조수들 간에 자발적으로 이루어진 것이므로 위원회의 관할권 밖의 일이라는 것이었다.

"알다시피 맨슨 선생님." 오웬이 단도직입적으로 결론을 내렸다. "루엘린 박사는 영리할 뿐만 아니라 능력 있는 의사입니다. 우리에게 그런 의사가 있다는 건 행운이죠. 그야 우리 병원 관리자로 있으면서 위원회에서 결코 적지 않은 월급을 받고 있지만요. 하지만 그분에게 요구할 게 있으면 그건 조수 선생들께서 하셔야……."

'알았소, 까짓거 우리가 하지!' 앤드루는 이렇게 생각했다. 흡족한 기분으로 그곳을 떠나 온 앤드루는 옥스보로와 메들리에게 전화를 걸어 오늘 저녁 자기 집에 들러 달라고 말했다. 어커트와 볼런드는 이미 오기로 약속이 되어 있었다. 그는 예전에 나눈 대화를 통해 네 사람 모두 자기 월급의 5분의 1이 공제당하는 걸 부당하게 여긴다는 것을 알고 있었다. 이제 네 명이 결속하면 그걸로 문제는 끝난 것이나 다름없었다.

그다음 할 일은 루엘린을 찾아가서 말하는 일이었다. 앤드루는 생각 끝에 자신의 의도를 미리 귀띔해 주는 게 상대의 기분을 덜 상하게 하는 일이라고 결정했다. 그날 오후 앤드루는 마취를 하러 병원에 들렀다. 그는 루엘린이 장시간 복잡한 복부 수술을 하는 모습을 끝까지 지켜보면서 감탄을 금할 수 없었다. 정말이지 오웬의 말이 옳았다. 루엘린은 뛰어난 명의였다. 아니, 뛰어날 뿐만 아니라 다재다능하기까지 했다. 따라서 그는 특수한 경우에 규칙에도 예외가 있다는 증거인 셈이었다.(그 점은 데니도 인정했다.) 그에게는 잘못도 실패도 있을 수 없었다. 공중 보건 관리에서부터 — 그는 법률 조항을 하나하나 다 알고 있었다. — 최신 방사선 촬영 기술, 잡다한 각종 의료 업무까지 루엘린은 전문가이며 준비된 사람이었다.

수술 후 루엘린이 손을 씻고 있을 때 앤드루가 재빨리 가운을 벗고 그에게 달려갔다.

"루엘린 박사님, 잠깐 드릴 말씀이 있습니다. 방금 하신 종양 수술을 보고 정말 놀랐습니다. 정말 훌륭한 솜씨였습니다."

루엘린의 칙칙한 얼굴에 만족스러움이 번졌다. 그가 인자하게 말했다.

"그렇게 보았다니 고맙군. 그래서 말인데 자네의 마취 솜씨도 날로 발전하고 있다네."

"아, 아닙니다." 앤드루가 중얼거렸다. "전 발꿈치도 못 따라갈 겁니다."

잠시 침묵이 흘렀다. 루엘린은 침착하게 두 손에 비누칠을 하며 손을 씻었다. 앤드루는 그 옆에서 안절부절못하다 헛기침을 했다. 막상 그 순간이 되었지만 도저히 말을 꺼낼 수 없었다. 그러다가 간신히 이렇게 내뱉고 말았다.

"저, 루엘린 박사님. 이것만은 꼭 말씀드려야겠습니다. 우리 조수들은 월급에서 일정액을 떼이는 것을 부당하게 생각하고 있습니다. 이런 말씀을 드리기는 뭣하지만 전 이제 그런 관행은 없어져야 한다고 생각합니다. 오늘 밤 조수들이 저희 집에 모두 모이기로 했습니다. 박사님도 그 점을 미리 아시는 게 좋을 것 같아서요. 적어도 저의 솔직한 마음만은 알아 주셨으면 합니다."

앤드루는 루엘린이 미처 대답하기도 전에 그의 얼굴을 쳐다보지 않고 돌아서서 수술실을 나왔다. 어쩌면 그렇게 서툴게 말했을까. 하지만 어쨌든 말을 하기는 했다. 루엘린에게 최후통첩을 보냈으니 뒤통수에 칼을 들이댔다는 비난은 하지 못할 것이다.

베일뷰에서의 모임은 저녁 9시로 정해졌다. 앤드루는 병맥주를 내오고 크리스틴에게 샌드위치를 준비해 달라고 부탁했다. 크리스틴은 샌드위치를 만들어 놓은 뒤 외투를 입으며 한 시간쯤 본의 집에 다녀오겠다고 했다. 기대에 부푼 앤드루는 거실을 왔다 갔다 하며 아이디어를 짜내려고 애썼다. 마침내 사람들이 도착했다. 맨 먼저 볼런드가 오고 그다음 어커트 그리고 마지막으로 옥스보로와 메들리가 함께 도착했다.

앤드루는 거실에서 맥주를 따르고 샌드위치를 권하며 분위기를 화기애애하게 만들 말을 하려고 노력했다. 그는 가장 좋아하지 않는 옥스보로에게 먼저 말을 걸었다.

"많이 드십시오, 옥스보로 선생님! 지하실에 얼마든지 있으니까요."

"고맙군요, 맨슨 선생." 복음 전도사의 목소리는 싸늘했다. "하지만 난 어떤 형태든 알코올은 입에 대지 않소. 교리에 어긋나는 일이니까요."

"하늘에 맹세코 말이오?"

볼런드의 수염투성이 입에서 이런 말이 불쑥 튀어나왔다.

시작부터 뭔가 불길한 느낌이 들었다. 메들리는 샌드위치를 우물거리면서도 잔뜩 경계하는 듯 눈알을 굴렸고, 귀머거리

특유의 불안하면서도 굳어 있는 표정을 지었다. 어커트는 맥주가 웬만큼 들어가자 차츰 과격한 성격을 드러내기 시작했다. 몇 분쯤 옥스보로를 쏘아보던 그가 갑자기 소리쳤다.

"옥스보로 선생, 마침 이렇게 만났으니 말인데, 글린 테라스 17호의 튜더 에번스가 어떻게 해서 진료 카드를 자네에게 옮겼는지 설명해 주면 좋겠네."

"전 모르는 환잔데요."

옥스보로가 관심 없다는 듯이 손가락 끝을 차례로 누르면서 대답했다.

"하지만 난 알고 있네." 어커트가 버럭 소리를 질렀다. "자네가 내게서 빼앗아 간 환자 중에 하나야. 어이, 존경하는 의사 선생! 게다가……."

"여러분!" 앤드루가 당황해서 소리쳤다. "제발, 제발요! 우리가 이렇게 서로 싸운다면 무슨 일을 할 수 있겠습니까? 제발 우리가 여기 왜 모였는지 생각해 주세요."

"우리가 뭣 때문에 모인 거죠?" 옥스보로가 여성스러운 말투로 물었다. "나는 왕진 환자가 있어요."

앤드루는 벽난로 앞 깔개 위에 서서 긴장되고 진지한 표정으로 엉망이 된 사태를 수습하려고 애썼다.

"여러분! 제 생각은 이렇습니다." 앤드루가 심호흡을 했다. "저는 이 자리에서 가장 나이도 어리고 이곳에서 일한 지도 얼마 되지 않습니다만 여러분이 너그럽게 봐주시기를 빕니다. 아마 제가 신참이라 여러분이 오랫동안 참아 오신 관행들이 생소해 보이는 것인지도 모릅니다. 제게는 처음부터 이곳의 모든 시스템이 잘못된 것으로 비쳤습니다. 우리는 지금 도시나 시골의 평범한 개업의처럼 서로 경쟁하는 구태의연한 방법으로 그럭저럭 해 나가고 있습니다. 공동 진료라는 이런 훌륭한 기회를 주는 의료조합의 일원이면서도 말입니다. 제가 만난 의사들은 모두 일반의가 개 같은 인생이라고 불평했습니다. 발바닥에 땀나도록 뛰어다니면서 자신을 위해 일 분도 쓰지 못할 뿐 아니라 밥 먹을 시간도 없고 언제나 왕진에 쫓기는 판에 박힌 생활을 하죠. 도대체 왜 그래야 합니까! 그것은 우리 의사들 간에 조직화하려는 시도가 없었기 때문입니다. 얼마든지 예를 들 수 있는데 우선 한 가지만 들어 볼까요. 야간 왕진 문제입니다! 우리는 잠자리에 들 때마다 오늘 밤에는 불려 나가지 않고 밤잠을 제대로 잘 수 있을까 조마조마한 마음입니다. 언제 불려 나갈지 모르기 때문에 편안히 잠 한번 잘 수 없는 형편이지요. 만일 우리가 절대 불려 나갈 일이 없다면 어떨까요? 야간 근무를 협동으로 하는 시스템을 만들면요? 한 의사가 일주일 동안 야간 근무를 도맡아 하면 한 달 중 나머지 삼 주는 차례가 된 다른 의사가 있기 때문에 야간 근무가 없게 되는 겁니다. 어떻습니까? 멋진 방법이 아닙니까! 그렇게 되면 주간 근무 때 얼마나 상쾌한 기분으로 일할 수 있을지 생각해 보십시오."

앤드루는 사람들의 멍한 표정을 보고 입을 다물었다.

"난 하지 않겠네." 어커트가 퉁명스럽게 입을 열었다. "빌어먹을! 내 환자를 교활한 옥스보로에게 맡기느니 매일 야근을 하는 게 낫겠네. 흥! 한번 꾸어 가면 절대 돌려주는 법이 없는 분이시라서 말이야."

앤드루가 열심히 중재에 나섰다.

"그 문제는 나중에 다시 의논하기로 합시다. 의견이 일치하지 않는 것 같으니까요. 하지만 한 가지 문제에 대해서는 모두 의견이 일치한 것 같습니다. 그것이 우리가 여기에 모인 이유이기도 하고요. 우리가 루엘린 원장에게 일정액을 지불하는 문제 말입니다." 그는 잠시 말을 멈췄다. 사람들은 모두 자기 주머니를 만지작거리며 흥미롭게 앤드루를 쳐다보았다. "우리 모두 그게 부당하다는 데 의견이 일치합니다. 그래서 제가 오웬과 이 문제를 논의해 봤습니다. 그런데 그의 말이 이 문제는 어디까지나 의사들 간에 조율할 문제이지 위원회 소관이 아니라고 하더군요."

"그건 맞네." 어커트가 슬며시 인정했다. "그것이 결정되었을 때의 일이 기억나네. 구 년 전의 일이지. 우리에겐 그때 실력이 형편없는 조수급의 의사가 두 명 있었네. 한 명은 동부 진료소에, 또 한 명은 우리 쪽에. 그들은 자기 환자들 때문에 툭하면 루엘린에게 신세를 졌지. 그러자 어느 날 그가 우리 모두를 불러 놓고 말하더군. 그것이 이 일의 시초라네. 그리고 그 후로 지금까지 죽 이어져 내려온 것이고."

"하지만 위원회에서 받는 월급이 이미 의료조합과 관련된 모든 일의 대가 아닌가요? 그리고 그분은 다른 직책으로도 많은 급료를 받는 걸로 알고 있어요. 돈에 파묻혀 살잖아요!"

"알지. 알고 있어." 어커트가 퉁명스럽게 말했다. "하지만 맨슨, 기분 나쁘더라도 그는 우리에게 쓸모 있는 존재야. 루엘린 자신도 그걸 알고 있고. 만일 그가 우리와 관계를 끊게 된다면 곤란해지는 건 우리 쪽이야."

"그게 우리가 수수료를 지불해야 하는 이유인가요?"

앤드루는 계속해서 의견을 굽히지 않았다.

"옳소! 옳소!"

볼런드가 잔에 맥주를 따르며 거들었다.

옥스보로는 치과 의사를 힐끗 쳐다보았다.

"나도 한마디 해도 되겠습니까? 나도 맨슨 선생처럼 우리 월급에서 공제당하는 건 부당하다고 생각합니다. 하지만 사실 루엘린 박사는 지위도 높고 실력도 뛰어나며 위원회로서도 대단한 명예입니다. 게다가 우리가 손을 뗄 수밖에 없는 중환자를 맡아 주시기도 합니다."

앤드루는 상대방을 응시했다.

"중환자일 경우 손을 떼고 싶다는 말씀이십니까?"

"물론이오." 옥스보로가 부루퉁하게 말했다. "그렇지 않은 사람이 있겠소?"

"저는 그렇지 않습니다. 저는 끝까지 환자를 포기하고 싶지 않습니다."

앤드루가 외쳤다.

"옥스보로 선생의 말이 맞소." 뜻밖에 메들리도 시인했다. "맨슨 선생, 그건 의료의 기초적인 원칙이오. 당신도 더 나이가 들면 이해하게 될 거요. 중환자는 사실 벗어 버리고 싶은 짐 같은 존재요."

"말도 안 돼요!"

앤드루가 흥분하며 대꾸했다.

대화는 사십오 분 동안이나 계속되었지만 한 걸음도 나아가지 못했다. 앤드루는 결국 흥분을 억누르지 못하고 소리쳤다.

"어떻게 해서든 해결해야 합니다. 아시겠어요? 우린 무조건

해내야 한다고요. 루엘린은 우리가 뭘 하려는지 알고 있어요. 제가 아까 오후에 말했거든요."

"뭐라고!"

옥스보로와 어커트 심지어 메들리의 입에서도 비명이 터져 나왔다.

"그러니까 맨슨 선생이 벌써 루엘린 박사님에게 말했단 말이오?"

옥스보로는 휘둥그레진 눈으로 그를 쳐다보며 반쯤 몸을 일으켰다.

"네, 제가 했습니다! 언젠가는 박사님도 알게 될 테니까요. 그렇지 않겠어요? 우리가 공동 전선을 편다는 것을 말해 주었으니 승리하는 길밖에는 없습니다."

"저런!" 어커트는 사색이 되었다. "배짱이 대단하군그래! 자네는 루엘린의 영향력이 얼마나 대단한지 모르고 있어. 그는 손가락 하나로 모든 걸 움직이는 사람이라고! 우리 모두 쫓겨나지 않으면 다행일걸세. 생각해 보게. 내가 이 나이에 다른 일자리를 찾아다녀야겠느냐 말이야." 그는 문 쪽으로 발길을 옮겼다. "자넨 좋은 친구야, 맨슨. 하지만 너무 젊어. 그럼 잘 있게."

메들리도 이미 자리에서 일어나 있었다. 그의 눈빛을 보니 당장이라도 전화기로 달려가 루엘린 박사에게 박사야말로 최고의 명의고 자신은 그의 명령을 완벽하게 따를 거라 말하며 사과할 것만 같았다. 이어서 옥스보로도 자리에서 일어났다. 이 분쯤 뒤 방 안에는 볼런드와 앤드루 그리고 마시다 만 맥주만 남았다.

그들은 말없이 맥주를 모두 마셔 버렸다. 앤드루는 지하 식료품실에 맥주 여섯 병이 더 있다는 사실을 떠올렸다. 그들은 그 여섯 병마저도 마셔 버렸다. 그런 다음 다시 이야기를 시작했다. 옥스보로와 메들리, 어커트의 태생부터 혈통, 도덕성까지 화제로 삼았다. 특히 옥스보로와 옥스보로의 휴대용 오르간 이야기도 했다. 그러느라 집으로 돌아온 크리스틴이 위층으로 올라가는 것도 눈치 채지 못했다. 그들은 마치 배신당하고 모욕당한 형제처럼 속 깊은 얘기를 털어놓았다.

이튿날 아침, 앤드루는 머리가 깨질 듯한 두통으로 얼굴을 찌푸리며 왕진을 돌았다. 마침 광장 거리를 지나다 자동차에 타고 있는 루엘린 곁을 지나가게 되었다. 앤드루가 수치스러워하며 반항기 어린 눈을 들자 루엘린이 그를 보며 싱긋 웃었다.

10

앤드루는 패배감에 낙담하고 괴로워하며 일주일을 보냈다. 그리고 일요일 아침, 여느 때 같으면 길게 누워서 느긋하게 보냈을 그가 갑자기 열띤 표정을 지었다.

"이건 돈 문제만이 아니야, 크리스! 이건 원칙의 문제야! 그 생각만 하면 미칠 것 같아! 왜 나는 그냥 넘어가지 못하는 걸까? 왜 난 루엘린을 좋아하지 않는 거지? 어느 순간 좋아한다고 생각하다가도 왜 이내 그가 미워지는 걸까? 내게 솔직히 말해 줘, 크리스. 왜 난 그의 발밑에 무릎을 꿇지 못하는 거지? 내가 질투하는 걸까! 도대체 왜 그러지?"

그녀의 대답은 그를 놀라게 했다.

"맞아요, 당신은 질투하는 거예요!"

"뭐라고?"

"그러다 고막 터지겠어요! 당신이 솔직히 말하라고 했잖아요. 당신은 질투하고 있어요. 그것도 대단히. 하지만 질투하면 또 어때요? 나도 성인군자와 결혼하고 싶지는 않았어요. 당신에게 후광이 없어도 우리 집은 이미 반짝반짝 빛이 나요."

"계속해 봐." 앤드루가 투덜거리며 말했다. "당신이 생각하는 내 결점에 대해 말해 봐. 의심이 많다! 질투심이 많다! 당신은 전에도 그런 말을 했지. 참! 게다가 나는 너무 젊어. 그건 아닌가? 여든은 족히 먹었을 어커트 영감이 지난번에 거리낌 없이 그렇게 말하더군."

앤드루는 입을 다물고 크리스틴이 계속해서 말하기를 기다렸다. 그러다가 마침내 짜증 섞인 음성으로 말했다.

"도대체 왜 내가 루엘린 따위를 질투하는 거지?

"그는 자기 일에 놀랄 만큼 뛰어난 실력을 가졌고, 유명하고, 그리고 무엇보다 최고의 학위를 갖고 있으니까요."

"반면에 나는 스코틀랜드 대학에서 초라한 의학사 학위나 하나 받았고 말이야! 제기랄! 이제야 당신이 날 어떻게 생각하는지 알겠군." 그는 격분해서 침대를 박차고 나가 잠옷 차림으로 방 안을 서성거리기 시작했다. "그까짓 학위가 뭐란 말이지? 순전히 겉치레일 뿐이라고! 중요한 건 방법이고, 임상에서의 실력이야. 난 교과서에 쓰여 있는 헛소리들은 믿지 않아. 난 청진기 끝에서 들려오는 소리만 믿어! 당신은 거기에서 얼마나 다양한 소리가 나오는지 모를 거야. 광부들의 폐에 대한 연구도 이제 슬슬 실체가 드러나기 시작했어. 아마 언젠가는 당신을 놀라게 해 줄 날이 올 거야. 하지만 제기랄! 모처럼 쉬는 평화로운 일요일 아침부터 마누라한테 당신은 아무것도 아니라는 말을 들어야 하다니!"

침대에 앉아 있던 크리스틴은 매니큐어 세트를 가져다 바르며 앤드루의 말이 끝나기를 기다렸다.

"난 절대 그렇게 말하지 않았어요, 앤드루." 그녀의 침착한 태도에 앤드루는 더욱 화가 났다. "난 단지……당신 평생 조수로 늙어 갈 건 아니잖아요. 당신은 사람들이 자기 말을 들어 주고 당신이 하는 일이나 생각에 관심을 기울여 주길 원하죠. 당신도 내 말의 의미를 이해할 거예요. 만일 당신이 정말로 훌륭한 학위, 예컨대 의학 박사나 왕립의사협회 회원 같은 학위를 갖게 된다면 당신에게도 유리할 거예요."

"왕립의사협회 회원이라고!" 앤드루는 멍하니 그 말을 되풀이했다. 그리고 생각했다. '그러니까 이 여자는 항상 그런 생각을 갖고 있었군. 허! 왕립의사협회 회원이라! 탄광촌 의사 주제에 그런 걸 따란 말이야?'

하지만 그가 빈정거리면 크리스틴은 당황할 게 분명했다.

"그건 유럽의 최고 의사들만 받을 수 있다는 걸 모르는모양이군!"

앤드루는 방문을 쾅 닫고 면도를 하러 욕실로 들어갔다. 오 분쯤 뒤 그는 절반은 면도를 하고 절반은 비누 거품투성이인 채로 다시 나왔다. 그는 후회하고 흥분해 있었다.

"당신은 정말 내가 그렇게 될 수 있다고 생각하는 거야, 크리스? 당신 말이 옳아. 명패를 화려하게 장식할 경력이 있어야 목적을 달성할 수 있기는 하지! 그러나 왕립의사협회 회원이 되려면 아주 어려운 의학 시험을 통과해야 한다고. 한마디로 사람 죽이는 시험이야. 하지만 난 믿어……. 잠깐만 기다려 봐, 자세한 내용 좀 보고 올 테니."

앤드루는 이야기를 멈추고 의학 사전을 보러 쏜살같이 아래층으로 내려갔다. 그리고 책을 들고 돌아왔을 때 그는 낙담한 듯 고개를 숙이고 있었다.

"틀렸어!" 앤드루가 실망한 목소리로 중얼거렸다. "불가능해! 내가 말한 대로 불가능한 시험이야. 어학에 예비 시험이 있어. 무려 4개 국어야. 라틴어, 프랑스어, 그리스어, 독일어. 그중 두 가지는 필수과목으로 그걸 통과해야지만 본 시험을 치를 수 있어. 난 외국어라면 젬병이야. 내가 아는 라틴어는 엉터리 전문 용어가 전부라고. 게다가 프랑스어는……."

크리스틴은 아무 대꾸도 하지 않았다. 앤드루가 침울한 얼굴로 창가에 서서 밖을 내다보는 동안 방 안에는 정적이 흘렀다. 이윽고 도저히 포기할 수 없었는지 앤드루가 미간을 찌푸리고 초조한 표정으로 돌아섰다.

"젠장! 해서 안 된다는 법은 없겠지, 크리스? 시험을 위해 그 언어를 못 배운다는 법은 없겠지?"

크리스틴이 침대를 박차고 나와 앤드루를 껴안았다. 그 바람에 매니큐어가 바닥에 떨어지며 사방으로 튀었다.

"앤드루! 내가 듣고 싶었던 말이 그거예요. 그게 바로 당신다운 거예요. 내가 도울게요. 내가 당신을 도울 수 있을 거예요. 당신 아내가 전직 교사였다는 사실을 잊지 말아요."

두 사람은 그날 흥분된 마음으로 여러 가지 계획을 세웠다. 우선 트롤럽이니 체호프니 도스토옙스키니 하는 작가들의 책을 비어 있는 침실에다 치웠다. 그리고 거실을 공부방으로 만들기 위해 깨끗이 청소했다. 그날 저녁부터 그는 크리스틴과 함께 학생이 되었다. 다음 날 저녁도, 그다음 날에도.

앤드루는 이따금 막판에 우스운 꼴이 되지 않을까 걱정도 되고, 멀리에서 자신을 조롱하는 신들의 웃음소리가 들리는 것 같기도 했다. 그는 외딴 웨일스의 탄광촌에서 아내와 함께 딱딱한 책상에 앉아 그녀가 말하는 "caput, capitis"니 "Madame, est-il possible que……" 따위를 따라 읽고, 어형 변화라든지 불규칙 동사를 외우고, 『타키투스』나 둘이서 선택한 『나는 조국을 위한다』라는 애국적인 독본을 큰 소리로 읽었다. 그러다가도 툭하면 등받이에 등을 기대고 심각하게 생각에 잠겼다.

'만일 루엘린이 여기 우리를 본다면 쓴웃음을 짓지 않을까! 게다가 이건 시작에 불과해. 이 후에도 또 다른 의학 공부를 해야 하고!'

다음 달 말이 되자 국제의학도서관 런던 지부에서 베일뷰로 정기적으로 책 꾸러미가 배달되기 시작했다. 앤드루는 그 책에서 대학 시절 배우지 않은 부분부터 찾아 읽었다. 그러다 보니 자신이 책을 손에서 놓은 지 얼마나 오래되었는지 깨달았다. 또 생화학 분야에서 얼마나 치료법이 발달되었는지를 알고서 놀라고 압도당했다. 앤드루는 신장의 역치라든지 혈중 요소, 기초대사 작용 그리고 알부민 테스트의 오류에 대해서도 알게 되었다. 학창 시절에 배운 기본 원리가 무너진 것을 발견하고 그는 큰 소리로 외쳤다.

"크리스! 난 정말 아는 게 아무것도 없어. 피가 마르는 것 같아!"

그는 진료소 일도 병행해야 했기 때문에 공부는 밤에만 할 수 있었다. 블랙커피를 들이켜고 머리에 젖은 수건을 둘러 가며 새벽까지 책과 씨름했다. 그러다 녹초가 되어 침대에 쓰러져도 쉽게 잠을 이루지 못했다. 어렵게 잠이 들어도 악몽으로 온몸에 식은땀을 흘리며 잠을 깨기 일쑤였다. 그의 머리가 온갖 전문 용어와 공식, 더듬더듬 말하는 엉터리 프랑스어로 타들어 가는 악몽이었다.

게다가 담배를 많이 피워서 체중이 줄고 얼굴도 야위어 갔다. 하지만 크리스틴은 언제나 말없이 앉아서 그가 말을 걸거나 도표를 그리거나 혀가 꼬이는 의학 용어라든지 특이하고 놀랍고 환상적인 신장 세관의 선택적 작용에 대해 설명하는 것을 묵묵히 들어 주었다. 앤드루가 소리를 지르거나 손짓을 하거나 신경이 날카로워져서 욕설을 퍼부을 때도 그대로 들어 주었다.

한번은 11시가 되어 새로 만든 커피를 가지고 들어가자 앤드루가 으르렁거렸다.

"나 좀 내버려 둘 순 없어? 이 흙탕물 같은 건 또 뭐야? 카페인은 쓸데없는 약이라고. 당신은 내가 지금 날 서서히 죽이고 있다는 걸 알고 있을 거야, 그렇지? 이 모든 게 당신 때문이야. 당신은 매정한 여자야. 정말 무서운 여자야. 묽은 죽을 가지고 왔다 갔다 하는 여간수 같다고! 난 절대 이놈의 시험을 통과하지 못할 거야. 런던의 웨스트엔드며 큰 병원의 의사들도 수백 명이 지금 이 시험을 위해 눈에 불을 켜고 공부하고 있어. 그런데 내가! 이 애버럴로에서! 하하!" 신경질적인 웃음이었다. "이 구식 의료조합 출신이! 오, 하느님! 난 너무 지쳤어. 그리고 오늘 밤 세픈 거리에 해산하는 산모가 있어서 나가 봐야 할지도 몰라……."

크리스틴은 앤드루보다 강한 전사였다. 그녀는 평정을 잃지 않는 성격이었기 때문에 어떤 위기 앞에서도 두 사람이 잘 헤쳐 나갈 수 있게 해 주었다. 그녀 또한 짜증이 날 때도 있었지만 잘 억제하는 편이었다. 본 부부의 초대도 거절하고 템퍼런스 홀에서 열리는 오케스트라 연주회에 가는 것도 포기하는 등 희생을 감수했다. 아무리 잠이 부족해도 일찍 일어나 단정하게 옷을 입고 아침 식사를 준비했다. 그러면 그때서야 앤드루는 면도도 하지 않고 이미 첫 담배를 문 채 다리를 질질 끌며 내려왔다.

앤드루가 공부를 시작한 지 육 개월쯤 되었을 때 갑자기 브리들링턴에 사는 크리스틴의 이모가 정맥염에 걸렸다며 와 달라는 편지를 보내왔다. 크리스틴은 앤드루에게 편지를 보여 주면서 가지 않겠다고 선언했다.

하지만 부루퉁한 얼굴로 베이컨과 계란을 먹고 있던 앤드루가 짜증스럽게 말했다.

"그러지 말고 가, 크리스! 이대로 공부하는 것보다 당신이 없는 편이 더 나을지도 몰라. 우린 최근에 서로 신경이 날카로워졌잖아. 미안해. 하지만 당신이 가는 게 최선이야."

크리스틴은 마지못해 주말에 떠났다. 하지만 그녀가 떠난 지 하루도 못 되어 앤드루는 자신의 실수를 인정했다. 그녀가 없는 것은 대단한 고통이었다. 비록 제니가 지시대로 빠짐없이 준비를 한다고 했지만 그는 끊임없이 신경이 쓰였다. 그것은 제니의 요리 때문도 아니고 미지근한 커피 때문도 아니고 불편한 잠자리 때문도 아니었다. 크리스틴의 부재, 그녀가 집에 없다는 사실, 그녀의 이름을 부를 수 없다는 사실, 그녀에 대한 그리움 때문이었다. 앤드루는 건성으로 책을 들여다보며 시간만 죽이거나 크리스틴 생각만 하고 있는 자신을 발견할 때가 종종 있었다.

이 주일이 끝나갈 무렵 크리스틴에게서 돌아간다는 전보가 왔다. 그는 모든 일을 접어놓고 그녀를 맞을 채비를 했다. 재회를 축하하는 데 너무 사치스럽다거나 화려하다는 건 있을 수 없었다. 전보가 늦게 도착했기 때문에 앤드루는 서둘러 마을로 달려갔다. 그는 우선 장미 한 다발을 샀다. 그리고 켄드릭의 생선 가게에 들러 운 좋게도 그날 아침에 배달된 신선한 갯가재를 구했다. 본 부인이 전화를 걸어 먼저 주문하기 전에 얼른 손에 넣은 것이다. 켄드릭은 이런 비싼 상품은 본 부인에게 우선 팔았기 때문이다. 앤드루는 얼음을 사고 식료품점에 전화를 걸어 샐러드 재료를 주문하고 마지막으로 짜릿한 전율을 느끼며 광장 거리의 식료품 상인인 램퍼트가 최고급이라고 확인해 준 모젤산 백포도주를 주문했다.

앤드루는 차를 마신 뒤 제니에게 집에 돌아가도 좋다고 했다. 제니가 젊은이다운 호기심 어린 눈으로 줄곧 자신을 주시하는 것을 아까부터 느끼고 있었기 때문이다. 앤드루는 곧 본격적인 작업에 착수했다. 우선 정성껏 갯가재 샐러드를 만들었다. 식기실에서 양동이를 가져와 얼음을 채우니 훌륭한 포도주 냉장고가 되었다. 꽃을 장식하는 데는 예상치 못한 어려움이 있었다. 제니가 꽃병을 놓아둔 계단 아래 벽장문을 잠그고 일부러 열쇠를 감춰 놓았던 것이다. 하지만 앤드루는 이런 난관조차 극복했다. 장미 다발 중에 반은 물병에 꽂고 나머지 반은 위층 화장실에서 가져온 칫솔 통에 꽂았다. 이렇게 했더니 오히려 색다른 느낌이 들었다.

꽃이며 음식, 얼음에 담근 포도주까지 모든 준비를 끝낸 앤드루는 눈을 반짝이며 마지막으로 식탁을 점검했다. 그리고 진료가 끝난 뒤 9시 30분쯤에 크리스틴을 마중하러 역으로 달려갔다.

다시 연애 시절로 돌아간 듯 신선하고 경이로운 느낌이었다. 그는 다정하게 아내를 사랑의 향연장으로 안내했다. 밤공기는 무덥고 적막했다. 달빛이 머리 위를 비추었다. 앤드루는 복잡한 기초 대사 과정 따위는 잠시 잊고 자신들이 마치 프로방스나 호숫가 근처의 커다란 성에라도 와 있는 것 같다고, 크리스틴이 아름답고 풋풋한 소녀 같다고 말했다. 그러면서 지금까지는 그녀에게 못되게 굴었지만 앞으로는 평생 그녀가 마음 놓고 밟을 수 있는 양탄자 같은 사람이 되겠다고 다짐했다. 그러자 크리스틴이 붉은색 양탄자는 아니었으면 좋겠다고 거들었다. 그 밖에도 앤드루는 많은 각오를 말했다.

그러나 그 주가 끝나기도 전에 그는 어느새 슬리퍼 좀 갖고 오라는 식의 명령 투로 돌아가 버렸다.

먼지가 많고 태양이 작열하는 8월이 왔다. 독본 등으로 읽기를 대충 끝내고 이제 본격적인 공부로 들어가야 하는데 특히 조직학은 지금과 같은 방식으로는 공부하기가 매우 어려웠다. 그때 크리스틴이 카디프 대학에 있는 챌리스 교수를 생각해 냈다. 앤드루가 그에게 편지를 띄웠더니, 챌리스는 즉시 답장을 보내왔다. 편지에는 다소 장황하게 병리학 분야에서 그의 영향력을 얼마든지 이용해도 좋다는 내용이 적혀 있었다. 글린존스 박사가 그 방면에서는 최고의 학자라는 사실을 알게 될 거라는 말도 했다. 챌리스는 마지막으로 크리스틴에게 안부를 전해 달라며 다정한 말로 편지를 끝맺었다.

"모든 게 당신 덕분이야, 크리스! 이래서 친구가 좋은 거로군. 그런데도 난 지난번 본 씨의 저택에서 어떻게든 챌리스를 피하려고 했으니! 점잖으면서도 허풍이 좀 심한 노인 같아서 말이야. 하지만 지금도 난 남에게 부탁하는 건 질색이야. 게다가 당신에게 다정한 인사말을 하고 있잖아!"

그달 중순경 베일뷰에 중고 레드인디언 모터사이클이 등장했다. 전 주인은 속력이 굉장히 빠르다고 광고했지만 사실 조잡하고 성능도 그저 그런, 의사에게는 어울리지 않는 물건이었다. 앤드루는 환자가 뜸한 여름에는 오후 세 시간 정도 모터사이클을 개인적으로 쓸 수 있었다. 어쨌든 그 후로 사람들은 매일 점심시간이 끝나자마자 굉음을 내며 골짜기를 내려가 50킬로미터쯤 떨어진 카디프 쪽으로 달려가는 빨간 모터사이클을 볼 수 있었다. 그리고 오후 5시 무렵이면 먼지를 뒤집어쓴 빨간 모터사이클이 반대로 베일뷰를 향해 달려오는 모습이 보였다.

그로부터 몇 주 동안 앤드루는 햇볕을 뚫고 왕복 100킬로미터를 오가며, 아직 모터사이클의 진동이 남아 있는 손으로 현미경을 사용해 한 시간 동안 글린존스의 표본과 슬라이드 들여다보는 일을 계속했다. 크리스틴 역시 요란스러운 소리를 내며 출발하는 앤드루를 배웅할 때마다 저 쇠로 된 악마 같은 기계에 납작하게 엎드린 그에게 무슨 일이 일어나지 않을까 두려워하고, 그의 귀가를 알리는 희미한 굉음이 들릴 때까지 조마조마하게 기다리는 일을 반복했다.

비록 바쁘게 오가는 길이었지만 앤드루는 이따금 크리스틴을 위해 카디프에서 딸기를 사 오기도 했다. 그러면 크리스틴은 남편의 진료 시간이 끝날 때까지 딸기를 먹지 않고 기다렸다. 차를 마시면서도 앤드루는 먼지를 뒤집어쓴 충혈된 눈으로 언젠가 트리코드 지역의 움푹 팬 마지막 골을 지날 때는 십이지장이 덜컹 내려앉는 게 아닐까 하는 우울한 생각도 하고, 자신이 없는 동안 진료실로 연락이 온 두 명의 환자를 제시간에 왕진할 수 있을까 자문해 보며 항상 마음을 졸였다.

하지만 그의 고행도 드디어 끝나는 날이 왔다. 글린존스에게는 더 이상 앤드루에게 보여 줄 자료가 없었다. 앤드루는 모든 슬라이드와 표본을 머릿속에 담았다. 이제 남은 일이라곤 원서를 쓰고 비싼 수험료를 보내는 일뿐이었다.

10월 15일 앤드루는 혼자 런던행 기차를 탔다. 크리스틴이 역까지 그를 배웅했다. 막상 시험이 손에 닿을 듯 가까워 오자 이상하게 마음이 가라앉았다. 그동안의 노력과 미친 듯한 집중도, 신경질적인 감정의 폭발도 모두 사라져 버린 것 같았다. 두뇌는 아무 작용도 하지 않고 멍하기까지 했다. 앤드루는 자신이 아무것도 모르는 것처럼 느꼈다.

이튿날 그는 시험 장소인 의과대학에서 거의 자동적으로 답안지를 작성하고 있었다. 시계 한번 들여다보지 않고 쓰고 또 쓰며 시험지를 한 장 두 장 채워 나갔다. 다 쓰고 나자 머리가 어질어질했다.

그는 언젠가 크리스틴과 런던에 처음 왔을 때 묵은 적이 있는 뮤지엄 호텔에 숙소를 정했다. 숙박료가 대단히 싼 호텔이었다. 하지만 그곳의 형편없는 음식이 가뜩이나 예민한 그의 소화관을 건드려 나중에는 된통 소화불량에 걸리고 말았다. 그는 어쩔 수 없이 맥아를 섞은 뜨거운 우유로 식사를 해결해야 했다. 스트랜드의 카페 'ABC'에서 맥아유를 한 잔 마시는 것이 그의 점심이었다. 시험 기간에는 정신이 없고 어리둥절했다. 기분 전환을 할 만한 곳에 간다는 것은 꿈도 꾸지 못했다. 거리의 사람들도 별로 눈에 들어오지 않았다. 이따금 머리를 식히기 위해 이층버스의 위 칸에 타 보는 게 고작이었다.

필기시험이 끝나고 실기시험과 구두시험이 시작되었다. 앤드루는 지금까지 치른 그 어떤 시험보다도 이 시험이 두려웠다. 지원자가 스무 명쯤 되는데 모두 그보다 나이도 많은 데다 지위는 물론이고 자신에 찬 모습들이었다. 예를 들어 바로 옆 자리에 앉은 해리슨이라는 지원자와 한두 마디 대화를 나눠 보니 그는 옥스퍼드 대학에서 화학을 전공했고 세인트 존 병원에서 외래 환자 담당 의사로 근무하며 브룩 거리에 자신의 진료소를 갖고 있는 남자였다. 앤드루는 신분도 확실한 해리슨의 당당한 태도와 촌스럽고 어색한 자신을 비교해 보고는 자신이 시험관에게 좋은 인상을 줄 가능성은 너무도 적다는 것을 실감했다.

사우스 런던 병원에서 치른 실기시험은 예상보다 만족스러웠다. 앤드루의 환자는 기관지 확장증을 앓고 있는 열네 살 난 소년이었는데, 폐 질환에 익숙한 앤드루로서는 운이 좋은 편이었다. 앤드루는 썩 괜찮은 보고서를 작성했다고 자신했다. 하지만 구두시험은 행운이 완전히 역전된 느낌이었다. 의과대학에서 치르는 구두시험에는 특이한 점이 있었다. 이틀에 걸쳐 실시하는데, 두 명의 시험관이 돌아가며 각 지원자에게 질문을 하고, 1차 시험이 끝나면 불합격한 지원자는 다음 날 더 이상 나올 필요가 없다는 친절한 통보문을 받게 된다. 이 운명을 결정짓는 절박한 순간을 앞둔 앤드루는 자신의 첫 시험관이 해리슨이 잘 아는 것처럼 떠들었던 모리스 개즈비 박사라는 말을 듣고 더욱 떨 수밖에 없었다.

검은 수염을 덥수룩하게 기른 개즈비는 평균 이하의 마르고 왜소한 체격에 눈이 작고 게슴츠레한 남자였다. 최근에 협회의 특별 회원으로 선출된 그는 연륜 있는 시험관다운 관대함이라고는 찾아볼 수 없는, 자기 앞에 서 있는 지원자를 일부러 떨어뜨리려는 사람처럼 보였다. 그는 거만해 보이는 눈썹을 치켜뜨고 앤드루 앞에 여섯 장의 슬라이드를 내려놓았다. 앤드루는 이 슬라이드 중 다섯 개의 이름은 정확히 맞췄지만 여섯 번째는 도무지 알 수가 없었다. 개즈비의 관심은 이 슬라이드에 집중되었다. 그는 결국 이 슬라이드 — 분명하지는 않지만 서아프리카 기생충 알처럼 보였다. — 를 가지고 오 분 동안이나 앤드루를 괴롭히더니 더 이상 관심 없다는 표정으로 다음 시험관인 로버트 애비 경에게 보냈다.

의자에서 일어난 앤드루는 창백한 표정으로 쿵쾅거리는 가슴을 진정시키며 방을 가로질러 걸어갔다. 초반에 느꼈던 권태로움이라든지 무기력함은 온데간데없었다. 그는 어떻게 해서든 합격하고 싶은 마음뿐이었다. 하지만 개즈비가 자신을 불합격시킬 것 같은 예감이 들었다. 이윽고 앤드루가 고개를 들자 로버트 애비 경이 친근하고도 장난기 가득한 미소를 띠고 그를 바라보고 있었다.

"무슨 일 있나?"

뜻밖의 질문이었다.

"아무것도 아닙니다." 앤드루가 더듬거리며 말했다. "실은 개즈비 박사님 앞에서 실수를 한 것 같습니다. 그뿐입니다."

"마음에 담아 두지 말게. 자, 이 표본을 보고 생각나는 대로 말해 보게."

애비는 용기를 북돋워 주려는 듯 미소를 지었다. 말끔히 면도를 하고 혈색이 좋은, 예순다섯 살 정도 되어 보이는 이 남자는 튀어나온 이마와 긴 윗입술로 재미있는 인상이었다. 애비는 지금이야 유럽에서 세 번째 손가락에 꼽히는 저명한 의사지만 젊은 시절에는 고향인 리즈에서 얻은 명성만 가지고 무작정 런던으로 올라와 온갖 편견과 반대에 부딪히며 고생도 하고 쓰라린 경험도 한 사람이었다. 그는 겉으로 드러나지 않게 앤드루를 관찰하며 그의 투박하게 재단한 양복과 흐늘거리는 깃과 셔츠, 싸구려 티가 나고 매듭이 느슨한 넥타이 그리고 무엇보다 진지하면서도 잔뜩 긴장한 듯한 표정을 보고 자신의 청년 시절을 떠올렸다. 그래서 자신도 모르게 이 평범하지 않은 지원자에게 마음이 쏠렸고, 자연히 앞에 놓인 성적표에도 눈길이 갔다. 특히 최근에 본 실기시험에서 합격 기준을 웃도는 앤드루의 성적을 발견하고 흡족했다.

한편 앤드루는 앞에 놓인 유리병에 시선을 고정시킨 채 더듬거리며 표본에 대해 설명을 하려고 애쓰고 있었다.

"좋아!"

애비가 불쑥 끼어들었다. 그는 표본 — 그것은 상행 대동맥의 동맥류였다. — 을 치우고 부드럽게 질문을 던졌다. 그의 질문은 처음에는 단순했지만 점차로 범위가 넓어지고 날카로워져서 마침내는 말라리아 감염을 이용한 최신 치료법에까지 이르렀다. 그러나 상대방의 마음을 이해하는 듯한 애비의 태도 덕분에 앤드루는 마음을 열고 충분한 대답을 할 수 있었다.

마침내 애비가 표본을 내려놓고 물었다.

"동맥류의 역사에 관해 알고 있나?"

"앙브루아즈 파레가……." 앤드루가 여기까지 대답했을 때 애비 경은 이미 고개를 끄덕였다. "처음 발견한 것으로 추정되고 있습니다."

애비의 얼굴에 놀란 기색이 보였다.

"왜 추정인가? 파레는 동맥류를 발견했어."

앤드루의 얼굴이 붉어졌다가 계속되는 추궁에 창백해졌다.

"네, 알고 있습니다. 하지만 그것은 교과서에서 말하는 거죠. 모든 교과서에 그렇게 적혀 있으니까요. 저도 여섯 권의 책에서 그렇게 읽었지만 단정하기에는 문제가 있습니다." 앤드루는 잠시 숨을 돌렸다. "제가 켈수스의 책을 읽었는데, 실은 라틴어를 잘 모르니 수박 겉핥기 식으로 읽었지만요, 분명히 '동맥류'라는 말을 보았습니다. 켈수스는 동맥류를 알고 있었던 겁니다. 그리고 아주 자세하게 표현했더군요. 파레보다도 십삼 세기 이전의 일입니다!"

잠시 침묵이 흘렀다. 앤드루는 비판을 각오하며 애비의 눈을 올려다보았다. 애비는 혈색 좋은 얼굴에 묘한 표정을 지으며 그를 바라보았다.

"맨슨 군." 마침내 그가 입을 열었다. "자네는 이 시험장에서 처음으로 내가 몰랐던, 독창적인 진실을 알려 준 첫 번째 응시자네. 축하하네."

앤드루의 얼굴이 다시 붉게 물들었다.

"한 가지 더 말해 줄 텐가. 이건 순전히 개인적인 호기심인데." 애비가 물었다. "자넨 무엇을 중요한 원칙으로 삼는가? 말하자면 자네가 직무를 행할 때 마음속에 간직하는 기본적인 신념은 무엇인가?"

앤드루가 필사적으로 머리를 쥐어 짜내는 동안 침묵이 계속되었다. 마침내 앤드루는 이 대답으로 그동안 쌓아 온 좋은 효과가 물거품이 될지도 모른다고 느끼면서 대답했다.

"네, 저는……무엇이든 당연한 것으로 받아들이지 말라고 자신에게 말합니다."

"고맙네, 맨슨."

앤드루가 방을 나가자 애비는 손을 뻗어 펜을 잡았다. 그는 이상하게 자신이 다시 젊어지고 감상적이 되는 것을 느꼈다. 그는 생각했다. '만일 저 친구가 사람들의 병을 치료하기 위해 노력한다든지 인류의 고통을 구원하기 위해 노력한다는 식으로 말했으면 난 실망해서 낙제점을 주었을지도 몰라.' 애비는 앤드루 맨슨의 이름 옆에 그간 한번도 준 적이 없는 최고 점수 100점을 적었다. 사실 자신이 마음대로 할 수만 있다면 그것보다 두 배의 점수를 주고 싶은 게 솔직한 심정이었다.

몇 분 뒤 앤드루는 다른 지원자들과 함께 아래층으로 내려갔다. 계단 아래 가죽 천막으로 된 임시 사무실 옆에 제복 차림의 경비원이 작은 봉투 꾸러미를 앞에 놓고 서 있었다. 그

경비원은 지원자들이 지나갈 때마다 봉투를 하나씩 나누어 주었다. 앤드루 옆을 걸어가던 해리슨이 얼른 자신의 봉투를 찢었다. 그러고는 표정이 바뀌며 조용히 말했다.

"내일 나올 필요 없다는 소리군." 그는 억지 미소를 지으며 앤드루에게도 물었다. "자넨 뭐라고 써 있나?"

앤드루는 손가락이 부들부들 떨리고 글씨가 제대로 눈에 들어오지도 않았다. 그렇게 멍하니 있을 때 축하한다는 해리슨의 목소리가 들렸다. 그에게는 아직 기회가 남아 있었다. 앤드루는 카페 'ABC'로 걸어 내려가 자축의 의미로 맥아유를 시켰다. 만일 이번 시험을 통과하지 못하면 버스 앞으로 뛰어들고 말 테다. 그는 이런 강박관념에 사로잡혔다.

다음 날은 지루하게 지나갔다. 처음의 지원자는 반도 남아 있지 않았는데 이중에 또다시 절반만 살아남을 거라는 소문이 돌았다. 앤드루는 자신이 잘하고 있는지 그렇지 않은지 감을 잡을 수도 없었다. 다만 머리가 깨질 듯 아프고 발이 시리며, 마음이 텅 빈 것 같은 느낌만 들었다.

마침내 모든 것이 끝났다. 오후 4시경 앤드루는 탈진하고 우울한 기분으로 외투 보관소에서 외투를 꺼내 입고 밖으로 나왔다. 그런데 홀에 있는 커다란 벽난로 앞에 애비 경이 서 있었다. 앤드루가 그 앞을 지나치려고 하는데 어떤 이유에서인지 애비 경이 손을 내밀며 웃는 얼굴로 말을 걸어왔다. 그가 시험에 통과했다는 소식이었다.

오, 하느님, 내가 해낸 거야. 내가 해낸 거야! 앤드루는 다시 생기를 되찾았다. 두통도 씻은 듯이 낫고 무력감도 사라졌다. 앤드루는 격렬하게 뛰는 가슴을 진정시키며 가까운 우체국으로 달려갔다. 그는 시험에 합격했다. 런던 웨스트엔드 출신도 아니고 산간벽지 탄광촌 출신인 그가 해낸 것이다. 온몸에 감격스러운 기쁨이 번졌다. 결국 그 모든 노력이 쓸모없는 일이 아니었다. 긴긴밤과 카디프까지 미친 듯이 오갔던 일과 공부하느라 보냈던 고통스러운 시간들도. 앤드루는 인파를 밀치고 또 인파에 부딪치며 택시와 버스의 바퀴도 아랑곳하지 않고 달렸다. 크리스틴에게 이 기적 같은 소식을 전하기 위해 눈을 반짝이며 달리고 또 달렸다.

11

기차가 역으로 들어온 것은 예상보다 삼십 분 늦은 자정 가까운 시각이었다. 골짜기를 올라오는 내내 엔진과 싸우던 세찬 맞바람은 애버럴로 역 플랫폼을 빠져나올 때쯤에는 허리케인과 맞먹는 기세로 발밑을 휘감았다. 역은 황량했다. 역 입구에 줄지어 서 있는 어린 포플러 나무들은 활처럼 휘어지고 바람이 불 때마다 우우 소리를 내며 떨었다. 머리 위의 별들은 광을 낸 듯 유난히 반짝였다.

앤드루는 몸을 잔뜩 웅크리고 역 앞 거리를 걸었다. 바람이 휘몰아칠 때마다 그의 마음은 오히려 벅차올랐다. 자신의 멋진 성공과 위대하고 복잡한 의료인의 세계를 접했던 일, 귓전에 맴도는 로버트 애비 경의 말 그리고 그곳에서 일어났던 모든 일을 한시라도 빨리 크리스틴에게 들려주고 싶어 발걸음을 재촉했다. 크리스틴은 이미 전보를 통해 기쁜 소식을 알고 있겠지만 그 신나는 이야기를 처음부터 끝까지 자세히 들려 주고 싶었다.

앤드루가 고개를 잔뜩 웅크리고 힘차게 탈가스 거리를 걷는데 문득 누군가 뛰어오는 기척이 느껴졌다. 숨을 가쁘게 몰아쉬며 뒤따라오는 그 남자의 덜거덕대는 시끄러운 발소리가 강풍 소리와 뒤섞여서 마치 유령처럼 느껴졌다. 앤드루는 발걸음을 멈췄다. 이윽고 가까이 다가온 남자는 앤드루도 알고 있는 3호 무연 탄광의 구급차 담당자인 프랭크 데이비스였다. 그는 지난 봄까지만 해도 응급 요원이었다. 데이비스도 대번에 앤드루를 알아보았다.

"안 그래도 지금 선생님을 모시러 가던 중입니다. 선생님 댁으로요. 바람 때문에 전화선이 모두 끊겼어요."

불어오는 돌풍으로 나머지 말은 잘 들리지도 않았다.

"무슨 일입니까?"

앤드루가 소리쳤다.

"3호 갱도가 무너졌어요." 데이비스가 손바닥을 동그랗게 말아 앤드루의 귀에 대고 소리쳤다. "광부 한 명이 완전히 매몰됐어요. 끌어내기가 어려워 보여요. 샘 베번이라고 선생님 환자예요. 어서 가서 자세히 좀 봐 주세요."

앤드루는 데이비스와 함께 도로를 몇 발짝 걸어 내려가다 갑자기 생각난 듯 걸음을 멈췄다.

"가방을 가져와야 해요." 앤드루가 데이비스에게 소리쳤다. "나 대신 우리 집에 가서 가방 좀 가져다주세요. 난 3호 갱도로 가 볼게요." 앤드루가 덧붙여 말했다. "참, 프랭크! 아내에게 내가 그곳에 갔다고 전해 주세요."

앤드루는 등 뒤에서 불어오는 바람을 맞으며 철도 대피선을 가로질러 로스 레인 쪽으로 걸어가 사 분 만에 3호 갱도에 도착했다. 구조실에는 부감독과 세 명의 광부가 그를 기다리고 있었다. 앤드루를 보자 부감독의 근심스러운 얼굴이 다소 편안해졌다.

"어서 오세요, 선생님. 폭풍에 완전히 당했어요. 우리도 그 위에 떨어졌죠. 다행히 죽은 사람은 없지만 젊은 친구 한 명이 팔이 끼었어요. 우리 힘으로는 끌어낼 수가 없어요. 게다가 지붕이 썩어서 언제 내려앉을지 몰라요."

그들은 권양기 쪽으로 걸어갔다. 두 명은 널빤지로 만든 들것을 들고 나머지 한 명은 구급약품이 든 나무 상자를 들었다. 그들이 갱도 입구에 도착할 때쯤 구내를 가로질러 달려오는 사람이 있었다. 데이비스가 숨을 헐떡이며 가방을 들고 왔다.

"빨리 왔군요."

권양기에 올라탄 데이비스가 그의 옆에 몸을 웅크렸을 때 앤드루가 말했다.

데이비스는 그저 고개만 까닥했다. 말을 할 수 없었다. 이윽고 땡그랑 소리가 나면서 가슴이 덜컥 내려앉는 것 같더니 권양기가 바닥으로 쭉 내려갔다. 권양기가 멈추자 그들은 차례로 내려 한 줄로 서서 움직이기 시작했다. 부감독이 제일 앞장서고, 앤드루와 여전히 가방을 그러쥔 데이비스 그리고 마지막으로 세 남자가 뒤따랐다.

앤드루는 전에도 지하 갱도에 들어온 적이 있었다. 블라넬리 광산의 갱도는 천장이 높고 둥글며 깜깜했고 소리가 울렸는데, 땅 밑으로 깊숙이 내려가 광상(鑛床)을 폭파한 뒤 채광을 했다. 그러나 이 3호 갱도는 구식이어서 막장까지 가는 운반로가 길고 꼬불꼬불했다. 게다가 운반로는 지붕이 낮은 굴이라고도 할 수 없을 정도였다. 천장에서는 물이 뚝뚝 떨어지고 냉기가 돌았는데 사람들은 반 마일에 이르는 거리를 기어서 가야 했다. 그들은 부감독이 든 램프가 멈추었을 때에야 자신들이 막장에 도착했다는 것을 알 수 있었다.

부감독이 천천히 앞으로 기어갔다. 갱도의 막다른 곳에서 세 남자가 납작하게 엎드려 또 다른 남자를 구하려고 기를 쓰고 있었다. 떨어진 바위 파편들 사이에서 한쪽 어깨가 뒤로 젖혀진 채 바위에 깔려 있는 그 남자는 흡사 이미 죽은 것처럼 보였다. 사람들 뒤로 널브러진 장비들과 뒤집어진 통조림 통 두 개, 벗어 놓은 작업복 상의가 보였다.

"어떤가?"

부감독이 낮은 음성으로 물었다.

"도저히 끌어낼 수가 없어요. 온갖 방법을 다 써 보았지만요."

한 사내가 땀으로 번들거리는 얼굴을 돌려서 말했다.

"됐네." 부감독은 잠깐 천장을 쳐다보았다. "의사 선생님이야. 자, 이제 그만 뒤로 물러나 보게."

세 남자가 막다른 곳에서 뒤로 물러나 벽에 몸을 바짝 붙이고 통로를 만들어 준 뒤에야 앤드루는 앞으로 나아갈 수 있었다. 그 순간 앤드루의 머릿속에는 최근에 본 시험과 그 시험에 나왔던 진보된 생화학 연구, 잘난 체 떠들어 대던 전문 용어, 과학적인 글귀 따위가 떠올랐다. 그것들 중 지금 같은 이런 뜻밖의 사고에 도움되는 것은 아무것도 없었다.

샘 베번은 분명히 의식이 있었다. 하지만 그의 몰골은 먼지를 뒤집어써서 초췌하기 이를 데 없었다. 그는 앤드루를 보고 희미하나마 웃음을 지으려고 애썼다.

"꼭 부상자 수송 훈련을 하는 것 같군요."

응급 구조반 회원인 베번은 붕대 감기 훈련에 소집된 적이 더러 있었다.

앤드루는 앞으로 좀 더 가까이 갔다. 부감독이 램프를 어깨 너머로 비춰 주자 앤드루가 두 손을 부상자에게 뻗었다. 베번의 몸은 바위 밑에 깔린 왼쪽 아래팔 말고는 자유로웠다. 하지만 엄청난 무게의 바위 아래 깔린 팔 때문에 꼼짝없이 갇혀 있었다.

앤드루는 그 모습을 본 순간 팔을 절단하는 방법밖에는 없다고 판단했다. 고통으로 일그러진 베번도 앤드루의 결단을 읽었다.

"그럼 그렇게 하세요, 선생님. 저를 여기서 나가게만 해 주세요."

그가 중얼거렸다.

"걱정 말아요, 샘. 이제 당신을 잠들게 해 줄게요. 잠에서 깨어나면 침대에 누워 있을 거예요."

앤드루는 높이가 2피트 남짓한 갱도 지붕 아래 진흙 웅덩이에 납작하게 엎드린 뒤 외투를 벗어 둘둘 말아 베번의 머리 아래 밀어 넣었다. 그런 다음 소매를 걷어 올리고 자신의 가방을 달라고 했다.

부감독이 가방을 건네주며 앤드루의 귀에 대고 속삭였다.

"선생님, 제발 서둘러 주세요. 까딱하다가는 천장이 내려앉겠어요."

앤드루가 가방을 열었다. 순간 클로로포름 냄새가 코를 찔렀다. 어두운 가방 속으로 손을 밀어 넣자 날카로운 유리 파편이 만져졌다. 그는 무슨 일이 일어났는지 직감적으로 알아챘다. 프랭크 데이비스가 서둘러 광산으로 달려오느라 가방을 떨어뜨린 것이다. 클로로포름 병은 깨져서 약이 흘러 버린 상태였다. 앤드루는 온몸에 전율이 흐르는 것 같았다. 밖으로 나가 약을 가져올 시간은 없었다. 게다가 마취제도 없었다.

한 삼십 초쯤 앤드루는 온몸이 마비된 듯 망연자실했다. 그러나 곧 기계적으로 피하 주사기를 찾아 모르핀을 넣고 베번에게 최대치를 주사했다. 마취 효과가 나타날 때까지 머뭇거릴 여유가 없었다. 그는 가방을 양쪽으로 벌려 기구를 쉽게 꺼낼 수 있게 한 다음 다시 베번에게 몸을 기울였다. 그는 지혈대를 단단히 조이며 말했다.

"샘! 눈을 감아요!"

빛은 희미하고 그림자가 어지럽게 흔들거렸다. 절단이 시작되자 베번은 앙다문 이 사이로 비명을 질렀다. 그리고 신음이 터져 나왔다. 그러나 다행히 절단기가 뼈에 닿았을 때는 정신을 잃은 후였다.

앤드루는 피가 솟구치고 너덜너덜한 살에 동맥 겸자를 끼웠다. 이마에 차가운 땀방울이 송골송골 맺혔다. 그는 자신이 지금 뭘 하고 있는지 알 수 없었다. 지표에서 한참 내려온 쥐의 소굴 같은 이 진흙 위에 엎드려 있자니 금세 질식할 것만 같았다. 마취제도 없고, 수술실도 없고, 그의 명령대로 움직이는 간호사도 없는 이곳. 그는 외과 의사가 아니었다. 그저 절망 상태에서 되는대로 움직일 뿐이었다. 그는 결코 잘해 낼 수 없을 것 같았다. 지붕이 곧 무너져 내릴지도 몰랐다.

뒤에서는 부감독의 조급한 숨소리가 들렸다. 목에 떨어지는 물방울이 차가웠다. 열심히 움직이는 그의 손가락은 피범벅으로 뜨거웠다. 절단기 소리……. 로버트 애비 경의 목소리가 멀리서 들려왔다. "과학적인 의술의 기회는……." 오, 하느님! 난 못해요. 난 절대로 해낼 수 없을 거예요!

마침내 끝이 났다. 앤드루는 안도감에 눈물이 나올 것만 같았다. 그는 출혈하는 절단부에 거즈를 댔다. 그리고 비틀거리며 몸을 일으켜 무릎을 꿇고 앉은 다음 말했다.

"데리고 나가세요."

50미터쯤 되돌아 나가 운반로가 다소 넓어지는 곳에 다다르자 일어설 공간도 있고 램프도 네 개나 사용할 수 있었으므로 앤드루는 여기서 수술을 마무리했다. 이곳에서는 좀 쉬웠다. 우선 수술 부위를 정리하고 혈관을 묶은 다음 소독약으로 충분히 닦아 냈다. 이제 배농관을 끼워 넣고 두 군데를 고정시켰다. 아직 의식이 돌아오지 않은 베번의 맥박은 약하지만 규칙적으로 뛰고 있었다. 앤드루는 손으로 이마를 훔쳤다. 이제 모두 끝이 났다.

"들것에 반듯하게 눕혀요. 담요를 덮어 주고. 밖에 나가자마자 탕파를 넣어 주세요."

그들은 천장이 낮은 곳에서는 허리를 구부리면서 컴컴한 운반로를 천천히, 비틀거리며 걸어 올라갔다. 그런데 채 예순 발자국도 가지 않았을 때 뒤편 어둠 속에서 우르릉하고 떨어지는 소리가 낮게 울려 퍼졌다. 마치 터널을 지나는 기차의 낮은 마찰음과 비슷했다. 부감독은 뒤를 돌아다보지 않았다. 그저 조용히 무겁게 말했다.

"나머지 지붕이 내려앉는 소리예요."

밖으로 나오는 길은 한 시간쯤 걸렸다. 길이 나쁜 곳에서는 들것을 비스듬히 기울여야 했다. 앤드루는 자신들이 지면에서 얼마나 깊은 곳에 있는지 알 수조차 없었다. 마침내 그들은 권양기에 도착했다.

권양기는 무언가에 쏘아 올려지듯 지하를 빠져나가 위로 올라갔다. 갱도를 거의 빠져나오자 칼 같은 바람이 그들을 맞았다. 앤드루는 황홀한 기분에 길게 심호흡을 했다.

그는 가드레일을 붙잡고 계단 맨 아래쪽에 섰다. 여전히 어두웠지만 탄광 구내에는 커다란 나프타 조명이 불길을 널름거리며 쉭쉭 소리와 함께 타고 있었다. 조명 주위에 사람들이 모여 있었다. 그들 중에는 머리에 숄을 걸친 여자들도 보였다.

들것이 천천히 앤드루의 곁을 지날 때 절박하게 그의 이름을 부르는 소리가 들렸다. 그리고 다음 순간 누군가의 팔이 앤드루의 목을 감았다. 크리스틴이었다. 그녀는 이성을 잃고 흐느끼며 앤드루의 목에 매달렸다. 잠옷 위에 외투 하나만 걸치고 모자도 쓰지 않고 맨발에 신발만 겨우 신은 크리스틴의 모습은 바람 부는 어둠 속의 부랑아 같았다.

"웬일이야?"

놀란 앤드루가 크리스틴의 얼굴을 바로 보기 위해 그녀의 팔을 풀려고 했다.

하지만 크리스틴은 팔을 빼려고 하지 않았다. 마치 물에 빠진 여자처럼 미친 듯이 매달리며 띄엄띄엄 말했다.

"사람들이 막장이 무너졌다고 했어요……. 당신이 나오지 못할 거라고……나오지 못할 거라고 했어요."

그녀는 추위로 피부가 파리했고 이는 덜덜 떨리고 있었다. 앤드루는 크리스틴을 구조실의 벽난롯가로 데려갔다. 그는 왠지 부끄러웠지만 내심 감동하고 있었다. 구조실에는 마침 뜨거운 코코아가 있었다. 두 사람은 같은 컵으로 뜨거운 코코아를 마셨다. 그리고 두 사람 중 누군가 앤드루가 훌륭한 학위를 받게 된 사실을 기억해 낸 것은 시간이 한참 지난 후였다.

12

샘 베번의 구출은 광산 사고의 고통과 공포에 대해 익히 알고 있는 마을 사람들에게는 평범한 사건에 지나지 않았다. 그러나 담당 구역에서는 그를 대단히 좋게 평가했다. 만일 앤드루가 런던에서의 성과를 자랑했다면 "무조건 새로운 거라면 좋아하는 사람의 쓸데없는 짓"이라고 조롱만 받았을지도 모른다. 어쨌든 이제는 절대로 그러지 않았던 사람들까지도 가벼운 목례는 물론이고 미소까지 지어 보였다. 애버럴로에서 의사의 인기 정도는 사택 거리를 지나가 보면 금방 알 수 있었다. 지금까지는 앤드루가 지나갈 때마다 굳게 닫힌 문만 보였는데 지금은 활짝 열려 있을 뿐만 아니라 셔츠 바람으로 담배를 피우던 비번인 광부들은 그에게 싱거운 말이라도 한마디 건네고 여자들은 잠깐 들어왔다 가라고 권하기도 했다. 또 아이들은 앤드루의 이름을 부르며 까르르 웃곤 했다.

2호 갱도의 착암부 조장이며 서부 구역의 원로라고 할 수 있는 거스 패리 영감은 앤드루의 뒷모습을 바라보면서 과거와 달라진 지금의 상황에 대해 자기 동료들에게 이렇게 말했다.

"이봐, 저 젊은 친구는 분명히 책상물림이야. 하지만 위급해 지니까 실전에서도 그에 못지않더군."

떠났던 진료 카드가 하나 둘 되돌아오기 시작하더니 앤드루가 돌아온 배신자에게 아무런 원망이나 불이익도 주지 않는다는 사실이 알려지자 갑자기 밀려들기 시작했다. 오웬은 앤드루의 환자가 느는 것을 보고 기뻐했다. 어느 날 광장 거리에서 앤드루를 만난 오웬은 미소를 지으며 말했다.

"보세요, 제가 말한 대로죠?"

한편 루엘린은 시험 결과에 대해 몹시 기뻐하는 척했다. 앤드루에게 전화를 걸어 과장되게 축하를 하더니 다정한 목소리로 수술이 두 건 있으니 수술실로 와 달라고 했다.

"그런데 말일세." 에테르 냄새가 나던 긴 시간이 지나고 루엘린이 눈빛을 반짝이며 말했다. "자네 시험관들에게 의료조합의 조수로 있다고 말했나?"

"네, 루엘린 박사님에 대해서도 말씀드렸습니다." 앤드루가 예의 바르게 대답했다. "그게 꽤 효과가 있었던 것 같습니다."

동부 진료소의 옥스보로와 메들리는 앤드루의 성공에 별다른 관심을 보이지 않았다. 어커트는 가볍게 책망하면서도 진심으로 축하해 주었다.

"이 친구 맨슨! 도대체 내 눈을 속이면서 무슨 일을 벌인 건가?"

그는 일약 유명해진 동료를 칭찬한 뒤 자신에게 폐렴 환자가 있는데 진찰을 해 보고 의견을 말해 달라고 부탁했다.

"저 환자는 회복될 겁니다."

앤드루는 이렇게 말하며 과학적인 근거를 설명해 주었다.

하지만 어커트는 반신반의하는 표정으로 고개를 저으며 말했다.

"난 자네가 말하는 다가혈청이니 항체니 국제단위니 하는 말을 들어 본 적이 없네. 하지만 한 가지 분명한 건 저 여자의 친정이 파월 가문이란 사실이야. 파월 가문 사람들은 폐렴에 걸리면 배가 부풀어서 일주일을 못 넘기고 죽는다네. 난 그 집안 내력을 전부터 알고 있지. 저 환자도 벌써 배가 부풀기 시작하지 않았는가?"

그 후 자기 환자가 이레 만에 죽자 어커트는 자신의 진단이 과학적인 진단을 누르고 승리를 거두었다는 듯 의기양양해서 돌아다녔다.

지금 외국에 나가 있는 데니는 앤드루의 새로운 학위에 대해서 아무것도 모르고 있었다. 그러나 프레디 햄프턴은 뜻밖에도 앤드루를 축하하는 장문의 편지를 보내왔다. 햄프턴은 《란셋》지에서 시험 결과를 보았다며 왜 진작 알리지 않았느냐고 책망 어린 투로 축하하고는 언제 한번 런던을 방문해 달라고 썼다. 그뿐만 아니라 카디프의 식당에서 장담했던 것처럼 자신이 드디어 퀸앤 거리에 진출했다는 소식을 자세히 전하며 멋진 동 간판이 아직도 반짝인다고 적었다.

"햄프턴에게 연락하지 않은 것은 잘못이었어. 그 친구에게 더 자주 편지해야겠어. 언제고 다시 그 친구를 만날지도 모르니까. 그리고 자상한 편지잖아, 그렇지 않아?"

"네, 고마운 편지네요." 크리스틴이 무덤덤하게 대답했다. "하지만 처음부터 끝까지 거의 자기 이야기만 늘어놓고 있어요."

크리스마스가 가까워지자 수은주가 뚝 떨어졌다. 낮에는 투명한 서리가 끼고, 밤에는 유난히 많은 별이 반짝거렸다. 앤드루의 발소리는 철판을 깐 단단한 도로에서 더 크게 울렸다. 청명한 공기는 마치 기분을 돋우는 와인 같았다. 앤드루는 지금 마음속으로 탄진 흡입 문제를 단번에 공략하겠다는 다음 계획을 세우고 있었다. 환자들을 진찰하고 얻은 증거들은 그의 희망을 한껏 부풀려 주었고, 본 씨로부터 조사 범위를 더 넓혀도 좋다는 승낙도 받아 둔 상태였다. 무연탄 탄광 세 곳에서 일하는 광부 모두를 체계적으로 조사할 수 있게 된 것이다. 그로서는 대단한 기회였다. 그는 갱도에서 일하는 광부들과 갱 밖에서 일하는 광부들의 건강 상태를 대조할 계획도 세웠다. 그는 새해 벽두를 그렇게 시작하리라 다짐했다.

크리스마스 이브, 앤드루는 한껏 부푼 기대와 온몸의 활기를 느끼며 진료를 끝내고 베일뷰로 돌아가고 있었다. 동네마다 축제가 임박했음을 피부로 느낄 수 있었다. 이곳의 광부들은 크리스마스를 대대적으로 즐겼다. 집집마다 부모들은 지난 주 내내 아이들이 거실에 들어오지 못하도록 문을 잠그고, 종이 장식 테이프로 꽃 줄을 만들고 장난감은 옷장 서랍에 감추어 놓고 크리스마스에 먹을 케이크라든지 오렌지, 설탕 뿌린 달콤한 비스킷 따위를 재어 놓았다. 그들은 일 년 내내 이맘때 찾아 쓸 수 있도록 일종의 곗돈을 모았다가 이날 하루 식탁에 쏟아 부었다.

크리스틴도 잔뜩 들떠서 호랑가시나무와 겨우살이로 크리스마스 장식을 했다. 저녁 무렵 집으로 돌아온 앤드루는 크리스틴의 얼굴이 여느 때보다 더욱 흥분된 것을 한눈에 알 수 있었다.

"아무 말도 하지 말아요." 크리스틴이 손을 들며 제지했다. "한마디도! 그냥 눈 감고 나랑 함께 가요."

앤드루는 그녀가 이끄는 대로 부엌으로 따라 들어갔다. 식탁 위에 서툰 솜씨로 만든 상자가 여러 개 놓여 있었다. 어떤 것은 신문지로 싸여 있기도 했는데 상자마다 조그만 쪽지가 붙어 있었다. 앤드루는 대번에 환자들이 보낸 선물이란 사실을 알아차렸다. 어떤 선물은 아예 포장을 하지 않은 것도 있었다.

"이것 봐요, 앤드루!" 크리스틴이 소리쳤다. "거위도 한 마리 있어요. 오리 두 마리! 설탕을 입힌 예쁜 케이크도 있고! 엘더베리 와인도 한 병 있고! 정말 멋지지 않아요? 사람들이 이걸 당신에게 주고 싶어 하다니 정말 굉장해요!"

앤드루는 아무 말도 할 수 없었다. 이것은 담당 구역의 주민들이 드디어 자신의 진가를 인정하고 좋아하기 시작했다는 증거였으므로 그는 벅찬 감격에 휩싸였다. 그는 어깨에 기댄 크리스틴과 함께 쪽지들을 읽어 나갔다. 글을 잘 모르는 사람이 정성껏 자필로 쓴 쪽지도 있고, 어떤 것은 헌 봉투를 뒤집어서 안쪽에 연필로 갈겨쓴 것도 있었다.

"세픈 사택 3호 환자", "윌리엄스 부인이 보내는 감사의 편지", 그중에서도 샘 베번이 한쪽으로 기울어지는 글씨체로 "구해 주신 덕분에 크리스마스를 맞게 되었습니다. 젊은 의사 선생님, 고맙습니다."라고 쓴 편지는 일품이었다. 그 밖에도 감동적인 편지가 대부분이었다.

"이것들을 소중하게 간직해요, 우리." 크리스틴이 낮은 목소리로 말했다. "내가 위층에 갖다 둘게요."

흥분을 가라앉히고 평상심을 되찾자 — 집에서 만든 엘더베리 술 한 잔이 도움이 되었다. — 앤드루는 크리스틴이 거위 속에 양념을 채워 넣는 동안 부엌을 왔다 갔다 하며 기분 좋게 떠들어 댔다.

"사례는 이런 식으로 받아야 하는 거라고. 돈도 아니고 빌어먹을 청구서도 아니고, 인두세도 아니야. 한 푼이라도 더 받으려고 벌벌 떨 것도 없고. 이런 종류의 지불, 이해하겠어? 내가 환자를 건강하게 고쳐 주면 환자는 내게 자신이 정성껏 만든 물건으로 보답하는 거야. 석탄이건 밭에서 기른 감자 한 자루건 자기 집 암탉이 낳은 달걀이건. 내 말 이해하지? 너무 도덕적인 이상인가! 그런데 오리를 보내 준 윌리엄스 부인 말이야, 내가 오 주 동안 식이 요법으로 위궤양을 치료해 주기 전에는 자그마치 오 년 동안 레슬리가 처방해 준 환약과 설사약을 줄기차게 복용했다는 거야. 내가 어디까지 얘기했더라? 아, 그래! 만일 의사들이 돈에 대한 문제만 무시한다면 의료계 전체가 더욱 순수해질 텐데."

"그래요, 앤드루. 그런데 저기 건포도 좀 줄래요? 선반 맨 꼭대기에 있어요."

"이런, 당신 내 이야기는 듣지 않는군그래! 와, 그렇게 속을 채워 넣으면 정말 맛있겠어!"

다음 날 아침 크리스마스는 맑고 상쾌한 날씨로 시작되었다. 멀리 푸른 하늘 아래 탤린 봉우리는 하얀 얼음눈이 쌓여 진주처럼 보였다. 앤드루는 오전에 몇 건의 진료만 마치면 오후에는 진료가 없을 거라는 즐거운 기대로 왕진을 돌았다. 환자는 몇 명 안 되었다. 조그만 집집마다 만찬을 준비하고 있고, 그의 집에서도 요리가 한창이었다. 앤드루는 사택을 모두 돌며 크리스마스 인사를 주고받았는데 지치지도 않았다. 지금의 이 뿌듯함은 일 년 전 같은 거리를 지날 때의 냉랭한 분위기와 비교되지 않을 수 없었다.

아마 그가 길을 계속 가지 못하고 묘한 눈길로 세픈 사택 18호 밖에서 머뭇거린 것도 그런 생각에서였을 것이다. 앤드루가 원하지 않는 첸킨을 제외하고 과거의 환자들 중 그에게 돌아오지 않는 유일한 사람은 톰 에번스뿐이었다. 오늘따라 유난히 들뜨고 인간에 대한 형제애에 고무된 앤드루는 문득 에번스를 찾아가 크리스마스 인사를 하고 싶은 충동을 느꼈다.

그는 현관문을 노크한 뒤 문을 열고 뒤편의 부엌으로 향했다. 그러나 거기까지 갔다가 움찔해서 뒤로 물러나고 말았다. 황량한 부엌에는 아무것도 없었고, 벽난로에는 약한 불꽃이 타고 있었다. 뒤틀린 팔을 날개처럼 바깥쪽으로 구부린 채 등받이가 부서진 나무 의자에 앉아 있는 사람은 톰 에번스였다. 그의 축 처진 어깨가 낙담과 절망을 말해 주는 것 같았다. 그의 네 살 난 딸은 아빠의 무릎 위에 앉아 있었다. 두 사람은 말없이 낡은 양동이에 심겨진 전나무 가지를 바라보고 있었다. 에번스가 3킬로미터를 걸어가 산에서 꺾어 온 이 작은 크리스마스트리에는 아직 불을 켜지 않은 우지 양초가 세 개 세워져 있었고, 그 아래에는 가족의 크리스마스 음식인 듯한 작은 오렌지가 세 개 놓여 있었다.

에번스가 고개를 돌려 앤드루를 쳐다보았다. 놀란 듯한 그의 얼굴이 수치심과 후회로 천천히 붉어졌다. 앤드루는 상대방이 의사의 충고를 거절해서 불구가 되고 실직을 하고 가구도 반쯤 저당 잡힌 사실을 들키게 되어 무척 괴로울 거라고 짐작했다.

그는 에번스가 잘못되었다는 소문은 들어서 알고 있었지만 이 정도로 비참해졌으리라고는 상상하지 못했다. 앤드루는 민망하고 불편해서 그대로 돌아서서 나가고 싶었다. 그때 에번스의 아내가 손에 종이 가방을 들고 뒷문을 통해 부엌으로 들어왔다. 그녀는 앤드루를 발견하곤 너무 놀라 돌로 된 바닥에 가방을 떨어뜨렸다. 그 바람에 애버럴로에서 파는 가장 싼 고기 완자 두 덩어리가 떼굴떼굴 굴러 나왔다. 아이는 엄마의 얼굴을 쳐다보더니 별안간 울음을 터뜨렸다.

“여긴 무슨 일로 오셨어요?” 마침내 에번스 부인이 한 손을 허리에 짚고 입을 열었다. “저이가 무슨 일을 저질렀나요?”

앤드루는 이를 악물었다. 그는 우연히 접한 이 광경에 놀라고 괴로워하는 중이었다. 그에게는 한 가지 방법밖에 없을 것 같았다.

“에번스 부인!” 앤드루의 시선은 계속해서 바닥을 향했다. “바깥어른과 저 사이에 뭔가 오해가 있는 것 같습니다. 그러나 오늘은 크리스마스고 그래서……아, 저는…….” 앤드루는 뭐라고 말해야 할지 몰라 허둥댔다. “세 분이 오늘 저희 집에 와서 크리스마스 만찬을 함께 든다면 정말 기쁠 것 같습니다.”

“하지만 선생님…….”

그녀의 목소리가 떨렸다.

“당신은 입 다물고 있어!” 에번스가 날카롭게 아내의 말을 가로막았다. “우린 가지 않을 겁니다. 우리 처지에는 완자밖에 살 수 없지만 그걸로도 충분합니다. 우린 그 어떤 동정도 필요 없어요!"

"무슨 말을 하는 겁니까!" 앤드루가 낙담해서 소리쳤다. "난 친구로서 초대하는 겁니다."

"흥! 당신들은 모두 똑같아!" 에번스는 몹시 흥분한 듯 소리쳤다. "남이 곤란해지면 얼굴에다 먹을 거나 던져 주지. 그까짓 만찬은 당신이나 즐기시오. 우린 필요 없으니."

"그만 해요, 여보."

에번스 부인이 힘없이 말렸다.

앤드루는 기분이 나빴지만 에번스 부인을 돌아다보며 어떻게든 자신의 의도를 설명하려고 했다.

"부인께서 설득 좀 해 보세요. 여러분이 안 오면 저는 무척 실망할 겁니다. 지금은 1시반이네요. 그럼 기다리고 있겠습니다."

그들이 뭐라고 말하기 전에 앤드루는 돌아서서 집을 나왔다.

집으로 돌아온 앤드루가 그 일에 대해 털어놓자 크리스틴은 아무 대꾸도 하지 않았다. 사실 오늘은 본 씨 내외를 부르게 될 줄 알았는데 알고 보니 그들은 스키를 타러 스위스로 떠난 뒤였다. 그렇다고 실직한 광부와 그 가족까지 초대하다니! 앤드루는 크리스틴이 예상치 않은 손님을 맞기 위해 준비하는 모습을 바라보면서 벽난로를 등지고 서서 이런저런 생각을 했다.

"화났어, 크리스?"

앤드루가 마침내 한마디 했다.

"내가 결혼한 사람은 맨슨 선생이에요." 그녀가 퉁명스럽게 대답했다. "버나도* 선생이 아니라고요. 당신은 정말 못 말릴

* 영국의 박애주의적인 의사.

감상주의자예요!"

에번스 가족은 깨끗이 씻고 단정한 차림으로 정확한 시간에 도착했는데 자존심을 지키려 하면서도 왠지 겁을 먹은 듯 불편해 보였다. 앤드루는 어떻게든지 친절하게 대하려 애썼지만 크리스틴의 말이 옳은 것도 같았다. 즐거워야 할 자리가 비참한 실패로 끝나지 않을까 하는 불길한 예감이 들어 좌불안석이었다. 수상쩍은 얼굴로 앤드루를 연신 흘끔거리는 에번스는 불구가 된 팔 때문에 음식을 먹기도 힘들었다. 하는 수 없이 그의 아내가 버터를 덜어 내어 그의 롤빵에 발라 주었다. 그런데 마침 앤드루가 양념을 넣으려는 찰나 후추 병 뚜껑이 떨어지는 바람에 흰색 후추가 반이나 그의 수프에 쏟아지고 말았다. 모두 어이가 없어서 아무 말도 못하고 있는데 어린 아그네스가 갑자기 킥킥대며 웃기 시작했다. 에번스 부인이 겁먹은 표정으로 딸을 나무라기 위해 허리를 구부리다 앤드루의 얼굴을 보고 주춤했다. 그러고 나서 모두들 한꺼번에 웃음을 터뜨렸다.

에번스는 적선을 받고 있다는 불쾌감에서 다소 벗어나자 자신이 열성적인 럭비 팬에다 열렬한 음악 애호가라며 인간적인 모습을 드러냈다. 삼 년 전에는 에이스테드보드*에 나가려고 카디건 만까지 갔다 온 적도 있다고 했다. 그는 이러한 음악적 지식을 내보이는 게 자랑스러운지 아그네스가 앤드루와 폭죽을 터뜨리는 동안에도 엘가의 오라토리오에 대해 크리스틴과 열심히 이야기했다.

---

* 경연 대회 형식으로 열리는 웨일스 음유 시인들의 공식 회합.

잠시 후 크리스틴은 에번스 부인과 어린 딸을 데리고 다른 방으로 갔다. 단둘이 남겨진 앤드루와 에번스 사이에는 어색한 침묵이 흘렀다. 두 사람 모두 생각은 있지만 어떻게 말을 꺼내야 할지 모르고 있었다.

마침내 앤드루가 견디지 못하고 입을 열었다.

"톰, 당신의 팔에 대해서는 가슴 아프게 생각하고 있어요. 그것 때문에 광산 일을 잃었다는 것도 알고 있어요. 하지만 그 일로 내가 의기양양해 있다거나 그런 생각은 말아 주세요. 난 정말로 가슴 아프게 생각하고 있어요."

"저보다 더 가슴 아프지는 않겠죠."

다시 침묵이 흘렀고 앤드루가 다시 입을 열었다.

"내가 본 씨에게 당신 얘기를 해도 괜찮겠어요? 괜히 참견하는 거라고 생각하면 입 다물고 있겠어요. 하지만 내가 그와 약간 아는 사이라서 부탁하면 들어줄 겁니다. 갱 밖의 일, 그러니까 작업 시간 기록원이라든지 뭐 그런……."

그는 감히 에번스를 똑바로 쳐다보지도 못하고 말꼬리를 흐렸다. 이번에는 침묵이 좀 더 길어졌다. 앤드루는 시선을 들었다 다시 내리고 말았다. 에번스가 눈물을 흘리며 떨리는 몸을 어떻게든 자제하려고 애쓰고 있었다. 하지만 소용없었다. 그는 성한 팔을 테이블에 올려놓고 그 팔에 얼굴을 묻었다.

자리에서 일어난 앤드루는 창가로 걸어간 뒤 몇 분을 그렇게 서 있었다. 그러는 동안 에번스도 겨우 흥분을 가라앉혔다. 그는 정말로 입을 꾹 다물고 앤드루의 시선을 피했다. 그 무거운 침묵은 한마디 말보다 더욱 의미심장했다.

3시 30분쯤 에번스의 가족은 올 때의 긴장된 분위기와는 정반대의 기분으로 집을 나섰다. 크리스틴과 앤드루는 그들을 배웅하고 거실로 돌아왔다.

"그런데 말이야, 크리스." 앤드루는 철학자 같은 투로 말했다. "그 불쌍한 친구의 문제는 굳어져 버린 팔꿈친데, 그건 그의 잘못도 아니야. 그가 나를 믿지 않은 것도 내가 신참이었기 때문이지. 빌어먹을 캐런 기름에 대해 알 리도 없었을 테고. 하지만 그의 진료 카드를 받은 옥스보로 그 친구라도 그런 건 알고 있어야 했는데 말이지. 무지함, 무지함, 정말로 무지해. 의사들도 계속해서 새로운 지식을 습득하도록 법으로 정해야 한다니까. 모든 게 우리의 썩어빠진 시스템 잘못이야. 강제적인 재교육 제도를 만들어야 해. 가령 오 년에 한 번 교육을 받게 하는……."

"앤드루!" 소파에 앉아 있던 크리스틴이 미소를 지으며 힐난했다. "난 하루 종일 당신의 자선 사업을 위해 참았어요. 당신의 어깨에서 천사처럼 날개가 돋아나는 걸 봤다고요. 그런데 거기에다 하비*식의 강연까지 들으라고요? 이리 와서 내 옆에 앉아 봐요. 오늘은 정말 우리끼리만 있어야 하는 중요한 이유가 있다고요."

"응?" 앤드루는 어리둥절한 표정을 지었다가 이내 발끈했다. "불평하는 건 아니겠지. 난 꽤 훌륭한 일을 했다고 생각했는데. 어쨌든 오늘은 크리스마스잖아."

크리스틴이 조용히 웃었다.

"그래요, 당신 오늘 너무 멋졌어요. 이제 눈보라라도 휘몰아치면 목도리 두르고 세인트버나드라도 데리고 나가 밤늦게 산

* 관찰과 실험을 중시한 진보적인 영국의 의사.

에서 길 잃은 사람들을 데려오겠군요."

"안 그래도 아주 늦은 밤 3호 갱도로 내려오는 사람을 봤는데 그 여자는 목도리도 두르지 않았더군."

그가 툴툴거리며 반격을 가했다.

"앤드루, 여기 좀 앉아 봐요. 할 말이 있어요."

크리스틴이 앤드루의 팔을 가볍게 잡아당겼다.

앤드루가 크리스틴 옆에 막 앉으려는데 갑자기 바깥에서 자동차 경적 소리가 크게 들렸다.

"뛰뛰, 뛰뛰, 뛰뛰, 뛰, 뛰, 뛰, 뛰뛰."

"이런!"

크리스틴이 조그맣게 비명을 질렀다. 애버럴로에서 저런 경적 소리를 내는 자동차는 하나밖에 없었다. 콘 볼런드의 자동차였다.

"왜, 싫어?"

앤드루가 다소 의외라는 듯이 물었다.

"콘이 차나 한잔 마시자고 잠깐 들른다 그랬어."

"그래요?"

크리스틴은 이렇게 말하고 자리에서 일어나 앤드루와 함께 현관으로 향했다.

볼런드를 맞으러 나가 보니 현관 맞은편에 개조한 자동차가 한 대 서 있었다. 볼런드는 메리와 테런스를 옆에 앉힌 채 중산모를 쓰고 큼직한 새 장갑을 끼고 핸들 앞에 꼿꼿이 앉아 있었고 나머지 세 아이는 뒷자리, 아기를 안고 있는 부인 옆에 끼어 앉아 있었다. 차체가 길어졌다고 하지만 통조림 속의 청어처럼 빽빽했다.

갑자기 다시 경적 소리가 났다.

"뛰뛰, 뛰뛰, 뛰뛰, 뛰뛰."

볼런드가 스위치를 끄려다 실수로 버튼을 눌렀는데, 이제는 아주 망가진 것 같았다. 경적 소리가 멈추지 않았다.

"뛰뛰, 뛰뛰, 뛰뛰."

볼런드가 욕설을 내뱉으며 기계 여기저기를 만지작거리는 동안 맞은편 사택의 창문들이 하나둘 올라갔다. 하지만 볼런드 부인은 아무렇지도 않은 듯 태연한 표정으로 아기를 얼렀다.

"오, 하느님, 제발!" 볼런드는 계기판을 보고는 수염을 곤두세우며 외쳤다. "휘발유가 다 바닥나겠군. 도대체 왜 이러지? 누전이 된 건가, 아니면……."

"버튼이요, 아버지."

메리는 차분하게 대답한 뒤 조그만 손톱을 이용해 버튼을 바깥쪽으로 밀었다. 그러자 경적 소리가 멈췄다.

"아, 이제 됐군." 볼런드가 안도의 한숨을 내쉬었다. "어이, 잘 있었나, 맨슨? 이 고물차 어떤가? 60센티미터는 족히 늘렸는데. 멋지지 않은가? 아직 변속기에 좀 문제가 있지만 말이야. 자네가 언젠가 말했듯이 언덕을 올라오는 데 애 좀 먹었네."

"겨우 몇 분 멈췄을 뿐이에요, 아버지."

메리가 끼어들었다.

"아! 문제없어. 곧 분해해서 다시 고칠 거야. 참, 별일 없으시죠, 맨슨 부인? 크리스마스를 축하할 겸 차라도 함께 마시려고 온 가족이 출동했어요."

"어서 오세요. 장갑이 멋있네요."

크리스틴이 웃으며 말했다.

"제 아내의 크리스마스 선물이죠." 볼런드는 커서 헐렁거리는 장갑을 자랑스러운 듯 보이며 말했다. "군 방출품이에요. 아직도 이런 게 나돈다는 게 믿어지세요? 아니! 이 문이 어떻게 된 거지?"

이번에는 자동차 문이 문제였다. 문이 열리지 않자 볼런드는 자신이 먼저 긴 다리를 들어 밖으로 나온 다음 뒷문으로 아이들과 아내를 내려 주고 나서 차를 살펴보았다. 그는 자동차 앞유리에 묻은 진흙 덩어리를 정성껏 닦아 내고 자신도 다른 사람들을 따라 베일뷰로 들어갔다.

그들은 유쾌한 시간을 즐겼다. 볼런드는 신이 나서 자동차에 관한 이야기를 늘어놓았다.

"페인트를 다시 칠해 주면 아무도 몰라볼 거야."

볼런드 부인은 진한 홍차를 여섯 잔이나 마셨다. 아이들은 초콜릿 비스킷을 실컷 먹고 난 뒤 나머지 빵 한 조각을 두고 다투었다. 식탁 위의 음식들이 어느새 깨끗이 사라졌다.

차를 마시고 나서 메리가 설거지를 하는 동안 — 크리스틴이 피곤해 보였는지 한사코 자신이 하겠다고 했다. — 앤드루는 볼런드 부인에게서 아기를 건네받아 벽난로 앞 깔개 위에서 데리고 놀았다. 아기는 루벤스의 그림에 나오는 아기처럼 크고 진지한 눈빛에 팔 다리는 솜 인형처럼 포동포동했다. 아기는 자꾸만 손가락으로 앤드루의 눈을 찌르려 했고 실패할 때마다 이상하다는 듯한 표정을 심각하게 지었다. 크리스틴은 무릎에 손을 얹고 앉아서 아무것도 하지 않고 앤드루가 아기와 노는 모습만 바라보았다.

볼런드 가족은 오래 머물 수 없었다. 밖이 어두워지고 있었고, 비록 말은 하지 않았지만 볼런드는 헤드라이트의 기능과 휘발유를 걱정하고 있었다. 그는 가족들과 자리에서 일어나면서 앤드루에게 말했다.

"함께 나가 우리를 배웅해 주지 않겠나?"

앤드루와 크리스틴은 다시 현관 앞에 섰고, 볼런드는 자동차에 식구들을 태웠다. 한두 번 흔들리던 자동차는 다행히 고분고분하게 말을 잘 들었다. 볼런드는 의기양양하게 목례를 한 다음 장갑을 끼고 나서 중산모를 맵시가 나도록 더욱 삐딱하게 썼다. 그런 다음 자랑스럽게 운전석에 올라탔다.

그때였다. 볼런드가 공들여 이어 붙인 차체가 굉음을 내며 내려앉기 시작했다. 늘린 부분에 가족 모두가 타는 바람에 짐을 잔뜩 실은 낙타가 힘에 겨워 주저앉듯 무게를 이기지 못하고 천천히 바닥으로 꺼진 것이다. 황당한 눈으로 쳐다보는 앤드루와 크리스틴 앞에서 자동차의 바퀴까지 빠져 버렸다. 이어서 로커에서 부품이 쏟아져 나오는 소리가 들리고 이윽고 자동차 차체가 반으로 잘려 바닥에 내려앉았다. 일 분 사이에 자동차가 유원지의 곤돌라로 바뀌었다. 앞좌석에서는 볼런드가 핸들을 꼭 쥐고 있고, 뒷좌석에서는 아내가 아기를 꼭 안고 있었다. 볼런드 부인은 입이 떡 벌어진 채 꿈꾸는 듯한 눈으로 허공을 응시했다. 한껏 고무되었던 감정이 순식간에 사라진 볼런드는 망연자실한 표정을 감추지 못했다.

앤드루와 크리스틴이 웃음을 참지 못하고 킥킥댔다. 그렇게 일단 웃음이 터지자 멈출 수가 없었다. 둘은 힘이 빠지도록 웃었다.

"맙소사!"

볼런드는 머리를 긁적이며 투덜대더니 자리에서 일어섰다. 아이들이 아무 데도 다치지 않았고 아내도 파랗게 질렸을 뿐 무사히 자리에 앉아 있는 것을 확인한 그는 차가 부서진 이유를 생각했다.

“장난친 거야.” 그는 맞은편 창문을 노려보며 무슨 수라도 생각난 듯 이렇게 중얼거렸다. “사택에 사는 녀석들 중 누군가 장난을 친 거야.”

볼런드의 얼굴이 이내 밝아졌다. 그는 너무 웃어서 지친 앤드루의 팔을 붙잡고 생각에 잠긴 듯하면서도 의기양양하게 찌그러진 보닛을 가리켰다. 그 아래 엔진에서는 아직 희미하게나마 진동 소리가 나고 있었다.

“이것 보게, 맨슨! 아직도 움직이고 있어.”

그들은 잔해물을 되는대로 베일뷰 뒤뜰로 가져다 놓았다. 그러고 나서 볼런드 일가는 걸어서 집으로 돌아갔다.

“대단한 하루였어!” 마침내 둘만 남아 평화를 찾게 되자 앤드루가 큰 소리로 말했다. “콘의 그 표정은 영원히 잊지 못할 거야.”

잠시 침묵했던 앤드루가 크리스틴을 돌아보며 물었다.

“당신도 이번 크리스마스 즐거웠지?”

그녀는 묘한 표정을 지으며 대답했다.

“당신이 볼런드 씨네 아기와 노는 모습이 즐거웠어요.”

앤드루는 그녀를 힐끗 쳐다보았다.

“왜?”

크리스틴이 시선을 돌렸다.

“오늘 하루 종일 말하려고 했는데. 한번 맞춰 보세요. 모르겠어요? 앤드루, 생각보다 똑똑한 의사 선생님은 못 되는군요."

13

다시 봄이 왔다. 그리고 초여름이 되었다. 베일뷰의 마당에는 갖가지 색깔의 꽃들이 피어나서 광부들은 교대를 마치고 돌아가는 길에 그 꽃들을 보기 위해 걸음을 멈추곤 했다. 요즘은 앤드루가 아내의 정원 가꾸는 일을 절대 금했기 때문에 이 꽃들은 주로 지난 가을 크리스틴이 심은 관목에서 피어난 꽃들이었다.

"자, 지금까지는 이렇게 만들어 놓았으니 이제는 앉아서 감상만 하도록!"

앤드루가 근엄한 목소리로 명령하듯 말했다.

크리스틴이 가장 좋아하는 자리는 물이 조금씩 튀고 냇물의 다정한 이야기 소리를 들을 수 있는 계곡 끝자락이었다. 머리 위로 툭 튀어나온 버드나무 덕택에 위쪽의 사택이 가려져서 보이지 않는다는 점도 마음에 들었다. 베일뷰의 나쁜 점은 위쪽에서 훤히 내려다보인다는 점이었다. 부부가 현관 앞 포치에 나와 앉아 있기라도 하면 사택에 사는 사람들이 창문에 달라붙어 외치는 소리가 아래까지 들렸다.

"와! 그림 좋다. 이리 와서 저길 좀 봐요. 의사 선생님 부부가 밖에 나와 햇볕을 쬐고 있네!"

한번은 여기에 온 지 얼마 안 되어 앤드루가 크리스틴의 허리에 팔을 두르고 냇가를 거니는데 글린 조셉 노인의 거실에서 망원경이 번쩍하고 빛나는 게 보였다.

"빌어먹을!" 앤드루는 흥분한 나머지 발끈 화를 냈다. "저 늙은이가 우릴 망원경으로 훔쳐보고 있어!"

그러나 버드나무 아래는 완전히 가려져서 여기에서라면 그도 거리낄 게 없었다.

"참, 크리스?" 앤드루가 체온계를 만지작거렸다. 만약을 대비해 크리스틴의 체온을 재 보아야겠다는 생각이 방금 떠오른 것이다. "우린 흥분하지 말아야 해. 우리는, 그래 맞아, 우린 보통 사람들이 아니니까. 당신은 의사의 아내고, 난 의사야. 난 전에도 이런 일을 수없이, 아마 수백 번쯤 봤을 거야. 이건 아주 평범한 일이야. 자연적인 현상이고, 일종의 종족 보존이지. 그래, 맞아! 그렇다고 오해하지는 마. 우리에게는 대단히 기쁜 일이야. 난 스스로 물어보았어. 당신은 너무 몸이 약하고 아직 어린애 같은 데가 있어서……. 오, 나야 물론 기뻐하고 있어. 하지만 우린 쓸데없이 감상적이 되어선 안 돼. 내 말은 시시한 감상에 빠져서는 안 된다는 말이야. 그래! 그런 것들은 평범한 남녀들이나 하라고 해. 의사로서 그러는 건 어리석은 일이니까 말이야. 아, 난 당신이 뜨개질이니 바느질 같은 걸 하는 모습을 보면서 이런 생각을 해. '저 옷은 분명 따뜻할 거야!' 그리고 또 딸아이, 아니 사내애라도, 그 애의 눈은 무슨 색깔일까, 우린 그 아이에게 장밋빛 미래를 만들어 줄 수 있을까, 뭐 그런 시시한 생각." 앤드루가 말을 멈추더니 인상을 찌푸렸다. 하지만 이내 생각에 잠긴 듯한 표정을 짓다가 미소를 띠었다. "그런데 말이야, 크리스! 난 아무래도 딸일 것 같아!"

크리스틴은 눈물이 나도록 웃었다. 그녀가 너무 웃자 앤드루는 걱정이 되어 자세를 고쳐 앉으며 정색했다.

"이제 그만 해, 크리스! 그러다가 몸에 탈 나겠어."

"오, 앤드루, 난 당신이 감상적인 이상주의자라서 좋아요. 냉정하고 비꼬는 사람이라면 이 집에 들어오지도 못하게 할 거라고요!"

그는 그녀의 말이 무슨 뜻인지 알 수 없었다. 스스로는 과학적이고 절제하는 성격이라고 생각했던 것이다. 오후가 되자 앤드루는 크리스틴에게 운동이 필요하다는 생각이 들어 그녀를 데리고 절대 금했던 오르막길을 올라가 시민 공원으로 향했다. 공원에서 산책을 하면서 악단의 연주도 듣고 감춧물이나 셔벗을 들고 소풍 나온 광부의 아이들도 구경했다.

5월 어느 날 아침 일찍 침대에 누워 있던 앤드루는 아직 잠이 덜 깬 상태였는데도 희미한 움직임을 느꼈다. 잠에서 완전히 깨어난 후에도 또다시 가볍게 배를 미는 듯한 동작이 느껴졌다. 크리스틴의 뱃속에 있는 아기의 첫 움직임이었다. 앤드루는 긴장했다. 쉽게 믿기지 않으면서도 갑자기 밀려오는 희열로 숨이 막힐 것 같았다. 오, 이런! 그는 순간 자신도 평범한 남자에 불과하다는 생각이 들었다. 의사는 자기 아내를 진찰할 수 없다는 규칙이 생겨난 것도 이런 이유가 아닐까 생각했다.

그로부터 일주일 후 앤드루는 이제 루엘린 박사에게 말할 때가 되었다고 느꼈다. 사실 처음부터 그들은 루엘린 박사에게 부탁하기로 했다. 앤드루가 전화로 부탁을 해 왔을 때 루엘린은 기쁘면서도 뿌듯한 마음이 들었다. 그는 당장 와서 간단한 검사를 해 주었다. 그리고 거실에서 앤드루와 이야기를 나누었다.

"내가 돕게 되어 기쁘네, 맨슨." 그가 담배를 받아 들며 말했다. "나는 자네가 내게 이런 일을 부탁할 줄은 몰랐네. 날 좋아하지 않는다고 생각했지. 맨슨, 나를 믿게. 최선을 다하겠네. 그런데 요즘 애버럴로 날씨가 후텁지근하지 않은가? 자네 아내 말이야, 움직일 수 있을 때 다른 공기도 좀 쐴 수 있게 해 주는 건 어떤가?"

'그동안 내가 왜 그랬을까?' 앤드루는 루엘린이 가고 난 뒤 이런 질문을 스스로에게 던졌다. '저렇게 좋은 사람을! 저렇게 자상한 사람을 말이야. 세심하고 빈틈없는 사람이야. 자기 일에도 최고고. 그런데 난 열두 달 전에 그의 목을 치려고 했으니. 난 어쩔 수 없이 앞뒤가 꽉 막히고 질투심 강하고 성미 고약한 스코틀랜드 고지대 출신이야!'

크리스틴은 아무 데도 가고 싶어 하지 않았지만 앤드루가 부드럽게 설득했다.

"크리스, 당신이 날 두고 가기 싫어한다는 건 알아. 하지만 이건 모두를 위한 길이야. 우린 모든 경우를 생각해야 해. 해변은 어때, 아니 당신 이모가 계신 북부로 가는 건 어때? 젠장, 내게도 당신을 휴양 보내 줄 만한 여유는 있다고. 우리 이젠 사정이 괜찮잖아!"

그들은 글렌 장학금과 가구 월부금도 모두 갚았고 은행에 100파운드의 저축액도 있었다. 하지만 크리스틴은 그런 것은 생각하지 않고 앤드루의 손을 잡으며 차분하게 대답했다.

"그래요, 우리 이젠 넉넉해요, 앤드루."

크리스틴은 어디건 가야만 했으므로 브리들링턴에 사는 이모를 방문하기로 했다. 일주일 뒤 앤드루는 역까지 배웅을 나가 긴 포옹을 한 뒤 그녀가 여행하는 동안 먹을 과일 바구니를 들려 주고 작별 인사를 했다.

앤드루는 생각했던 것보다 더욱 크리스틴이 그리웠다. 결혼 생활은 어느덧 그의 삶의 일부가 되었던 것이다. 이야기를 나누고 의논을 하고 논쟁을 벌이고 서로 말없이 있었던 순간도, 집으로 돌아오면 귀를 쫑긋 세우고 아내가 말을 걸고 기운을 북돋는 말을 해 주기를 기다렸던 일들이 그에게 얼마나 큰 의미를 주었는지 이제야 깨닫게 되었다. 크리스틴이 없는 침실은 낯선 호텔 방 같았다. 크리스틴이 적어 준 식단에 따라 제니가 정성껏 식사를 준비했지만 앤드루는 책을 읽으면서 먹는 둥 마는 둥 했다.

어느 날 앤드루는 크리스틴이 가꾼 마당을 거닐다 다리가 허물어진 것을 발견하고 놀랐다. 집에 없는 크리스틴에게 무슨 일이라도 일어난 듯해서 기분이 나빴다. 그는 다리가 부서질 것 같다고 위원회에 여러 번 진정했지만 그쪽에선 선뜻 나서서 보조 의사의 집을 수리해 주지 않았다. 그동안은 참았지만 지금은 왠지 감정이 끓어올라 당장 사무실에 전화를 걸어 격렬하게 항의했다. 며칠간 휴가로 자리를 비운 오웬의 대리인 다른 서기가 그 문제는 이미 위원회로 넘어가서 건축업자인 리처드에게 수리를 지시해 놓았다고 대답했다. 그러니까 리처드라는 사람이 다른 계약 건으로 바빠서 아직 수리를 시작하지 못한 것이었다.

저녁이면 앤드루는 볼런드의 집에 놀러 갔고, 본의 집에도 두 번인가 가서 브리지 게임을 했다. 한번은, 자신도 몹시 놀란 일이지만, 루엘린과 골프를 치기도 했다. 또 햄프턴과, 드디어 유조선의 의사로 취직해서 블라넬리를 떠나 탐피코를 여행 중인 데니에게도 편지를 썼다. 그런가 하면 크리스틴이 보내오는 편지는 그의 생활을 절제시키는 지침서였다. 그러나 앤드루는 주로 일에 몰두하면서 잡념을 떨쳐 버렸다.

그 무렵 탄광에서의 임상 연구도 순조롭게 진행되고 있었다. 앤드루는, 그의 환자들의 요구는 그렇다고 치더라도 교대가 끝난 후 목욕탕에 들렀다가 저녁을 먹으러 집에 돌아가고 싶어 하는 광부들을 무한정 붙들어 둘 수만 없었으므로 조사 시간을 마음대로 늘릴 수는 없었다. 그래서 하루 평균 두 차례 진찰을 했지만 그 결과는 이미 그를 흥분시키고도 남았다. 당장 결론은 내릴 수는 없어도 탄광 근로자들, 특히 지하 갱도에서 일하는 광부들에게서 폐병 발생 빈도가 확연히 높다는 사실을 알 수 있었다.

앤드루는 비록 교과서는 신뢰하지 않았지만 자기 방어를 위해, 혹시 나중에라도 자신이 다른 사람들이 만들어 놓은 발자국을 따라간 것에 불과하다는 사실을 알게 되는 것을 원치 않았기 때문에 그 주제에 대한 자료를 철저히 조사했다. 그런데 놀랍게도 자료가 턱없이 부족했다. 직업적인 질환의 하나로 폐병에 관심을 가진 학자는 정말 얼마 되지 않았다. 첸커*는 먼지 흡입으로 인한 폐섬유증의 세 가지 형태를 포함하는 그럴듯한 용어 '진폐증'을 발견했다. 물론 탄광 갱부들의 폐가 검게 침윤되는 탄분증은 이미 오래전 독일의 골드만과 영국의 트로터에 의해 해롭지 않은 것으로 밝혀졌다. 맷돌 제작자들, 특히 프랑스 맷돌 제작자들과 칼과 도끼 연마공들에게 많은 '연마

* 독일의 병리학자.

공 질환'과 석공들이 많이 걸리는 폐 질환에 관한 논문은 몇 편 있었다. 논란이 많지만 남아프리카의 금광 노동자들이 많이 걸리는 폐결핵의 원인도 분진 흡입이라는 증거가 발표된 적도 있었다. 또한 아마와 면 공장에서 일하는 노동자나 곡물 창고 인부들 역시 만성적인 폐 질환에 많이 걸리는 것으로 보고되었다. 그러나 그것뿐 더 이상은 없었다.

앤드루는 흥분에 겨워 문헌 읽는 일을 그만두었다. 그는 뭔가 아직 정확히 규명되지 않은 미지의 세계에 발을 디뎠음을 절감하는 중이었다. 그는 대형 탄광 지하에서 일하는 수많은 갱부들을 생각했다. 그들이 겪고 있는 신체적 고통에 대한 법률 제정의 허술함을 절감하며 이 연구가 사회적으로 얼마나 중요한지 새삼 느꼈다. 이 얼마나 엄청나고 중요한 기회란 말인가! 그러다 불현듯 누군가 자기보다 앞서서 연구하고 있을지도 모른다는 생각이 들면 식은땀이 흘렀다. 그는 자정이 되기 오래전에 꺼져 버린 거실 난로 앞을 왔다 갔다 하다 갑자기 벽난로 위에서 크리스틴의 사진을 집어 들었다.

"크리스! 난 정말로 믿고 있어. 내가 뭔가 해낼 거라는 걸!"

앤드루는 연구 목적으로 구입한 색인 카드를 이용해서 조심스럽게 조사 결과를 분류하기 시작했다. 비록 그 자신은 한번도 그런 생각을 한 적이 없지만 그의 임상적 기술은 꽤 높은 경지에 도달해 있었다. 탈의실에서 광부들이 상의를 들어 올리면 앤드루는 손가락과 청진기로 그들의 살아 있는 폐의 숨겨진 병리 상태를 초자연적으로 감지해 냈다. 이 부위는 섬유종, 이 부위는 폐기종, 또 여기 이 부위는 만성기관지염. 그렇게 말하면 상대방은 애원조로 "기침을 조금 한다."라고 실토했다. 앤드루는 신중하게 카드 뒷면의 인쇄한 도면에 환부를 표시했다.

동시에 그는 광부 개개인에게서 타액 샘플을 채취하여 새벽 두세 시까지 데니의 현미경으로 관찰한 다음 그 결과를 카드에 기록했다. 그들의 분비물 샘플 대부분에서 이 지역 사람들이 '하얀 침'이라고 부르는 밝고 각이 진 규토 입자가 섞여 있는 것을 발견했다. 또 결핵균을 발견할 때마다 폐포 세포의 숫자가 얼마나 많은지 놀라곤 했다. 그러나 무엇보다 결정형의 규소가 거의 지속적으로 폐포 세포나 식세포 등 도처에 존재한다는 사실이 주의를 끌었다. 또한 폐의 변화, 심지어는 동시다발적인 감염마저도 이것이 원인일지 모른다는 사실에 등골이 오싹해졌다.

연구가 이쯤 진행되었을 6월말 무렵 크리스틴이 돌아왔다. 그녀는 앤드루를 보자마자 그의 목에 매달렸다.

"돌아오길 정말 잘했어요. 난 혼자서 잘 지냈는데, 이런! 당신은 얼굴이 말이 아니에요. 제니가 끼니도 제대로 챙기지 않았나 보네요."

크리스틴은 휴가가 효과가 있었는지 건강해 보이고 혈색도 발그레했다. 그러나 앤드루가 입맛이 없어 제대로 먹지도 않고 담배를 손에서 떼지 못하자 걱정이 되었다.

크리스틴이 심각하게 물었다.

"이 특별 연구가 얼마나 걸릴 것 같아요?"

"나도 모르지." 크리스틴이 집으로 돌아온 다음 날이었다. 밖에는 비가 내리고 앤드루는 몹시 우울해 보였다. "일 년이 될 수도 있고 오 년이 될 수도 있어."

"좋아요. 난 당신을 바꾸지 못하지만 이런 생활은 당신 한 명으로 족해요. 연구가 길어질 것 같다면 규칙적으로 시간을 정해 체계적으로 해야 한다고 생각지 않아요? 늦게까지 앉아 있는 건 스스로를 망칠 뿐이에요."

"난 아무래도 괜찮아."

하지만 경우에 따라서는 크리스틴도 고집이 센 편이었다. 그녀는 제니에게 실험실 바닥을 솔로 문질러서 깨끗이 닦게 하고, 안락의자와 깔개를 가져와 깔았다. 이 방은 무더운 밤에도 서늘했는데 소나무로 된 바닥에선 앤드루가 사용하는 에테르 시약의 톡 쏘는 냄새와 뒤섞인 달콤한 수지 냄새가 났다. 크리스틴은 앤드루가 실험대에서 연구하는 동안 의자에 앉아 뜨개질을 하거나 바느질을 했다. 앤드루는 현미경을 들여다보느라 그녀의 존재를 잊을 때가 많았지만 그녀는 어김없이 자리를 지키다 매일 밤 11시가 되면 일어났다.

"이제 잘 시간이에요!"

"어허, 그래?" 앤드루는 대안렌즈에 시선을 고정시킨 채 한 눈으로 크리스틴을 보며 깜빡거렸다. "크리스, 당신 먼저 일어나! 나도 곧 뒤따라갈 테니."

"앤드루 맨슨 씨, 나 혼자 침실로 올라가라고요? 내 상태가 이런데도?"

이 마지막 말은 집안에서 쓰는 익살스러운 상투어가 되었다. 두 사람은 논쟁을 벌이다가도 결정적인 순간에 그 말을 해서 분위기를 전환시켰다. 앤드루도 그 말에는 대항할 도리가 없었다. 그는 웃으면서 책상에서 일어나 기지개를 편 다음 렌즈를 돌리고 슬라이드를 치웠다.

7월말이 되자 수두가 유행하는 바람에 앤드루는 진료실에서 바쁘게 보냈고, 8월 3일에는 유난히 환자가 많아서 오전 진료가 오후 3시에나 끝났다. 그는 점심 식사 겸 차를 마시기 위해 철길을 따라 집으로 걸어 올라가고 있었다. 그런데 대문 앞에 루엘린 박사의 자동차가 보였다.

앤드루는 집 앞에 서 있는 자동차를 본 순간 갑자기 심장 고동이 빨라지며 불길한 예감이 들어 걸음을 재촉했다. 그가 현관 계단을 뛰어 올라가 현관문을 열자 홀에 서 있는 루엘린 박사가 보였다. 앤드루는 불안하고 애타는 시선으로 그를 응시하며 더듬더듬 물었다.

"안녕하세요, 루엘린 박사님. 이, 이렇게 빨리 와 주실 거라곤 생각지 않았는데."

"그게 아니네."

앤드루가 웃으며 다시 물었다.

"그럼……?"

그는 가슴이 두근거려 더 이상 할 말을 찾지 못했고 밝은 얼굴에는 의심스러운 빛이 역력했다.

루엘린은 웃지 않았다. 잠시 망설인 끝에 그가 입을 열었다.

"잠깐만 나 좀 보세." 그는 앤드루의 팔을 잡고 거실로 데려갔다. "자네에게 연락하려고 했는데 아침 내내 왕진 나갔다더군."

앤드루는 루엘린의 머뭇거리는 태도와 이상하게도 연민 어린 말투에 찬물을 뒤집어쓴 것처럼 오싹함을 느꼈다.

앤드루가 머뭇거리며 물었다.

"뭐가 잘못되었나요?"

루엘린이 창문 밖을 내다보며 가장 충격이 덜한 최선의 대답을 찾으려는 듯 다리 쪽으로 시선을 옮겼다. 앤드루는 더 이상 참을 수 없었다. 극도의 불안함과 긴장으로 숨조차 쉴 수 없었다.

"맨슨." 루엘린이 부드럽게 불렀다. "오늘 아침 자네 아내가 다리에 올라가려다 그만 썩은 나무 판자 하나가 떨어지는 바람에……다행히 지금은 괜찮네. 괜찮아. 그런데……."

루엘린이 말을 끝내지 않았지만 앤드루는 짐작이 갔다. 가슴 안에서 엄청난 격통이 일었다.

루엘린이 나지막하게 연민 어린 어조로 말을 이었다.

"자네도 이해해 주겠지만, 우린 최선을 다했네. 병원에서 수간호사를 불러다 하루 종일 여기에서……."

긴 침묵이 흘렀다. 잠시 후 앤드루의 목에서 터져 나오는 흐느낌이 그 침묵을 깼다. 그는 손으로 눈을 가렸다.

"제발 진정하게, 맨슨." 루엘린이 앤드루를 달랬다. "누가 이런 사고가 일어날 줄 알았겠나. 자, 부탁일세. 올라가서 자네 아내를 위로해 줘."

앤드루는 계단 난간을 잡고 고개를 푹 숙인 채 위층으로 걸음을 옮겼다. 그러다 도저히 숨을 쉴 수 없었는지 침실 문밖에서 잠시 걸음을 멈추었다가 비틀거리며 안으로 들어갔다.

14

1927년경 앤드루는 애버럴로에서 좀 별다른 평판을 얻고 있었다. 그의 진료소는 그렇게 번성한 편은 아니었다. 그가 이 마을에 도착해서 초조해했던 초기 이후로 환자 수가 크게 늘어난 것도 아니었다. 그러나 환자들 모두 그를 깊이 신뢰했다. 그는 약을 별로 쓰지 않았다. 자기 환자에게도 약을 되도록 복용하지 말라고 조언하는 습관이 있었다. 그러나 반드시 약을 사용해야 하는 경우라면 일거에 병을 잡는 식으로 처방했다. 고개를 푹 숙인 채 처방전을 손에 들고 대기실을 오가는 개지의 모습을 보는 일도 다반사였다.

"이게 전부입니까, 맨슨 선생님? 에번 존스에게 브롬화칼륨 0.064그램이라뇨? 약전에는 3.2그램으로 나와 있어요."

"케이트 아줌마의 꿈 이야기책에나 그렇게 쓰여 있겠죠! 0.064그램으로 하세요, 개지. 설마 에번 존스가 쓰러지는 걸 계속해서 즐기겠다는 건 아니겠죠?"

간질병인 에번 존스는 쓰러지지 않았고, 오히려 일주일 후에는 발작이 줄어서 시민 공원을 멀쩡히 걸어 다니기까지 했다.

위원회로서는 앤드루의 약 청구 비용이 — 간혹 폭발적으로 많은 경우도 있었지만 — 다른 보조 의사의 반도 안 되기 때문에 그를 우대해 줘야 마땅했다. 그러나 그렇지 않았다! 앤드루는 다른 쪽으로 위원회에 세 배나 부담을 주었기 때문에 종종 분쟁이 일어났다. 그중 한 예가 백신과 혈청 사건이었다. 에드 첸킨이 열을 내며 폭로한 바에 의하면 앤드루가 주문한 백신과 혈청은 그가 한번도 들어 본 적이 없는 터무니없는 것이었다. 오웬이 그 말을 듣고, 그해 겨울 백일해가 유행해서 다른 지역의 아이들이 하나 둘 쓰러져 가고 있을 때 앤드루가 보르데*와 장구의 백신을 써서 그 지역의 백일해를 잡았던 일을

* 벨기에의 면역학자이자 세균학자로 옥타브 장구와 함께 백일해의 원인균을 발견했다.

들려 주며 변호하려고 하자 에드 첸킨이 반박했다.

"새로운 약이라고 하지만 그게 정말 효과가 있었는지 누가 안답니까! 내가 지난번에 채근했더니 그 선생 말이, 정확한 건 아무도 모른다고 그럽디다."

앤드루에게는 진실한 친구도 많았지만 동시에 적도 많았다. 위원회에는 삼 년 전 총회에서 앤드루가 다리 문제로 분개해서 감정 섞인 말을 퍼부었을 때 그 자리에 앉아 있던 사람들 중에 지금도 그를 완전히 용서하지 못하는 사람들이 있었다. 그들은 앤드루 부부가 아기를 잃은 것을 안타깝게 생각했지만 자신들이 그 사건에 대해 책임지려고는 하지 않았다. 위원회는 절대 일을 신속하게 처리하는 조직이 아니었다. 그때 오웬은 휴가 중이었고, 책임을 맡았던 렌 리처드는 포위스 거리의 신축 주택 일 때문에 바빴다. 위원회는 그들에게 책임을 돌리는 것은 터무니없다고 변명했다.

시간이 흐르면서 앤드루와 위원회의 충돌이 잦아졌다. 앤드루는 자기 식대로 하겠다는 고집을 굽히지 않았고, 위원회는 그 방식을 좋아하지 않았기 때문이다. 게다가 한 교회가 앤드루에 대해 편견을 갖고 있었다. 크리스틴은 종종 교회에 나갔지만 앤드루는 전혀 나가지 않았는데 — 옥스보로가 처음으로 그 점을 지적했다. — 그가 전신 침례 교리를 비웃었다고 소문이 난 것이다. 게다가 앤드루는 교회 관계자들 중 한 명과 적대적인 관계에 있었다. 그는 다름 아닌 시나이 교회의 목사 에드월 패리였다.

1926년 봄, 갓 결혼한 에드월은 전형적인 기독교인처럼 보이면서도 지극히 세속적인 사람답게 알랑거리며 앤드루의 진료소에 밤늦게 나타났다.

"안녕하십니까, 맨슨 선생! 지나가는 길에 한번 들러 봤습니다. 저는 보통 때는 옥스보로 선생에게 진찰을 받아요. 그분이 제 교회의 신도이기도 하지만 동부 진료소가 가까워서죠. 그런데 우리 신도들의 말을 듣자 하니 선생은 매우 현대적이고 다양한 방면으로 치료를 잘하신다고 하길래, 그래서 말씀인데, 사례는 넉넉히 해 드리겠습니다. 제가 의논드리고 싶은 건……." 에드윌은 속인답게 속마음을 노골적으로 털어놓으면서도 성직자답게 약간 얼굴을 붉혔다. "실은 아내와 전 당분간 아이를 원치 않습니다. 제 목사 봉급 가지고는……."

앤드루는 불쾌해서 시나이 교회의 목사를 차갑게 쏘아보았다. 그러다 조심스럽게 말을 꺼냈다.

"다들 목사님의 4분의 1밖에 되지 않는 봉급을 가지고도 신이 주시는 대로 낳지 않습니까? 그럴 거라면 왜 결혼하셨죠?" 앤드루의 분노가 한순간에 폭발했다. "나가세요, 당장. 당신은 하느님의 더러운 종이오!"

에드윌은 얼굴이 기묘하게 일그러지면서 슬금슬금 진료소를 빠져나갔다. 앤드루도 자신의 말이 심했다는 생각은 들었다. 하지만 불행하게 유산을 한 뒤 크리스틴은 다시는 아이를 가질 수 없게 되었고, 두 사람은 진심으로 아이를 원하고 있었다.

1927년 5월 15일, 왕진을 끝내고 집으로 돌아오던 앤드루는 문득 아기를 잃어버린 이 애버럴로에 자신들이 왜 머물러야 하는지 스스로에게 물었다. 대답은 명확했다. 탄진 흡입에 관한 연구 때문이었다. 그것이 그를 몰입하게 하고 매료시키고 탄광에 묶어 두었던 것이다.

앤드루는 자신이 해 온 일을 돌아보고 부딪힐 수밖에 없었던 어려움을 생각하면서 연구 결과를 완성시키는 데 그렇게 오랜 시간이 걸릴 필요가 있었을까 하는 의문이 들었다. 하기야 초창기의 연구는 그랬다! 시간도 많이 잡아먹었고, 기술 면에서도 지금 생각하면 유치하기 짝이 없었다.

그는 담당 구역 광부들의 폐 상태에 대한 임상적 조사를 마치고 그 결과를 표로 만든 후 탄광 근로자들의 폐 질환 발병 빈도가 월등히 높다는 분명한 증거를 얻게 되었다. 예를 들어 자신의 폐섬유증 환자들 중 90퍼센트는 탄광 막장에서 일하는 갱부들이었다. 또한 무연 탄광에서 일한 경력이 오래된 갱부들 가운데 폐 질환으로 사망하는 경우의 비율이 다른 탄광 근로자들보다 거의 세 배나 높다는 사실을 알아냈다. 그는 탄광 갱부들을 여러 등급으로 나누어서 폐 질환의 유병률을 나타내는 일련의 통계표를 만들었다.

그다음으로 한 일은 타액 검사에서 발견한 규토 먼지가 실제로 무연탄 갱도에 존재하는지 증명하는 일이었다. 그는 이것을 결정적으로 증명했을 뿐만 아니라 캐나다산 발삼 수지를 묻힌 유리 슬라이드를 광산의 서로 다른 지점에 제각기 다른 시기에 놓아두어 여러 종류의 먼지 농도, 특히 발파와 착암 과정에서 많이 생기는 먼지의 농도를 수치화하였다.

그 결과 그는 공기 중 규토 먼지의 농도와 폐 질환 발병률 사이의 상관관계를 한눈으로 확인할 수 있게 정리해 냈다. 그러나 그것으로는 충분하지 않았다. 실제로 먼지가 인체에 해로우며, 폐 질환의 위험 인자를 넘어 폐 조직까지 파괴한다는 사실을 증명해야 했다. 그는 규토 먼지가 폐에 어떤 작용을 하는지 알아내기 위해 실험동물을 상대로 병리학적인 실험을 할 필요가 있었다.

실험을 생각하면 가슴이 설렜지만 실질적인 어려움이 시작되었다. 그에게는 이미 실험실로 쓰는 여분의 방이 있었고, 실험동물인 기니피그를 구하는 일도 어렵지 않았다. 실험에 필요한 장비도 간단했다. 하지만 아무리 재주가 뛰어났어도 그는 병리학자가 아니었고 결코 될 생각도 없었다. 이런 사실을 알기 때문에 앤드루는 오기가 생겼고 전보다 더욱 단호한 마음을 먹었다. 혼자 연구해야 할 뿐만 아니라 크리스틴에게 조직을 잘라 내 관찰용 박편을 만드는 일을 가르쳐 조수로 써야 하는 상황에 화가 났지만 크리스틴은 곧 이런 일을 능숙하게 배워서 그보다 더 잘하게 되었다.

이어서 그는 매우 간단하게 집진실을 만든 다음 하루에 일정한 시간 동안 어떤 동물은 먼지가 심한 방에 노출시키고, 어떤 동물은 대조군으로 먼지를 전혀 맡지 않게 했다. 이 실험은 엄청난 인내력을 요하는 일로, 그로서는 분통 터지는 일을 한두 번 겪은 게 아니었다. 그의 소형 선풍기는 두 번이나 고장이 났고, 결정적인 단계에서 대조군에 대한 방법이 잘못되어 처음부터 다시 시작한 적도 있었다. 그러나 이런 실수와 지연에도 불구하고 앤드루는 먼지로 인한 폐 질환의 악화 정도와 폐섬유증의 발병을 증명할 수 있는 표본을 조금씩 얻게 되었다.

그 후로는 안도의 한숨을 내쉬고 크리스틴에게 화를 내는 일도 없어져서 한동안은 사이좋게 지냈다. 그러다가 또 다른 아이디어가 떠올라서 다시 가정을 잊고 연구에 몰두했다.

지금까지 그의 연구는 규산염 결정체를 많이 흡입함으로써 물리적인 파괴가 일어나 폐가 손상된다는 가정하에 진행되어 왔다. 그러나 앤드루는 문득 자신에게 물었다. 결정체 입자가 물리적인 자극을 넘어 어떤 화학적인 작용을 일으키는 것은 아닐까? 앤드루는 화학자는 아니었지만 물러나기에는 너무 깊이 발을 들여놓은 후였다. 그는 또다시 새로운 실험 방법을 고안했다.

앤드루는 아교질의 규토를 입수해서 기니피그 한 마리의 피하에 주사했다. 그러자 종양이 생겼다. 또한 물리적으로 아무런 자극이 없는 비결정 규토 수양액을 쥐에게 주사했더니 마찬가지의 종양이 생겼다. 그런가 하면 탄소 입자처럼 기계적으로 자극을 일으키지 않는 물질을 주입했더니 종양이 전혀 생기지 않았다. 앤드루는 이런 발견을 통해 자신 있게 결론을 내릴 수 있게 되었다. 즉, 규토 가루가 화학적인 작용을 일으킨다는 사실이었다.

앤드루는 흥분과 성취감으로 거의 제정신이 아니었다. 처음 예상했던 것보다 더 많은 성과를 거둔 것이다. 그는 잔뜩 고무되어 자료를 수집하고 삼 년간에 걸친 연구 결과를 간결하게 문서로 작성했다. 몇 달 전부터 자신의 연구 결과를 논문으로 정리할 뿐만 아니라 박사 학위 논문으로도 제출할 결심을 한 터였다. 카디프에서 타이핑을 한 사본이 엷은 푸른색 겉장까지 붙어 말끔하게 제본된 상태로 도착하자 그는 의기양양하게 읽어 본 뒤 크리스틴과 함께 우체국에 가서 부쳤다. 하지만 그때부터 절망의 역류에 휘말리는 기분이 들었다.

그는 완전히 지쳐서 무기력해진 느낌이었다. 그러면서 점차로 분명하게 깨닫게 되었다. 자신은 실험실 인간이 아니며 지금까지 최고이자 가장 가치 있는 성과라고 믿어 왔던 것들이 사실은 임상 연구의 초기 단계에 불과하다는 것을. 게다가 아무 죄도 없는 크리스틴에게 툭하면 짜증을 부리고 화를 냈던 일을 떠올리면서 가책을 느꼈다. 앤드루는 한동안 기가 꺾이고 맥 풀린 사람처럼 지냈다. 하지만 그러는 동안에도 어쨌든 자신이 뭔가 해냈다는 사실에 밝게 개는 순간도 있었다.

15

그해 5월 어느 오후, 앤드루는 논문을 제출한 뒤로 줄곧 그를 괴롭혔던 이상하게 의기소침하고 부정적인 기분에서 아직 벗어나지 못한 터라 집으로 돌아왔을 때 크리스틴의 얼굴에 근심이 서려 있는 것을 눈치 채지 못했다. 그는 반쯤 넋이 나간 얼굴로 집에 왔다는 인사를 하고 이층으로 올라가 씻은 다음 아래층으로 내려와 차를 마셨다.

그는 차를 다 마시고 담배에 불을 붙일 때 문득 크리스틴의 표정을 알아챘다. 그가 석간신문으로 손을 뻗으며 물었다.

"왜 그래? 무슨 일 있었어?"

그녀는 잠시 자신의 찻숟가락을 쳐다보았다.

"오늘 누가 찾아왔어요. 당신이 오후에 나가고, 나 혼자 있을 때."

"그래? 누가 찾아왔는데?"

"위원회 대표단이요. 에드 첸킨 씨를 비롯해 다섯 명인데, 당신도 아는 시나이 교회 패리 목사와 데이비스라는 사람도 있었어요."

그리고 기묘한 침묵이 흘렀다. 그는 담배를 길게 한번 내뿜은 다음 신문을 내려놓고 크리스틴을 응시했다.

"무슨 일로 왔대?"

진지하게 바라보는 앤드루의 눈길을 대하자 크리스틴은 당황스럽고 불안한 기색을 보였다. 그녀는 서둘러 대답했다.

"4시쯤 왔어요. 당신을 만나고 싶다면서. 당신이 외출했다고 말했지만 패리 목사는 상관없다고 하면서 잠깐 들어왔다 가겠다고 하더군요. 물론 난 너무 놀랐죠. 그 사람들이 당신을 기다리려는 건지 뭔지 알 수 없었으니까요. 그러자 에드 첸킨이 이곳은 위원회 소유의 집이고 자신들은 위원회를 대표하기 때문에 위원회의 이름으로 들어올 수 있다고 하는 거예요." 크리스틴이 말을 멈추고 짧게 숨을 들이마셨다. "난 한 발자국도 움직이지 않았어요. 너무 화가 나고 억울했어요. 그래서 그들에게 왜 들어오려고 하는지 물었죠. 그때 패리 목사가 나서더니 당신이 동물실험을 하고 있다는 이야기가 자기 귀에도 들어왔고, 위원들은 물론 마을 사람들 모두가 알고 있다고 하는 거예요. 그는 뻔뻔스럽게도 그걸 생체 해부라고 불렀어요. 그러면서 당신의 실험실을 조사하려고 동물 학대 금지 단체의 데이비스 씨도 데리고 왔다는 거예요."

앤드루는 꼼짝도 하지 않고 그녀의 얼굴만 뚫어지게 바라보았다.

"그래서, 계속해 봐요."

앤드루가 나지막이 말했다.

"난 못 들어오게 하려고 했지만 소용없었어요. 막무가내로 들어와선 그중에 일곱 명이 거실을 지나 실험실로 갔어요. 그들이 기니피그를 살펴보는데, 패리 목사가 큰 소리로 '아이고, 불쌍한 동물 같으니라고!' 하더군요. 게다가 첸킨 씨는 실험대 위에 묻은 얼룩, 당신도 알 거예요, 내가 지난번에 퓌신* 병을 엎질렀잖아요, 그걸 보고 '이것 좀 봐, 이건 분명 피야!'라고 소리쳤어요. 그들은 관찰용 박편이니 절단기니 하는 것들을 쑤시고 다니더니, 나중에는 패리 목사가 '난 이 불쌍한 동물들이 더 이상 고통받게 내버려 둘 수 없어. 고통에서 해방시켜 주겠어.'라고 말하더군요. 그러더니 자루를 가져와 데이비스와 함께 쥐들을 자루에 넣었어요. 난 쥐들을 고통스럽게 하거나 생체 해부를 하거나 뭐 그런 터무니없는 짓을 하는 게 아니라고 말했지요. 그리고 이 다섯 마리 모르모트는 실험용으로 쓰려는 게 아니라 볼런드 씨의 네 아이와 아그네스 에번스에게 애완용으로 선물하려는 거라고 말했어요. 하지만 그 사람들은 내 말을 듣지도 않고 그대로 가지고 가 버렸어요."

그들 사이에 긴 침묵이 흘렀다. 앤드루의 얼굴이 어느새 붉어져 있었다. 그가 자리에서 일어났다.

"내 평생 이렇게 무례한 일은 처음 당해. 크리스, 당신한테까지 어떻게 그럴 수 있단 말이야? 내가 반드시 갚아주고 말겠어!"

앤드루는 잠시 생각하더니 전화를 걸기 위해 거실로 향했다. 그런데 그가 전화기 쪽으로 다가간 순간 전화벨이 울렸다. 그가 손을 뻗어 수화기를 들었다.

---

* 불에 탄 동물성 기름에서 나오는 어두운 갈색 물질.

"여보세요!" 앤드루의 화난 목소리가 이내 약간 누그러졌다. 전화를 건 사람은 오웬이었다. "네, 맨슨입니다. 그런데 말입니다, 오웬 씨."

"아, 네, 알고 있습니다." 오웬이 얼른 앤드루의 말을 막았다. "안 그래도 오후 내내 선생님과 연락하려고 했습니다. 네, 제 말은, 아니요, 제 말부터 들어 보십시오. 이 문제에 대해 냉정해질 필요가 있습니다. 지금 다소 난처한 지경에 처해 있습니다. 전화로는 자세히 말할 수 없고요. 제가 지금 선생님 댁으로 가겠습니다."

앤드루는 크리스틴에게 돌아왔다.

"그가 뭐라는 줄 알아?" 그는 몹시 화가 난 상태에서 통화 내용을 전해 주었다. "모두가 우리 잘못이라고 생각한다는군."

두 사람은 오웬이 도착하기를 기다렸다. 앤드루는 초조하고 화가 나서 방 안을 왔다 갔다 했고, 크리스틴은 불안한 눈으로 바느질을 했다.

드디어 오웬이 왔다. 그러나 그의 얼굴에 안도감을 줄 만한 기색은 전혀 없었다. 앤드루가 입을 열기 전에 오웬이 말했다.

"선생님, 혹시 허가증 갖고 계십니까?"

"뭐라고요?" 앤드루가 오웬을 노려보았다. "어떤 종류의 허가증 말인가요?"

오웬의 얼굴이 더욱 곤란해 보였다.

"동물실험을 하려면 내무부에서 허가증을 받아야 합니다. 그 사실을 모르셨습니까?"

"이런 제기랄!" 흥분한 앤드루의 입에서 욕설이 튀어나왔다. "난 병리학자가 아니오. 될 마음도 없고. 게다가 정식으로 실험을 하는 것도 아니고 그저 내 임상 연구에 필요한 간단한 실험을 하는 것뿐이라고요. 동물이라고 해야 열 마리 남짓이고. 그렇지 않소, 크리스?"

오웬이 시선을 피했다.

"선생님, 허가증이 있어야 한답니다. 위원회에 그걸 물고 늘어지려는 사람들이 있어요." 오웬은 빠른 말투로 계속 말했다. "선생님처럼 선구적인 일을 하는 분들은 속마음을 너무 거침없이 표현하는 경향이 있는데, 어쨌든 선생님에게 칼을 겨누려는 사람들이 있다는 사실을 알고 계시는 게 좋습니다. 하지만 잘 해결될 겁니다. 위원회와 옥신각신하는 건 언제나 있어 온 일이잖아요. 그들이 선생님에게 출석 통보를 보낼 겁니다. 하지만 선생님은 전에도 그들과 분쟁을 일으키곤 하셨으니까요. 이번에도 선생님이 그 사람들 코를 납작하게 해 줄 겁니다."

앤드루는 화가 나서 퍼붓듯이 말했다.

"나도 나대로 방법을 찾겠어요. 고소를 하겠어요. 무단 침입죄로. 그리고 내 기니피그를 절도한 죄로도 고소하겠어요. 무슨 수를 써서든 돌려받겠어요."

창백한 오웬의 얼굴이 조소를 띠며 실룩거렸다.

"아마 돌려줄 수 없을 겁니다. 패리 목사와 에드 첸킨이 고통에서 해방시켜 주겠다고 떠들어 대더니 인도주의적인 차원에서 자기들 손으로 물에 빠뜨려 죽였으니까요."

오웬은 유감스러운 표정으로 돌아갔다. 그리고 다음 날 저녁 앤드루는 일주일 내로 위원회에 출석해 달라는 통보를 받았다.

그러는 사이에 사건은 불에 기름을 부은 것처럼 크게 번져

갔다. 트레버 데이라는 한 사무 변호사가 자기 아내를 살해한 사건 이후 이처럼 흥미진진하고 악평이 분분하며 음모의 냄새가 짙게 풍기는 사건이 애버럴로 사람들을 놀래킨 적은 없었다. 사람들은 패를 갈라 격렬하게 논쟁을 벌였다. 에드월 패리는 자신의 교회에서 설교할 때마다 동물이나 어린아이를 학대하는 사람은 현세뿐만 아니라 사후에도 응당한 벌을 받게 될 거라고 극도로 비난했다. 마을의 다른 한편에서는 영국 국교회의 몸집이 통통한 목사 데이비드 월폴이 패리를 가리켜 회교도가 싫어하는 돼지나 마찬가지라고 비난하며 하느님의 자유로운 교회와 과학의 반목과 진화에 대해 목청을 높였다.

심지어 여자들까지 행동에 나섰다. 웨일스 여성행동연맹의 지부장인 미파뉘 벤수산 양은 템퍼런스 홀에 운집한 청중 앞에서 연설을 했다. 앤드루는 한때 연맹의 연차 총회에서 의장직을 맡아 달라는 요청을 거절해서 미파뉘를 화나게 한 적이 있었다. 하지만 그것은 그것이고, 그녀의 동기는 의심할 여지 없이 순수했다. 대회가 끝난 후 오후 늦은 시각에 연맹 회원들은 보통 때 같으면 국경일에나 벌이는 가두 행진을 벌이면서 개의 배를 갈라 내장이 일부 보이는 역겨운 그림을 싣고 생체 실험 반대를 주장하는 광고지까지 나눠 주었다.

수요일 밤에는 콘 볼런드가 전화를 걸어 용기를 북돋워 주었다.

"어이, 맨슨, 잘 지내나? 견딜 만하다고? 그럼 됐네! 자네가 흥미를 가질 만한 내용 같아서 말이야. 우리 메리가 오늘 저녁 라킨 씨네에서 집으로 돌아오는 길에 겪은 일이라네. 깃발 파는 여자들 중 하나가 싱글거리면서 소책자를 들고 메리를 불러 세우더라는 결세. 그런데 그 잔인하고 시시껄렁한 소책자에 자네에 대한 비난이 잔뜩 써 있었다는 거야. 그래서 우리 메리가 용감하게도 어떻게 했는 줄 아나? 하하! 그 책자를 받자마자 갈기갈기 찢었다는 거야. 그런 다음 깃발 파는 여자의 귀싸대기를 한 대 올려붙였다지 뭔가. 그러고는 모자를 벗어 움켜쥐고, 메리가 뭐라고 했는지 아나? 하하! 그렇게 잔인한 게 보고 싶으면, 그럼 자기가 보여 주겠다고 말했다는 거야."

다른 사람 중에도 메리처럼 의분을 느끼고 주먹을 휘두른 사람이 또 있었다.

앤드루의 담당 구역은 변함없이 그를 지지했지만 동부 진료소 구역에는 그와 반대 의견을 가진 사람들이 있었다. 그래서 술집에서 간혹 앤드루의 지지파와 반대자들 사이에 싸움이 벌어지곤 했다. 이런 경미한 싸움이 있던 목요일 밤에는 프랭크 데이비스가 진료소로 찾아와 이렇게 털어놓았다.

"옥스보로의 환자 두 명이 선생님보고 잔인한 도살자라고 하길래 제가 머리통을 갈겨 줘 버렸죠."

그 후 옥스보로는 앤드루와 마주치더라도 요란스럽게 쿵쿵 걸으며 시선은 딴 곳을 바라보았다. 게다가 노골적으로 패리 목사와 한패가 되어 마음에 들지 않는 동료를 비난하고 다닌다는 소문이 돌았다. 어커트는 프리메이슨 모임에서 기독교인들이 하는 이야기를 듣고 와서 앤드루에게 들려 주었는데 그 중 하나는 이런 것이었다.

"왜 의사 주제에 하느님의 생명체를 죽입니까?"

어커트는 자신의 의견을 좀처럼 드러내지 않았다. 하지만 한 번은 앤드루의 딱딱하게 굳은 얼굴을 흘깃 쳐다보며 말했다.

"빌어먹을! 나도 자네처럼 젊었을 땐 이렇게 싸우는 걸 즐겼어. 하지만 이젠 틀렸어! 나이를 먹어서 그렇겠지."

앤드루는 어커트가 자신을 잘못 판단하고 있다고 생각했다. 자신은 결코 '싸움'을 즐기는 게 아니었다. 사실은 지치고 초조하고 걱정스러웠다. 이러다가 평생 돌벽에 머리를 부딪치며 살게 되는 게 아닐까 초조하게 자문해 보았다. 그러나 비록 처음에 비해서 패기는 많이 죽었지만 서로 다투는 마을 사람들 앞에서 공개적으로 자신의 정당성을 입증하고 합리화하고 싶은 간절한 소망은 갖고 있었다.

마침내 그 주가 지나고 일요일 오후에 앤드루 맨슨에 대한 징계 조사를 협의하기 위한 위원회가 소집되었다. 위원회 회의실에는 빈자리가 없었고 광장 바깥까지 사람들이 삼삼오오 짝을 지어 서성이고 있었다. 앤드루는 사무실을 통해 좁은 복도를 걸어 올라갔다. 심장이 빠르게 두방망이질했다. 그는 스스로에게 침착해야 한다, 마음을 굳게 먹어야 한다고 주문했다. 하지만 오 년 전 의사 후보로 앉았던 그 자리에 앉자 표정이 굳어지며 입술이 바싹 타고 초조해졌다.

회의가 시작되었다. 예상과 달리 반대 운동을 벌여 온 반대파들과 독실한 신자들의 기도 없이 곧장 에드 첸킨의 열변이 시작되었다.

첸킨은 벌떡 일어서서 이렇게 말했다.

"이번 사건의 전모를 지금부터 제가 말하겠습니다. 이 위원회의 동료 위원들 앞에서 말이오."

그는 큰 목소리로 무식을 드러낸 채 불만 사항을 열거하기 시작했다. 앤드루 맨슨은 이 연구를 할 권리가 없으며, 무엇보다 월급을 주는 위원회의 일을 해야 하는 시간에, 위원회 소유의 건물에서 개인적인 일을 했을 뿐 아니라 그것은 생체 해부거나 그에 가까운 것이었다고, 그리고 이 모든 일을 필요한 허가증도 없이 했다며, 이는 법의 시각에서 보아도 매우 심각한 범죄 행위라고 단언했다.

그때 오웬이 재빨리 나서서 말했다.

"방금 말씀하신 마지막 내용에 관해 제가 위원회에 참고로 드릴 말씀이 있습니다. 맨슨 선생의 허가증 문제로 법적 조치에 들어가는 것은 우리 의료조합과도 관련이 있을 겁니다."

"도대체 무슨 말이오?"

첸킨이 물었다.

"맨슨 선생은 우리가 고용한 의사니 우리도 그에 대해 법적인 책임이 있다는 말입니다."

오웬의 말에 여기저기에서 동의를 표하는 웅성거림이 일었다. 그때 누군가 소리쳤다.

"오웬의 말이 맞아! 조합에 해가 되는 건 원치 않으니 우리 선에서 해결합시다!"

"그놈의 허가권은 신경 안 써도 되오." 첸킨은 여전히 일어선 채로 소리쳤다. "그 밖에도 규칙을 위반한 문제가 많으니까."

"옳소! 옳소!" 뒤쪽에서 누군가 소리쳤다. "모터사이클을 타고 카디프까지 몰래 갔다 온 건 도대체 뭣 때문이지? 삼 년 전 여름에 말이야."

"약도 주지 않잖아." 렌 리처드의 목소리였다. "진료소 밖에서 한 시간이나 기다리게 해 놓고도 약병에 약을 그득하게 채워 주지도 않더라고."

"조용히! 조용히!" 첸킨이 소리쳤다. 그는 사람들을 제지하며 장황한 연설을 마무리 지었다. "모두 충분히 문제가 되는 불만입니다. 이런 불만은 맨슨 선생이 결코 우리 의료조합에 적합한 조수가 될 수 없음을 보여 주는 겁니다. 게다가 내가 한 가지 덧붙이고 싶은 것은 그는 사람들에게 필요한 증명서도 떼어 주지 않았다는 것입니다. 하지만 우리는 중대한 사안에만 신경 쓸 것입니다. 여기 있는 이 조수 선생은 형사 사건이 될 만한 문제를 일으켜 마을 전체의 반대를 사고 있습니다. 우리의 재산이 도살자의 소굴로 바뀐 것입니다. 동료 위원 여러분, 하늘에 맹세코, 나는 이 두 눈으로 똑똑히 마루의 핏자국을 보았소. 어쨌든 이자는 실험에 미친 괴짜에 지나지 않소. 동료 위원 여러분, 내가 묻겠는데, 이래도 참을 겁니까? 아니지요. 여러분은 안 된다고 말해야 합니다. 동료 위원 여러분, 나는 여러분도 나와 같을 거라는 것을 압니다. 우린 이 자리에서 맨슨 선생의 해임을 요구해야 합니다."

첸킨이 동료들을 죽 둘러본 다음 우렁찬 박수를 받으며 자리에 앉았다.

"이번 사건에 대한 맨슨 선생의 진술도 들어봐야 하지 않을까요?"

오웬이 창백한 얼굴로 앤드루를 돌아보며 말했다.

침묵이 흘렀다. 앤드루는 한동안 그렇게 앉아 있었다. 상황이 상상했던 것보다 더욱 나빠지고 있었다. 위원들을 믿어서는 안 된다고 앤드루는 씁쓸하게 생각했다. 자신을 채용할 때 만족스럽게 미소를 지었던 사람들이 바로 이 사람들이란 말인가? 그는 가슴이 타 들어가는 것 같았다. 절대로 그만두지 않으리라, 아니 호락호락하게 사임하지 않으리라. 마침내 앤드루가 자리에서 일어났다. 그는 웅변가가 아니었고 스스로도 웅변에는 소질이 없다는 것을 알고 있었다. 하지만 그는 지금 너무 화가 나 있는 데다 사람들의 무지에 대한 분개, 참을 수 없는 첸킨의 어이없는 트집, 또한 박수로써 그것을 인정하는 다른 사람들 때문에 이성을 잃고 말았다.

앤드루가 입을 열었다.

"에드 첸킨 씨가 동물을 물에 빠뜨려 죽였다는 사실에 대해서는 아직 아무 말도 안 하신 것 같군요. 이거야말로 잔인한 일이 아닌가요? 아무 쓸모도 없는 잔인한 일이죠. 하지만 제가 해 온 일은 그렇지 않습니다! 여러분은 왜 흰쥐며 카나리아를 갱도에 가져갑니까? 검은 먼지를 시험하기 위한 거라는 점은 여러분도 모두 알고 계실 겁니다. 그럼 그 쥐가 가스를 마시고 죽었을 때 여러분은 잔인하다고 생각하십니까? 아닐 겁니다. 여러분은 그 동물들이 인간의 생명, 아니 바로 여러분 자신의 생명을 구하기 위해 사용되어 왔다는 사실을 알 겁니다.

저도 그런 일을 여러분을 위해 해 왔습니다! 저는 여러분이 갱도에서 마신 먼지로 발생되는 폐 질환 연구를 해 왔습니다. 여러분은 모두 폐가 건강하지 않으며 만일 폐 질환에라도 걸리면 보상조차 받지 못한다는 사실을 알고 있을 겁니다. 저는 최근 삼 년 동안 남는 시간을 아껴 가며 이 호흡기 질환 연구에 바쳐 왔습니다. 그리고 여러분의 작업 환경을 개선시키고 여러분이 좀 더 정당한 대우를 받고 더욱 건강을 유지할 수 있는 방법을 모색해 왔습니다. 렌 리처드 씨가 말한 냄새나는 약병보다 여러분 건강에 더욱 효과적인 방법을 발견했습니다. 그런데 제가 기니피그 열 마리를 희생시켰다고 지금 이러시는 겁니까? 제 연구가 그만한 가치가 없다고 생각하시는 겁니까?

아마 여러분은 절 믿지 않으실 겁니다. 제가 여러분을 속인 거라고 믿을 만큼 저에 대한 편견이 크니까요. 아마 여러분은 제가 쓸데없이 제 시간, 아니 여러분 말마따나 여러분 시간을 허비했다고 생각하시겠죠." 그는 너무 흥분한 나머지 극단적으로 행동하지 않겠다는 단호한 결심을 잊고 말았다. 그래서 셔츠 주머니에 손을 넣어 그 주 초에 그가 받은 편지 한 통을 꺼냈다. "이 편지는 다른 사람들이 그 연구에 대해 어떻게 생각하는지를 보여 줍니다. 그들은 충분히 판단할 자격이 되는 분들입니다."

그는 오웬에게 걸어가 편지를 건넸다. 그것은 세인트앤드루스 대학의 서기관이 보낸 통고문으로 분진 흡입에 관한 그의 논문을 심사한 결과 의학 박사 학위를 수여하기로 했다는 내용이 적혀 있었다.

오웬은 갑자기 밝아진 얼굴로 대학 문장이 찍힌 푸른색 잉크로 타이핑된 편지를 읽었다. 그리고 그 편지는 천천히 이 사람에서 저 사람 손으로 건네졌다.

앤드루는 대학 이사회가 보낸 통고문이 유발하는 효과를 두 눈으로 지켜보는 일이 괴로웠다. 그는 어떻게 해서든 자신의 입장을 이해받고 싶었지만 충동적으로 그것을 꺼낸 일에 대해서는 후회하고 있었다. 만일 사람들이 이런 공식적인 기관의 인정 없이 자기 말을 믿지 못하는 거라면 자신에 대한 편견이 그만큼 심각하다는 뜻이었다. 편지와 상관없이 사람들이 자신을 징계하기에 급급했다는 사실이 앤드루를 우울하게 했다.

잠시 후 오웬이 이렇게 말했을 때서야 앤드루는 겨우 해방된 느낌이 들었다.

"실례지만 선생님은 잠시 자리를 비켜 주시겠습니까?"

사람들이 안건에 대해 투표를 하는 동안 앤드루는 밖에서 기다리다 화가 치밀어 자신의 발뒤꿈치를 찼다. 동료 광부들의 이익을 위해 일단의 광부들이 의료조합을 지배하는 것은 훌륭하고 이상적인 일이었다. 하지만 그것은 이상일 뿐이었다. 그들은 이런 기구를 진보적으로 운영하기에는 너무 편협하고 무지했다. 오웬도 이들을 올바른 길로 이끌려니 고생이 끊이지 않았다. 그래서 이번 경우에도 오웬이 아무리 자신에게 호의를 갖고 있어도 구해 주지는 못할 거라고 생각했다.

앤드루가 다시 회의실로 들어갔을 때 오웬 서기는 손을 활기차게 비비면서 웃음을 지어 보였다. 위원회의 다른 사람들도 그를 대하는 표정이 누그러졌고, 적어도 적대감은 없어 보였다.

오웬은 즉시 자리에서 일어나 말했다.

"맨슨 선생님, 반가운 소식입니다. 저도 개인적으로 이런 말씀을 드리게 되어 정말 기쁩니다. 위원회의 투표 결과 다수결로 선생님을 유임시키기로 결정했습니다."

앤드루가 이겼다. 결국 그가 사람들을 제압한 것이다. 하지만 잠시 승리감에 가슴이 벅찼을 뿐 의기양양할 기분은 아니었다. 방 안이 잠시 조용해졌다. 사람들은 분명 앤드루가 기뻐서 감사의 인사라도 한마디 하기를 기대하고 있었다. 그러나 그는 하지 않았다. 그는 왜곡된 모든 사태와 위원들, 애버럴로, 의료계와 규토 가루, 기니피그 그리고 자신에 대해 넌더리가 났다.

마침내 앤드루가 입을 열었다.

"고맙습니다, 오웬 씨. 저도 여기에서 노력했고, 위원회에서 저를 유임시켜 주신다니 고마운 일입니다. 하지만 죄송합니다. 전 더 이상 애버럴로에서 일할 수 없습니다. 위원회에 오늘부터 한 달 동안 유예 기간을 드리고 사직하겠습니다."

그는 아무 감정 없이 말한 다음 돌아서서 회의실을 나왔다.

무거운 침묵이 흘렀다. 그때 에드 첸킨이 재빨리 사태를 파악하고는 앤드루의 뒤통수에 대고 냉랭하게 소리쳤다.

"거참, 잘됐군!"

그때 놀랍게도 오웬이 위원들 앞에서는 한번도 보인 적 없는 분노를 터뜨렸다.

"입 다물지 못해, 에드 첸킨!" 그가 위협하듯 험악하게 자를 내동댕이쳤다. "우린 저만한 의사는 다시 구할 수도 없다고!"

16

앤드루는 그날 한밤중에 잠을 깨서 중얼거렸다.

"난 바보일까, 크리스? 생계는 어떻게 하라고 그런 좋은 일자리를 걷어차 버렸을까? 요즘 들어 개인 환자도 조금씩 늘고 있는데 말이야. 그리고 루엘린에게도 꽤 대접을 받는데. 내가 말했던가? 루엘린이 내게 병원에서 진료할 수 있게 해 주겠다고 반승낙을 했어. 그리고 위원회도 첸킨 패거리만 아니면 그리 나쁜 사람들이 아닌데. 루엘린이 은퇴하면 내가 그 자리에 앉게 될지도 모르는데 말이야."

크리스틴이 어둠 속에서 그의 옆에 바짝 다가와 누우며 차분하게 위로해 주었다.

"당신도 웨일스의 탄광 마을 진료소에서 평생을 보내고 싶진 않잖아요. 우린 이곳에서 행복했어요. 하지만 이젠 떠나야 할 때가 왔어요."

"하지만 크리스." 앤드루가 걱정스럽게 말했다. "우린 아직 개업할 만한 돈이 없잖아. 돈을 좀 더 모은 다음 그만둬야 했어."

그녀가 졸린 목소리로 대답했다.

"그게 돈과 무슨 상관이에요? 게다가 지금까지 모은 것도 언젠가는 모두, 거의 대부분 쓰게 될 텐데요. 우린 진짜 휴가를 얻었어요. 우리가 지난 사 년 동안 이 우중충한 광산 밖으로 나간 적이 없다는 거 알아요?"

크리스틴의 기분이 앤드루에게도 감염되었다. 다음 날부터 세상은 즐겁고 거칠 것이 없는 것처럼 보였다. 아침 식사 때 앤드루는 처음으로 느긋하게 식사를 하며 말했다.

"당신은 꽤 좋은 여자야, 크리스. 당신이 나더러 출세 가도를 달리라거나 뭔가 큰일을 하기를 바란다거나 이제는 밖으로 나가 유명해지라고 말할 줄 알았는데 그 대신에……."

그녀는 앤드루의 말에 귀를 기울이지 않았다. 대신 엉뚱한 잔소리를 늘어놓았다.

"여보, 제발 그런 식으로 신문 좀 돌돌 말지 말아요. 여자들만 그러는 줄 알았더니. 그래서야 어떻게 내가 원예란을 읽겠어요?"

"읽지 않으면 되지." 그는 문으로 걸어가며 크리스틴에게 키스하고 웃어 보였다. "내 생각만 하라고."

앤드루는 이제야 인생의 기회를 잡을 때가 왔다고 생각했다. 하지만 워낙 신중한 성격 탓에 대차대조표에서 자산(資産) 쪽을 고려하지 않을 수 없었다. 그는 왕립의사협회 회원에 의학 박사 학위가 있고, 은행에는 300파운드가 넘는 예금이 있었다. 이 정도의 뒷받침이면 굶어 죽지는 않을 것이다.

그들의 의도는 확고했다. 하지만 마을 사람들의 감정은 대번에 바뀌었다. 앤드루가 스스로 그만두겠다고 하자 이제는 마을 사람들이 그를 붙들어 두고 싶어 했다.

오웬이 대표로 앤드루에게 결정을 번복해 줄 수 없느냐고 물어보러 왔지만 일언지하에 거절당했다. 그 후 마을에서는 에드 첸킨에 대한 불만이 폭력 사태로 불거지지 않을까 걱정될 만큼 팽배해졌다. 그가 사택 앞을 지나가면 야유부터 받았다. 에드 첸킨은 광산에서 집으로 돌아가는 길에 두 번이나 호루라기 소리를 들었는데, 그것은 보통 노동자들이 파업 반대자들에게 사용하는 불명예스러운 욕 같은 것이었다.

마을 사람들의 이런 반응뿐만 아니라 자신의 논문 하나가 세상을 어떻게 흔들어 놓았는지를 보면서 앤드루는 신기하기만 했다. 그 논문으로 그는 의학 박사라는 칭호를 얻게 되었다. 《영국 산업 보건 저널》에 논문이 실리고 미국 위생협회에서는 책자로도 출간했다. 그러나 무엇보다 중요한 사건은 그가 받은 세 통의 편지였다.

첫 번째 편지는 런던 이스트 센트럴브릭 레인에 있는 한 회사가 보낸 것인데, 그에게 자신들이 개발한 '폴모 시럽' 샘플을 보내면서 저명한 의사들을 비롯해 수없이 많은 추천을 받은, 폐 질환에 특효가 있는 약이라고 했다. 그들은 앤드루가 병원에 오는 광부들에게도 풀모 시럽을 추천해 주기를 바랐다. 또한 풀모 시럽은 류머티즘에도 약효가 있다고 덧붙였다.

두 번째 편지는 챌리스 교수의 편지였다. 그는 열정적으로 축하와 찬사를 늘어놓으며 말미에 잠깐 카디프에 있는 연구소에 들러 주지 않겠느냐고 물었다. 그리고 추신으로 이렇게 적었다. "가능하면 꼭 목요일에 와 주게나." 그러나 앤드루는 그 주 마지막 며칠 동안 너무 바빠서 그 부탁을 들어줄 수 없었다. 또한 편지를 어디에다 두었는지 잊어서 답장하는 일도 잊어버렸다.

세 번째 편지에는 즉시 답장을 했는데 앤드루는 그 편지를 받자마자 짜릿한 전율을 느꼈다. 대서양 건너 오리건에서 온 그 편지에는 특이한 자극과 격려의 말이 담겨 있었다. 앤드루는 타이핑한 편지를 읽고 또 읽은 후 두근거리는 마음을 진정시키며 크리스틴에게도 보여 주었다.

"아주 정중한 편지야, 크리스! 미국에서 온 편지야. 오리건에 사는 리처드 스틸먼이라는 사람인데, 당신은 아마 그 사람 이름을 들어 본 적이 없겠지만 나는 알고 있어. 게다가 나의 분진 흡입 연구에 관해 아주 정확한 평가를 내리고 있다고. 까짓 챌리스보다도 훨씬 정확해. 이 사람에게 답장을 보내야겠어! 이 사람은 내 연구 목적을 완전히 이해하고 실제로 한두 가지 점에 대해 조용히 틀린 점을 지적해 주었어. 확실히 내 규소에서 가장 파괴적인 성분은 견운모거든. 난 화학에 대한 지식이 부족해서 거기까지는 알아내지 못했던 거야. 하지만 축하 편지치고 굉장하지 않아? 게다가 스틸먼이 보냈다니!"

"그래요?" 크리스틴이 관심 어린 시선으로 쳐다보았다. "그분도 거기에서 의사인가요?"

"아니, 그래서 더욱 놀라워. 그는 물리학자란 말이야. 하지만 오리건 포틀랜드 근처에서 폐 질환자를 위한 진료소를 운영해. 이것 봐, 편지에 그렇게 적혀 있어. 아직 이 사람을 모르는 사람들도 있지만 그는 이 방면에서 거물이라고. 언제 시간 있으면 그에 대해 얘기해 줄게."

앤드루는 곧장 책상에 앉아 답장을 썼는데, 이것만 보아도 그가 스틸먼의 편지를 얼마나 중요하게 생각하는지 알 수 있었다.

그들은 휴가 준비 및 떠나기 전에 치러야 할 작별 인사 따위의 절차로 눈코 뜰 새 없었다. 가구는 나중에 찾기 편하도록 카디프에 맡겼다. 예전에 블라넬리를 떠날 때는 워낙 갑작스럽게 결정한 데다 좋은 일자리를 찾아 떠나는 당당한 작별이었다. 그러나 여기서는 떠나는 순간까지 마음이 흔들려서 괴로웠다. 본 씨 내외와 볼런드네 가족 심지어는 루엘린 내외까지도 그들을 초대했다. 덕분에 앤드루는 이런 송별회 특유의 증상인 '작별 소화 불량'을 일으키고 말았다. 드디어 떠나는 날이 되자 제니는 눈물을 흘리며 놀랍게도 모두들 역까지 나와 배웅하기로 되어 있다고 말했다.

이런 소식에 심란해 있던 차에 본이 급하게 뛰어왔다.

"귀찮게 해서 미안하오. 그런데 맨슨 씨, 챌리스 교수와 무슨 일이 있었소? 내가 방금 그 노인네한테 편지를 한 통 받았는데, 당신이 보낸 논문이 그뿐만 아니라 광산 이사회까지도 대단히 열광시킨 모양이오. 적어도 난 그렇게 이해하고 있소. 어쨌든 그가 내게 당신과 연락하게 해 달라고 부탁했소. 런던에서 당신을 꼭 만나 보고 싶다고, 아주 중요한 문제라고 했소."

앤드루는 다소 투정하듯 대답했다.

"우린 지금 휴가 떠나는 길입니다. 몇 년 만에 휴가다운 휴가를 보내려고요. 그런데 어떻게 그를 만나겠어요?"

"그럼 휴가 가는 곳의 주소라도 말해 주시오. 그가 분명 편지라도 띄우고 싶어 할 거요."

앤드루는 결정을 내리지 못하고 크리스틴을 힐끗 쳐다보았다. 행선지를 비밀로 하기로 약속했던 것이다. 어떤 근심거리나 연락, 간섭에서도 자유로워지고 싶었기 때문이다. 앤드루는 마지못해 본에게 주소를 가르쳐 주었다.

이윽고 그들은 서둘러 역으로 향했고, 그곳에서 다시 기다리고 있던 담당 구역 주민들에게 둘러싸였다. 악수와 격려의 말이 오가고 서로 등을 토닥거리며 포옹한 뒤 두 사람은 마지막으로 움직이는 기차에 올라탔다. 그들이 기차 안으로 사라지자 플랫폼에 모여 있던 사람들이 큰 소리로 「할렉 사람들의 행진」*을 부르기 시작했다.

"맙소사!" 앤드루는 얼얼한 손가락을 쭉 펴며 말했다. "완전히 녹초가 되어 버렸어." 그러나 그의 눈은 물기로 반짝였다. "크리스, 어떤 일이 있어도 이곳을 잊지 말자고. 사람들이 순수하지 않아? 한 달 전만 해도 마을 사람 절반이 날 내쫓으려고 했는데 말이야! 그 사실은 부정할 수 없어. 인생이란 정말 재미있지?" 그는 옆 자리에 앉은 크리스틴을 장난스러운 눈길로 쳐다보았다.

---

* 웨일스의 민요.

"이봐, 맨슨 부인. 나이를 먹기는 했지만, 당신의 두 번째 허니문이라고!"

저녁 무렵 사우스햄프턴에 도착한 그들은 해협을 건너는 증기선의 침대칸에 몸을 실었다. 이튿날 아침에는 생말로 만 뒤편으로 해가 떠오르는 모습이 보였고, 한 시간 뒤 브르타뉴에 닿았다.

밀이 풍성하게 익어 가고 벚나무 가지는 열매의 무게를 이기지 못해 축 늘어지고 염소들은 꽃이 만발한 초원을 자유롭게 돌아다녔다. 이곳에 오는 것은 크리스틴의 꿈이었다. 여행 안내서에서 꼭 가 봐야 한다고 말하는 미술관이라든가 궁전, 역사적 유적지나 기념물이 아니라 이렇게 가까이에서 프랑스의 참모습을 보고 싶어 했다.

그들은 발앙드레에 도착했다. 파도 소리가 들리고 목초지의 향긋함이 풍기는 곳에 그들이 예약한 호텔이 있었다. 솔로 문질러 닦는 수수한 바닥이 깔린 침실에서 두툼한 푸른색 찻잔에 담긴 따끈한 모닝커피를 마셨다. 두 사람은 하루 종일 느긋하게 보냈다.

"와!" 앤드루는 자꾸만 감탄사를 연발했다. "정말 굉장하지 않아? 난 이제 다시는, 다시는 폐렴 따위의 골치 아픈 일에 관심 갖지 않을 테야."

그들은 사과술을 마시고 새우와 가재, 페이스트리와 체리를 먹었다. 저녁이면 앤드루는 고풍스러운 팔각형 테이블에서 호텔 주인과 당구를 쳤다. 가끔은 100점 중에 50점도 얻지 못해 지는 때도 있었다.

앤드루의 표현에 따르면 아름답고 멋지고 우아한 생활이었다. "담배만 있다면." 그는 말끝에 꼭 이 말을 덧붙이곤 했다.

천국 같은 한 달은 금세 지나갔다. 그 후로 앤드루는 날이 갈수록 불안해하면서 뜯지 않은 편지를 만지작거리는 일이 늘어났다. 체리 주스와 초콜릿이 묻은 편지는 지난 두 주일 동안 그의 윗옷 주머니에 들어 있었다.

"자, 우린 약속을 지켰어요. 이제 뜯어 봐요."

어느 날 아침 크리스틴이 재촉했다.

앤드루는 조심스럽게 봉투를 뜯은 뒤 등에 햇살을 받으며 엎드려 편지를 읽다가 천천히 일어나 앉아 마저 읽어 내려갔다. 그러고는 아무 말 없이 크리스틴에게 편지를 건넸다.

챌리스 교수가 보낸 편지였다. 거기에는 분진 흡입에 관한 앤드루의 논문을 검토한 '석탄 및 기타 광산 노무 사무국'이 국회 위원회에 보고할 목적으로 전반적인 실태 조사에 착수하기로 결정했다는 내용이 적혀 있었다. 게다가 이사회는 그 과제를 수행할 전임 의무관을 임명하기로 했는데 앤드루의 논문 결과를 믿고 만장일치로 주저없이 그를 임명하기로 했다는 것이었다.

크리스틴은 편지를 읽고 나서 행복한 표정으로 그를 바라보았다.

"뭔가 좋은 일이 일어날 거라고 내가 말했죠?" 크리스틴이 미소를 지었다. "정말 잘된 일이에요!"

하지만 앤드루는 초조한지 해변에 놓인 가재 항아리를 향해 돌을 던졌다.

"그건 임상 업무야." 그가 큰 소리로 말했다. "다른 일은 아닐 거야. 그들도 내가 임상의라는 걸 알고 있으니까."

그녀는 더욱 깊은 미소를 지으며 앤드루를 바라보았다.

"그럴 거예요. 당신 우리 약속 기억해요? 여기서 적어도 육 주 동안은 아무것도 하지 않기로 했잖아요. 이런 일로 우리의 휴가를 망치고 싶지 않아요."

"음, 그래." 그는 손목시계를 보았다. "휴가는 끝까지 지켜야지. 하지만 그렇더라도." 그는 벌떡 일어나 힘차게 크리스틴의 손을 잡고 일으켜 세웠다. "전보국에 갔다 온다고 해서 나쁠 건 없겠지. 궁금해서 말이야. 그들에게도 나름의 일정이 있을 테니까."

(2권에서 계속)

세계문학전집 215

성채 1

1판 1쇄 펴냄 2009년 7월 24일
1판 18쇄 펴냄 2022년 8월 8일

지은이 A. J. 크로닌
옮긴이 이은정
발행인 박근섭, 박상준
펴낸곳 (주)민음사

출판등록 1966. 5. 19. (제 16-490호)
서울특별시 강남구 도산대로1길 62(신사동) 강남출판문화센터 5층 (우편번호 06027)
대표전화 02-515-2000 팩시밀리 02-515-2007
www.minumsa.com

ISBN 978-89-374-6215-3 04800
ISBN 978-89-374-6000-5 (세트)

* 잘못 만들어진 책은 구입처에서 교환해 드립니다.

세계문학전집 목록

45 **젊은 예술가의 초상** 조이스 · 이상옥 옮김 서울대 권장도서 100선

46 **카탈로니아 찬가** 오웰 · 정영목 옮김

47 **호밀밭의 파수꾼** 샐린저 · 공경희 옮김 《타임》 선정 현대 100대 영문소설 | 미국대학위원회 선정 SAT 추천도서 | 《뉴스위크》 선정 100대 명저 | BBC 선정 꼭 읽어야 할 책

48·49 **파르마의 수도원** 스탕달 · 원윤수, 임미경 옮김

50 **수레바퀴 아래서** 헤세 · 김이섭 옮김 노벨 문학상 수상 작가 | 국립중앙도서관 선정 청소년 권장도서

51·52 **내 이름은 빨강** 파묵 · 이난아 옮김 노벨 문학상 수상 작가

53 **오셀로** 셰익스피어 · 최종철 옮김 서울대 권장도서 100선

54 **조서** 르 클레지오 · 김윤진 옮김 노벨 문학상 수상 작가

55 **모래의 여자** 아베 코보 · 김난주 옮김

56·57 **부덴브로크 가의 사람들** 토마스 만 · 홍성광 옮김 노벨 문학상 수상 작가

58 **싯다르타** 헤세 · 박병덕 옮김 노벨 문학상 수상 작가

59·60 **아들과 연인** 로렌스 · 정상준 옮김 《뉴스위크》 선정 100대 명저

61 **설국** 가와바타 야스나리 · 유숙자 옮김 노벨 문학상 수상 작가 | 서울대 권장도서 100선

62 **벨킨 이야기 · 스페이드 여왕** 푸슈킨 · 최선 옮김

63·64 **넙치** 그라스 · 김재혁 옮김 노벨 문학상 수상 작가

65 **소망 없는 불행** 한트케 · 윤용호 옮김 노벨 문학상 수상 작가

66 **나르치스와 골드문트** 헤세 · 임홍배 옮김 노벨 문학상 수상 작가

67 **황야의 이리** 헤세 · 김누리 옮김 노벨 문학상 수상 작가

68 **뻬쩨르부르그 이야기** 고골 · 조주관 옮김

69 **밤으로의 긴 여로** 오닐 · 민승남 옮김 노벨 문학상 수상 작가 | 미국대학위원회 선정 SAT 추천도서

70 **체호프 단편선** 체호프 · 박현섭 옮김

71 **버스 정류장** 가오싱젠 · 오수경 옮김 노벨 문학상 수상 작가

72 **구운몽** 김만중 · 송성욱 옮김 서울대 권장도서 100선 | 국립중앙도서관 선정 청소년 권장도서

73 **대머리 여가수** 이오네스코 · 오세곤 옮김

74 **이솝 우화집** 이솝 · 유종호 옮김 논술 및 수능에 출제된 책(1998~2005)

75 **위대한 개츠비** 피츠제럴드 · 김욱동 옮김 《타임》 선정 현대 100대 영문소설

76 **푸른 꽃** 노발리스 · 김재혁 옮김

77 **1984** 오웰 · 정회성 옮김 《타임》 선정 현대 100대 영문소설 | 《뉴스위크》 선정 100대 명저

78·79 **영혼의 집** 아옌데 · 권미선 옮김

80 **첫사랑** 투르게네프 · 이항재 옮김

81 **내가 죽어 누워 있을 때** 포크너 · 김명주 옮김 노벨 문학상 수상 작가

82 **런던 스케치** 레싱 · 서숙 옮김 노벨 문학상 수상 작가

83 **팡세** 파스칼 · 이환 옮김

84 **질투** 로브그리예 · 박이문, 박희원 옮김

85·86 **채털리 부인의 연인** 로렌스 · 이인규 옮김

87 **그 후** 나쓰메 소세키 · 윤상인 옮김

88 **오만과 편견** 오스틴 · 윤지관, 전승희 옮김 미국대학위원회 선정 SAT 추천도서

89·90 **부활** 톨스토이 · 연진희 옮김 논술 및 수능에 출제된 책(1998~2005)

91 **방드르디, 태평양의 끝** 투르니에 · 김화영 옮김

92 **미겔 스트리트** 나이폴 · 이상옥 옮김 노벨 문학상 수상 작가

93 **뻬드로 빠라모** 룰포 · 정창 옮김

94 **차라투스트라는 이렇게 말했다** 니체·장희창 옮김 국립중앙도서관 선정 청소년 권장도서
95·96 **적과 흑** 스탕달·이동렬 옮김 국립중앙도서관 선정 청소년 권장도서
97·98 **콜레라 시대의 사랑** 마르케스·송병선 옮김 노벨 문학상 수상 작가 | BBC 선정 꼭 읽어야 할 책
99 **맥베스** 셰익스피어·최종철 옮김 서울대 권장도서 100선 | 미국대학위원회 선정 SAT 추천도서
100 **춘향전** 작자 미상·송성욱 풀어 옮김 서울대 권장도서 100선
101 **페르디두르케** 곰브로비치·윤진 옮김
102 **포르노그라피아** 곰브로비치·임미경 옮김
103 **인간 실격** 다자이 오사무·김춘미 옮김
104 **네루다의 우편배달부** 스카르메타·우석균 옮김
105·106 **이탈리아 기행** 괴테·박찬기 외 옮김
107 **나무 위의 남작** 칼비노·이현경 옮김
108 **달콤 쌉싸름한 초콜릿** 에스키벨·권미선 옮김
109·110 **제인 에어** C. 브론테·유종호 옮김 BBC 선정 꼭 읽어야 할 책
111 **크눌프** 헤세·이노은 옮김 노벨 문학상 수상 작가
112 **시계태엽 오렌지** 버지스·박시영 옮김 《타임》 선정 현대 100대 영문소설 | 《뉴스위크》 선정 100대 명저
113·114 **파리의 노트르담** 위고·정기수 옮김 미국대학위원회 선정 SAT 추천도서
115 **새로운 인생** 단테·박우수 옮김
116·117 **로드 짐** 콘래드·이상옥 옮김 《뉴스위크》 선정 100대 명저
118 **폭풍의 언덕** E. 브론테·김종길 옮김 미국대학위원회 선정 SAT 추천도서
119 **텔크테에서의 만남** 그라스·안삼환 옮김 노벨 문학상 수상 작가
120 **검찰관** 고골·조주관 옮김
121 **안개** 우나무노·조민현 옮김
122 **나사의 회전** 제임스·최경도 옮김 미국대학위원회 선정 SAT 추천도서
123 **피츠제럴드 단편선 1** 피츠제럴드·김욱동 옮김
124 **목화밭의 고독 속에서** 콜테스·임수현 옮김
125 **돼지꿈** 황석영
126 **라셀라스** 존슨·이인규 옮김
127 **리어 왕** 셰익스피어·최종철 옮김 서울대 권장도서 100선 | 《뉴스위크》 선정 100대 명저
128·129 **쿠오 바디스** 시엔키에비츠·최성은 옮김 노벨 문학상 수상 작가
130 **자기만의 방** 울프·이미애 옮김
131 **시르트의 바닷가** 그라크·송진석 옮김
132 **이성과 감성** 오스틴·윤지관 옮김
133 **바덴바덴에서의 여름** 치프킨·이장욱 옮김
134 **새로운 인생** 파묵·이난아 옮김 노벨 문학상 수상 작가
135·136 **무지개** 로렌스·김정매 옮김
137 **인생의 베일** 서머싯 몸·황소연 옮김
138 **보이지 않는 도시들** 칼비노·이현경 옮김
139·140·141 **연초 도매상** 바스·이운경 옮김 《타임》 선정 현대 100대 영문소설
142·143 **플로스 강의 물방앗간** 엘리엇·한애경, 이봉지 옮김 미국대학위원회 선정 SAT 추천도서
144 **연인** 뒤라스·김인환 옮김
145·146 **이름 없는 주드** 하디·정종화 옮김
147 **제49호 품목의 경매** 핀천·김성곤 옮김 《타임》 선정 현대 100대 영문소설

148 성역 포크너 · 이진준 옮김 노벨 문학상 수상 작가 | 퓰리처상 수상 작가

149 무진기행 김승옥

150·151·152 신곡(지옥편 · 연옥편 · 천국편) 단테 · 박상진 옮김 서울대 권장도서 100선 | 미국 대학위원회 선정 SAT 추천도서 | 국립중앙도서관 선정 청소년 권장도서 | 《뉴스위크》 선정 100대 명저

153 구덩이 플라토노프 · 정보라 옮김

154·155·156 카라마조프가의 형제들 도스토옙스키 · 김연경 옮김 서울대 권장도서 100선 | 국립중앙도서관 선정 청소년 권장도서

157 지상의 양식 지드 · 김화영 옮김 노벨 문학상 수상 작가

158 밤의 군대들 메일러 · 권택영 옮김 퓰리처상 수상 작가

159 주홍 글자 호손 · 김욱동 옮김 서울대 권장도서 100선 | 미국대학위원회 선정 SAT 추천도서

160 깊은 강 엔도 슈사쿠 · 유숙자 옮김

161 욕망이라는 이름의 전차 윌리엄스 · 김소임 옮김

162 마사 퀘스트 레싱 · 나영균 옮김 노벨 문학상 수상 작가

163·164 운명의 딸 아옌데 · 권미선 옮김

165 모렐의 발명 비오이 카사레스 · 송병선 옮김

166 삼국유사 일연 · 김원중 옮김 서울대 권장도서 100선

167 풀잎은 노래한다 레싱 · 이태동 옮김 노벨 문학상 수상 작가

168 파리의 우울 보들레르 · 윤영애 옮김

169 포스트맨은 벨을 두 번 울린다 케인 · 이만식 옮김

170 썩은 잎 마르케스 · 송병선 옮김 노벨 문학상 수상 작가

171 모든 것이 산산이 부서지다 아체베 · 조규형 옮김 《타임》 선정 현대 100대 영문소설 | 《뉴스위크》 선정 100대 명저

172 한여름 밤의 꿈 셰익스피어 · 최종철 옮김 미국대학위원회 선정 SAT 추천도서

173 로미오와 줄리엣 셰익스피어 · 최종철 옮김 미국대학위원회 선정 SAT 추천도서

174·175 분노의 포도 스타인벡 · 김승욱 옮김 노벨 문학상 수상 작가 | 《타임》 선정 현대 100대 영문소설

176·177 괴테와의 대화 에커만 · 장희창 옮김

178 그물을 헤치고 머독 · 유종호 옮김 《타임》 선정 현대 100대 영문소설

179 브람스를 좋아하세요... 사강 · 김남주 옮김

180 카타리나 블룸의 잃어버린 명예 하인리히 뵐 · 김연수 옮김 노벨 문학상 수상 작가

181·182 에덴의 동쪽 스타인벡 · 정회성 옮김 노벨 문학상 수상 작가

183 순수의 시대 워튼 · 송은주 옮김 《뉴스위크》 선정 100대 명저 | 퓰리처상 수상작

184 도둑 일기 주네 · 박형섭 옮김

185 나자 브르통 · 오생근 옮김

186·187 캐치-22 헬러 · 안정효 옮김 《타임》 선정 현대 100대 영문소설 | 《뉴스위크》 선정 100대 명저 | BBC 선정 꼭 읽어야 할 책

188 숄로호프 단편선 숄로호프 · 이항재 옮김 노벨 문학상 수상 작가

189 말 사르트르 · 정명환 옮김

190·191 보이지 않는 인간 엘리슨 · 조영환 옮김 《타임》 선정 현대 100대 영문소설 | 미국대학위원회 선정 SAT 추천도서 | 《뉴스위크》 선정 100대 명저

192 왑샷 가문 연대기 치버 · 김승욱 옮김 퓰리처상 수상 작가

193 왑샷 가문 몰락기 치버 · 김승욱 옮김 퓰리처상 수상 작가

194 필립과 다른 사람들 노터봄 · 지명숙 옮김

195·196 **하드리아누스 황제의 회상록** 유르스나르·곽광수 옮김

197·198 **소피의 선택** 스타이런·한정아 옮김 퓰리처상 수상 작가

199 **피츠제럴드 단편선 2** 피츠제럴드·한은경 옮김

200 **홍길동전** 허균·김탁환 옮김

201 **요술 부지깽이** 쿠버·양윤희 옮김

202 **북호텔** 다비·원윤수 옮김

203 **톰 소여의 모험** 트웨인·김욱동 옮김

204 **금오신화** 김시습·이지하 옮김

205·206 **테스** 하디·정종화 옮김 미국대학위원회 선정 SAT 추천도서 | BBC 선정 꼭 읽어야 할 책

207 **브루스터플레이스의 여자들** 네일러·이소영 옮김

208 **더 이상 평안은 없다** 아체베·이소영 옮김

209 **그레인지 코플랜드의 세 번째 인생** 워커·김시현 옮김 퓰리처상 수상 작가

210 **어느 시골 신부의 일기** 베르나노스·정영란 옮김

211 **타라스 불바** 고골·조주관 옮김

212·213 **위대한 유산** 디킨스·이인규 옮김 서울대 권장도서 100선 | BBC 선정 꼭 읽어야 할 책

214 **면도날** 서머싯 몸·안진환 옮김

215·216 **성채** 크로닌·이은정 옮김

217 **오이디푸스 왕** 소포클레스·강대진 옮김 서울대 권장도서 100선

218 **세일즈맨의 죽음** 밀러·강유나 옮김

219·220·221 **안나 카레니나** 톨스토이·연진희 옮김 서울대 권장도서 100선

222 **오스카 와일드 작품선** 와일드·정영목 옮김

223 **벨아미** 모파상·송덕호 옮김

224 **파스쿠알 두아르테 가족** 호세 셀라·정동섭 옮김 노벨 문학상 수상 작가

225 **시칠리아에서의 대화** 비토리니·김운찬 옮김

226·227 **길 위에서** 케루악·이만식 옮김 《타임》 선정 현대 100대 영문소설 | 《뉴스위크》 선정 100대 명저

228 **우리 시대의 영웅** 레르몬토프·오정미 옮김

229 **아우라** 푸엔테스·송상기 옮김

230 **클링조어의 마지막 여름** 헤세·황승환 옮김 노벨 문학상 수상 작가

231 **리스본의 겨울** 무뇨스 몰리나·나송주 옮김

232 **뻐꾸기 둥지 위로 날아간 새** 키지·정회성 옮김 《타임》 선정 현대 100대 영문소설 | 《뉴스위크》 선정 100대 명저

233 **페널티킥 앞에 선 골키퍼의 불안** 한트케·윤용호 옮김 노벨 문학상 수상 작가

234 **참을 수 없는 존재의 가벼움** 쿤데라·이재룡 옮김

235·236 **바다여, 바다여** 머독·최옥영 옮김

237 **한 줌의 먼지** 에벌린 워·안진환 옮김 《타임》 선정 현대 100대 영문소설

238 **뜨거운 양철 지붕 위의 고양이·유리 동물원** 윌리엄스·김소임 옮김 퓰리처상 수상작

239 **지하로부터의 수기** 도스토옙스키·김연경 옮김

240 **키메라** 바스·이운경 옮김

241 **반쪼가리 자작** 칼비노·이현경 옮김

242 **벌집** 호세 셀라·남진희 옮김 노벨 문학상 수상 작가

243 **불멸** 쿤데라·김병욱 옮김

244·245 **파우스트 박사** 토마스 만·임홍배, 박병덕 옮김 노벨 문학상 수상 작가

246 사랑할 때와 죽을 때 레마르크·장희창 옮김
247 누가 버지니아 울프를 두려워하랴? 올비·강유나 옮김
248 인형의 집 입센·안미란 옮김
249 위폐범들 지드·원윤수 옮김 노벨 문학상 수상 작가
250 무정 이광수·정영훈 책임 편집 서울대 권장도서 100선
251·252 의지와 운명 푸엔테스·김현철 옮김
253 폭력적인 삶 파솔리니·이승수 옮김
254 거장과 마르가리타 불가코프·정보라 옮김
255·256 경이로운 도시 멘도사·김현철 옮김
257 야콥을 둘러싼 추측들 욘존·손대영 옮김
258 왕자와 거지 트웨인·김욱동 옮김
259 존재하지 않는 기사 칼비노·이현경 옮김
260·261 눈먼 암살자 애트우드·차은정 옮김 《타임》 선정 현대 100대 영문소설
262 베니스의 상인 셰익스피어·최종철 옮김
263 말리나 바흐만·남정애 옮김
264 사볼타 사건의 진실 멘도사·권미선 옮김
265 뒤렌마트 희곡선 뒤렌마트·김혜숙 옮김
266 이방인 카뮈·김화영 옮김 노벨 문학상 수상 작가 | 미국대학위원회 선정 SAT 추천도서
267 페스트 카뮈·김화영 옮김 노벨 문학상 수상 작가 | 국립중앙도서관 선정 청소년 권장도서
268 검은 튤립 뒤마·송진석 옮김
269·270 베를린 알렉산더 광장 되블린·김재혁 옮김
271 하얀 성 파묵·이난아 옮김 노벨 문학상 수상 작가
272 푸슈킨 선집 푸슈킨·최선 옮김
273·274 유리알 유희 헤세·이영임 옮김 노벨 문학상 수상 작가
275 픽션들 보르헤스·송병선 옮김 서울대 권장도서 100선
276 신의 화살 아체베·이소영 옮김
277 빌헬름 텔·간계와 사랑 실러·홍성광 옮김
278 노인과 바다 헤밍웨이·김욱동 옮김 노벨 문학상 수상 작가 | 퓰리처상 수상작
279 무기여 잘 있어라 헤밍웨이·김욱동 옮김 미국대학위원회 선정 SAT 추천도서
280 태양은 다시 떠오른다 헤밍웨이·김욱동 옮김 《타임》 선정 현대 100대 영문 소설
281 알레프 보르헤스·송병선 옮김
282 일곱 박공의 집 호손·정소영 옮김
283 에마 오스틴·윤지관, 김영희 옮김
284·285 죄와 벌 도스토옙스키·김연경 옮김 미국대학위원회 선정 SAT 추천도서
286 시련 밀러·최영 옮김
287 모두가 나의 아들 밀러·최영 옮김
288·289 누구를 위하여 종은 울리나 헤밍웨이·김욱동 옮김 노벨 문학상 수상 작가
290 구르브 연락 없다 멘도사·정창 옮김
291·292·293 데카메론 보카치오·박상진 옮김
294 나누어진 하늘 볼프·전영애 옮김
295·296 제브데트 씨와 아들들 파묵·이난아 옮김 노벨 문학상 수상 작가
297·298 여인의 초상 제임스·최경도 옮김 미국대학위원회 선정 SAT 추천도서

299 **압살롬, 압살롬!** 포크너 · 이태동 옮김 노벨 문학상 수상 작가
300 **이상 소설 전집** 이상 · 권영민 책임 편집
301·302·303·304·305 **레 미제라블** 위고 · 정기수 옮김
306 **관객모독** 한트케 · 윤용호 옮김 노벨 문학상 수상 작가
307 **더블린 사람들** 조이스 · 이종일 옮김
308 **에드거 앨런 포 단편선** 앨런 포 · 전승희 옮김 미국대학위원회 선정 SAT 추천도서
309 **보이체크 · 당통의 죽음** 뷔히너 · 홍성광 옮김
310 **노르웨이의 숲** 무라카미 하루키 · 양억관 옮김
311 **운명론자 자크와 그의 주인** 디드로 · 김희영 옮김
312·313 **헤밍웨이 단편선** 헤밍웨이 · 김욱동 옮김 노벨 문학상 수상 작가
314 **피라미드** 골딩 · 안지현 옮김 노벨 문학상 수상 작가
315 **닫힌 방 · 악마와 선한 신** 사르트르 · 지영래 옮김
316 **등대로** 울프 · 이미애 옮김 《타임》 선정 현대 100대 영문소설 | 《뉴스위크》 선정 100대 명저
317·318 **한국 희곡선** 송영 외 · 양승국 엮음
319 **여자의 일생** 모파상 · 이동렬 옮김
320 **의식** 노터봄 · 김영중 옮김
321 **육체의 악마** 라디게 · 원윤수 옮김
322·323 **감정 교육** 플로베르 · 지영화 옮김
324 **불타는 평원** 룰포 · 정창 옮김
325 **위대한 몬느** 알랭푸르니에 · 박영근 옮김
326 **라쇼몬** 아쿠타가와 류노스케 · 서은혜 옮김
327 **반바지 당나귀** 보스코 · 정영란 옮김
328 **정복자들** 말로 · 최윤주 옮김
329·330 **우리 동네 아이들** 마흐푸즈 · 배혜경 옮김 노벨 문학상 수상 작가
331·332 **개선문** 레마르크 · 장희창 옮김
333 **사바나의 개미 언덕** 아체베 · 이소영 옮김
334 **게걸음으로** 그라스 · 장희창 옮김 노벨 문학상 수상 작가
335 **코스모스** 곰브로비치 · 최성은 옮김
336 **좁은 문 · 전원교향곡 · 배덕자** 지드 · 동성식 옮김 노벨 문학상 수상 작가
337·338 **암 병동** 솔제니친 · 이영의 옮김 노벨 문학상 수상 작가
339 **피의 꽃잎들** 응구기 와 시옹오 · 왕은철 옮김
340 **운명** 케르테스 · 유진일 옮김 노벨 문학상 수상 작가
341·342 **벌거벗은 자와 죽은 자** 메일러 · 이운경 옮김 퓰리처상 수상 작가
343 **시지프 신화** 카뮈 · 김화영 옮김 노벨 문학상 수상 작가
344 **뇌우** 차오위 · 오수경 옮김
345 **모옌 중단편선** 모옌 · 심규호, 유소영 옮김 노벨 문학상 수상 작가
346 **일야서** 한사오궁 · 심규호, 유소영 옮김
347 **상속자들** 골딩 · 안지현 옮김 노벨 문학상 수상 작가
348 **설득** 오스틴 · 전승희 옮김
349 **히로시마 내 사랑** 뒤라스 · 방미경 옮김
350 **오 헨리 단편선** 오 헨리 · 김희용 옮김
351·352 **올리버 트위스트** 디킨스 · 이인규 옮김

353·354·355·356 전쟁과 평화 톨스토이 · 연진희 옮김
357 다시 찾은 브라이즈헤드 에벌린 워 · 백지민 옮김
358 아무도 대령에게 편지하지 않다 마르케스 · 송병선 옮김
359 사양 다자이 오사무 · 유숙자 옮김
360 좌절 케르테스 · 한경민 옮김 노벨 문학상 수상 작가
361·362 닥터 지바고 파스테르나크 · 김연경 옮김 노벨 문학상 수상 작가
363 노생거 사원 오스틴 · 윤지관 옮김
364 개구리 모옌 · 심규호, 유소영 옮김 노벨 문학상 수상 작가
365 마왕 투르니에 · 이원복 옮김 공쿠르상 수상 작가
366 맨스필드 파크 오스틴 · 김영희 옮김
367 이선 프롬 이디스 워튼 · 김욱동 옮김 퓰리처상 수상 작가
368 여름 이디스 워튼 · 김욱동 옮김 퓰리처상 수상 작가
369·370·371 나는 고백한다 자우메 카브레 · 권가람 옮김
372·373·374 태엽 감는 새 연대기 무라카미 하루키 · 김연경 옮김
375·376 대사들 제임스 · 정소영 옮김
377 족장의 가을 마르케스 · 송병선 옮김 노벨 문학상 수상 작가
378 핏빛 자오선 매카시 · 김시현 옮김
379 모두 다 예쁜 말들 매카시 · 김시현 옮김
380 국경을 넘어 매카시 · 김시현 옮김
381 평원의 도시들 매카시 · 김시현 옮김
382 만년 다자이 오사무 · 유숙자 옮김
383 반항하는 인간 카뮈 · 김화영 옮김 노벨 문학상 수상 작가
384·385·386 악령 도스토옙스키 · 김연경 옮김
387 태평양을 막는 제방 뒤라스 · 윤진 옮김
388 남아 있는 나날 가즈오 이시구로 · 송은경 옮김
389 앙리 브륄라르의 생애 스탕달 · 원윤수 옮김
390 찻집 라오서 · 오수경 옮김
391 태어나지 않은 아이를 위한 기도 케르테스 · 이상동 옮김 노벨 문학상 수상 작가
392·393 서머싯 몸 단편선 서머싯 몸 · 황소연 옮김
394 케이크와 맥주 서머싯 몸 · 황소연 옮김
395 월든 소로 · 정회성 옮김
396 모래 사나이 E. T. A. 호프만 · 신동화 옮김
397·398 검은 책 오르한 파묵 · 이난아 옮김 노벨 문학상 수상 작가
399 방랑자들 올가 토카르추크 · 최성은 옮김 노벨 문학상 수상 작가
400 시여, 침을 뱉어라 김수영 · 이영준 엮음
401·402 환락의 집 이디스 워튼 · 전승희 옮김
403 달려라 메로스 다자이 오사무 · 유숙자 옮김
404 아버지와 자식 투르게네프 · 연진희 옮김
405 청부 살인자의 성모 바예호 · 송병선 옮김
406 세피아빛 초상 아옌데 · 조영실 옮김
407·408·409·410 사기 열전 사마천 · 김원중 옮김 서울대 권장도서 100선

세계문학전집은 계속 간행됩니다.